KB239430

현대시

Series of Korean Literature at China

이 전집은 대산문화재단의 2005년 해외한국문학연구 지원을 받았습니다.

연세국학총서73
중국조선민족문학대계 5

현대시

연변대학교 조선문학연구소
허경진·허휘훈·채미화 주편

보고사

◉ 허경진

연세대 국문학과 및 동 대학원 졸업. 문학박사. 목원대 국어교육과 교수를 거쳐 현재
연세대 국문학과 교수로 있다. 2005년 중국 연변대 겸직교수를 지냈으며, 저서로『한
국의 한시』40권,『허균평전』,『조선위항문학사』,『평민열전』,『사대부 소대헌 호연재
부부의 한평생』등이 있다.

◉ 허휘훈

연변대 조문학부 및 동 대학원 졸업. 문학박사. 현재 연변대 조문학과 교수로 있다. 연
변대 조선문학연구소 소장, 연변민간문예가협회 이사장, 중국민간문예가협회 회원이
다. 저서로『조선민간문화연구』,『조선문학사』(공저),『조선한국당대문학사』(공저),『중
조한일민담비교연구』(주필) 등이 있다.

◉ 채미화

연변대 조문학부 및 동 대학원 졸업. 문학박사. 현재 연변대 조선-한국학학원 원장이
며, 연변대 여성연구중심 주임, 연변조선족자치주지식여성연합회 회장으로 있다. 저서
로『고려문학미의식연구』(1995년 박이정),『조선고전문학사』(1998년 3월 연변대학출판
사),『조선-한국당대문학사』(2004년 곤륜출판사) 등이 있다.

연세국학총서73
중국조선민족문학대계 5

현대시

초판 1쇄 발행 _ 2006년 2월 28일

주편자 _ 허경진·허휘훈·채미화
　　　　　 연변대학교 조선문학연구소
발행인 _ 김흥국
발행처 _ 도서출판 보고사
등　록 _ 1990년 12월(제6-0429)
주　소 _ 서울시 성북구 보문동 7가 11번지 2층
전　화 _ 922-5120/1(편집) 922-2246(영업)
팩　스 _ 922-6990
메　일 _ kanapub3@chol.com
홈페이지 _ www.bogosabooks.co.kr
ISBN _ 89-8433-401-4(세트)
　　　　　 89-8433-406-5(94810)

정　가 _ 28,000원

* 잘못된 책은 바꾸어 드립니다.
* 저자와의 협의에 의하여 인지는 생략합니다.

간 행 사

우리 조상들이 중국땅에 이주해온 이후, 오랜 역사를 통해 탁월한 저력으로 독자적인 문화를 창출해냈고 또한 많은 문화유산을 물려주기에 이르렀다. 그 가운데 우리 조상들의 알찬 삶의 지혜와 다양한 경험들이 축적되어 있다. 바로 이 때문에 문화유산중 큰 비중을 차지하는 구비문학과 기록문학이 소중하며, 다시 읽어야할 보전(宝典)으로 남게 되었다.

과경(跨境)민족으로서의 중국 조선민족은 19세기 후반이래로 수차의 문화적 격변의 시대를 살아왔다. 이른바 개화기의 격류 속에서는 전통문화와 서구문화사이의 갈등, 한문학과 국문문학간의 교체를 경험했고, 식민지시대에는 국문문학의 문체혁신과 일제에 의해 책동된 전통문화의 쇄멸말살이라는 시련을 겪기에 이르렀다. 이런 변화와 역경속에서도 중국땅에 망명하였거나 이 땅에서 류이민 후은 정착민으로 생활해온 우리 겨레의 지조있는 애국문인들은 결코 붓을 던지지 않았다. 류린석, 김택영, 신규식, 신채호, 안중근, 리상룡, 김정규, 김소래, 최서해, 렴상섭, 주요섭, 최상덕, 강경애, 현경준, 김창걸, 안수길, 박영준, 황건, 김조규, 윤동주, 박팔양, 리륙사, 함형수, 리학성, 천청송, 김학철, 윤해영, 채택룡, 설인 등 헤아릴 수 없이 많은 문학도와 시인, 작가들이 바로 필설로 그 시대를 증언해온 대표적인 지성인들이다.

그들 중에는 고국을 떠나 갈바람에 흩날리는 낙엽처럼 정처없이 떠돌다 두만강, 압록강을 건너와 허허넓은 만주벌판, 낯선 이국땅 서러운 추녀 밑에서 간도아리랑을 부른 망향시인이 있었고 하늬바람 불어치는 산해관을 넘어 북경, 서안, 상해, 무한 등 천년고도에 떠돌이로 남아 언론매체를 빌어 《천고》를 울리고 《진단》을 노래하고 청구의 《광명》을 만방에 호소한 청년전위가 있었는가 하면 백산, 흑수, 송료, 제로, 태항, 중원의 고전장에서 융마일생을 수놓아 가며 목숨을 바친 무명용사도 있었다. 려순, 나가사끼, 후꾸오까의 감옥에서 단지혈맹의 뜻을 굽히지 않고 다리를 절단해가면서도 끝까지 혁명의 지조를 지켜왔거나 끝내 《한점 부끄럼없이》 꽃처럼 피여나는 피를 민족의 제단 앞에 바친 암흑기의 푸른 별들도 있다. 그들은 문자에 앞서 몸으로 지탱해온 삶 그 자체가 더 고결하고 값진 것으로 여겨왔던 것이다. 그들의 피와 땀으로 가꾸어온 문화의 숲은 헌걸찬 우리 민족의 에너지를 부단히 충전시켜 주는 불멸의 혈맥, 끈질긴 생명력의 고동으로 무성하게 자라고 있으며 영광과 비애의 굴곡, 흥망과 성쇠의 기복이 교차되는 수많은 역사 주체의 명멸을 간직한채 굳건하고 강인한 기백으로 오늘날까지 민족의 정기를 면면히 이어주고 있다.

  그들이 남긴 풍부한 문학유산은 그동안 중외(中外)학자들에 의하여 적지 않게 발굴 연구되었으나, 지금까지의 연구는 단편적인 자료에 근거를 둔 것으로서 그 진면목을 체계적으로 파악하기에는 역부족이라고 할 수 있다. 이런 의미에서 중국 조선족과 광복전 재중 한인, 조선인들의 문학자료를 체계적으로 발굴, 정리, 출판하는 것은 정체(整体)적인 민족문학연구에서 대단히 중요한 작업이 아닐 수 없다. 그들이 남긴 문학자료는 지금도 중국각지와 해외의 여러 도서관, 박물관, 문서보관소에 신문, 잡지, 일기, 필사본, 프린트본, 활자본 등 형식으로 흩어져있다. 이런 현실을 감안하여 본 대계는 선배들이 중국땅에 남긴 문학자료들을 집대성하여 후세인들로 하여금 문화민족으로서의 자긍심을 갖게 하고 애국애족의 정신을 계승 발양하며 문학, 언어, 역사, 민속, 언론, 사회 등 여러 분야를 망라한 학계인사들에게 21세기 중국 조선민족문화의 새로운 비약을 위한 계통적인 연구자료를 제공하는데 그 목적과 의의가 있다.

중국조선민족문학의 진수를 정리, 간행하기 위한 계획이나 준비작업은 연변대학 조선언어문학연구소(현재의 조선문학연구소)의 창립과 더불어 20세기 80년대부터 본격적으로 시작되었다. 권철교수를 비롯한 연변대학 조선언어문학연구소의 조선문학관계 선배학자들은 1950년대부터 벌써 재중조선인 문학자료수집에 착수하였고 1990년에는 권철, 조성일, 최삼룡, 김동훈 등 네 연구원의 공동집필로 된 ≪중국조선족문학사≫를 공개출판하기에 이르렀다. 1992년 연변대학 조선언어문학연구소(현재의 조선문학연구소)는 한국 숭실대학교 인문대학과의 공동연구과제로서 소재영, 권철, 김동훈, 조규익 교수를 중심으로 집필한 ≪연변지역조선족문학연구≫를 펴냈다. 같은 시기에 김영덕, 최문식교수를 비롯한 연변대학 고적연구소에서는 ≪류린석전집≫, ≪김택영전집≫, ≪윤동주유고집≫, ≪한양가≫, ≪연변조사실록≫ 등 중국지역에서 발굴, 정리한 17권의 민족고전을 출판하였다.

이와 동시에 문학현장의 사실을 증언하기 위해 두 연구소 산하의 수십 명의 연구원들은 연변의 각 현시와 북경의 백림사, 상해의 서가회, 남경의 용반리, 심양시 서류보관소 그리고 할빈, 대련, 서안, 남통 등지의 도서관, 박물관 등 중국 국내 수백처의 자료관을 누비면서 우리 민족의 해방전 문학자료들이 흩어져 실려 있는 ≪천고≫, ≪진단≫, ≪천고≫, ≪진단≫, ≪독립신문≫, ≪민성보≫, ≪북향≫, ≪만선일보≫, ≪카톨릭소년≫, ≪광복≫, ≪신한청년≫, ≪조선의용대통신≫, ≪한민≫, ≪연변문화≫ 등 신문과 잡지, 그리고 지난 세기초부터 이 땅에서 유전되었던 ≪백두산민담≫, ≪장백산강강지략≫, ≪초등소학수신≫용 우화집과 ≪싹트는 대지≫, ≪재만조선인시집≫, ≪혈해지창≫ 등 최초의 소설집, 시집 및 극본들을 속속 발굴하였으며 무려 1,500만자에 달하는 작가문학자료와 800여수의 민요, 2,000여편의 전설과 민담을 수집하였다. 그들은 하늘을 비상하는 나비가 아니라 발로 땅을 기여다니는 지네와 같이 지나간 역사와 문화현장에 파고들어 문학현상 자체를 자기의 피부로 촉감하고 확인함으로써 오늘의 이 방대한 민족문학대계의 탄생을 준비하였던 것이다.

본 대계의 출간과 관련하여 우리는 다음과 같은 몇 가지 원칙에서 이 사업을 추진키로 하였다.

첫째, 본 대계에는 중국 조선족 작가와 재중 한국인, 조선인 작가들이 건국(1949년) 이전에 창작한 시, 소설, 일반 산문, 극작품 등 일체의 문예작품들을 수록한다.

둘째, 우리 문학의 세 가지 큰 갈래인 조선문문학, 한문문학, 구비문학을 통해 역사적으로 이룩한 모든 양식을 함께 수록한다. 먼저 건국 전에 창작된 작품을 30권에 나누어 1차적으로 간행하고 이를 더욱 확대하여 진정한 의미의 문학대계가 되게 한다.

셋째, 구비문학작품은 건국 전에 수집된 것과 건국 후에 수집된 것을 망라하며, 그 내용이 해방 전에 이미 구전으로 전승되었음을 감안하여 이를 모두 1차 간행분에 포함시킨다.

넷째, 언어상으로나 역사적으로 가치가 있는 일부 원전은 원전과 현대역을 동시에 수록한다. 현대역을 통하여 한문과 원전의 감상을 가능하게 하고 정확한 원전의 제시로 그 연구의 자료가 되게 한다. 단 일부 한시와 고문은 번역사업이 미처 미치지 못해 원문만 그대로 싣기로 한다.

다섯째, 건국 전의 작가문헌은 그 문체들이 발생한 시대적 선후를 염두에 두면서 한시, 현대시, 소설, 산문, 희곡 순으로 배열하고 구비문학은 민요, 전설, 민담 순으로 배열한다. 건국 이후의 작품은 대부분 쉽게 찾아볼 수 있는 것들이어서 2차적으로 그 출간을 계획해보려 한다.

1차 간행에 교부된 작품집 목록은 아래와 같다.

　제1-3권 한시집

　제4-6권 시집(조선문)

　제7-13권 소설집

　제14-16권 산문집

　제17권 희곡집

　제18권 민요집

　제19권 문헌설화

　제20-21권 전설집

　제22-27권 민담집

　제28-29권 중국에 번역 소개된 문학작품

　제30권 별책(색인)

끝으로 본 대계가 편집 출판되는 동안 관심있는 모든 분들의 협력과 질정을 바라며 어려운 가운데도 이 사업에 동참해주신 편찬위원, 책임편자, 역주자 여러분과 연변대학 고적연구소 임원들에게 감사드린다.

그리고 본 사업의 취지를 이해하고 편집비를 지원해주신 한국 대산문화재단, 학교 특성화사업으로 선정하여 간행비를 지원해주신 한국 연세대학교의 후의에 감사드리며, 아울러 편집과 교정에서 제작에 이르기까지 노고를 아끼지 아니한 보고사 여러분께도 고마움을 표한다.

2005년 12월 26일

중국 연변대학교 조선문학연구소 전 소장 김동훈

중국 연변대학교 조선문학연구소 소장 허휘훈

한국 연세대학교 국학연구원 허경진

이 ≪대계≫는 다음과 같은 요령으로 엮었다.

1. 중국 조선족의 기록, 구비문학작품을 비롯하여 재중한인(漢人), 조선인이 중국지역에서 창작한 작품들을 함께 수록하였다.

2. 20세기 전반기에 창작발표된 문학작품을 일차적 선제대상으로 확정하였다.

3. ≪대계≫ 각권의 출판은 한시, 현대시, 소설, 산문, 희곡, 민요, 전설, 민담 순으로 배렬하였다.

4. 한시와 기타 한문(漢文)으로 씌여진 원전은 매편마다 원문을 앞에 싣고 역문을 뒤에 함께 수록하여 상호 참조하기에 편리하도록 하였다.

5. 원전에 나오는 일부 지명, 인명, 전고, 방언과 알기 어려운 글자, 루락, 오기 등에 대해 필요한 주를 달았다.

   주석표기는 원문(혹은 역문)에 번호를 붙이고 해당면 하단에 각주(脚注)함을 원칙으로 하였다.

6. 고한문 원전은 번체자로 표기하고 리해가 어려운 한자어의 경우에는 괄호안에 한자를 넣어 병기하였다.

7. 맞춤법, 띄여쓰기, 외래어 표기는 중국에서의 현행 조선말 규범원칙을 따르되 어학적, 민속적 가치가 높은 해방전 원전은 원문 그대로 수록하였다.

8. 이 ≪대계≫에서 사용한 주요 부호는 다음과 같다.

   1) (　) : 음이 같은 한자를 병기함.

   2) [　] : 음은 다르나 뜻이 같을 때나 혹은 풀이한 한문을 병기함.

   3) ≪ ≫ : 책명, 작품명, 대화나 인용을 나타냄.

   4) 〈 ? 〉 : 불확실한 경우를 나타냄.

   5) 　□ : 원전 또는 원문에서 루락된 문자를 나타냄.

   6) 주석은 ①②로 표시하여 해당면 하단에 표기함.

차 례

현대시

해방전 조선시문학의 보고

최삼룡

≪중국조선민족문학대계 제5권—건국전 현대시 집성≫이 출간된다.

중국조선족은 19세기 중엽으로부터 압록강, 두만강을 건너와 이 땅을 개척하고 건설하고 지켜가는 가운데서 끊임없이 자기의 특색이 있는 문화와 문예를 창조하였는바 현대시는 그중 대표적인 한부분이다.

여기서 말하는 현대시란 근대이전의 한시(漢詩)나 시조(時調) 등 전통시에 상대하여 일컫는 말인데 그것들에서 강구하던 운, 운률, 음률을 무시한 자유시, 신시, 신체시들을 가리킨다.

이제 이 권에 수록된 시들의 래원을 밝히면 다음과 같다.

1. 8·15해방전에 발표된 시작품

△. ≪獨立新聞≫[1] (≪독립신문≫)에서 21수

△. ≪民聲報≫[2] (≪민성보≫)에서 7수

△. ≪北鄕≫[3] (≪북향≫)에서 11수

---

[1] ≪독립신문(獨立新聞)≫. 1919년 8월 21일에 상해 프랑스조계지에서 창간. 창간시에 제호는 ≪독립(獨立)≫. 1919년 10월 15일에 발행한 22호부터 ≪독립신문≫으로 개칭. 복잡다단한 길을 걸어오면서 꾸려오다가 1924년 11월 11일에 폐간.

[2] ≪민성보(民聲報)≫. 1927년 2월 12일 봄 룡정에서 창간되였는데 1931년에 폐간. 지금 우리가 찾아볼수 있는 민성보는 몇장되지 않는다.

[3] ≪북향(北鄕)≫. 1930년대초 룡정에서 무어진 문학단체 ≪북향회(北鄕會)≫에서 꾸린

△. 《滿蒙日報》4)(《만몽일보》)에서 10수

△. 《滿鮮日報》5)(《만선일보》)에서 근 250여수

△. 《滿洲詩人集》6)(《만주시인집》)에서 34수

△. 《在滿朝鮮詩人集》7)(《재만조선시인집》에서 43수

이상 두 시집에서 다른 권에 수록된것들을 제외했다.

△. 기타 도서

2. 8·15해방전에 창작된 미발표 작품

주지하다싶이 일제침략자들의 문화전제통치에 의하여 많은 시인들이 작품을 발표하는데 제한을 받았었다. 우리는 이 권에서 당시 발표하지 못하였던 시작품들에서 심련수의 시 45수, 김례삼의 시 6수, 설인의 시 22수를 골라 수록하였다.

문학잡지. 처음에는 프린트본으로 꾸리다가 1935년 10월에 인쇄본으로 출판. 근근히 제 4호를 내고 1936년 8월에 정간되였다. 지금까지 보존된것으로는 1호는 목록밖에 없고 2, 3, 4호 세책이 있다.

4) 《만몽일보(滿蒙日報)》는 《만선일보》의 전신으로서 1933년 8월 25일에 창간되였고 1937년 10월 21일부터 제호를 《만선일보》로 바꾸었다. 지금 찾아볼수 있는것은 1936년 7월분 10여일 신문밖에 없다.

5) 《만선일보(滿鮮日報)》는 1937년 10월 21일부터 1945년 상반년까지 간행되였다. 《만선일보》는 《만몽일보》와 더불어 어용신문이였다. 이 두 신문은 일제침략자들과 그 괴로정부 만주국의 리념과 제반 시책 그리고 기본리익을 대변하는 신문이였다. 그렇지만 문학사의 시각에서 보면 이 두 신문은 당시 재중조선인 작가들의 거의 유일한 활무대였다. 유감스러운것은 《만선일보》도 지금 읽어볼수 있는것이 그중 소부분에 불과하다는것이다. 1939년 12월 1일부터 1942년 10월 31일까지밖에 없는데 그것까지 300여일분이 결호.

6) 《만주시인집(滿洲詩人集)》은 강덕 9년 즉 1942년 신경 즉 지금의 장춘 길림제일협화구락부문화부에서 발행하였는데 박팔양(朴八陽)이 서문을 썼고 11명 시인의 작품 37수가 수록되였다. 본권은 별권에 수록될 김조규의 시 3수를 제외하였다.

7) 《재만조선시인집(在滿朝鮮詩人集)》은 강덕 9년 즉 1942년 연길 예문당(藝文堂)에서 발행. 김조규 편찬. 작품으로 13명 시인들의 시 53수가 수록되였는데 이 권에서는 별권에 수록될 김조규, 리욱의 시를 제외하였다.

3. 8·15해방으로부터 1949년 10월 1일 건국이전까지 발표된 시작품

이 시기의 시집 태풍(颱風)8)과 신문, 잡지들에서 시 60여수 골라 수록하였다.

여기서 꼭 설명해야 할것은 현대시집성이라고 하지만 어쩔수 없이 일부 시조 가사, 동시가 선재되였다는 점이다.

이 권에 망라된 시작자는 무려 150여명이나 되는데 그중 류치환이나 감조규처럼 신원히 밝혀진 작자는 10여명밖에 안되고 그밖의 많은 작자들의 신원은 앞으로도 밝혀질 가망성이 보이지 않는다. 우리가 지금 구독할수 있는 극히 제한된 자료에 근거하면 이들중에는 량심있는 문인들도 있고 다소 친일적인 성향이 있은 사람도 있고 여러 행업의 직원, 중소학교 교원, 로동자, 농민, 학생도 있다. 그리고 그들의 향후 취향에 따라서 보면 중국에 남아있은 사람도 있고 조선에 나가 정착한 사람도 있고 한국에 나가 정착한 사람도 있다.

이 시편들의 언어는 매우 혼란하며 무질서하다. 작자들이 제마음대로 시어를 만들어냈거나 (특히 한자어) 틀리게 사용된것이 너무나 많다. 그리고 여러가지 사전을 들춰보거나 전문가들에게 물어봐도 풀이할수 없는 고유어, 한자어, 외래어들이 너무나 많다. 게다가 철자, 띄여쓰기가 규범화되지 못하였는바 어떤 시는 한수안에서도 서로 다르게 표기된것까지 있다. 그리고 시작자의 오류인지 편집자의 오류인지 판단하기 어려운것이 많다.

이 권에 수록된 시편들이 씌여진 시대배경은 20세기 상반엽의 조선과 중국의 복잡한 정치, 사회, 문화 환경과 밀접히 련계된다. 1910년의 일제의 조선침점과 1919년의 3·13운동, 1931년의 9·18사변과 위만주국건립, 그리고 독립군, 항일련군, 의용군을 포괄한 항일혁명투사들의

---

8) 시집 ≪태풍(颱風)≫은 1947년 3월 연길한글연구회 편으로 연길에서 출판되였는데 천청송, 리욱, 채택룡, 등 15명 시인들의 시와 가사 23수를 수록하였다.

반일혁명투쟁, 8·15해방과 전국인민해방전쟁 그리고 중화인민공화국 창건 등 력사적현실과 련계시키면서 이 시편들을 읽어야 할것이다.

이 권에서 편찬자는 문학자료를 편찬한다는 취지로부터 출발하여 원전대로 출판한다는 원칙에 따라 해방전에 발표된 작품을 되도록이면 제일 먼저 발표된것을 선재하였으며 아주 선명한 오자에 대하여서만 몇군데 고치였을뿐 원전대로 수록하였다. 해방전에 창작되였으나 해방후에 발표한 작품들은 되도록 제1고를 찾아서 그대로 수록하였는바 지금 일부 도서에 나간, 편집자들이 손을 많이 댄것들은 무시하였다.

건국전 재중조선인 현대시에 대한 연구는 최근 10여년래 괄목할만한 성과를 쌓아올렸다고 할수 있다.

《만주조선시인집》, 《재만조선시인집》의 발견과 《만선일보》의 발굴 그리고 심련수 등 시인들의 미발표 작품들의 발굴과 함께 세인들의 건국전 재만조선인시문학에 대한 관심이 높아가고 많은 연구론문들과 전문저술들이 창출되였다. 여기서 그중 대표적인것들만 헤아려보면 다음과 같다.

《한국문학과 간도》(오양호, 한국문예출판사 1988년 4월), 《일제강점기 만주조선인문학연구》(오양호, 한국문예출판사, 1996년), 《일제강점기 만주조선인문학연구》(채훈, 깊은샘, 1990년 11월), 《대륙문학을 다시 읽는다》(김렬규, 대륙연구소 출판부, 1992년 8월), 《재만조선인문학연구》(김호웅, 박사학위론문, 1996년 연변대학), 《일제강점기 중국조선족 시문학 원형이미지 연구》(채성미, 박사학위론문, 2003년 6월 연변대학), 《심련수 시문학 연구》(김해영, 박사학위론문, 한국정신문화연구원, 2003년 12월) 등 전문저술들을 례들수 있다. 이밖에 중국과 한국의 많은 도서들에 발표된 론문들이 다수 있는데 여기서 그 목록소개를 략한다.

이 권은 우선 종합시집이라는 점에 대하여 명기하기를 바란다. 때문에 이 시들의 사상내용과 의식성향은 아주 복잡하다. 이 시들중에는 망국과 실향의 한을 표현한것들이 있는가 하면 이국타향의 생소감과 설음을 나타낸것도 있으며 개척과 정착의 의지를 보여준것이 있는가 하면 압박자들과 침략자들에 대한 반항의 감정과 의지를 보여준것도 있으며 지식인의 고뇌와 인간의 이중성격을 나타낸것이 있는가 하면일제 침략자들과 그 괴뢰정부 만주국의 제반 리념과 시책에 부응하는 경향을 보여준것도 있으며 심지어는 로골적인 친일색채가 보이는것도 있다.

첫째, 이 시편들중에서 가장 기본적인 의식성향은 실향의 한과 망향의 감정이다. 이것은 이 권에서 가장 중요한 가치의 소재이다.

여기서 우리는 송철리의 시 ≪故鄕≫(≪만선일보≫, 1940년 3월 25일)을 보자.

달빗 파-랏코
밤 애련-도하다
울고써난 고장이건만
마냥 그리워 그리워
마음조이며 차저가는 庶子처럼
이밤 사르-시
나는 고향의품속에 숨어든다
너무나 처량한 風景

이것은 ≪고향≫의 앞 8행이다.

이렇게 그리운 고향에 조용히 찾아간 고향은 너무나 처참한 풍경이다. 푸른 기름 흐르던 산전야전에는 잡초가 욱어졌고 들국화 꺾으며 놀던 동산엔 검은 무덤이 촘촘 생겨났고 기름기 돌고 전설이 익던 집터엔 여우가 처량하게 목놓아울고 암탉이 새끼를 치던 닭장에는 부엉부엉 부엉이가 소리높여 운다.

이것은 어쩌다 찾아간 고향의 외부풍경이지만 더욱 한심한것은 젊은 시절 사랑하는 처녀와 산호구슬을 바꾸던 우물가를 지나는데 애기업은 그 녀인, 이미 시집을 가서 남의 안해가 된 그 녀인을 만난것이다. 그래서 괴로운 시적화자는 다음과 같이 쓰고있다.

> 마음어린 도적처럼
> 초조하게 망서리다
> 종내 空虛만안고
> 이밤나는 故鄕을 나오고말앗다.
> 만일 메마른 얼골에 筋肉굿지 안엇드면
> 내故鄕의 廢墟에 卑屈을 쑤려스리라.
> 아-아-
> 故鄕은 苦鄕이런가
> 故鄕은 孤鄕이런가.

이러한 시적화자의 펜을 놓으면서 故鄕은 苦鄕이고 孤鄕이라는 외침에는 잃어버린 고향에 대한 한이 고도로 집약되여 표현되였다. 고향도 빼앗기고 사랑하는 녀자마저 빼앗긴 시적화자의 한이 어찌 그 하나뿐의 한이였겠는가.

송철리의 다른 한수의 시 ≪嗚咽(오열)≫(≪만선일보≫, 1940년 3월 27일)은 ≪고향≫의 속편이라고 볼수도 있는데 이 시에서 시적화자는 ≪고향≫에서 다하지 못한 말을, 그 말이 가득 고여있는 가슴을 터뜨리면서 오열하고 있다.

> 孔雀은 놀든곳에 깃(羽)남긴든데
> 그는 「로-즈」와 「키-쓰」튼곳에
> 꽃닙하나 남기잔엇고나

이럴줄 稀微하게 짐작했거니
내 왜 왔든고?
내 왜 왔든고?

　보는바와 같이 시적화자는 몇년만에 찾아온 고향을 놓고 피를 토하는 절규를 하고있다. 참으로 이 시는 실향의 비애와 귀향의 꿈 그리고 망향의 감정이 잘 융합되여 표현된 시라고 할수 있다.
　천청송의 시 ≪墓地(묘지)≫(≪재만조선시인집≫, 1942년)는 실향민의 망향의 의지를 또 다른 시각에서 인상깊게 보여주고있다.

靜穩의집
무덤은 너무나 寂廖하다

하도 故鄕을 그렷기
넉시나마 南쪽을 向해ㅅ도다

외로운 밤엔
별빗치 慰撫의 손을 나린다는데

墓標업는 무덤들이
옹기 옹기 정답게 둘너안젓구나!

눈보라 사나웁든
매듭만흔 歷史를 이얘기 하는거냐.
　　　　　　　－ ≪묘지≫의 전문

　더 상세한 분석이 없이도 우리는 시적화자의 망향의 정을 ≪넉시나마 南쪽을 向했도다≫는 시구와 무덤들이 ≪매듭만흔 歷史를 이야기

하는거냐≫라는 시구를 통하여 알수 있다.

망향의 정을 직접 읊은 시편들은 무명시인들의 작품에도 많이 보인다. 우리는 이 권에 수록된 시들중에 ≪향수≫, ≪고향≫이라고 제목한 같은 제목의 시가 많은것만으로도 이점을 확인할수 있다. 여기서 그 대표적인것을 보자.

이런 작품은 이 권에 수록된 시들중에서 주류를 이루고 있다고 말할수 있다.

빼앗긴 조국, 떠나버린 고향을 그리는것은 물론 인간의 본능이라고 할수 있으며 상정(常情)이라고도 할수 있지만 또 하나의 가장 기본적인 것은 이국타향에서 생활의 궁핍과 련계된다고 할수 있다. 특히 만주에 이주해온 동포들의 주체가 가난한 농민이라고 생각할 때 혹여 배부르게 먹고 따스하게 입는 문제가 이곳에 왔기에 해결되였다면 고향을 그리는 마음이 덜했을수도 있었는지 모른다. 그런데 사실은 이곳이나 그곳이나 본질적으로는 같았으며 어떤 의미에서는 이곳이 두고온 고향보다 많이 못했으니 향수의 마음, 망향의 감정은 생겨나지 않을수 없었을 것이다. 더 서럽고 더 어려운 땅, 이곳은 에덴의 동산이 아니였으며 행복의 락원이 아니였다.

무명시인 김동식의 시 ≪탄식≫(≪만선일보≫1940년 5월 2일)에서 시적화자는 밭두렁에 주저앉아 오십평생 지나온 일들을 생각하면서 가슴이 무너지는 한숨을 쉬고있다. 어째서?

    품파리 십여년을 집한채 작만하고
    어미일은 어린것을 품안에 길르다가
    하늘이 무심하여 집마저 물에기고
    어미찻든 어린것은 눈물에 사라젓소

남국이 철리라니 고향도 철리리오
마누라 무더노코 어린것도 무더둔쌍
마도강 마도강에 나마저 무더주오.

이 시에서는 재만조선인들의 궁핍한 생활을 더 이를데없이 비참한 처지에 빠진 한 농민가정의 전형적인 삶의 모습으로 인상깊게 재현하고 있다. 이처럼 재만조선인들의 비참한 생활을 시적으로 재현한 작품은 수없이 많다.

류치환의 시 ≪나는 믿어 좋으랴≫는 만주에 건너온 조선인들의 생활을 아주 특색있게 읊은 것으로 우리에게 깊은 인상을 남겨주고 있다.

인사를 청하면
검정 胡服에 당딸막이 빨간 코는 기네야마
핫바지 저고리에 꿀먹은 생불은 가네다
당꼬바지 납짝코 가재수염은 마쓰하라
팔대장선 강대뼈는 구니모도
방울눈이 친구는 오오가와

이것은 ≪나는 믿어 좋으랴≫의 앞부분이다. 보는바와 같이 시적화자가 북만 로야령의 어느 시골에서 만나는 조선인들은 창씨개명으로 인하여 모두 이름마저 잃어버리고 사는 사람들이며 입은 옷들이란 호복, 당꼬바지, 핫바지고 고향도 모르고 부모도 모르고 사는 사람들이다. 그들은 방랑의 길에서 우연히 만나서는 고향땅을 두 번 가보지 못한 한을 달래기 위하여 고향소식도 주고받고 "빼쥬"에 돼지발쪽도 사서 마시며 농부가도 불러본다.

나중에 시적화자는 ≪아아 카인의 슬픈 후예 나의 혈연의 형제들이여≫라고 부르면서 ≪우리는 조선 겨레임을 잊지 않고 죽은것을 나는 믿어 좋으랴≫라고 질문을 한다.

이 마지막 시구는 긍정구인지 의문구인지 딱히 모르겠지만 시인의 만주의 생활체험을 선명하게 생생하게 기록하고 있는 시에는 조국을 잃어버린 망국인으로서의 슬픔을 멍에처럼 지고 만주벌을 떠도는 동포들의 애절한 아픔을 력력하게 보여주고있다.

이상 김동식의 시 ≪탄식≫과 류치환의 시 ≪나는 믿어 좋으랴≫두 수의 시에서 앞의 시는 주로 물질상의 궁핍을 재현했고 뒤의 시는 주로 정신상의 상처를 재현하였는데 이와 같이 만주에 온 우리 동포들의 서럽고 어려운 삶의 현장을 조명한 시가 적지 않다.

일제침략자들과 기타 착취자들과 압박자들의 수탈과 압제밑에서 우리 동포들의 실향의 한과 망향의 정은 사그러지 않았으나 그들은 결코 그 자리에서 쓰러지지는 않았다. 아니 쓰러졌다가는 일어서고 쓰러졌다가는 일어서는 불굴의 의지를 보여주면서 이땅에 뿌리내리는 정착의 의지를 나타내였다.

신상보가 읊은것처럼 그네들은 ≪내손에 못이박히고/내등이 다 달아도/내힘이 가는데 까지/흘근 나와갓치 왓고/흘근 나와갓치 살고/흘근 나와갓치 죽고//내발에 미트리를 신고/내머리에 수건을 쓰고/한쪽박아지에 목슴만 가지고/흘글차저 여기왓소/흘글파러 여기왓≫던것이며 (시 ≪흘과가치 살겟소≫) 장기선이 읊은것처럼 ≪漆夜에 불빗 思慕하듯/誠實하고 바른길 思慕≫했으며 ≪깨끗한 空氣 呼吸하며/健全한 生의塔 싸≫아왔던것이다. (시 ≪새날의 기원(祈願)≫)

여기 김북원의 ≪봄을 기다린다≫를 자세히 보자.

≪재만조선시인집≫에 발표한 이 시의 시적화자는 ≪도로기≫를 쥐여매고 마을을 가다가 벌판에 서서 끝없이 펼쳐진 봄을 기다리는 넓은 벌판을 바라보면서 듬직한 이야기, 마을의 얼룩진 력사를 생각하면서 다음과 같이 읊조린다.

> 꼬지깨의 草原이
> 故鄕의 平原이되고
> 高粱의 平原이
> 벼이삭의 바다가 되는동안
> 내사 수염과 靑春을 바꾸었고
> 안해는 세아이의 어머니가 되었다.

이 몇줄의 시는 바로 거치른 만주땅에 제2의 고향을 창조하기 위해 땀과 청춘과 그리고 생명을 바쳐 분투한 개만조선인들의 정착의 의지를 집약적으로 개괄하고있다.

그런데 정착의 의지는 주관에 의하여서만 견지될수 없는것이다. 정치, 경제, 사회, 문화 제 여건의 보장이 없으면 구경 정착은 빈말로 될수밖에 없게 되며 뿌리 없는 나무마냥 흔들리지 않을수 없게 되는것이다. 그러므로 일제강점시기 이땅에 정착하려는 이민들은 어쩔수 없이 위만주국의 제반 시책에 부응하는 태도를 취할수밖에 없은것이다.

때문에 우리 할아버지 할머니들은 20세기 30년대 40년대의 일제침략자에 항거하는 투쟁에 나서지 않으면 또 그때그때 내려오는 위만주국의 시책과 슬로건에 따르지 않을수 없었으며 따리서 정착의지를 표현하는 다수의 시편들은 친일친만(親日親滿)의 색채를 보여주고있다.

물론 공개적으로 일제침략자에 아부하고 일제침략자를 가송하는 작품도 있으며 이른바 ≪오족협화≫, ≪락토만주≫라는 만주국의 건국리념을 노래하는 작품도 있으며 소위 1941년 겨울 일제가 발동한 이른바 ≪대동아전쟁≫의 ≪위대한 승리≫를 노래하는 작품도 있다. 조학래의 ≪만주에서≫, 윤해영의 ≪락토만주≫, ≪아리랑滿洲≫, ≪拓土記≫같은 작품도 있으며 송철리의 ≪송사≫나 ≪경진원단≫같은 작품도 있으며 박팔양의 ≪季節의幻想≫같은 시도 있으며 또 김성종의 ≪明日의太平洋≫, 김설봉의 ≪노래있는 歷史≫, 최주의 ≪東方의 光明≫같은 시도 있다.

이상 제목을 든 시들은 그리 분석하기 힘들지 않으므로 여기서는 론평을 생략하기로 한다.

우리를 심사숙고하게 하는것은 이상 제목을 든 시편들은 그 친일친만색채가 공개적으로 드러났지만 일부 시편들은 기본상 그 사상내용이 건강하고 재만조선인 특히 농민들의 정서를 잘 표현하면서도 일부 당시의 구호나 시책에 맞추는 시구를 끼워넣거나 붙여놓고 있다는 점이다.

우리가 앞에서 언급한바 있는 김북원의 ≪봄을 기다린다≫의 마지막에도 ≪오붓이 點點한 우중충한 집웅/五色旗 揭揚臺아래 마을이/봄을 기다린다≫라고 써서 시대에 대한 어떤 태도를 표시했다. 여기서 오색기는 분명 만주국국기인것이다.

윤군선의 ≪光明의 窓≫(≪만선일보≫1940년 3월 5일)도 재만조선인들의 정착의 의지를 표현한 시라고 볼수 있다.

시적화자는 淑이라는 녀인에게 편지를 띄우는 수법으로 자기의 서정을 토로하면서 첫행으로부터 너와 나는 ≪異邦의 거리에서 두마리의 水族館을 세웠다≫고 하면서 비록 서산에 지는 태양이 황혼의 鄕愁를 불러오기도 하고 먼 故國의 체온이 숨보아주지만 이땅은 ≪광명의 바다≫라고 노래하고있으며 ≪빗바람에 무더진 同胞의白骨우에 芳香이 그윽한 한송이 장미를 심≫었다고 하면서 ≪막다라 다흔 삶이 殿堂에/光明의 窓을 彫刻하는 날, 날, 날/나는 그만 故鄕을 부르리라≫고 읊고 있다.

이 시에서 시적화자는 정착의 의지도 강조하고 또 망향의 정도 은근히 내비치고있으며 시대에 대한 어떤 태도표시도 명심하고있다.

이 권에 수록된 시들중에는 이밖에도 지식인의 정신적인 고뇌를 보여주는 작품도 다수 있으며 이국타향의 낯선 자연과 인문풍경에 대한

생소감을 표현했거나 도시감각을 표현하고 모더니즘시를 시험한 작품
도 다수 있다.

손소희의 《어둠속에서》(《재만조선시인집》)는 암흑한 현실을 살
아가는 한 지성인의 내부갈등과 인격분열을 특색있게 표현한 작품으로
읽을수 있다.

이 시에서 시적화자는 구경 어떤 사람인지 알수 없는 《너》와 대화
한다. 그는 《나》를 향하여 먹칠한듯이 시커먼 밤에 석냥을 달라고 불
쑥 손을 내밀기도 하고 검은 골에서 킥킥 울기도 하고... 그런데 시적화
자는 그와 다음과 같이 격한 어조로 대화한다.

> 별하나 보이지안는 蒼空을 向해
> 별빛의 우름을 엿듯는 눈물의女人아
> 내가 怪物이면 너는 妖魔와갓다.
> 아닌밤 어둠속에서 네가찻는건 나가튼 무서운 現實일 테지

여기까지 읽고보면 여기서 시적화자가 대화하는 《너》는 다른 사람
이 아니고 바로 자기자신인것을 알수 있다. 시적화자는 어둠속에서 인
격이 분렬된 자기자신을 발견하였으며 광명을 찾는 그의 노력의 헛됨을
발견하였으며 《괴물같은》, 《무서운 현실》을 맞서 악마적인 웃음을,
울지 못해 웃는 아니 울음의 극에 달해 웃는 자신을 발견했던것이다.

> 내像이 무섭다구넌 보기두前에 질겁을하나 想像의 度를 넘은 眞
> 實한 惡鬼일진대 幻滅이나마 消滅될테지
> 虛無를 빙자하구 삶에敬虔을 일흔 너는 一切의 無視를 容納하는
> 道化役者와같고 時代의 步調에 勇敢치못한 네 卑怯性은 罪惡과
> 絶望과 눈물을파는 惡魔의 神이 天帝의 아페서 善을 讚美함보다
> 도 오히려 어색해

이 몇줄의 시에서는 ≪무서운 현실≫에 대하여 적라라하게 고발하고 있으며 또 철저하게 분렬된 ≪자아≫의 인격을 고백하고있다. 그러면서 시적화자는 ≪내가 惡으로 참되여보임은 내겐 내 眞實이 있음이구/나는 내世界에서 두활개를벗고 惡鬼의 殘忍한 우슴을 마음껏 웃습니다≫ 라고 절규한다.

원래 선이 진과 통해야 하지만 여기서는 악이 선과 통하니 시적화자는 악귀의 웃음을 웃을수밖에 없는것이 아닌가.

主여 이건 당신의 흡聲임니가 그무사운 魔像의 嘲弄입니가?
아모튼 中毒이 너무 甚하외다.
노래를 이젓구 우슴을 일흔지 벌서 오랜데!

이렇게 시적화자는 하느님을 향하여 자기가 받은 중독은 너무 심해서 인젠 노래를 잊구 웃음을 잃은지 오래라고 불평을 부렸다.

이와 같은 암흑한 현실을 사는 지식인의 고뇌를 표현한 것으로 우리는 손소희의 다른 시편 ≪失題≫, ≪反面≫을 들수 있으며 일부 무명시인들의 시편들을 더 들수 있다.

리달근의 ≪墓碑銘≫(≪만선일보≫1940년 8월 30일)도 한 지성인의 시대적고민을 고백한 시로서 읽을수 있다.

이 시에서 시적화자는 스스로 자기에게 묘비명을 써주고있다.

목매처달리노니 腐卵갓흔 鳥心아
어찌타 애설피 그時節만 뇌까리느뇨
별빗흐르는 南方의한울밋도 예갓것만
芭蕉입과 白薔薇로역근 곳다발은
深淵의무덤압헤서 이미 시드럿고
情에겨운 그이의戀歌도 흘러갓는데

오호 希望이여 너는―
내가슴에 褪色한墓碑를 박고갓나니……
이제나는 별과더부러 밤의秘密을캐고
東方의黎明을긔대려 眞理의太陽을섬기고
杜鵑우는밤을 홀로 직히이리라.
隱密히 墓碑銘을 쪼아색이면서……

보는바와 같이 이 시에서 시적화자는 파초잎과 백장미도 시들었고 정에 겹던 그의 련가도 흘러갔고 희망도 가슴에 퇴색한 묘비를 막고 가버렸지만 별과 더불어 밤의 비밀을 캘 꿈과 동방의 려명을 기다려 진리의 태양을 섬기며 외로워도 은밀히 묘비명을 새길 희망을 안고산다.

여기서 시인이 말하는 묘비명, 밤의 비밀, 진리의 태양의 이미지가 구경 어떤 의미를 내포하고있는지 딱히 밝히지는 안았지만 우리는 적극적인 인생, 영원한 인생의 가치를 추구하는 한 지성인의 령혼의 몸부림을 보아낼수 있다.

車窓밖 豆滿江이 너무 빨러 섭섭했다
흐린하늘 落葉이 날리는 늦가을 午後
馬車박퀴가 길을내는 찔걱찔걱한 검은 진흙길

　… … …

시악시요 아 異國의 젊은 시악시요
아장아장 걸어오는 쪼막발 시악시요
힌 粉이 고루 먹히지않은 살찐 얼굴
당신은 저 넓은 들이 슬프지 않습니가
저 하늘바람이 슬프지 않습니가
黃昏 걸거리로 허렁허렁 헤매이는 흰옷자락 그림자는

서른 내가슴에 허렁허렁 떠오르는 조상네의 그림자- .

- 김달진 ≪龍井≫의 부분

이 시는 ≪재만조선시인집≫에 수록되였는데 이국적인 인문풍경을
재치있게 그리고있다.

길가는 저아가씨 옷은 비록 푸르건만
그얼골 생김생김 거름것는 그맵시가
분명코 조선의아가씨 뉘아니랴 말하리.

뭇노니 저아가씨 다홍치마 다어쩌고
푸른빗 그런옷을 아니그래 입단말고
누라서 그런말 뭇소 만주쌍도 몰라보.

난정말 못보겟소 안타싸서 난못바요
히맑은 당신마음 잘못될까 난못바요
옷이야비록 푸를망정 마음 마저 푸지르리.

- 리포영 ≪靑服의 處女≫전문

≪만선일보≫ 1939년 12월 29일자에 게재된 이 시조에서 시적자아
는 청복을 입은 조선아가씨라는 특수한 인문풍경을 바라다보면서 아무
튼 옷은 청복을 입었으되 마음만은 변하지 말아달라는 기대를 나타내
고있다.

只今으로부터 十年前
......그때......
아버지머리에는 상투가 잇섯다
『터럭을쏩으면 父母에게 辱이되는거야』

이것은 아버지의입버릇갓흔 소리엿다

그러나－
－그이듬해 녀름放學에
停車場에서본 그의머리우에는
"나싸오리"가 언처잇섯다

논에는 갈(綠肥)을 꺽거노허야지
그쌋놈의 풀(堆肥)만가지고 엇드케 農事를짓수?
…… …… …… …… ……
…… ……　 또 …… …… ……

그 그다음해에는
못자리에 콩깨묵을 쑤리면서
아버지는 이러케중얼거렸다
"원 이게 풀닢사귀만이나 할수잇나?"

아버지世紀는 이러하였다.

이것은 ≪만선일보≫1940년 3월 6일에 게재된 무명시인 김립의 ≪아버지世紀≫의 전문이다.

이 시에서 시적화자는 아버지의 신상에서 있게 된 몇가지 변화를 소묘하면서 시대의 변화를 따르게 되는 인간생활의 변천을 재치있게 보여주고있다.

해방전 재중조선인 현대시를 고찰함에 있어서 꼭 집고 넘어가야 할 것은 바로 일부 시인들의 모더니즘실험이다.

지금까지 그 성원들의 신분은 딱히 해명할 방법이 없지만 여기서 가장 대표적인 시인들로는 1940년 8월 23일부터 1940년 8월 29일까지

≪만선일보≫문예란에 시를 발표한 ≪詩現實≫동인들이다. 그에 망라된 시작자들의 이름을 불러보면 리수형, 김북원, 강욱, 신동철, 함형수, 황민 등이다.

이밖에도 ≪시현실≫동인은 아니지만 부지런히 모더니즘시실험을 시도한 시인들로는 손소희, 리달근, 남승경, 김조규(다른권에 그의 시를 수록함) 등을 들수 있다.

이 시류파에 대한 연구는 그 시기에 克彦이라는 사람이 ≪만선일보≫ 1940년 8월말부터 9월초까지 4회에 나누어 ≪시현실동인집평≫이라는 장편문장을 발표한바 있고 필자가 이 론고의 앞에서 제목을 든바 잇는 채성미녀사의 석사론문과 박사론문에서 비교적 깊이 연구되였다고 인정하면서 여기서는 더 펼치지 않기로 한다.

이 권에서는 또 8·15해방으로부터 1949년 10월 1일 건국전 사이에 발표된 시도 선재해넣었다.

1945년 8월 15일 항일전쟁이 승리한 후 조선은 국토가 분단되고 중국은 전국해방전쟁이 결정적인 승리를 취득하는 력사의 려명기를 맞이했으며 재중조선인들은 다시 고국으로 돌아갈 사람은 돌아가고 여기에 남을 사람은 남는 격변기를 맞이하게 되었으며 문인들도 이곳에 남을 사람은 남고 조선에 나갈 사람들은 조선으로 돌아갔고 한국으로 돌아갈 사람들은 한국으로 갔다.

중화인민공화국의 건국전야 전국해방전쟁의 승리라는 력사의 려명기를 맞이하여 중국조선족들은 민족신생의 생기를 휘뿌리는 혁명적열정과 생명의 저력을 과시하면서 점차 중화인민공화국 56개 민족의 하나로 자기의 위치를 차지하게 되었으며 이 혁명의 용광로속에서 새로운 시대를 따르는 새로운 시문학이 탄생하게 되였나.

이 시기의 대표적인 시인들로는 리욱, 채택룡, 설인, 현남극, 김례삼, 윤해영, 임효원 등 이름을 들수 있다.

이 시기 시문학은 전반 문학예술분야에서 제일 활약적인 장르였는데 그중에서도 가사문학창작이 아주 활발하게 전개되였고 정치서정시가 아주 흥성하였다.

이 시기 시문학은 주동적으로 중국공산당의 지도밑에서 모택동동지의 ≪연안문예좌담회에서 한 연설≫을 기치로 삼고 정치를 위해 복무하고 정치에 종속되며 로농병대중을 위해 복무하는 방향을 따라 전진하는 자세를 보여주었다.

이 시기 가사문학은 항일혁명가요의 직접적인 계승이고 발전으로 되는바 고도로 되는 혁명정신과 혁명열정을 나타냈으며 형상창조의 방법, 운률조성의 수단, 언어구사의 수법에서 항일혁명가요와 많은 공통성을 보여주면서도 점차 뚜렷한 작가문학의 특점과 개성을 보여주기 시작하였다.

이 시기 시인들은 새 력사의 려명기를 맞이한 흥분과 감격을 읊조리면서 혁명전쟁의 승리와 인민의 해방의 감격과 변신의 감정을 목청 다해 노래하였다.

이 시기 시인 리욱은 시집 ≪北斗星≫(1947년)과 ≪北陸의敍情≫(1949년)을 출판하였으며 많은 신문잡지에 시를 발표하였다. (별권에 수록됨)

기타 시인들의 시는 1947년 3월 연길한글연구회 편으로 출판한 시집 ≪颱風≫에 수록된외에 ≪문화≫, ≪연변문화≫ 등 잡지와 ≪人民新報≫, ≪연변일보≫, ≪동북조선인민보≫ 등 신문잡지에 많이 발표되였다.

우리는 이상과 같이 건국전 재중조선인의 현대시작품들의 기본 면모를 훑어보았는데 대체적으로 1945년도 8·15해방전과 해방이후가 선명하게 구별되는 양상을 보아낼 수 있다.

8·15해방전 재중조선인 현대시는 일부 독립운동가들의 참여로부터

시작된다. 그후 중국 특히 만주라고 불리우던 동북지구의 정치형세의 변화속에서 현대시는 변화발전되였다. 박팔양, 함형수, 김조규, 류치환, 김북원, 김달진, 손소희 등 조선에서 상당한 교육을 받았고 문학수양을 쌓았고 시창작에서 재능을 인정받은 시인들의 동북에로의 이주 또는 일부 시인들의 동북에서 단기 생활체험에 기초한 시창작에 투입은 이곳 현대시의 창작에 새로운 한페지를 열어놓게 되며 윤해영, 리욱, 심련수, 천청송 등 이곳에서 태여났거나 혹은 청소년시절을 보내면서 성장한 시인들의 시창작은 력사상에서 진정으로 중국조선족의 특색문화를 반영했다고 평가할수 있는 시작품의 대량 창출을 위한 바탕을 마련하였다. 그리고 지금까지 그 대부분 성원들을 신원을 확인할 방법이 없지만 ≪시현실(詩現實)≫동인들의 모더니즘 내지 초현실주의실험은 재중조선시단에 신선한 바람을 불어넣어 시창작방법의 발전에 좋은 영향을 주었다고 평가할수 있다.

총적으로 8·15해방전 재중조선인 현대시의 문학사적의의는 여러각도에서 평가할수 있지만 가장 주요한 두가지는 세인들이 한결같이 승인한다. 그 한가지는 1930년대말부터 1940대초 일제침략자들의 문화전제주의의 탄압속에서 재중조선인 현대시는 조선시문학사의 공백을 메우고 맥을 이어왔다는것이고 두 번째는 진정으로 중국조선족의 시문학이라고 부를수 있는 시문학의 바탕을 닦아왔다는것이다.

그러나 8·15해방후 중국조선족시문학은 새로운 시대적여건속에서 많은 시재가 있는 문인들이 이곳을 떠나갔고 또 문예방침상에서 정치문화의 참여가 너무 지나친 등등 문제로 하여 해방전에 쌓아놓은 문학유산은 제대로 계승발양되지 못하였다.

여기서 건국 전야에 있었던 하나의 사건을 이야기하고 펜을 놓으련다.

이 사건이란 바로 설인의 시 ≪밭둔덕≫에 대한 무리한 비판이다.

시인 설인은 1949년 여름 어느 하루 할아버지와 함께 김을 매다가 밭 둔덕에 앉아 새 농촌의 새 모습을 읊은 시 한수를 썼다. 이 시에서 시적 화자는 김매기로동의 기쁨을 쓰고 쉬는참의 쾌락을 쓰고 나중에 싸우는 전선을 생각하면서 일손을 다그칠 결의를 다진다. 위대한 토지개혁 가운데서 자기의 분배받은 땅에서 땀흘려 일하는 농민들의 기쁨과 열의를 읊조린 이 시는 기실 시비에 오를 작품이 아니다.

그러나 전국적으로 전개된 소군9)에 대한 비판(이 비판은 오류적인 비판이라고 후에 승인했음)의 계시를 받아 공개적으로 발표되지도 않은 원고를 놓고 공개적인 비판을 조직하였던것이다.

이 한차례의 비판은 시인 설인에게 큰 타격을 주었을뿐만아니라 금방 해방의 서광속에서 걸음마를 떼기 시작한 조선족새문학 특히 시문학에 치명적인 타격을 주었다.

4개월 동안 전개된 비판에서 비판자들은 이 시는 ≪계급 및 정치적 내용이 결핍하다≫, ≪예술상에서 대중적이 못된다≫, ≪보편화 못된다≫고 비판했으며 ≪재료수집이 부족하였다≫, ≪자연만 그렸다≫, ≪전선에서 공장에서 농촌에서 세기에 빛나는 창조의 모습을 쓰지 못했다≫고 지적했으며 심지어는 호미가 풀을 매는 ≪살그랑 살그랑≫소리마저 ≪가냘픈 말초신경의 감촉≫이라고 모자를 씌웠다.

시 ≪밭둔덕≫을 둘러싼 이 한차례 비판운동은 중국조선족문학사에서 첫번째로 되는 문학비판운동이였는바 그 교훈이 침통하다. 이 침통한 교훈을 깨달은것은 그때로부터 거의 40년이 지난 80년대 중기에 이르러서였다.

---

9) 소군(蕭軍)(1907-1988) 일찍 동북륙군강무당을 졸업, 로신의 지도밑에서 좌익문학운동에 참가하였으며 동북인민의 항일투쟁을 반영한 장편소설 ≪8월의 향촌(八月的鄉村)≫으로 유명, 호풍과 함께 ≪칠월(七月)≫잡지를 꾸리기도 하였다. 그러나 당시 장춘교 등의 무리한 비판을 받았고 건국전야 할빈 ≪文化報≫의 주필로 있은 그는 극단개인주의, 인민의 통치를 반대하고 중쏘우의에 리간을 도발했다는 등 비판을 받았으며 건국후에도 줄곧 발표권을 박탈당했다. 1980년대에 와서야 명예를 회복하였다.

현대시

신채호(申采浩) ●

한 나라 생각

나는 네 사랑
너는 내 사랑
두 사랑 사이
칼로 썩 비면
고우나 고운
핏덩어리가
줄줄줄 흘러나려오리라
한주먹 덥석 그 피를 쥐어
한 나라 땅에 골고루 뿌려서
떨어지는 곳마다
꽃이 피어서
봄맞이하리

주: ≪한 나라 생각≫ 이 시는 신채호가 1910년 압록강을 처음 건너면서 읊은 것
이라고 전해진다.
이 시와 ≪너의 것≫, ≪새벽의 별≫, ≪5월 28일≫, ≪금강산≫은 모두 조선
문예총동맹출판사에서 출판한 ≪룡과 룡의 대결≫에서 선재했음.

너의것

너의 눈은 해가 되여
여기저기 비치우고지고
님나라 밝아지게

너의 피는 꽃이 되여
여기저기 피고지고
님나라 고와지게

너의 숨은 바람 되여
여기저기 불고지고
님나라 깨끗하게

너의 말은 불이 되어
여기저기 타고지고
님나라 더워지게

살은 썩어 흙이 되고
뼈는 굳어 돌 되어라
님나라 보태지게

주: 1910년대 후반기의 작품으로 추측됨.

새벽의 별

1
아까아까 온 하늘에 가득하던 동무들
동안이 머다한들
새벽이 차다 한덜
이다지 엉성
벌써!
2

달은 이미 졌다
해는 아직 멀었다
이때! 이때!
우리 곧 없으면
우주의 광명을 뉘 찾으랴?
어데서!

  3
동지섣달 긴긴밤에 자지 않는 과부의 등잔
우주의 명상에 꺼먹이는 시인의 눈
만리타향에 앉아 늙은 나그내의 머리털
산을 넘어 물을 건너
홀로 가는 지사의 마음
우리 곧 아니면 동정할이 누구냐?
까막... 까막...
반짝... 반짝...

  4
휙... 휙
바람의 채찍
새벽 임금의 수리뜬다 등 들어라
훼 들어라 길라잡이 나서거라
오는 밤에 다시 보자
까막... 까막...
반짝... 반짝

  5
새벽의 별
자연의 구슬

낱낱이 띠 내리여
하나씩 둘씩
우리 아기들 품안에
골고루 넣어주어
구름이 끼거나
안개가 일거나
바람이 불거나
눈이나 비가 오나
꺼지지 않는 빛에...
천년 만년 긴 새벽 되였으면!

주: 1910년대 후반기의 작품으로 추정됨.

1월 28일(이날 밤에 태풍이 일다)

밤새도록 빨간 등불
밤새도록 우르릉하는 바람
밤새도록 출렁출렁하는 마음물결
바람을 맞아 꺼질듯말듯한 등불
바람을 따라 오르락내리락하는 마음물결

바람을 따라 가볼가
료동의 먼지도 쏠려
발해의 물결도 밀려
바람을 따라 가볼가
나야 바람뿐이랴

바람보다 더 빨리 더 멀리 가
하늘에 가 별도 따고 해도 잡아오려 한다마는
네가 쫓아오지 못하니 나도 가지 못한다
열해를 갈고나니
칼날은 푸르다마는
쓸곳을 모르겠다
춥다 한들 봄추위니
그 추위가 며칠이랴
자지 않고 생각하면
긴밤만 더 기니라
푸른 날이 쓸데 없으니
칼아, 나는 너를 위하여 우노라.

금강산

금강산이 좋다마다 단풍만 피엿더라
난풍의 잎새잎새 추풍만 자랑터라
차라리 몽골대사막에 태풍을 반기리라

류영 ◉

새 빛

어두운 밤의 막이 열린다
새빛을 띤 해가 東山에 떠오른다
아아 이날에 韓族들이
熱狂의 기쁨으로 새빛을 맞는도다

三千里 산과 들에 瑞氣가 차고
三千萬 살과 뼈에 선혈이 뛰도다
永遠히 이 땅에 光明을 비춰일
3월 1일의 새빛

자는 자여 아침이 이르렀다
갇힌 자여 獄門을 깨뜨려라
아아 이날의 韓族이
붉은 피로써 自由를 부르짖는도다

삼천리 풀과 나무 二千만 입술이
뜨거운 만세로 떨도다
永遠히 이 땅에 복락을 주고
永遠히 이 子孫의 自由를 비는
3월 1일 만세!

내 팔을 찍으라 다리도 버히라
槍으로 찌르라 銃으로 쏘라
아아 이날에 韓族의

불 같은 용기가 나타나도다
그 목숨이 없어지는 마지막 순간에
그는 樂園에 노래하는 자손을 보도다
이 핏줄기를 따라 내려온
이 핏줄기를 따라 내려갈
無窮히 傳할 이날의 용기

모든 陋醜를 이날에 태우다
모든 죄악을 이날에 씻다
아아 이날에 韓族이
피의 洗禮로 다시 살도다

다시 산단들 어여쁜 얼굴에
地下의 祖靈들이 웃음을 띄시도다
새로운 때에 새로이 살아갈
韓族에 복이 있으라.

———————————

주: 1920년 3월 1일 ≪독립신문≫에 게재.

해일(海日) ◉

獨立日

노래하라 노래하라聲帶가터지도록
춤추어라춤추어라四肢가다하도록
오늘에自由가왓나니
오늘에正義의해빗나나니
　倍達의자손들아
　倍達의자손들아

울니여라울니여라天地가震動도록
날니여라날니여라日月이가리도록
오늘이첫깃쑨날이니
오늘이億萬代傳할날이니
　倍達의 子孫들아
　倍達의 子孫들아

넉히여라넉히여라하늘의주신福土
퍼치여라퍼치여라造物의택한百姓
永遠히生命새움날이니
永遠히새光榮비치울이니
　倍達의子孫들아
　倍達의子孫들아

주: 1919년 8월 26일 《독립신문》에 게재. 작자 신원 미상. 3련 3행은 《永遠히
　　새 生命 움틀날이니》로 되어야 옳을것 같다.

아아 庚戌八月二十九日

아아 이날
半萬年의 神聖한 歷史가
아아 이날
二千萬의 귀여운 生靈이
暗黑의 첫덤을 쓰단말가
千古에 陋臭를 남기단말가

십년의 苦楚
오오 祖國江山
얼마나 그디의가슴우에
피눈물 자최가남앗느뇨
아아 멋번이나
斷腸의哭聲이들니엇느뇨
可憐한奴隷의 可憐한奴隷의

自由가勒脫된이날
正義가蹂躪된이날
오오 이날을
韓倍의子孫들아
哭하여 새우리
億萬代 뉘우치리

오오 이날
韓倍의子孫들아
血을밧치라 肉을밧치라
祖國을爲히여 祖國을爲하여
아직도 惡毒한서음놈은

칼을 품나니 毒藥을 붓나니

주: 1919년 8월 29일 ≪독립신문≫에 게재.

秋夕(俗歌)

오날이 八月十五夜
녯일을 生각하니눈물겨운다
千萬里他鄕에 이타는가슴
한잔의五茄皮로나 슬어바릴가

져달아 네아리니 말무러보자
우리의 아우와뉘는얼마나울드냐
黃河水구불구불 네무슨怨수로
그려운江山을 가로막느냐

漂迫東西 可憐한이몸
이날에 우른적이메ㅅ번이런고
나라일코 집일코…애답다皇天아
아아奴隷의 이서름을 어듸다살으리

亡命의 悲運을
同胞여 슬퍼한들무엇하며
쑤ㅁ갓흔 光榮을
同胞여 回想한들그무엇하랴
달붉고 朗明하니
노래나 부르세

노래나 부르세

주: 1919년 10월 28일 ≪독립신문≫에 게재.

아아내나라

모단福樂
모단繁榮
모단生活의本源
아아내나라
그대밧게쏘잇스리
아아내나라

限 업는苦痛
患難
오오비록죽음이잇다한들
아아내나라
다무엇이리
아아내나라
그대만잇스면

나의나고
자라난곳
億萬代後孫의基業
아아내나라
天下를주ㄴ다한들
아아내나라

님에게比하리

죽어도님爲해
살아도님爲해
아아내나라
나의生命
永遠히내사랑
아아내나라
아아내나라

———————————

주 : 1920년 1월 1일 ≪독립신문≫에 게재.

오오나라의한아바지들

鐘소리가…… 어둠속에비통한鐘
소리가……榮光잇는歷史의殞命을
吊喪하도다、오오나라의한아버지
들 우리가차고빗업는싸우에傷하야업드리는째……

모단것이沈默하도다、물이그흐
름을그치니모단江과海洋이죽음갓
치잠잠하도다、오오나라의한아버
지들!우리가어둠밋헤、밤보다도
더어두운하날밋헤、가슴쓸인祈禱
를듸리는째………

우리는싸우에업디여우룻노라
뫼인눈물은心臟을무급게하며……
우리는하눌을우러러니를가런노라
풍결에쩌는사시나무갓치몸불임하
며……오오나라의한아버지들!祖
國이업서지는그날부터、우리몸을
벌거벗기는그날부터……

그러나지금、우리는눈물을가다
듬엇노라、니러섯노라、오직이째
에기뚜리는새박이그빗과함게오나
니… …그러타다、地下의英靈이여、

당신의남긴榮光이九年後에、아
뭄과눈물의九年後에、이싸우에이
子孫우에、오오이날에怨수감는싸
홈우에빗나나이다
보소서、나라의한아버지들!
보소서、下의英靈들!

주 : 1919년 8월 29일 ≪독립신문≫에 게재.

송아지 ◉

가는해오는히

하늘우헤푸른燭臺가
쏘하나너머진다
그째에쑤ㅁ갓흔나의한해가
쏘다시과거의幕속에업서진다

나를울닌해!
나를깃부게한해!
네속에서새로난나라들
네안에서다시산民族들
너는人類에게새希望을
온世界에새싸홈을
歷史우에새軌道를주엇다

거기서復活한나의祖國
거기서망울진나의民族
만일네가아니왓더면
나에게그갓흔눈물이
나의게그갓흔우슴이
쏘한아니왓슬터이다

하늘우에붉은별이
쏘하나生겨난다
그째에쯧깁흔나의한해
쏘다시새벽빗츨비췬다

반갑고나새해
눈물겨운새해
운명이가져온너
압길이漠漠한너의길
네게는모단바람이
네게는모단惡運이
한업시쌔웨잇다

네게서무엇을求할싼
깃븜을구하랴슬픔을구하랴
萬一네가아니오면
나에게깃븜이업스리라
그러나쏘네가아니오면
나에게슬픔도아니올거슬

아아只今나의조국은
危難중에썰고잇다
새롭고낡다는區別도
눈물도깃븜도다써나가라
다만榮光의勝利여네아페
나의불근피로쑤릴날을기다리라

———————————

주: 1920년 1월 1일 《독립신문》에 게재.
　　연구에 의하면 송아지는 주요한으로 인정된다.

즐김노래

동무들아
이날을記憶하느냐
피와꼿과눈물로서
너의祖國이다시산날
이날에
二千萬의소리가
물결가치움즈겼다
이날에
三千里산과벌이
깃븜으로써럿다
오오이날에
이크고거룩한날에
너의가슴은쓰러오르고
불근두빼ㅁ은눈물로빗낫다

同무들아
이날을記憶하느냐
빗거문주금의옷을바리고
受難者의불세레를밧던날
이날에
너의父母、同생、어린 것
피쑤려거룩한싸홈의先驅를지엇다
이날에
너의불붓는情熱의心臟이
惡한敵의銃칼아페白熱되엇다
오오이날에
이莊嚴과아픔의날에

내뿜던聖潔한感激의피가
黑暗한東亞에횃불을드럿다

동무들아
記憶하느냐、이날을
彷徨의曠野、어둠의골작에서
悲痛한苦難의榮光으로쒸어나간날
즐기세、이날을
이날에네祖國이부르던
놀쒸는젊은피의노래로
즐기세、이날을
불붓는自由의祭壇우에
尊貴한盟誓의祭物을드려서
오오이날을
祖國과함씌즐기세、生命의
自由의、깃븜의、노래불너서
가시의길을나갈째에도
苦難의못가에너머질째도
祖國과함씌즐기세、自由의
偉大한노래불너서、이날을

주: 1920년 3월 1일 《독립신문》에 게재.

시해

쑤ㅁ이나를위해먼데同志다려왔네
새해祝福반가웨라나라일을議論할
제엇짓타無情한鷄鳴聲이나를씨웨

그림자로벗을삼는革命客의이身勢
라사라ㅇ하는同胞에게무엇으로情
表할가밧아라新年善賜드리노니이
내몸을

男兒三十에未復國이면後世에誰稱
大丈夫라復國못한이몸으로썩국먹
기붓그럼네언제나倭頭蠻頭로含哺鼓腹

주 : 1920년 1월 1일 ≪독립신문≫에 수록.

김여(金與) ◉

三月一日

黃河水건너부는바람
피바람 한숨바람
아아이날에數萬의無辜
倭칼에 倭銃에
맛고 죽단말가
오오 언제나流血이긋나리
언제나 긋나리

기특한싸음 의로운싸음
어느덧 一年이로다
地下의 의로운英靈
鐵窓에 자는勇士
그러나安心하소서
安心하소서
自由의해빗치 正義의旗빠르이
새光彩發할날 머지안나니
머지안나니

奴隸의 쓸아림
壓迫 惡刑 虐待
아아생각만하여도소름이끼친다
내아우 채우든모양
내누의 끌니여가든모양
내父母의 여인魂

아아 아직도이눈에 암암하다
죽어도 이羈絆은免하고말리라
이羈絆은免하고말리라

千萬番 다시죽어도
獨立은 하고야말리라
왼天下 다막아도
獨立은 하고야말리라
三千里 피우에쓰고
二千萬 한아도안남아도
獨立은하고야말리라
하고야말리라

이가슴쒸는피 正義의피
이팔쑥흘으는피 自由의피
이피를 쌜일째
오오 이 피를 쌜일째
榮光의 無窮花
다시 피리리
그려운 祖國江山
歡喜에 차리라
歡喜에 차리라

주: 1920년 3월 1일 ≪독립신문≫에 게재.

鄕愁

故鄕에피던꼿 여긔도핀다
故鄕에울던새 여긔도운다
다갓치 사람이生活하는짱
어대나瞬間의快樂 업스런만은
故鄕의꼿 눈에씌울째
故鄕의새소리 귀에울닐째
이가슴그리워 터지려한다
아아 언제나 도라가리

山넘고물넘어 져긔져멀리
아츰해빗 빗나는져긔
나그리는 無窮花피는져긔
비록貧困의설음이 잇다하여도
째로不意의災難 온다하여도
쓰던달던 내살님사리
아아 언제나 도라가리

가는비 窓外에霏霏히올째
밝은달 蒼穹에소사오를째
故鄕의 녯記憶 더욱새로아
오고가는 바람비에나의草屋은
얼마나 더문허젓으며
半百이 더넘은나의父母는
얼마나 白髮이더하엿스랴
아아 언제나 도라가리

먼길에疲困한 몸 풀우에누어

無心히바라보는 北녁하늘우
흰구름두어덩이 물니여간다
아아져밋헤 나의님게시런만은
져밋헤 나의동산푸루련만은
져밋헤 나의샘흐르련만은
아아 언제나 도라가리

사람이살면은 萬年을살랴
하늘게바든 ㅆ ㅑㄹ은동안을
幸福잇게 有用하게쓴다하여도
오히려最後의눈 안감기거든
하물며 山갓치싸힌이짐을
몸다하여맘다하여 애쓰던이몸
속절업시 海外새漂迫의生活
싱각하면 눈물이더욱흐른다
아아 언제나 도라가리

____

주: 1920년 5월 11일 ≪독립신문≫에 게재.

용암 김태연(容庵 金泰淵) ◉

三月하루

三月하루
세해전에업든 三月하루
十年間싸흔압흠에서
맺힌열매오늘三月하루
종애멍애아래로서
울고한하던속에서
엇어나온三月하루

三月하루!
罪업는피와살고기를
홀녀쌀이고헷쳐서
千古에싸은흠을쌀고서
거룩한우리歷史를
길게빗내려고애닯게
차즌오날三月하루!

三月하루!
젓먹는어린의곡으로
웻친萬歲소래에서
고사리갓흔손을들어
원수의창을막음에서
하누님마음이늣김으로
엇은오날三月하루!

三月하루!
韓村에새악시와애들!
흙우헤쏠인붉은피
창끗에서터진유방속
연약한입실이해지고타서
에닯아하는그가슴속으로!
生産된이三月하루!

三月하루!
피와압홈으로산이날!
고기와죽음으로밧곤이날!

半萬年긴時干에한번인오날
億萬年압時干에다시업슬이날!
슯음의끗깃붐의시작!
아!잇지못할이三月하루!

三月하루!
이날!鷄林쯸에서들니운첫닭익울음!
이날!韓村에서울니운새벽쫑!
이날!우리의옥을씨치고
이날!우리의고통을벗기고
이날!배달의아달과딸을
새로나은이날!三月하루!

三月하루!
二千萬가슴속서결정되여
찍힘베임죽임갓힘속에서
내生命네生命代價로쥔

쓸이고압흐고깃부고쾌활한이날
긔억하며또다시결심하자
삼월하루에나혼子女여!

三月하루!
이날이나의生日!네의生日!
이날이엄마와압바의生日!
이날이언이누이의다시난生日!
한번잇섯지만다시못둘이날!
이날에生産된새大韓의새아들과딸!
이날을아느냐?三月하루?

三 二 二八 밤에

주 : 1921년 3월 1일 ≪독립신문≫에 게재.

내가죽엇서?
龍華에꼿구경하고

一

『봄이왓다』、
龍華寺近處、복송아꼿이、웃기에
사람들이、「봄」을 보려、모혀들드라。
달견신지도、『죽엇다』비웃든外人들도、
다시산、복송아꼿、웃는꼴을 보겟다구、
얼골살、두텁게도、모혀들드라。
十里한줄、분흥씩가、
『내가죽엇서?』、
그들이、달견에、그곳에서、
『내가죽엇서?』할적에는、
적적도하드라、차자오는이업서、
『흥、산것갓흐냐?불상한것들、
미련한것들!』하더니라
봄이왓다、봄이왓서、
十里한줄、분홍씩가、
오늘、역시 그곳에서、
『내가죽엇서?』
대답이업서라、묵묵、
그러나、自動車는웨?
말달님은무슨일!
그래도『죽엇나?』
『屍體구경나오나?』

『숨엇든씨가、살앗단다、봄날내』
아즈랑이가、귀속으로、속삭이하드라。
『숨은자여!』어린이의、쩌도는靈이、부르짓다、
『사람이 죽엇다하지? 바람이칩지!』
그러나、十里한줄龍華桃花가、
「내가죽엇서?」하드라、야、 』

       二

분홍쟝옷두른、통통한處女들、
가만히、품에안고、
『비밀을、가르쳐다고、 』
어린이의、靈이、애원하엿다
『그져는、안된。빨간입옆에、
입맛초아다고』
『그림、그러지』하고、단숨예ㅅ、쓰
거운입맛춤을、
그래ㅅ더니、쌜갓케、낫붉히면서、
쟝옷슬벗드라、
그러니、그건、處女가아니고、
다슷님、분홍비치、
탑삭부리 녕감。
탑삭부리가、우스면서、
『숨은씨를、보호하여라、
업새지말라、
그거시、누리의、제일큰、
비밀이다!』

四月一日留滬학생회
픽늬ㄱ크째

주 : 1922년 4월 15일 《독립신문》에 게재.

저비(雨)보아라

저비보아라
南北滿州들에는오지를마라
山과수풀속에모혀잇난
우리大韓獨立軍은
어이하란말이냐

저비보아라
黑龍江골작(谷)에는오지를마라
집일코혈버슨 勇士네는
어이하란말이냐

저비보아라
인왕산밋헤는오지를마라
怨讎의鐵窓에서呻吟하는
우리勇士의心情은
어이하란말이냐!

저비보아라
北滿의외로운客이잠을깨니
눈물에싸인요내가슴은
어이하란말이냐

주 : 1922년 6월 24일 ≪독립신문≫에 게재.

이처러워라

애처러워라
우리獨立軍
茂盛한풀밧에서
괴로운잠자고
쓰린비(腹)를얼마나쥐여쯧더니

애처러워라
山말고물말근네祖上나라
잇지못할니라 잇지못할니라
달이고요한그쌔나
비소리요란한그쌔나

애쳐러워라
저- 靑山과白雲밧게서
울고울고헤매이는
二千萬의同胞兄弟가잇난줄을
잇지못하리라 잇지못하리라

애쳐러워라
怨讎의暴虐은날날이더한데
우리의先導인頭領者덜뭇노니
엇지려나 엇지려나
가슴답답 속터지런다

____

주: 1922년 7월 1일 ≪독립신문≫에 게재.

어머님가시던날

아! 교요한 첫새벽
萬物이 沈默에 잠자는—
寂寞을 깨치고
우러나오는
저 鐘소래!
暗黑한空中에
셔름의波動을 그리면서
正義의 비단門帳에 닥처
罪惡의 어즈러운
주름을 잡도다

그鐘소래! 그鐘소래!
우리어머님 써나시던
그날새벽 그鐘소래!!
아! 그鐘소래!!

쓷업는 거름을
몰려가시던 그날 그새벽
그鐘소래는
不公平한强力의 방맹이로
울여첫던것이다

철업는 우리兄弟들
참아 여이시기 어려워

사나운 世上風波에
참아 외로히 버려두고
가시기 애처러워
울고 울고 쏘울고 울어
눈물이 滂滂하시던
그 얼골

우리 兄弟들 목에
奴隷의 굴네 결니고
우리들 手足에
壓迫의 착고가
채여짐을 보시고
가삼을 쥐여쑷다가
兇漢에게 辱을 보시던
그 形狀

아! 어머니!! 어머니!!
잡혀 몰녀가는 어머니를
바라보고 발버듯고 울던
우리! 우리兄弟가!!
敵의 칼에 맛고
銃鎗에 업허짐을 보시고
니를 갈며 하시는말삼
『참고 힘쓰고 長成하야
싸호나 죽도록 애쓰라
내다시 도라 오......』
목 메여 터지며
우시던 어머니!
우리 어머니!!

어머님!인제는 우리도
어머님 가신理由도
도라올수 잇는 째도
우리가 어머님 오시게할
道理도 方策도 암니다
힘쓰겟음니다 어머님!!

아! 쏘한번 울니는고나
그날새벽 그鐘소래!!

주: 1922년 8월 29일 ≪독립신문≫에 게재.

무명씨 ●

웬 일이냐

웬일이냐.
져兒孩는 왜우러
監獄에잇난 아버지생각
간切해서 운다해요.

웬일이냐.
저집의 騷動이
獨立運動에 關係잇다고
왜놈이와서 家宅수삭!
그래서 騷動이래요.

웬일이냐
져婦人은 어듸를 急작이!
鐵窓속에 잇난男便에게
衣服差入하라고
그래 急작이간대요.

원일이냐.
開化몽둥이든者가 내집에
拷問致死된 사람爲해
말한마듸 못하는辯護士놈
着手金이나 내라고 왓대요.

주: 1922년 8월 1일 ≪독립신문≫에 게재.

漂浪

바람은분다 비는온다
오든비 부든바람 긋나기前에
쏘이러난다 쏘이러난다
내가슴속에 타는불이!

이곳이 어듸라요
西伯利亞 찬벌판인가요?
南北滿洲풀밧속인가요?
그것도아니면 江南의것친들인가요。
괴롭다마러라 우지마러라。
먹을것업고 입을것업다고。
나라亡하고 主人업난百姓
의레이그럴줄 몰낫더냐?

그러나 우러라 쏘울어라。
放浪에放浪을 게속하는너이들
目的이무어냐?잇지말어라。
漂浪의報酬로自由의月桂冠……

주: 1922년 9월 11일 ≪독립신문≫에 게재.

秋吟

하늘은놉고 바람은산듯
우수수 나리난 나무입(葉)은
가을철이 완연하다고
自然은 나에게 속삭이엇서라

아사요 마라요썩지난마라요
고 고흔丹楓 시드러지면
백설이 펄펄 날닐쑨이라고
自然은 나에게 속삭이엿서라

시들푼 草綠은 죽거나 말거나
바람이솔솔 부러오니
依支업시 쩌도난포틸
心思의不安은 더욱甚하엿서라

____

주: 1922년 10월 12일 ≪독립신문≫에 게재.

秋夜江遊

秋夜長江 달 발근대
배를저여 가노메라
天地에放浪커늘
슬흔들어이하리
千愁萬恨을
오직 저 滾滾한長流에

江水는 바다로
月色은 山넘어 도라간다
江邊에 자는白鷗
秋草間에 우는 虫聲
船子야 뉘라서
自古로興亡이 有數라더냐

悠悠한 이心思
滾滾한 저流水
月光에 醉한魂이
淸風에 춤추도다
벗님아 이럿케 晝夜東流로
훨훨 우리 洛陽勝地에

주: 1922년 9월 20일 ≪독립신문≫에 게재.

우리의身勢

싸(地)업슨자여!
찬바람몸에부디칠적에
좁쌀알갓흔소름전신에쥐여뿌리어라
그리고 봄빗에싸듯한
錦繡江山을생각하여라

집업슨者여!
찬눈(雪)휘날닐적에
썰니난몸을음치(縮)겨여라

그리고 봄빗에싸듯한
故國살림을생각하여라

옷(衣)입은자여!
찬서리(霜)억깨우에내려불적에
손쯔락발쯔락어러빠지여라
그리고 봄빗에싸듯한
祖國山川을생각하여라

먹을거업슨자여
찬아츰空氣에痲痺될적에
쓰리고주린배(腹)응키여잡어라
그리고 봄빗에싸듯한
無窮花동산을생각하여라

五五、一〇、一二 放野......

————————————

주: 1922년 10월 30일 ≪독립신문≫에 게재.

백악산인(白岳山人) ◉

朝鮮心

동무야 아느냐 됴선의 마음은—
겨레의 마음을 한데 태워서
올바로 붉어진 자유의 품에
님을 빗취는 「거울」을 삼노니
「씨」의 思潮가 한업시 흘러서
사람의 마음을 낡는다 해도
님의 마음은 쇠일길 업느니
幻影을 헷치고 眞을 차저서
「바람」의 프른旗를 놉히 세우라

동모야 아느냐 됴선의 마음은—
겨레의 「쯧」을 한데 매저서
祭壇에 드리는 熏香을 삼노니
세상에 물결이 쯧업시 거치리
「?」의 밝휘가 구른다 해도
님의 마음은 변할길 업노니
우름을 그치고 歡喜를 간직해
축복의 한잔을 놉히 들으라

동모야 아느냐 됴선의 마음은—
겨레의 피를 한데 비져서
곱고비 옥매진 원한의 가삼에
新生의 쯧을 피우게 하리니
「남」의 빗갈이 아모리 고와도

온누리 사람이 죄다― 싸르리
님의 마음은 변할길 업노니
서름을 것고 안위를 간직해
됴선의 「美」를 기리 맛보라

동모야 아느냐 됴선의 마음은―
겨레의 魂을 한데 뭉처서
나나리 빗나는 震域의 터전에
새로온 聖塔을 놉히 싸러니
악마의 벽역이 되겁히 내리쳐
히생의 旋風이 이싸을 삼키여도
님의 精華는 꺼질길 업노니
락망을 바리고 勇氣를 내여―
韓土에 「한빗」을 기리 밝히라

――四二六― 五 十四

주: 1928년 5월 27일 ≪민성보≫(≪民聲報≫) 에 게재.

남문룡(南文龍) ⦿

白色테로

地球의右弦은
白色의가을－
反動의불길에탄다

千年을　굴너온
萬年을　굴너갈
歷史의車輪을
뒤로뒤로걱구루쓰으는놈
世紀의　野奴!!
임페리알니스트!!

兵工廠의大繁榮－
勞動力의剝奪－
世계의再分割－
○○屠殺의　準備!!

보라!!
山東의血巷을!!
濟남의○○를!!
피에주린餓鬼의狂舞를!!

島國의　뭇스리니는이제야
勞農大衆의목을비틀고
불근피!!의바다를헴치??

惡魔의哄笑에겨움지안느냐

○○의○○!!
最後의發惡!!
아아世紀의野奴!!

『뿌르죠아지가 亡하나
被壓迫民衆이亡하나』
決戰의날은갓가윗다
人類最後의스태트멘트
東京의地獄!!
半島의○○!!
四億의○○!!
革命의前夜는왓다

―――――――――

주: 1928년 5월 31일 ≪민성보≫에 게재.

근파(槿坡) ◉

님을차즈며

내그대를싸라 이짜를차저옴은−
반생에 그리운정을 향여나풀가하야
북만−천리길에 노수도한푼업시
한줄기 글만밋고 홀로떠나왓소

고개마다 넘는고개님의기척살피이나
적적한세상이라 소식듯기어러우니
넘어가는 초생달에 눈물만스치고서
한고비뭉친한을 쏘다시태고잇소

봄물은 여전싸를 다시금 발버올째
넷님의 꿈결이 압홀 가리우니
목메인글소리도 내귀엔서들이오
동소슨 모아산도 내눈엔가시라오

한이아 타든밀든 님이나맛낫스면
어을렁쮜는맘에 만단설화하렷드니
님은가섯스라 차저볼길업사오매
되걸허 고개넘기 발길만 허득이오

무정하오서라 필시긔약하든랑군
보롬달넘기전에 소식멀이하려드니
불원천리 이내마음불현히 써저질듯
되도라가야하매 눈물먼저압홀서오!

−(一九二八 五 三日 S양을추억하며)

주 : 1928년 6월 1일 ≪민성보≫에 게재.

철주(鐵舟) ◉

燕歌解

내누어알는방 欄干끗에는
제비둥이가잇다
숫제비 암제비
낫에는진흙을물어다가
넷둥이를修理하고
밤에는목을엇걸고자더라
日氣가명朗하고바람이和暢하면
둥이압에셔노래를부른다
나는그노래를들을때마다
귀를긔웃거리며압음을잇고
그노래의뜻을풀엇다
「배달의靑年아청年아
(솔솔솔미미레미미레)
우리는넷집을찻는데
(미레도솔솔솔미레도)
너는누어서알키만하느냐
(미레도미레솔미레미레도)
風滿樓하고雨將來한다
(라라라솔솔솔솔솔솔)
너는將次어디로가려나
(라라솔솔미레도미레도)
너도어셔집을찻어라」
(라라솔솔미레도미레도)

寧古塔東京城蓮花浦病床에서

주: 1928년 6월 3일 ≪민성보≫에 게재.

C·S·C◉

「언니를그리우며」

두골을 처들어 외치는 그소래는—
상긔도 내맘에 자최를 남기이니
가삼에깁히 어린언니의 눈물자국
밤마다빗치인들 마를길잇스리

비오고바람불째 한줄기맷츤정이
멀이게신언니품에 다리라도노흐련만
외로히조는등불 언니셤을발키니
내홀로밤을새여 언니맘을그려우네

언니는멀이가서 도라올길업사오매
女性層—매인즐이 그나마물어질 듯
내가슴에피난꼿도 우슴이간곳업고
뭇아가씨쒸는근네(鞦韆)즐 한가닭쏘처지네

先驅의저멍애를 뉘가바로메일손고
解放의길쌈을 뉘가다시짜올넌고
찬서리어린몸을 둘곳조차바이업서
악마의프른매를 내홀로마즈리니
철업슨뭇아가씨 내필잡고울고잇네

동모야우즈마라 언니쯧을직혀서도
女性들아무서마라 어니용맹간직해서
힘차게쒸여올러 처진줄을다시잡고

한다름에 −울러스리− 女權의무대우로−
(이글을삼가 P · A · S · I께드립니다)

    − 一九二八 五 一 龍井을 쩌나며

주: 1928년 6월 14일 ≪민성보≫에 게재.

초래생(初來生) ◉

端午

살님은 오날도어제갓흔데
아해는 端午가도라왓다고
새옷과 과자타령하옵니다

病席에 누어呻吟하고잇는
어머니 傷한몸에흐르는피
움숙한 두눈에눈물이괴여
옷깃을 적시고도남습니다

차라리 生命을땅에무드며
人間의 모든날을戰取하야
우리의 名日를만들쌧까지
그리고 옷과과자를줍시다

주: 1928년 6월 29일 ≪민성보≫에 게재.

P·A·S◉

流浪人

다낡은 포댁이로 어린아희 싸서업고
하발령 긴허리를 쉬여넘는 호레미는
가다가 길소삽한지 각금발을 멈추네

헤여진 호인옷에 보짜리 메인채로
것다가 쉬이다가 실음업서 하는양이
한깁흔 나그내인듯 태만봐도 알겟네

뫼우에 비친달이 재로넘어 지려할제
하발령 넘는길손 느린거름 재여지나
달지워 길소삽하매 도로느러 지오라

　　　　　　　－ 四二六一　六　二一　舊稿에서

주: 1928년 6월 30일 ≪민성보≫에 게재.

김근타(金槿朶) ◉

밤

밤은깊허집집에 등불은키여지고
하날우에 별들도 반작어리건만ㅡ
맥업시느러진그는 별조차보지못되엿다
배곱하잉ㅡ잉ㅡ 밥달라우는 어린애
세네째굶주린어머님에게뜨ㄹ 엇지젓이잇으랴?

겻헤집에선저녁연긔 씃어진지오라고
뒤ㅅ산의부엉새는 깊흔밤을 노래하는데
째지난잇째 누구의집에서한술밥엇어오랴!

여전히울고잇는 어린애는말씃마다밥주ㅡ
한숨짓는부모의간장 다녹여내리나니
긴긴여름밤쏘엇지나 새워보내랴?

ㅡ一九三十 五 七 일 밤에

주: 1930년 5월 21일 ≪민성보≫에 게재.
　　이 시는 조시 ≪여름의 농촌≫중 제3부분이다.

함영기(咸永基) ◉

제비

제비야
너는 故鄉이 江南이라고
꿈가튼 조용한 還鄉曲은
아름다운 情緒가 흐르는구나

제비야
나도 故鄉은 잇다
푸른재 넘고 아득한 바다건너
『동백꽃』 피는 동내란다
그녀도 두고 마음도 두고왔다

제비야
내故鄉 우리집
누추한 굴움집
지금은 누가 쑥담배 태우고 잇을게다

―――――――――

주 : 1937년 7월 6일 ≪만몽일보≫에 게재.

김동가(金東嘉) ⦿

無題

가고 쏘 가고 쏘 다시 가도
끝업는 이길을 어이다가랴
바람이 이러나 비가나리려나
한쏘각 구름만이 내맘을 감도오

가업시 꿈ㅅ길에서 헤매는 그들
한나제 잠꼬대 들리지안우
눈쓰고 자는이 幸여나쌔울짜?
악을쓰고 소리쳐도 코만고는그려

틔ㅅ글만도 못한 人生이라 하오만
그러나 가고 쏘 가고 쏘다시 가노라면
現世를 解脫한 理想鄕이
疲困한 우리손에 일우어지지 안흐리짜?

주: 1937년 7월 11일 ≪만몽일보≫에 게재.

우중화(禹重華) ●

그늘밋

다북한 잔듸 흔들리는
그늘미테……. 그女人『愁城』은
오늘도 그 커다란『幅』느리고
故國의 自敍傳에 매저진
八白歲의 아득한 記憶을 불으고

인제는 忍耐의 城을 버리려는
나그네의 印象에 매어달려
울며울며 헤매이거니

다북한 잔듸 흔들리는 그늘밋
쪼그리고 쓰라림은
그女人의 그가슴을
고이 고이 만지며
쏘한 그 쓰라린 자장가를 외워주다

한고개 쏘 한고개 넘고 넘어서
그 女人은 지금 샛노란
宇宙에서 헤매이리라

― 故國愁城을쪄안고

주 : 1937년 7월 16일 ≪만몽일보≫에 게재.

송민(松民) ◉

하늘

하늘은 바다처럼 푸르다
구름은 섬처럼 쓸쓸하다
이제 얼마안잇서
우렁찬 배ㅅ沙工의 노래소리가
반갑게 들려오고
물에잠긴 낡은 고기ㅅ배가
안개빗 돗을 달고
꿈처럼 씨울것이다

아— 하늘
하늘은 바다보다 더 고요하고나
구름은 섬보다 더 외롭고나
이제 곳 붉은 노을에
어여쁜 갈매기가
노래하며 춤추면서
저 푸른하늘바다로 미끄러질것갓다.

주: 1937년 7월 17일 ≪만몽일보≫에 게재.

故鄕

가야할 내고향을 실타한들 안가오리
千里길 멀다멀다 핑게한들 엇찌하리
十年이 다가도록 못간것을 이제 한탄 하노라

고개를 넘어서며 쌈방울을 씻고쉬든
큰고개 그고개도 기차길이 낫겟것만
언제나 차저가보다 마음만이 타노라

갈랴고 들며는 못갈것도 아니렷만
웬일인지 고개숙여 쌍바닥만 나려보며
지난날 그째못한것을 이제 후회하노라

주: 1937년 7월 23일 ≪만몽일보≫에 게재.

리석(李石) ◉

港口宵

첫밤불이 켜지고
흰옷입은 『마토로스』가 담배를 피어물쎄
華艶히 化粧한 港口의 초저녁은
퍽도 수집어하오

풀긴 風船처럼
豊饒한 潤華속의
蒼蒼히 순박의 꽃닙인양
쫍그러히 우슴도 지어보고……
깨끗이 아양도 부려보고
－파란 騎士服에 쉬ㅅ바람이 알맞구나
싱글거리는 紅橘의 內汁처럼
매혹한 陶醉에 어리는 우슴

埠頭에 헤엄치는 살결맑은 美〇女
잠간 鄕愁에 잠기어도 보는 瞬間
『라듸오』는 毅然히 明日의 天氣를 豫測한다
－ 다음날 港口의 개인 날씨여－
葡萄넝쿨벗든 덥는어둠미테
붉은 〇〇의 꽃봉오리는
〇〇붉은듯 버러지고 버러지고……

____

주: 1937년 7월 27일 《만몽일보》에 게재.

소성(蘇星) (4수) ●

水邊情趣

바람이 春情을 이르키고
나무이피 春心을 싹트게 한다
꼬츤 지고
입 고흔 時節!
물결우에 써도는 고요한 心情
흘으는 시내물은 바다로 가고
날려는 내마음의 가는곳이 어디이냐?

버들입 느러져서 바람이 히롱하고
물우에 핀 水仙花 아양을 피운다
물결이 아름답게 보이고
물이 그리운 時節!
여름 하늘이 보내는 心情
어린 꿈의 幸福은 시골집 산넘에서 보이엇고
나의 지금의 多恨한 꿈은 쏘 어째서 찾나?

湖水우 흘으는 春心은
다시들은 나의 마음의 珠玉!
누구가 물결우에 眞珠의 배를 뛰우지안나?
春心은 水心을 부르려고
흘으는 물결마자 내마음을 흘으게하누나.

주 : 1937년 7월 5일 ≪만몽일보≫에 게재.

自嘲吟

　　　A
人絹이 이나라에 輸入해들어온후
公娼, 私娼, 密娼들이
네거리우에 찻구나
다사룹는 나라! 이東方禮義之國에……
하나님이여! 이偉大한 科學우에
聖스러운 天國에 榮光잇게 열려주십소서

　　　B
主義的文化가 이쌍우에 感染된후
朝三暮四的 英雄이 演壇우에 밀리엇구나
高句麗의 나라! 이 忠臣孝女之國에……
하나님이여! 이 영리스러운知性우에
아름다운 『유토피아』가 보기조케
建設되소서.

　　　C
人絹속에 싸인 네거리우에 단 한
사람의 배웃이 그립소이다
主義的文化가 넘치는 演壇우에
단 한사람의 붉은피가 보고십소이다.
하나님이여! 쫏겨낸 『아담』『이브』의
永遠한 追放人들에게
하로속히 『노아』 홍수를 내려보내소서

———————————

주: 1937년 7월 14일 ≪만몽일보≫에 게재.

抒情海岸曲

1

지금은 午後세時
埠頭에서 내다보는 바다는 햇빛에
반작이어 눈이 부시게 살란하다
荷物의 檢査를 마치고 햇빛쏘이는
埠頭에서 담배한대 피여물고
『마도로스』의 醉한 노래가락과
날리는 白鶴의 부리와 虛空을 지나
는 담배연기의 가느다란 흐름과 바
다물우에서 빗치는 六月의 太陽과
함께 쩌도는 흰구름을 쳐다보는 나
의 海岸의 이한시간은 이 生活에서
엇는 그지없는 기쁨의 한때이다.

2

生活의 浪漫을 생각고 떠나던 戀
人의 얼굴을 머리에 그리고 이저버
렸던 詩句의한쪼각을 입술우에 쩌돌
게하는 젊은 情熱도 이제 이가슴속
에 피여 나는 抒情의 쑤의한독이다.
바다를 차저보는 마음은 하염업는
生活의 忘却을 아르켜주는 同時에
佛蘭西映畵演出者『루네·구레─루』가
가진 生活의 가벼운 쑴을 내마음에
들려주는것가트며 나의정스러운 눈섭
우의 幻想속엔 六月의 巴里! 샛파
란 『마로인에』의 新綠이 욱어진

거리! 갑작이 쏘다지는 석양째의
○出! 내달리는 길우에서 偶然히
부디치는 젊은 女人과 사나히! 놀
래서 쳐다보는두젊은 눈과 눈이 마
음도 물으게 우슴지어 한쪽이『랭코－트』에
서로서로의 實存에 싸이여
元氣잇게 달리면서 能動하는
두젊은 肢能! 여기에 生活의 喜悅
을 그리며 인생의 야릇 情緒를
색인『구레－루』의 그 理智的인
『두로컬』이 나타난다.

3

바다우에서 午睡를 하고십다. 深海의
魚類에게서 바다의 秘密을 뭇고십다.
아아 그리고 아름다운 地中海의
人魚들에게『세레나－테』도 뭇고십다.
이때 夜洋의 航海길을 떠나 輪船
의 一汽笛소리도 나에겐 凹紀와 時
代의 一千夜話를 마음것그리게 하며
『로스엔젤스』의 香氣노픈『오렌지』와
伊太利의『마가로니』의 味覺에 나의
經驗을 자극시킨다. 바다의 六月의 風景!

주: 1937년 7월 20일 ≪만몽일보≫에 게재.

海情哀愁

1

埠頭에서 눈물지우는
분홍빗 색치마의 港口의 시악씨여!
방울방울 홀리는 눈물을 고히 씨스소서
어제밤 가슴태우던 그소년 나그네길은
지금쯤은 千里길 萬里길
등불비최는 이거리와 綠港口를 지나 쩌갓스려나
『테―푸』가 쓰너지는날! 그이의
마음도 함께 쓰너젓스려니……

2

바다물결은 얄미운 心情
해저므는 埠頭는 밋처진 거리!
어지러운 계절의 마음을 먼 鄕愁를 수놓고
잊허진 사나히의 이모저모의 얼굴모습을
가슴속 기피 거듭 생각케 하거늘
열아홉의 색시마음까지 쌔서간
그나그내의 千里遠程이나 꼭평안하소서

3

하로밤에 情은 계집의 마음이라웃지마소서
살어가는 세상이 하염업고 어지럽기 그지업기에
달래는 사나히의 마음에 눈물을보앗고
술醉해우는 마음이 서럽기도 하여
헤여질날과 만날날이 期約도 바이없는데
바다ㅅ가의 시악씨의 마음이라 고히밧첫나이다.

주: 1937년 7월 27일 ≪만몽일보≫에 게재.

리정원(李廷源) ●

길손의 노래

때묻은 수건으로 머리를 질끈매고
낮모를 길손되여 거름을 옴길때
기우러진 초생달빛에 내맘더욱앞어라

끊어진 신총마다 모래가 백였으니
가슴에 온갖쓰림 없을리없으리라만
아른대는 나무그늘에 내맘조차살았다

끌고온 집팽이가 가는길일것이매
오로지 내맥박도 그에게맺겨볼가
기여드는 밤바람결에 그가다시그리워라

一九三五年 八月 十日

주: ≪북향≫2호에 수록.

김규은(金圭銀) ◉

放浪吟草

病床

알아누워
사흘되니
주인이
죽을가 싫어하네

이-속이
바늘 구녁 같은 친구여
내 자네 방 신세
아니 지네

죽게 되면
산에나 들에 가
내 무덤 내 파고
드러눕는다네

(元山客舍에서)

가는 길

내 가는 길
바쁠것 업스니

거드러거리잣구나

汽車는 왜 타
걸어가지
걸어는 또 왜 갈것인가
어디 大路 행길 복판에
펄석 주저앉아보잣구나

(安邊途中에서)

山길

여기가 어디냐
둘러보니
樹海萬傾이로구나

이런데서
내가 죽으면
白骨도 못 찾겟네

두어라
내 아무데서 죽으면
白骨을 찾아줄이 있더냐

靑山에 해 저무는데
갈 길이나 어서 걸어라
어느 주막집 마누라

두벌 저녁이나 아니 짓게

(通川山中에서)

(이 센치한 노래를 내가 항상 그리워하는
間島에 계신 韓獨出詞伯에게 드림)

주: ≪북향≫2호에 수록.

김병기(金炳基) ◉

그리운 故鄕

그립고도 정다운 나의 고향은
　멀리멀리 보아도 끝이없고요
　　저하늘에 구름송이 바라다보니
　　그리운 고향생각 도더납니다

그립고도 정다운 나의고향은
　바다철이 산철이 아득도하네
　　아름다운 무궁화가 피였을것이
　　아물아물 눈앞에 어리움니다.

주 : ≪북향≫2호에 수록.

정재홍(鄭載洪) ◉

여름저녁

해지니電燈불이 뒤를이였네
工場의汽笛소리 오늘을 作別하니
먼지속에서
피쌈을짜내던 勞動者들도
비인변쏘허리에씨고
집으로집으로 도라간다

終日토록쓰거운해쎛머리에이고
그슬쌈을홀니든村아가씨네도
팔려단인다
신발을버서들고
急하게발길을옴겨가네

품싹에팔이워날맞도록일하든洋服쟁이!
將來希望에날뛰는男女學生들!
失戀을당하고悲觀하는者!
그리고虛榮에날뛰는倦怠軍!
雅片쟁이
料理집앞등불밑에서시들어가는카페껄!
모도가노을빛 찬란한
이저녁의舞臺로나타난다
都會의여름지녁의前奏曲이여!!

　　　　　　一九三四　六　十四

주 : 《북향》 3호에 수록.

가을

한자 두자 글쓰듯이 흐르는 타임
구슬픈 귀뚜라미소리
門틈을 새여오고
바람소리 우스스 가지에우네
뜰앞에 봉선화 떠러지고
들국화만 요염하네

고개를 한들한들
믿음이없는 이世上에
누구를 반기는가?

달뜨자 기러기떼 고향차저날고
찬이슬 나린 풀밭에는
自然에 交響樂隊 그무엇을노래하나!
제멋에흥겨운 귀뚜라미소래 구슳히... ...

一九三五. 九. 七 作

주: 《북향》4호에 수록.

박종훈(朴宗勳) ◉

詩調三章

(一)

두돌된 北鄕兒아가
엄마엄마 불럿드니
한거름내드디자
문밖으로 쒸쳐나네
아마도 세네살되면
세계一週하오리

(二)

北鄕兒 잘크소서
탈이없이 자라소서
그거름 간곳마다
큰光明을 놓으리라
길찾는 저무리에게
앞잽이가 되오리

(三)

어린님 이언만
쒸여가는 근력있고
안배운 님이로되
낳어아는 天才시라
千秋에 스승이되실
北鄕兒가 되오리다

一九三五 ― 二十二

주: ≪북향≫3호에 수록.

환원(桓園) ◉

허무러 가는 옛집아

허무러저 가는 옛집아
모진바람비를 못니기여 부서진기와―
지나간 哀央을 追憶하는 나의마음
오! 主人은 어데로 가셨나이가?

城들은 문어진데 나무는 몇百年이나자랐느냐?
가을은 찾어왓네 물들어가는 나무잎은
黃金과 權力의 옛날을 슬퍼하는듯이 바람도없는데
한닢 두닢 떨어지네 옛터전에

庭門에 지반이나 허무러진 塔에는
담장덩굴이 마음대로 얽히고
그숲에서 벌레들이 슯으다우네
일흠몰을 들꽃은비웃는듯이 피고잇네

중둥이 절반이나 꺽어진 碑石들은
잇기(苔)가 팔아케 끼어서
戰爭뒤에 壯士의 죽엄처름 쓰러젓는데
저녁노을만이 슬어웁게 빛이고잇네.

(一九二九 十 어느古城址에서)

주: ≪북향≫4호에 수록.

한종섭(韓宗燮) ◉

放浪者의 노래

호통하는 겨울날세 차고도 매워
살얼고 쩌저려 핏줄은떨니여도
생각만은 골골해 아픈달이옴긴다오

마음깊이 사모친 우리님을 내찾나니
눈보래가 쌤을친들 눈한번쌈박하며
삽살개가 짓거린들 그소리를귀다듬으랴!

님게신곧 멀고멀어 이날해가 저물면
박정한 인가에는 헌옷입고 못들망정
산비탈 돌베개야 마음노코 못베리!

一九三五 十一 十一

주: ≪북향≫4호에 수록.

리홍석(李洪錫) ◉

집씨-의 哀傷

月光은 滿乾坤한대
집없는 露宿者 放浪에 拘束된
힘없는 다리를끌고
疲勞한 感情을 집씨-의行程에서
부스러진 네꿈을 찾을려하는 이밤!

曠野를 모라치는 찬바람과悲鳴에꿈조차깨여진
안해는 하로의 安息을 求할作定인가?
그의 視線은 圓周形地平線으로 迷徨한다
망망한 눈바다에는 稀微한 등불조차 찾을 수없고
안해의 落望과 悲痕에 치여 속절없이깊어가는 밤이여
휘몰아치는 北國에 놀래여
激烈히疾走하는 流星하나 그어느땅에 險惡한
運命 새로이 이루랴냐 이밤!
그의 悲劇의最後를 哭해주는者없구나
沈痛한 이밤이여!
灰靑色하늘뚤고 흐르는 銀河水까에는
령롱한 별들이 녹쓴 現實의 銅像을咀呪하고
부서진 꿈쪼각에 故鄕그리는 나그네의嘆息
집씨-의悲哀를 하소할대없는
아아 異域의 無想한 눈밤이여!

一九三六　一　十三

주: 《북향》4호에 수록.

박팔양(朴八陽) ●

季節의 幻想

아츰저녁으로 다니는 나의거리는
나에게잇서 한개의 그윽한 密林이외다
沈默하며 것는 나의무거운 行進속에서
나는 五色의 꿈과 무지개를 봅니다.

白雪이 大同廣場우에 瞑想을 발브며
世紀의 驚異속을 나는 移動합니다
康德會館은 正히 中世紀의 육중한城廓
海上 「쎌딩」은 陸地우의 巨艦이외다.

「쩌스」는 궁둥이를 뒤흔드는 양도야지쩨
牧者도업시 툴툴거리며 몰려오고가고
「닉게」는 「스마―트」하게 洋裝한 아가씨
「오리지낼」 香水 내음새가 물컥 몰려듬니다.

大陸의 太陽이 西便하눌우에 眞紅이 될째
나는째로 超滿員 「쩌스」속에 雜木처럼 佇立하야
이나라 男女同胞의 體溫과重量을 堪耐하기도 합니다
窓外에는 建物들이 龍宮처럼 어른거림니다.

季節을타고 靑春이 逃亡간다는것은
「센치맨탈리스트」가 아니라도 嘆息할일이지요
어느곳 壁畵에 褪色하니한 丹靑이 잇스릿가만은
罪업는 童心이 久遠의靑春을 꿈꿈니다.

曠野를 航行하는 이 思索하는 雜木이
째로는 行者와갓치 素朴한 바위를求하고
째로는 奔放한 舞女처럼 多彩와 恍惚을그리며
沈默과 饒舌속에 헛되히 季節을 送迎합니다.

주: 이상 ≪季節의 幻想≫과 ≪사랑함≫두수의 시는 ≪滿洲詩人集≫에 수록된
　　것이다.

사랑함

나는 나를 사랑하며
나의 안해와 자녀들을 사랑하며
나의 부모와 형제와 자매들을 사랑하며
나의 동리와 나의 고향을 사랑하며
거기사는 어른들과 아이들을 사랑하며
나의 일본-조선과 만주를 사랑하며.
동양과 서양과 나의 세계를 사랑하며.

그쁀이랴 이모든것을 길르시는
하누님을 공경하고 사랑하며
그분의뜻으로 일우어지는 인류와 모든생물
사자와 호랑이와 여호와 이리와 너구리와
소, 말, 개, 닭, 그외의모든 즘생들과
조고마한 새와 버러지들 까지라도 사랑하며.

그쁀이랴 푸른빗으로 자라나는 식물들과
산과 드을과 풀과 돌과 흑과 그외에도

내눈으로 보며 쏘 못보는 모든물건을
한업시 앗기고 사랑하면서 한세상 살고십다
그들이야 나를 돌아보든말든 그까짓일 상관말고
내가 사랑아니할수업는 그런 —
한울갓치 바다갓치 크고 널분마음으로 살고십다.

康德 九年

김달진(金達鎮) ◉

龍井

車窓밖 豆滿江이 너무 빨러 섭섭했다
흐린하늘 落葉이 날리는 늦가을 午後
馬車박퀴가 길을내는 찔걱찔걱한 검은 진흙길
힌 조히쪽으로 네귀에 어찔러 발라놓은
창경 창경
알수없는 말소리가 귀ㅅ가로 지나가고
때묻은 검은 다부산즈자락이 나부끼고
어디서 호떡굽는 냄새가 난다。

시악시요 아 異國의 젊은 시악시요
아장아장 걸어오는 쪼막발 시악시요
힌 粉이 고루 먹히지않은 살찐 얼굴
당신은 저 넓은 들이 슬프지 않습니가
저 하늘바람이 슬프지 않습니가

黃昏 걸거리로 허렁허렁 헤매이는 흰옷자락 그림자는
서른 내가슴에 허렁허렁 떠오르는 조상네의 그림자— 。

나는 江南제비새끼처럼
새론 옛故鄕을 찾어 왔거니。
난생 처음으로 馬車도 타 보았다。
胡弓 소리도 들어 보았다。
어디 가서 나혼자라도 빼—酒 한잔마시고 싶고나。

주: 《龍井》, 《뜰》, 《菊花》, 《鄕愁》, 《꼬아리열매》 다섯수는 모두 《재
　　만조선시인집》에 수록되였다。

뜰

잎다진 白楊 두어株 있고
가끔 노마바람이 지나가고
밤이면 찬서리 눈처럼 나리는
가난한 작은 이 뜰에도
한나절 햇빛이 무르녹으면
햇빛 따라 참새들 날아와 놀면
百花 란만한 봄디원인듯 눈부신다.
茶瓶 드리운 靑銅火爐ㅅ가인듯 平和로웁다.

菊花

나적은 동무와 마주 앉아
人生을 論하다가
大氣焰을 吐하다가
문득興이 식어저 입 다물고
憮然히 창경밖을 내다 보았다.
花盆에 피어나는 찬 菊花 세 송이
夕陽을 받고있다.

鄕愁

머리 맡에 귀뜨래미 울어 예고
어둔 창경밖 머—ㄴ 하늘 끝으로

별 하나 떠러져 흘러간 밤.

찬 벼개 우에 여윈 가슴 어루만지며
흘러간 내 나이 되푸리해 오이어 보면
늦 가을 靑昏 못물속으로 가만히 떠오르는 흰 蓮꽃처럼 피어나는
鄕愁가 슬프고나
鄕愁가 슬프고나.

―어름같이 차야할 나의 漂泊의 꿈이었거니.

이제 새삼 뉘우처 깨침이 않이기에
다시 反芻해 볼 슬픔도 없는 서글픔.

문득 알수없는 무엇을 왼통 잃어버린듯
어둠속에 귀 기우려 心臟소리 들어보다.

꼬아리 열매

어득한 추녀 그늘 작은 뜰 안에
빩아케 고이 익은 꼬아리 열매
情熱의 등불을 스스로 밝혀 놓았다.

아무 色도 없고 光도 없는
찬 저녁 하늘 알에기에
情熱의 등불을 스스로 밝혀놓은 꼬아리 열매.

저 꼬아리 열매는
이 쓸쓸한 작은 뜰안의 등불이 된다.

海蘭江

帽兒山 머리에 저녁해 넘고
갈가마귀 넓은 벌판을 어지러히 날면

千年 海蘭江 물이 흐른다
海蘭江은 흘러 흘러 몃구비드뇨
애닲히 돌아 보아도 시원치안흔 넉시기에
구비마다 녀흘져 흐느끼는 목소리여

언덕에 들국화 한포기 업다
한마리 씀북이 우름도 업다

다리 우 첫겨울 바람에 옷깃이 차거워
눈섭끗헤 오르나리는 나그네 근심만 무겁다

그저 아득히 어둠속에 돌아오며 귀기우리면
발자욱 마다 찬 물소리 찬 마음 소리

(龍井을 써나며)

주 : 1941년 11월 20일 《만선일보》에 게재.

류치환(柳致環) ◉

生命의 書

뼈처뼈처亞細亞의 巨大한 地襞알타이의 氣脈이
드디어 나의 故鄕의 조고마한 고흔丘陵에 다엇음과같이
내오늘 나의핏대속에 脈脈히줄기흐른
저― 未開쩍種族의 鬱蒼한性格을깨닷노니
人語鳥우는原始林의 안개깊은雄渾한 아침을해치고
럴깊은 나의 祖上이 그 曠漠한鬪爭의生活을 草創한以來敗殘은
오직 罪惡이도다―。
내오늘 人智의蓄積한 文明의어지러운 康衢에서건대
오히려 未開人의矇衡와도같은 勃勃한生命의 몸부림이여
머리를들어 우르르면 光明에漂渺한樹木우엔 한點白雲!
내절로 삶의喜悅에 가만히휘파람불며
다음의 滿滿한鬪志를 준비하여섰나니
행여 어느때悔恨없는 나의精悍한피가
그옛날 果敢한種族의 野性을 본받어서
屍體로업드린나의 尺土를 새밝앟게물드릴지라도
아아 해바라기 같은 太陽이여
나의 좋은 怨讐와 大地우에 더 한층强烈히 빛날지니라。

주: ≪生命의 書≫와 ≪怒한 山≫, ≪陰獸≫3수는 ≪재만조선인시집(在滿朝鮮詩
   人集)≫에 수록. 먼저 1942년 1월 20일, 18일, 19일 ≪만선일보≫에 각각 게
   재. 이 시인에게는 ≪生命의 書≫ 2장이 있는데 이것은 제2장이다.

怒한 山

그淪落이 거리를지켜
먼 寒天에山은 홀로이 돌아앉아 있었도다.
눈뜨자 거리는 저자를이루어
사람들은 다투어 貪婪하기에 餘念없고。
내 일즉이
호올로 슬프기를 두려하지 않었나니
日暮에 하늘은 陰寒히 雪意를 품고
사람은 오히려 우르러하늘을 憎惡하건만
아아 山이여 너는 높이怒하여
그寒天에 구디 접어주지말고 있으라。

陰獸

神도怒여워하시기를 그만두섰나니
한낮에도 오히려어두운 樹陰에 숨어
劫罪인양 昏昏한懶怠의思念을 먹는者!
너 열두번일러도 열두번껏치려지않고
드디어 마음속 暗鬼에 벙어리되여
하늘 푸르른福音을 끗내 받어드리지못하여
항시보이잖는 怨讐에게 쪼끼어떨며 넉식치위같은골수에 사모치는
怨恨에 줄을상하나니하여밤
萬象이 太古의靜謐에 돌아가쉬일때
地獄의 惡靈같은 주린 그림자를끌고
因果인양 피의 復讐를헤이는

아아 너이슬픈陰獸

편지

갈미峰 구름 하나 안가고잇고
마을은 해볏테 안자 잇섯다

마을가엔 복사꼿 개나리
꿈길인양 이야긴양 감기어

개울은 돌돌돌
미나리江으로 흘러들엇다

울밋테도 밈둘레
논가에도 밈둘레

한나절 가도 드날이 업서
마을엔 그뉘나 사는지 마는지

개도 안짓고
닥도 안울고

쌈앗튼 消息
이봄 들어 두장이나 편지 왓단다

주 : ≪편지≫, ≪歸故≫, ≪哈爾濱道裡公園≫, 이 3수는 ≪만주시인집(滿洲詩人
    集)≫에 수록되였다.

歸故

검정 사포를 쓰고 쪽딱船을 내리니
우리 故鄕의 선창가는 길보다 사람이 만헛소
양지바른 뒷산 푸른 松柏을 끼고
南쪽으로 트인 한울은 旗빨처럼 多情하고
낫 설은 신작노 엽대기를 들어가니
내가 크던 돌다리와 집들이
소리 놉히 창가하고 돌아가던
저녁놀이 사라진채 남아잇고
그 길을 차저 가면
우리집은 유약국
行而不言 하시는 아버지쎄선 어느듯
돗보기를 쓰시고 나의 절을 바드시고
헌 冊歷처럼 愛情에 날그신 어머님 겻테서
나는 끼고온 新刊을 그림책인양 보앗소

哈爾濱道裡公園

여기는 하르빈 道裡公園
五月도 섯달갓치 흐리고 슬푼季候
사람의 솜씨로 꾸며진꼿밧 하나업시
크나큰 느름나무만 하늘도 어두이 들어 서서
머리우에 가마귀쩨 終日을 바람에 우짓는
슬라브의 魂갓튼 鬱暗한 樹陰에는
懶怠한 사람들이 검은想念을 망토갓치 입고
或은 쩬취에 눕고 或은 나무에 기대어 섯도다
하늘도 曠野갓치 외로운이北쪽거리를
짐승갓치 孤獨하여 호올노 걸어도
내오히려 人生을 倫理치 못하고
마음은 望鄕의 辱된 생각에 지치엇노니
아아 衣食하여 그대들은 어쩌케 스스로 足하느뇨
蹌踉히 公園의 鐵門을나서면
人車의 흘너가는 거리의 먼 陰天 넘어
할수업시 나누은 曠野는 荒漠히 나의 感情을 부르는데
남누한 사람잇서 내게 吝嗇한 小錢을 欲求하는도다

生命의 書 一章

나의 知識이 毒한 懷疑를 求하지 못하고
내 또한 삶의 愛憎을 다 짐지지 못하여
病든 나무처럼 生命에 부대낄 때
저 머나먼 亞剌比亞의 沙漠으로 나는 가자

거기는 한번 뜬 白日이 不死神같이 灼熱하고
一切가 모래 속에 死滅한 永劫의 虛寂에
오직 아라의 神만이
밤마다 苦悶하고 彷徨하는 熱沙의 끝

그 烈烈한 孤獨 가운데
옷자락을 나부끼고 호을로 서면
運命처럼 반드시 「나」와 對面케 될지니
하여 「나」란 나의 生命이란
그 原始의 本然한 姿態를 다시 배우지 못하거늘
차라리 나는 어느 沙丘에 悔恨 없는 白骨을 쪼이리라.

———————————

주: 시집 ≪生命의 書≫에 수록.

내 너를 내세우노니

내 너를 내세우노니

끝없는 迫害와 陰謀에 쫓기어
天體인양 萬年을 녹쓸은
崑崙山脈으 한 골짜구니에 까지 脫走하여 와서
드디어 獰惡한 韃靼의 隊商 마저 여기서 버리고
호을로 人類를 떠나 짐승같이 彷徨ㅎ다가
마지막 어느 氷河의 河床 밑에 이르러
주림과 寒氣에 제 糞尿를 먹고서라도
내 오히려 그 모진 生命慾을 버리지 안겠느뇨

내 또한 너를 여기에 내세우노니

「아버지여 만일 즐기시거든
내게서 이잔을 떠나게 하소서!」
이미 定해진 運命 앞에 破廉恥하여서는 안되노라
물구비에 지푸래기로
運命에 휩쓸려 꺼져서는 안되노라
끝까지 너가 運命만 하고
運命이 너만한 그 위에 堂堂히 디디고 서서
너 從容히 물어 그 不當한 잔을 마시겟느뇨

다시 내 너게 묻노니

薄暮의 이 연고 없이 외롭고 情다운
아늑한 거리와 사람을 버리고
永劫의 주검!
눈 코 귀 입을 틀어 막는 鐵壁 같은 어둠속에
너 어떻게 호을로 종시 묻히어 있겠느뇨

주: ≪문장(文章)≫지 1940년 1월호에 게재. 후에 시집 ≪生命의 書≫에 수록.

絶島

허구한 歲月이

광야는 외로워 絶島이요

새빨간 夕陽이 물 들은

세상의 끝 같은 北쪽 의지 없는 마을

머언 벌가 兵營에서

어둠을 불러 喇叭소리 喨喨히 울면

큰악한 終焉 인양

曠野의 하로는 또 지오

____

주: 시집 ≪生命의 書≫에 수록.

郭爾羅斯後旗行

1. 肇州城

城문은 또렷이
안타깝게도 닿을 데 없는 먼 曠野로 열려 있고
따뜻이 흐린 初春의 肇州城은
어디선지 낮닭 소리 옛적같이 들려오고
까마귀 날러 노는 네거리 白楊나무 아래
팔리러 온 새끼 당나귀 한마리 두고
서너 사람 한가로이 보고 섰는밖에

2. 桃李滿城

사람도 六畜같이 슬픈 진눈까비만
그지없이 내리는 이 먼 肇源의 거리는
絶島인양 한 자죽도 나갈 데 없고

호을로 社會敎育館의 草屋으로 찾아오니
녹쓸은 暖爐 燃料의 高粱ㅅ대만 索漠히 쌓여 있고
桃李滿城의 족자 하나 바람벽에 걸렸나니
아지랑이 저물은 먼 봄하늘 아래
꿈인 양 寂寂히 떠오른 그 桃源城 아래 와서
나는 우러러 가장 남루한 나그네였다

3. 蒙旗에 와서

가도 가도
희멀건 하늘이요 끝없는 曠野이기에
어디로 사람이 오고 가는지 알 바 없고

멀수록 알뜰한 너 생각 의지하고
이 외딴 세상의 외딴 하늘 우러러
나는 家畜과 더불어 살 수 있으리

―――――――

주: 시집 ≪生命의 書≫에 수록.

風日

바람이 바다소리를 하고 부는 날은
보오얀 沙塵에 하늘도 산도 안 보이고
슬픈 햇빛은 마음의 한편만을 비치고
어디를 가도 바다 소리만 들리어
나는 蒼茫한 변두리의 한개 외로운 바위!

―――――――

주: 시집 ≪生命의 書≫에 수록.

道袍

胡ㅅ나라 胡同에서 보는 해는
어둡고 슬픈 무리 [暈]를 쓰고
때묻은 얼굴을 하고
옆대기에 甛瓜를 바수어 먹는 니―야여
나는 한줘ㅅ이요
할아버지의 할아버지적 물려받은
道袍 같은 슬픔을 나는 입었소
벗으려도 벗을 수 없는 슬픔이요
― 나는 한줘ㅅ이요
가라면 어디라도 갈
― 꺼우리팡스요

주: 시집 《生命의 書》에 수록.

해바라기 밭으로 가려오

해바라기 밭으로 가려오
해바라기 밭 해바라기들 새에 서서
나도 해바라기가 되려오

황금 獅子 나룻
傲慢한 王侯의 몸매로
진종일 짝소리 없이
三伏의 炎天을 노리고 서서
눈부시어 嫋嫋히 蝴蝶도 못오는 白晝!

한점 懷疑도 感傷도 용납ㅎ지 않는
그 不逞스런 意志의 바다의 한 分身이 되려오

해바라기 밭으로 가려오
해바라기 밭으로 가서
해바라기가 되어 섰으려오

주: 시집 ≪生命의 書≫에 수록.

들녘

여름의 들녘은 진실로 좋을시고
일찌기 일러진 아름다운 譬喩가
寂寂히 구름 흐르는 땅끝 까지 이루어져
이랑에 넘치고
두렁에 흐르고
골고루 골고루
잎새는 빛나고
골고루 골고루
이삭은 영글어
勤勞의 이룩과
기름진 祝福에
메뚜기 해빛에 뛰고
잠자리 바람에 날고
아아 豊饒하여 다시 願할바 없도다

주: 시집 ≪生命의 書≫에 수록.

우크라이나寺院

할빈 南崗大路에 있는 이 寺院은 一九〇三年 할빈 建設當時의 犧
牲者와 拳匪事件의 籠城者를 中心으로 우크라이나人 만이 모시
는 절이라고 한다.

여름의 기나긴 한낮
古堂은 寂寂히 그늘도 짙어

찾는이 없는 鐵문 안엔
적은 얼굴들을 갸우리고
피어 있는 새빨간 금전화

一九〇三年
하그리 먼 歲月은 아니언만

異國의 땅에 고이 바친 삶들이기에
十字架는 一齊히 西녘으로
꿈에도 못잊을 祖國을 向하여 눈감았나니

아아 우크라이나 우크라이나
보리빛 먼 하늘이여

───────────────

주: 시집 《生命의 書》에 수록.

哀春

바람이 부는 날은
포곡새가 울지 않소
胡笛 소리도 구슬피
오늘은 들 끝에 胡人의 葬事가 있소

———————————

주: 시집 ≪生命의 書≫에 수록.

雨夜

窓앞의 나무 그늘 포대기 같이 너울거리더니
뚜닥 뚜닥 빗발이 땅을 치고
흐리던 날이 午後는 비가 되다

이미 이 비에 젖었을 먼 山河의 근심이
보는 책 글줄 새로 은밀히 앞질러 오나니
밖으로 찬꺼리를 사러 나간 안해여 어서 돌아 오소
오늘 밤은 일찍암치 저녁을 지어 먹고
燈불을 다가 놓고 太初의 먼 소식을 듣자

———————————

주: 시집 ≪生命의 書≫에 수록.

兒殤

매미 울음소리 샘물 처럼 흘러나는 午後
그 사랑스런 쥐암쥐 손을 반긋이 빨며
너는 하늘나라로 이끌려 갔도다

이날 하늘나라의 淸福한 오솔길이
이 가난한 사립으로 통하여

어린채로 靈으로 옮은 적은 血緣 앞에
위으론 점잖으신 할아버지로 부터
人倫은 한모닥 焚香 처럼 다소곤히 모이어

애정의 살찜을 저미인 대신
아름다운 슬픔의 福音書를 받은 엄마는
가냘픈 참새처럼 이내 눈물에 젖어 있고

젊어서 어진 깨달음을 배우는 아빠는
뒤뜰 느티나무 푸른 그늘 아래에서
조그마한 素木의 墓標를 다듬나니

罪 없으매 어린 죽음은 박꽃인양 정하여
슬픔도 함초롬히 이슬처럼 福되도다.

주: 시집 ≪生命의 書≫에 수록.

六年後

向아 오늘에사 비로소 너의 죽음을 읊을수 있노라

歲月은 진실로 福된 손길인양 스쳐 흘러 갔고나

세상에 허다한 어버이 그 쓰라림을 겪었겠고
어려서 죽은者 또한 너만이 아니련만
자칫하면 터지려는 짐승 같은 슬픔을 깨물고
어디다 터뜨릴수 없는 憤함으로
너의 작은 棺에 뚜껑하여 못질 하고
陰寒히 흐린 十一月 北만주 벌 끝에
내손으로 흙 덮어 너를 묻고 왔나니

그때 엄마 무릎 위에 안기어
마지막 어린 臨終의 하그리 고달픔에
엄마를 부르고
아빠를 부르고
누나 작은 누나 큰 누나를 부르고
아아 그리고 드디어 너는
그 괴론 肉身을 肉身으로만 남기고 갔나니

어느 가을날 저녁 처마의 제비 그의 집 비우고
돌아오지 않은채 가버리듯 너는 그렇게 가고
歲月은 진실로 福된 손길인양 스쳐 흘러 갔건만
夕陽의 가늘고 외론 行人의 그림자 어린 이 먼 胡ㅅ나라 거리
강냉이 구어 파는 내음새 풍기는 늦인 가을이 오면
철 지운 새모양 너 생각 다시금 의지 없고나

무덤가에 적은 멧새 와서 울고
저녁놀이 누나 엄마가 사는 먼 세상을 물들일 때
애기야 너는 혼자 외로워 외로워
그 귀익은 창가를 소리 높이 부르고
날마다 날마다 고와지는 좋은 白骨이 되라

———————————

주: 시집 ≪生命의 書≫에 수록.

飛燕과 더불어

北만주 먼 벌판 끝 외딴 마을의
새빨간 夕陽이 물든 寂寞한 한때를
영 끝에 모여서들 蒼穹을 對하여
조잘대며 이루 나는
제비야 멱머기야 새끼 제비야
날아라 날아 마구 날아라
滿艦飾의 旗빨처럼 눈부시게 날아라
오늘도 머나먼 故國 생각에
하로 해 보내기 얼마나 힘들더냐

허물어진 城 문턱에 홀로 앉으면
太平洋의 푸른 물이 하염없이
찰삭찰삭 변죽을 와서 씻는 조선半島!
팔매처럼 숨막히게 날아오르면 제비야
서울 장안이 보이느냐
南大門문이 보이느냐
鴨綠江을 건느고

秋風嶺을 넘어
우리 고장은 경상도 南쪽 끝 작은 港口!
그 하아얀 十字ㅅ길 모퉁집이
우리 父母가 할아버지 할머니로 계시는 곳이란다

오늘도 曠野의 기나긴 해를
먼 故國 생각에 가까스로 보냈노니
제비야 멱머기야 새끼 제비야
오히려 그리움의 寂寞한 恨에
날아라 날아 마구 날아라
먼 벌이 저물어 안 뵈도록 날아라

주: 시집 ≪生命의 書≫에 수록.

飛燕의 抒情

집도 거리도 안개 속에 묻히어
잔뜩 雨意 짙은 이른 아침
飛燕 두엇
網膜을 베듯 날쌔게 날고 있나니
너는 오늘도 時間에 일어
窓문을 자치고 生活을 開店하여 앉건만
이날 하로의 期待나 근심을
너는 얼마큼 正確히 計算할수 있느뇨
이는 정하게 길든 日常의 習性!
오히려 박쥐 보다 못한 存在임을 알라
보라 霖雨期의 이른 아침

飛燕의 긋는 날칸 認識의 彈道를
차거운 意愁의 꽃 팔매를

주: 시집 ≪生命의 書≫에 수록.

車窓에서

달아 나오듯 하여
모처럼 타보는 汽車
아무도 아는이 없는 새에 자리 잡고 앉으면
이 게 마음 편안함이여

義理니 愛情이니
그 濕하고 거미줄 같은 속에 묻히어
나는 어떻게 살아 나왔던가
기름때 저린 「유치환이」
이름마저 헌 벙거지 처럼 벗어 팽가치고
나는 어느 港口의 뒷골목으로 가서
고향도 없는 한 人足이 되자
하여 名節날이나 되거든
인조 조끼나 하나 사 입고
제법 먼 고향을 생각하자
모처럼만에 타보는 汽車
아무도 아는이 없는 틈에 자리 잡고
홀로 車窓에 붙어 앉으면
내만의 생각의 즐거운 외로움에
이 길이 마지막 西伯利亞로 가는 길이라도

나는 하나도 슬퍼 하지 않으리

주: 시집 ≪生命의 書≫에 수록.

濱綏線 開道에서

굽어 보는 높은 嶺머리와 머리가 서로 다다러
— 그 嶺 하나 넘으면 牡丹江省!
여기는 하로 해가 행결 짜르고
白雪에 덮힌 山山은 칠칠히 樹木이 들어 서
바이코푸의 偉大한 王이 지나 다니는 바로 그 길목인
老爺嶺도 高嶺子 깊은 山間
山마루를 끊어 枕木도 새로운 鐵道 驛이 생기고
森林을 쳐 길을 내고
집을 지어 장사아치가 오고 술집이 생기고
— 세우다 둔 집
— 뮤도 채 못다 집
敢히 年輪도 헤아릴수 없는 아람들이 老木들이
서슴 없이 발목짬을 찍히어
씻을수 없는 罪狀 같이 마을바닥에 어지러이 덩거리만 남아 박혔나니
山峽새로 쬐끄만 列車의 꼬리가 위태로이 돌아물어 간 뒤
太古의 寂寞이 蒼然히 어린 山間에는
작은 人爲의 冒瀆엔 關焉할바 없는 深深한 바람이 일고
그 무엔지 利慾하여 여기에 어울린 작은 마을은
의지 없어 다시 그의 있을 바를 모르도다

주: 시집 ≪生命의 書≫에 수록.

나는 믿어 좋으랴

인사를 청하면
검정 胡服에 당딸막이 빨간 코는 기네야마
핫바지 저고리에 꿀먹은 생불은 가네다
당꼬바지 납짝코 가재수염은 마쓰하라
팔대장선 강대뼈는 구니모도
방울눈이 친구는 오오가와
그 밖에 제멋대로 눕고 앉고 엎드리고 ―
샛자리 만주캉 돼지기름 끄으는 어둔 접시燈 밑에
잡담과 엽초 연기에 떠오를듯한 이 座中은
뉘가 애써 이곳 數千里길 夷狄의 땅으로 끌어 온게 아니라
제마다 정처 없는 流浪의 끝에
야윈 목숨의 雨露를 避할 땅뺌이를 듣고 찾아
北만주도 두메 이 老爺嶺 골짝 까지 절로 모여 든것이어니
오랜 忍辱의 이 슬픈 四十代들은
父母도 故鄕도 모르는이
철 없어 업히어 넘어 들온이
모두가 두번 고향땅을 밟아보지 못하여
가다오다 걸어 들은 우리네 사람이 傳하는 故國 소식을 들은 밤은
제각기 아렴풋한 記憶을 더듬어 더욱 이야기에 꽃이 피고
흥이 오르면 빼酒에 돼지 발쪽을 사다 놓고
저건네 갈미峰도 부르고
어하 農夫도 부르고
저기 앉은 저 漂母도 少年은 易老하고도 부르고
속에는 피눈물 나는 흥에 겨워 밤 가는줄 모르나니

아아 카인의 슬픈 後裔 나의 血緣의 兄弟들이여
우리는 언제나 우리 나라 우리 겨레를

반드시 다시 찾을 날이 있을것을 나는 믿어 좋으랴
괴나리 보따리 하나 들고 땅끝 까지 좇기어 간다기로
우리는 조선 겨레임을 잊지 않고 죽을 것을 나는 믿어 좋으랴
– 좋으랴

註: 캉(炕)=만주人房, 溫突모양

주: 시집 ≪生命의 書≫에 수록.

絶命地

고향도 사랑도 懷疑도 버리고
여기에 굳이 立命하려는 길에
曠野는 陰雨에 바다처럼 荒漠히 거칠어
타고 가는 망아지를 小舟인 양 추녀 끝에 매어두고
낯설은 胡人의 客棧에 홀로 들어 앉으면
嗚咽인 양 悔恨이여 넋을 쪼아 시험하라
내 여기에 소리없이 죽기로
나의 人生은 다시도 記憶치 않으리니

주: 시집 ≪生命의 書≫에 수록.

曠野에 와서

興安嶺 가까운 北邊의

이 廣漠한 벌판 끝에 와서
죽어도 뉘우치지 않으려는 마음 위에
오늘은 이레째 暗愁의 비 내리고
내 망난이에 본받아
화툿장을 뒤치고
담배를 눌러 꺼도
마음은 속으로 끝없이 울리노니
아아 이는 다시 나를 過失함이러뇨
이미 온갖을 저버리고
사람도 나도 접어주지 않으려는 이 自虐의 길에
내 열 번 敗亡의 人生을 버려도 좋으련만
아아 이 悔悟의 앓임을 어디메 號泣할 곳 없어
말없이 자리를 일어나와 문을 열고 서면
나의 脫走할 思念의 하늘도 보히지 않고
停車場도 二百里 밖
암담한 진창에 갇힌 鐵壁 같은 絶望의 曠野!

주: 시집 ≪生命의 書≫에 수록.

北方十月

이곳 十月은 벌써 죽음의 季節의 始初러뇨
까마귀는 城귀에 모여들 근심하고
다시 天日도 볼 수 없는 한 장 납빛 하늘은
荒漠한 曠野를 鐵柵인 양 눌러 막아
아아 北方 이 巨大한 鬱暗의 意志는
娼婦인 양 虛無를 안고 나누었나니

내 스스로 여기에다 버리려는 孤獨한 思惟도
이렇게 적고 찾을 길 없음이여
호을로 허물어진 城터에 서건대
朔風에 남은 高粱대만
갈 데 없는 감정인 양 못 견디어 울고
한떼 騎馬의 흙빛 兵丁 있어
人力이 아닌 듯
默默히 西쪽 벌 끝으로 向하여 달려가도다

주: 시집 ≪生命의 書≫에 수록.

夏日哀傷

피빛 맨드래미 피어 있는 閑가론 村 정거장
벗나무 아쉬운 그늘아랜
이 따거운 한낮의 쪼약볕은 避할길 없나니
떠나지 못할 分身같은 깜안 影子를 앞세우고
오오 나는 어디메로 가려는고
오늘도 天道는 憂鬱히
무르녹는 푸른 벌 위에 불타 있고
벌을 뚫고 一直으로 달아난 鐵路
어느 鄕愁의 길에도 連하지 않았나니
오오 매미 귀또리처럼 울음 우는
이 可恐한 白晝의 虛寂 가운데선
나의 行爲하려는것
그는 오직 意志 없는 한 슬픈 影繪일뿐

주: 시집 ≪生命의 書≫에 수록.

虛脫

이 앓이어 잠 못이루는 한밤
宇宙도 知覺도 죽고
붉은 등불에 비쳐 있는 房안은
오직 하나 지켜 있는 實在!
記憶도 關聯도 意味도 숨고
壁도 시렁도 책상도
奇怪한 魑魅의 나라의 形象을 하고
곁에 잠든 안해 마저
겨우 한개 物體로 化石 하였나니
아아 이 虛脫한 時空에서
너는 무엇을 믿겠느뇨
아득한 어둠 저편
가늘게 떠는 별빛이뇨
한숨 짓는 바람결이뇨
오직 한오라기 앓이는 齒神經!

———————————

주: 시집 《生命의 書》에 수록.

드디어 알리라

드디어 큰악한 空虛이였음을 알리라
나의 삶은 한떨기 이름 없이 살고 죽는 들꽃
하그리 못내 감당하여 애닯던 生涯도
정처 없이 지나간 一陣의 바람
須臾에 멎었다 사라진 한점 구름의 자취임을 알리라

두번 또 못올 세상
둘도 없는 나의 목숨의 終焉의 밤은
日月이여 나의 주검가에 다시도 어지러이 뜨지를 말라
億兆 星座로 燦爛히 九天을 裝飾한 밤은
그대로 나의 큰악한 墳墓!
지성하고도 은밀한 풀벌레 울음이여 너는
나의 永遠한 소망의 痛哭이 될지니
드디어 드디어 空虛이었음을 나는 알리라

―――――――――――

주: 시집 ≪生命의 書≫에 수록.

古木

내 古宮 뒤에 가서 보니
뉘 알려지도 않는 높다란 古木 있어
寂寞히 盡日을 바람에 불리우고 있었도다
그는 소경인 양 싹도 틀려지 않고
겨우살이 말라 얽힌 앙상한 가지는
갈리바의 머리깔처럼 烏鵲이 犯하는 대로
오오랜 孤獨에 무쇠같이 녹쓸어
종시 돌아옴이 없는 저 머나먼 者를 向하여
嘯嘯히 탄식하듯 바람에 울고 있었도다.

―――――――――――

주: 시집 ≪生命의 書≫에 수록.

首

十二月의 北滿 눈도 안 오고
오직 萬物을 苛刻하는 黑龍江 말라빠진 바람에 헐벗은
이 적은 街城 네거리에
匪賊의 머리 두 개 높이 내걸려 있나니
그 검푸른 얼굴은 말라 少年같이 적고
반쯤 뜬 눈은
먼 寒天에 糢糊히 저물은 朔北의 山河를 바라고 있도다
너희 죽어 律의 處斷의 어떠함을 알았느뇨
이는 四惡이 아니라
秩序를 保存하려면 人命도 雞狗와 같을 수 있도다
혹은 너의 삶은 즉시
나의 죽음의 威脅을 意味함이었으리니
힘으로 써 힘을 除함은 또한
먼 原始에서 이어온 피의 法度로다
내 이 각박한 거리를 가며
다시금 生命의 險烈함과 그 決意를 깨닫노니
끝내 다스릴 수 없던 無賴한 넋이여 暝目하라!
아아 이 不毛한 思辨의 風景 위에
하늘이여 恩惠하여 눈이라도 함빡 내리고지고.

주 : 시집 《生命의 書》에 수록.
　　처음에는 《國民文學》1942년 3월호에 게재.

北方秋色

먼 北쪽 曠野에
크낙한 가을이 소리없이 내려서면

앞잎이 몸짓하는 高粱밭 十里 이랑 새로
무량한 탄식같이 떠오르는 하늘!

夕陽에 두렁길을 호올로 가량이면
애꿎이도 눈부신 제 옷자락에

설흔여섯 나이가 보람없이 서글퍼
이대로 활개치고 萬里라도 가고지고.

———————————

주: 시집 《柳致環》에 수록.

沙曼屯附近

쓸쓸히 陸橋의 난간을 비치던 落照도 사라지고
먼 거리로 돌아가는 人車소리 끊이고 나면
어디선지 말똥냄새 풍기는 푸른 밤이 고요히 드리워져
보슬보슬 별빛 내리는 菜田 새로
화안히 불 밝힌 성글은 窓마다
단란한 그림자 크다랗게 서리고
이슥하여
車窓마다 꽃다발 같은 旅愁를 자옥 실은
二十三時 十七分 마지막 南行列車가
바퀴소리 멀리 멀리 남기고 굴러간 때는

도란도란 이야기에도 지치어
마을은 별빛만 찬란하오.

———————————

주: 시집 《柳致環》에 수록.

思鄕

鄕愁는 또한
검정 망토를 쓴 병든 고양이런가.
해만 지면 은밀히 기어와
내 대신 내 자리에 살째기 앉나니

마음 내키지 않아
저녁상도 받은 양 밀어놓고
가만히 일어 窓에 가 서면
푸른 暮色의 먼 거리에
우리 아기의 얼굴 같은 등불 두엇!

———————————

주: 시집 《柳致環》에 수록.

새에게

아아 나는 예까지 내처 왔고나
北만주도 풀 깊고 꿈 깊은
허구한 세월을 가도 가도 인기척 드문 여기
여기만의 외로운 세상의 福된 태양인 양 아낌없는 햇

빛에
바람 절로 빛나고 절로 구름 흐르고
종일 두고 우짖고 사는 벌레소리 새소리에
웃티 벗어 팔에 끼고 아아 나는 드디어 예까지 왔고나.

마음 외로운 대로 내 푸른 그늘에 앉아 쉬노라면
한마리 멧새 가지에 와 하염없이 노래부르나니.
새야 적은 새야
이 浩浩한 大氣 가운데 그 한량없는 노래는
아아 뉘를 위하여 부르는 게냐 누구에게 드리는 영광
이냐.
내게는 오직 汚物 같은 五臟과 향수와 외롭고 부끄럼
만이 있거늘—

새야 적은 새야
너는 또한 그 자리를 떠나면 혈혈히 어디메로 가서
푸른 그늘 우거진 곳에 앉아 이제 멈춘 노래—
한량없는 神의 은총과 평화와 광명의 사연을 다시 풀
이여 들릴 게냐.
그리고 밤이면 푸른 별빛 곁에서
그 지극히 안식한 앉음새로 푸른 별과 더불어 고운 꿈
자리를 이룰 게냐

아아 하늘 땅 사이 이렇듯 적적히 흘러넘치는 햇빛 가
운데서도
내가 가질 바 몸매 하나 갖추지 못하고
아아 이 외로운 길을 지향없이 가야만 하느니
나는 내쳐 가야만 하느니.

주: 시집 ≪柳致環≫에 수록.

송철리(宋鐵利) ◉

나의 노래가 담길

뙤추래기의 궁근 퉁소가락따라
흥겨워 절로 열리는 산안개 들창.

들창 넘어로 화―르작트인 한울에서
아츰이갑은 바다가 고요―히 흘러내려
가슴속에 하나가득 부어놓은 푸른 항구.

인제 막 검은 배가 들어와
재ㅅ빛망또를 말끔 걷어실ㅅ고 떠나러하니
붉은 포도주 마지막잔에 취한 손을 흔들어
머―ㄹ 리 보내고
머―ㄹ 리 보내고
내 오로지 휘파람과 벗하야
나의 노래가 담길 한곡조 보표나 짜보리.

나의 노래.
나의 노래.
내일이면 부를 나의 노래.

주 : ≪나의 노래가 담길≫, ≪落郷≫, ≪五月≫3수는 ≪재만조선시인집≫에 수록
　　되였다.

落鄕

적은 새의 푸른 피리ㅅ 소리에
목동의 넋으로
목동의 넋으로 감놀아드는 향그러운아츰.

머―ㄹ 리 힌 봇나무 숲너머
하늘은 시워―ㄴ한 여울을 짓는데
밝은 해가 둘ㄴ
두둥실 밝은해가 둘ㄴ

그 하나는 가슴속에 떠올나 가슴속을 빛위니
이제 근심걱정 모두 이슬에 담어지워 버리고
내 저― 황소다려 풀이나 뜯으리
내 저― 황소다려 풀이나 뜯으리

주: 제3행의 ≪감놀아≫는 ≪감돌아≫의 오식인것 같다.

五月

새하―얀 비둘기 두어마리
은빛 금을 그으며 미끄러지는 하늘아래
마슬은 호졸곤―이 파―란 아즘에 저저 누었는데,
초록물결 부서지는 포푸라가지에서는
채르렁 채르렁 가벼운 금방울 소리,
맑은 숨소리,
바람은 물고기 부다도 젊어

나물보구니 노래 부르는 두던위에
눈빛 고름끈을 춤추이고
문둘레꽃 밟으며 흘러가는 염소귀에다
가마ㅡㄴ 가만 옥색 휘파람을 호이 호이
이 모다 五月의 아름다움이어니,
그 곳 五月의 꼬임이어니,
나는 가고십노라 어데던지
풀잎 피리라도 하나 사ㅡㄹ작 따물고
호돌대는 어린 사슴처럼.

爐邊吟

火爐

겨우 내 낫과손박게 못비춰는 微光이지만
내 눈에 太古의 密林을 뵈여주나이다
겨우 내 조고만 방속박게 못줍히는 殘焰이지만
내 귀에 집혼 活火山의 沸響을 들려주나이다.
노쓰러 주츠러진 火爐ㅅ 속에서
나는 널븐 宇宙를 익나이다.

沈默

나는ㅡ
沈默의 여울에서
瞑想의 송사리를 낙는
孤獨의 漁翁이외다.
나를ㅡ

世人은 가르처
벙어리! 말못하는 병신이라고………。
그러나 나는—
어제도 오늘도 孤獨의 漁翁이였나니
래일도 모레도 孤獨의 漁翁이려나이다.

反芻

石榴알갓튼 過去의 알알을
나는 잘근 잘근 씹어 보나이다.
북고 빗나는 알과알
씹으면 씹을사록 향그로워
나는 過去의 反芻로 現在를 享樂 하나이다.
馬廐에 누어 靑草를 모리는 황소처럼—。

주: ≪爐邊吟≫, ≪도라지≫, ≪북쪽 하늘엔 별도나 서글퍼≫, ≪追憶≫ 4수는
　　≪만주시인집≫에 수록되였다.

도라지

도라지 피면 八月도 피고
八月이 피면 향수도 피드라

산、
물、
길、
돌쇠、
갓난이、

삽살개、

하염업시 쓰러보는 파—란 솟송이에
무지개마냥 아롱지는 흘러간 옛마슬。

그러나—
도라지 지면 八月도 지고
八月이 지면 향수도 지드라。

북쪽하늘엔별도나서글퍼

마음에 차—단 은하(銀河)가 고여
몸에 차—단 은하가 구비처
두눈만 열면 차—단 은하가 넘처
철철철 소리치며 흐를듯한 밤이다。

옛날은 부서진 기둥인데
추억은 깨여진 란간(欄干)이여서
피무든 손으로 노아도 노아도
오작(烏鵲)의 다리는 허무러만지고

꼿버선 게집애야!
너는 베틀을 버리고
제비나라 대궐속에서
쌔알간 새열귀갓튼 구름만 쬐고잇느냐
북쪽하늘엔 별도나 서글퍼—
외로운 꿈이 오돌오돌 써는밤이다。

追憶

새하―얀 눈위로
외사슴 울고간 자욱마다
언 달빗치 파라케 멍든다는 밤이면
까닥도업시
나의 추억은 슬픈 부헝새
슬픈 부헝새。

雪夜

長安은 고요―히 품은
어둠의 나래위에
지는 배쏫인양 함박눈
소북소북 싸이는 이밤
故鄕의 초가집 첨하미텐
참새외꿈이 오손도손
오히려 다사로울테고
그女子의 寢臺엔
薔薇色 微笑가 한창 소곤소곤
숨박꼭질할테고... .

그러나 버림바든 孤兒처럼
울며 써난 길손은 이밤짜라
더욱 외로워 외로워
가을비 마즌 귓드람이가티
함초롬―히 哀愁에 저젓는데

어데선가 흘러오는 머ㅡㄴ
胡弓소리
고즈낙ㅡ히 끈힐듯 말ㅡ듯
피어린 追憶을 스스로불러
녹쓰른 마음의 鍵盤위에
조용조용 간얼픈
悲曲을 치이나니
구진비 나리는 밤
廢家의 문풍지처럼
매마른 가슴은
파들파들 썰리고
씨고 안즌 양철화로
붉은 숫불위엔
더운 눈물이 방울방울 타고... .

차라리 고달픈 放浪의
軌道를 버서나
함박눈 마즈며마즈며
먼ㅡ山 노픈峰 호젓ㅡ한고데 이르러
사르ㅡ시 하얀化石으로 변하야
故鄕 하늘을 바라보며
永遠히 그 女子를
그릴수 잇는
思君岸이 되고시픈이밤
아~아~ 思君岸이
되고시픈 이 마음.

ㅡ삼가 長白C兄께 드림

주 : 1939년 12월 4일 ≪만선일보≫에 게재.

鷹獵

銀嶺 노픈峰에 매밧고 우쑥서서
萬頃雪波 굽어보며 白頭北風 드리킬제
壯丁의 무쇠가슴 쑬리는듯 하여라.

쒱잡아 질머지고 눈바다를 헤염처
酒幕집 차저들면 明月淸波李太白
哀愁憂說 이슬소냐 사내노름 이 아니랴.

주: 1939년 12월 18일 《만선일보》에 게재.

써나간 사람

천만근 이다릴 어쩌케 옴기나
무산령 저쪽까지 업어넘겨 주어요 —
남몰래 차저와 엉석을 부리고
두볼이 새쌀게 써나간 사람아
　한달에 두번식 편지만 말고
　두달에 한번식 차저와 주렴아

......십리도 못지나 발병이 날테지
두만강 배에실녀 미치면은 어쩌나 —
가슴에 파뭇처 얼골을 부비며
몸부림 치구서 써나간 사람아
　한달에 두번식 편지만 말고
　두달에 한번식 차저와 주렴아

......섭섭해 마세요그째면 만날걸
만주쌍사정실어 소식종종 전할쎄—
목메인 말소릴 가늘게 남기고
집나귀 뒤쌀아 써나간 사람아
　한달에 두번식 편지만 말고
　두달에 한번식 차저와 주렴아

———————

주: 1940년 1월 10일 ≪만선일보≫에 게재.

故鄕

달빗 파—랏코
밤 애련—도하다
울고써난 고장이건만
마냥 그리워 그리워
마음조이며 차저가는 庶子처럼
이밤 사르—시
나는 고향의품속에 숨어든다
너무나 처량한 風景
이렇케 변할줄이야—
푸른 기름 흐르는 山田野田엔
욱어진 잡초 거칠고
들국화 썩으며 놀든동산엔
검은 무덤이 초—촘
油를 도두고 傳說익든
두셋집터엔
여우 처량히 목노아울고

암닭 색기치든 닭의장위엔
부헝이 부—헝 부헝
소리놉혀 울다니
空虛와 哀愁에 함초롬—이 저저
마도로쓰의 파이푸연기처럼
싸릿한 한숨 마시며 쑴으며
하—얀 박꼿필 무렵
그 女子와 珊瑚구슬박구든
우물가를 지나다
나는 허겁지겁 숨고말앗다.
애기업은 어머니 우물푸는 안악
그는 벌서 남의안해엿다는걸
내 일즉이 모르는바 아니엇지만
그럿치만
아— 아—
새람스레 피하는듯
나는 괴로웟다
나는 괴로웟다
四界 포근—히 잠들고
마을 고요—히 숨쑤는데

마음어린 도적처럼
초조하게 망서리다
종내 空虛만안고
이밤나는 故鄕을 나오고말앗다.
만일 메마른 얼골에 筋肉굿지 안엇드면
내故鄕의 廢墟에 卑屈을 뿌려스리라.
아— 아—
故鄕은 苦鄕이런가

故鄕은 孤鄕이런가.

주 : 1940년 3월 25일 ≪만선일보≫에 게재. 宋鐵伊로 서명, 연구에 의하면 宋鐵
伊는 宋鐵利의 오식이라 함.

嗚咽

山멧 넘엇든고?
물멧 건넛든고?
險路 數千里
候鳥처럼 차저와보니
꿈에까지 그리든 옛 복음자리
꿈에만 그릴수잇게될줄
내 어이 아러스랴!
내 어이 아러스랴!
밤 深山가티 고요―한데
마음 都心처럼 소란타
납쓰는 숩속버리고
꼿피는 섬(島)차저 옴겨간 파랑새

孔雀은 놀든곳에 깃(羽)남긴든데
그는 「로―즈」와 「키―쓰」튼곳에
꼿닙하나 남기잔엇고나
이럴줄 稀微하게 짐작햇거니
내 왜 왓든고?
내 왜 왓든고?
冷氣 슴이는 酒幕에서

외로히 등불도두는 마음
이무거운밤 밀니기전
도적인양 사라저야는 나그네
아—
밤 深山가티 고요—한데
마음 都心처럼 소란타.

주: 1940년 3월 27일 ≪만선일보≫에 게재. 宋鐵伊로 서명되였음. ≪嗚咽≫은
　　≪오열≫로 읽는다.

春宵

그의 피ㅅ줄은 氷脈처럼 얼어버리고
그의 쑴쪼각은 骸骨가티 흐터지다.
終熄된 地火마냥
싸—늘한 白鳥의 墳墓.

먼 追憶이 어둠에 이끌려
사르—시 東風을타고 차저와
고즈낙—히 다정히 쏙쏙쏙
애닯은 녹크를 하엿지만
勿論 그는 쏘아플 열어줄리 업섯다.

낡은 詩帖에 붉은줄을 그으며 그으며
그는 중얼거릴쑨이엿다.
—내 차라리 天痴리라
누연—한 들판

금잔디 푸르리! 푸르리!
푸른 금잔디에 이슬이 맑어!맑어!
어느 愛國志士의 血痕처럼
옛날은 방울방울 붉어오르련만

녹쓰른 銀방울인양
그의마음은 빗을 일엇다.
소리도 일엇다
回想도 몰으고 憧憬도몰랏다.
그의 人生은 地震지나간 마을
그의 靑春은 悽慘한 露宿
꺼진 情熱엔 재(灰)만 헛날리고
문어진 希望엔 廢墟가서글프다.

無心한밤은
靜寂의 洞窟속으로 감거만 드는데
먼 追憶은 갈염도 안코
조용! 조용! 쏙쏙쏙
애닯은 노크를 쏘하엿지만 쏘하엿지만
勿論 그는 쏘아를 열어줄리 업섯다.
거미 그물친 天井에
凝視의 파리를 날리며 날리며
그는 연상 중얼거릴쑨이엇다.
―내 차라리 차라리 미이라리라―

(四, 五)

———————————

주 : 1940년 4월 15일 ≪만선일보≫에 게재.

내 만일 변할수 잇다면

내 만일
한마리 杜鵑새로 변할수 잇다면
호젓ㅡ한 님의 窓박게서
간열피 울어나 보리라
허나 그건 우수운일
님은 돌멩이를 던질터임으로

내 만일
한송이 百日紅으로 변할수잇다면
조용한 님의 후원에서
붉고붉은 피나 쏨어오리다
허나 그것은 어리석은 일
님은 가위를 들터임으로

내 만일
한오리 향기로운 微風으로 변할수 잇다면
날마다 님의 쌤과 머리카락을
사르ㅡ지 사르ㅡ지 만져주리라

그리고 한개 푸른별로 변할수 있다면
밤마다 님의 단꿈을
고히 직혀주리다
그래도 그래도 실타면
아ㅡ아
나는 한쪼각 하이얀 쓴구름으로 변하야
싯업시 싯업시 홀러가리라
님은 나를 우섯지만

나는 님을 울수도 업슴으로—

주 : 1940년 4월 19일 ≪만선일보≫에 게재.

뭇지마라내事情

별빗츤 써젓다
달은 숨엇다
구름찐 눈바다에 밤이들어 침침한데
불붓는 가슴안고 흘러오는 사나이
갈길을 뭇지마라 정처업다 타국땅
바람은 매웁다
길은 사납다
거치른 눈파도에 지향조차 아득한데
터지는 울분참고 홀로가는 나그네
온고들 뭇지마라 한숨진다 먼나라
마음은 쓰리다
몸은 저리다
고달푼 눈날에 사람마다 낫서른데
밤주막 차저들면 취해우는 젊은이
까닭을 묻지마라 귀치안타

주 : 1940년 5월 2일 ≪만선일보≫에 게재.

可憐

소녀야!
가슴에 시드는 垂蓮인양
너는 애처로웁다
맑고 깁흔 네 腦의 湖水ㅅ속에
파들거려야할 希望의 송사리쩨는
그림자도 업고
殘忍한 哀愁만이 浮萍처럼
쩌도누나쩌도누나.

가아만 가만씹는
네이야기의 실오리에
가느다란 하소가 哀愁가티 슬프고
네 도옹그란 얼굴 탐스러운 쌤에
응당 붉어야할 薔薇는
벌서 짓단말이냐?
世上을 咀呪하는 사아늘한
怨恨만이
재(灰)처럼 히고나!

터도 못보고
펴도 못보고
너는 쏫봉오리로 그만 지야하느냐?

少女야!
너는 가엽다
너는 가엽다
運命의 생장속에서

蒼空을 우는 카나리아처럼

－ (四. 十四. 淸津서)

주: 1940년 5월 7일 ≪만선일보≫에 게재.

六月

님이여!
그 柳綠色 커－텐을 거더올리고 窓을열어
六月의 하늘을 만저드리라!
六月의 薰風을 불러드리라!

내 마음의 파랑새
니젓든 노래를 차저불고
거치러진 깃(羽)을 맑은 바람에 싯츠며
놉피 놉피 大空을 지치려
날개를 펴랴 하나니
날개를 펴랴 하나니

님이여!
그 柳綠色 커－텐을 거더올리고 窓을 열어
어서 六月의 하늘을 만저드리라!
어서 六月의 薰風을 불러드리라!

－ B의쎄 －

주: 1940년 6월 12일 ≪만선일보≫에 게재.

님의 頌歌

푸른 바다의 고요-한 港口
님의 마음은 고요-한 港口입니다.

내 배, 밝음을실고 쩌날째면
希望의 微笑로 바래주고
내 배, 어두움을실고 도라올째면
安慰의 歡笑로 마저주고... .

내 배, 돗을 나리고 고달픈 旅愁에 늑길째면
내 배, 키를 거두고 괴로운 疲困에 울째면-
다정한 속삭임으로 怒濤에 시달닌마음 달래주고
부드리운 손길로 暗礁에 부다친 傷處 매만지주는 고요-한 港口!

내 배, 머-ㄴ 航路를 定處업시 허메다도
언제나 도라와 定舶하는 고요-한 港口!
내 배, 사나운 海波를 씆업시 지치다도
언제나 차저와 安息하는 고요한- 港口!

님의 마음은 고요-한 港口입니다.
님의 마음은 고요-한 港口입니다.

주 : 1940년 6월 27일 ≪만선일보≫에 게재.

山陽地

햇볏치 병아리 솜털처럼 보드라운 山陽地에
다방머리 도토리나무 한그루
도토리나무 아래 옴푹 파노흔노―란 흙봉당 자리는
에미르 쌀아나왓든 귀여운 山羊의색기
딩굴며 재롱부리다 간곳이라고
도토리나무 비눌에 얼킨
하이얀 등털(背毛)이 말해주는 듯
麝香노루 지나간 자국인양
한낫의 山陽地는 향그럽소.

주: 1940년 8월 21일 ≪만선일보≫에 게재.

山

九佛七仙이 道닥것다는 곳이던고?
峰우리마다 神秘에 푸른 산! 산!

山! 쏫가루품은 嶺바람을 짜라
구름은 香氣가티 쩌도는데
靈驗한 精氣의 呼吸은 聖스러운 暗示처럼 무겁고…

오― 오―
九佛七仙이 道닥것다는 곳이던고?
골짜기(幽谷)마다 默願에 깊픈 山! 山! 山!

　　　　　－ 庚辰盛夏 茂山嶺을 넘으며

주: 1940년 9월 12일 ≪만선일보≫에 게재.

追憶

실안개 白蛇가티 감도는 嶺넘어
이슬에저즌하늘이 碧玉처럼 빗나든 그 아츰
나는 羊쎄를따라 버들피릴불며 불며－
오불쏘불 오솔길 돌아돌아 湖水ㅅ가를 지나가고
少女는 풀포기 맑은 香氣－ㄹ 차 풍기며 풍기며－
오불쏘불 오솔길 돌아돌아 湖水ㅅ가를 지나오고
그리하야
우리는 서로 만나섯다.
少女는 아름다운 머릴다소고－ㅅ이 숙이고
손에핀(쥔)문들네쏫만 굽어보앗고
나는 羊쎄 헤여지는줄도 모르고
애쑤진 양버들가지를 휘여 쓷덧고... .
『.........』
『.........』
少女도 벙어리.
나도 벙어리.
그랫지만－
우리는 수집은 幸福을
葡萄처럼 따먹으며
波紋 한번 그려못본 고요의 연못위에
두송이 蓮쏫츨 붉히며섯다.

세월은 원망스러워
어느듯 한봄이 흘러가고
한봄이 흘러온 오늘
실안개 白蛇가티

주 : 1940년 10월 8일 ≪만선일보≫에 게재.

미도리

鄕愁가 녹쓰른 녹렁크속에
童骸마냥 굴너온 미도리 한개피.
고히갑은 傳說채 피여물고
고요—히 紫煙의 年輪을 헤어노라면
감실 감실 눈압헤 써오르노니
푸른 바다와 힌 沙場
그리고 비좁은 거리와 커다란 구두들.

그少女의 �싼타주치아는 어데로 흘러갓기에 들리지안흐며
그 피에로의 붉은 帽子는 어데로 날러갓기에 보이지 안흘쑈.
머—르리 葬送의行列이 요지경속처럼 어지러운데
어느 文學靑年은 비듬끼인 머리ㅅ빗을 훌트며 毒酒만마시고.........

미도리!
쏘—얀재가 에처러운건 아니다만
꼭 異國의孤兒처럼 가여워 가여워
내 삼가 너를 한오리 線香으로 사루나니
花粉처럼 가혀히 날리가거라! 故鄕으로—

너는 故鄕으로 가거라!

─ (旅路詩抄)

주: 1941년 1월 21일 ≪만선일보≫에 게재.

爐邊吟

雪夜

나의 마음은
어린 검둥 개리뇨
늙은 어머니(瞑想)와 함께
마냥 함부로 나딩구리야 견디는
밤
함박눈 나리는 밤

追憶

하─안 눈위로
외사슴 울고간 자욱마다
언 달빗이 파아라케 멍든다는 밤이면
까닭도 업시
나의 追憶은 슬픈 부헝새
슬픈 부헝새

爐邊

옛날이 녹쓰른 화로에

그윽한 향ㅅ불도 피여
수염보다도 힌 산신(山神)을 모시는
소리업는 이야기

주: 1941년 12월 15일 ≪만선일보≫에 게재.
　　≪만주시인집≫에 같은 제목의 시가 있는데 그것은 ≪만선일보≫1940년 1월
　　20일에 게재된 것, 원래제목은 ≪爐邊雜吟≫.

庚辰元旦
　　－ 삼가이짱의겨레들쎄드리노라

저무른 己卯
동터온 庚辰

暗黑은 紙灰가티 사라지고
曙光은 噴水처럼 퍼지고

모든 怨望과後悔는 軟弱한 晚歌를읍조리며
永劫의 墓地로 굴러갓고
왼－갓 希望과計劃은
힘찬詩를을프며
光明의 神像、金鳥의 周圍를
한박휘 돈뒤
새로운 時間은分水嶺을 넘어
힘차게흘러오다!
쌩!
쌩!

宇宙의 始業鐘聲이
우렁차게 들리는듯
푸른하늘이 보기조케
미여지게 千줄기 萬줄기
珊瑚色 빗줄(光線)을쏨으며
붉은 太陽이 끌어터진다

보라!
光明에 벅찬 天地를!
生氣에 춤추는 萬象을!
들으라!
千兵、새힘
萬馬、새일의
기운찬 進軍喇叭소리를!
億兆生命의 힘찬부르지즘을!

그、곳
새길 새秩序 새活動 새現象을
왼누리의 人間에게 膳物한
宇宙의 억센 微笑이고
그、곳
새피 소용도리치는
萬有心臟의 붉은鼓動소리나니

이짱의 父老들아!
이짱의 兄弟들아!
이짱의 姉妹들아!

"力"의활(弓)을 놉이들어

저- 太陽에 살(矢)을 쏘라!
그, 흘으는 붉은피
슬는피를 드리키고

모두다 함께 팔쑥을 것자!
모두다 함께 새 스타-트에
나서자!
모두다 함께 步武를
갖치하자!
그리하야
庚辰이해의 새 機械를
故障업시 들리는
튼튼한 일쑨, 씩씩한 勇士가
되지안흐려는가?

저-기 머-ㄴ 山斷崖
늙은 소나무
한층더-푸르러뵈고
大空에 圓舞하는 수리개나름
몹시도 기운차 보인다.

오 오-
莊嚴할손 새날새아츰이여!

—庚辰元月 十三日

주: 1940년 1월 17일 ≪만선일보≫에 게재.

南鵬南飛

兄弟여!
姊妹여!
그 椰子樹그늘 어우러진 커-텐을
거더올리고
窓을열어
南邦의 하늘을 마져드리자!
南邦의 薰風을 불러드리자!
우리 十億의 붉은 가슴속에
고-히 잠자든 鵬! 大鵬! 大鵬!
모드다 어젓은 외우침을 차지물고
오래- 드쉬임에 오히려
서슬푸른깃과 깃을
맑은 바람에 싯츠며
노피 노피 大空을 저치레
날개를 폇도다
날개를 폇도다
그럿타!
南鵬!
南鵬!
오-오- 兄弟여! 姊妹여!
그 椰子樹 그늘 어우리진 커-텐을
거더올리고
활작 窓을열어
　　　南邦의 하늘을 마저드리자!
어서 南邦의 薰風을 불러드리자!

———————————————

주 : 1942년 8월 3일 ≪만선일보≫에 게재.

노래부르자

복동이두 왔구나
순이너두 왔구나
헤여지면 다시는
못만날것 갓드니
어깨동무 떼동무
　라라라라 라라라 노래부르자
　함끠배고 함끠커 큰일할동무
　어깨어깨 겨누고 노래부르자

갓난이두 웃누나
돌쇠너두 웃누나
새세상 새아츰
새학교로 오드니
이렇게들 뛰노누나
어깨동무 떼동무
　라라라라 라라라 노래부르자
　함끠배고 함끠커 큰일할동무
　어깨어깨 겨누고 노래부르자

− 1945. 9. 27

주 : 발표시간, 게재잡지 미상.

윤해영(尹海榮) ◉

海蘭江

寂寞한 江이로다.

거룩한 江이로다.

고원일흔 자식들 젓줄을 쌜기니

海蘭江 百里 언덕에 주름 살은 잡혓느니

傳說의 물줄기 더드머 오르면

鈴蘭이 편언덕에 어진사슴이

호사로운 두쌜를 빗처보든 時節엔

亭亭한 落葉松의 아지 가지가

銀河의 별빗조ㅅ차 가렷다건만

이주민의 斧鉞에 歷史가 빗날째!

쓸어지는 丸木의 도막도막을

가삼에 안고서 흘넛느니.

銀河長長 天心에 별이종종

流域에는 아리아리 人煙이 종종!

강낭ㅅ대 마디마디에 希望을매즌

어진 族屬들이 벌처럼 茂盛해서

입히 필째면,

기럭기가 울째면,

懷鄕病 절믄이 들의

로맨스도 실어갓다.

근심만흔 사나히 들의

큰 뜻도 실어갓다.

한世紀 數多한 이地域의 歷史를

늘근 海蘭江 白沙場에 차즈리

昭和十三年五月 於 龍井

주 : ≪海蘭江≫, ≪오랑캐고개≫, ≪四季≫, ≪渤海古址≫ 4수는 ≪만주시인집≫
에 수록되었다.

오랑캐고개

물ㅅ개와 坐首의 딸과 함께살아서

사람과 갓튼 물개를 낫코

물ㅅ개와 갓튼 사람이

사람과 갓튼 사람을 나서

그 어른이

큰아큰 中原을 통트러 다스렷다는

아리숭 아리숭한 이야기가 잇다.

二十年前!

아버지 등뒤에 봇다리뒤에

박아지 두짝은 방울이 커서

나는 제법 나귀등의 貴公子 인양

고개ㅅ길 三十里에 幸福은 철업더니

그째 그고개는

豆滿江 건너 北間島 이도군 들의

아담찬 한숨의 關門이엇다.

十年前!

쩍 버러진 두억개에

소금 서말이야 무거윗스랴만

會寧八十里 黃昏에 쩌나면

嶺마루 풀숩헤 식은쌈 씨슬샌

北斗七星도 기우러 저서
머—ㄴ 마을에 개만 지저도
잠잠한 空間에 어른 거리는
부유덱이의 幻影!
그째 이고개는
밀수군 절믄이 들의
恐怖의 關門 이든이 —
오날 이고개엔
五色旗 날부ㅅ기고、
목도군 절믄이 들의
노래ㅅ소리가 우렁차서
豆滿江 나루ㅅ터엔 다리가 걸니고
南쪽으로 連한 길은 널버저......
이봄도 나의 族屬들이
무태이 무태이 이고개를 넘으리
한숨도 恐怖도 다홀너간 뒤
다—만希望의 집분노래 불으며 불으며
무태이 무태이 이고개를 넘으리.

昭和十三年四月 於 龍井

四季

1 봄
그옛날 오막사리가 사랏다는
傳說이 서린 각담에
냉이와 달내는

보람업시 파르럿고!
한그루활작핀
살구나무 가지에는
그래도 벌들의 살임은
옛갓치 오붓하여

2 여름
구진비 뿌리는 黃昏이면
영산가닥 입입에
洛水가 지름지름!
새끼 기르는 모차래기 둥지엔
집웅이 업서서 실단다。

3 가을
알뜰이 길너논 코쓰모쓰
쏫치 폇건만
여름은 벌서
늘거서 갓네
쌀쌀한 바람이
몸맵시를 흔들고
파—란 하날이
너무도 매몰차
코쓰모쓰는 季節의
繼母ㅅ子息 이란다。

4 겨울
외ㅅ짠집 저녁 굴쑥에
煙氣가 숫지다。
아마 靑솔가지를 째는게지

바람도 새들도
모다 잠들어
삽사리 컹컹
寂寞을 불으다。
조각달 눈빗우에 조으는밤
감자 입김쉬는 火爐가엔
金僉知 보는 趙雄傳
혼자서 흥겨우리。

渤海古址

五月의 夕陽
渤海 옛터에
집팽이와 나와
풀숩에 스다
歷史란 모도다
거짓말 갓태서
六宮의 남은 자ㅅ최
주ㅅ추돌도 늘것는데
第一宮址 드놉흔곳
應靈寺 鐘이 울어 울어......
기와 片片 어루만저
懷古에 잠기우면
저－언덕 밧가는 農夫
그時節 百姓인듯!
멍에민 소장등에

太古가 어리우다。

昭和十六年五月
鏡泊湖紀行詩中에서

樂土滿洲

五色旗 너울너울 樂土滿洲 부른다
百萬의 拓士들이 너도나도 모였네
우리는 이 나라의 福을 받은 百姓들
希望이 넘치누나 넓은 땅에 살으리

松花江 千里언덕 아리랑이 杏花村
江南의 제비들도 봄을 따라 왔는데
우리는 이 나라의 흙을 맡은 일꾼들
荒蕪地 언덕우에 힘찬 광이 우르자

끝없는 地平線에 五谷金波 굽실렁
노래가 울리누나 아리랑도 흥겨워
우리는 이 나라에 터를 닦는 先驅者
한 千年 歲月後에 榮華萬歲 빛나리

拓土記

故鄕 써나는날 진달래 썩어훗고
하룻밤 오구나니 눈이상기 싸혓구료
찬바람 滿洲벌판이 바로예가 거길네.

사나힌 城을쌋코 婦女들은 흙을날나
創世記 神話처럼 새部落은 이뤄젓다
아들딸 代代孫孫이 이짱우에 사오리

훤―히 트인들은 널고쏘한 기름진데
우린야 소를모라 거친짱을 일구느니
地平線 저―넘어로 봄바람은 불어온다.

주: 이 시는 먼저 ≪만선일보≫ 1941년 1월 15일자에 게재되였고 후에 ≪半島史
話와 樂土滿洲≫에 수록되였다.

아리랑 滿洲

興安嶺 마루에 瑞雲이 핀다
四千萬 五族의 새로운 樂土
얼럴럴 상사야 우리는 拓士
아리랑 滿洲가 이땅이 라네.

松花江 千里에 어름이 풀려
기름진 大地에 새봄이 온다
얼럴럴 상사야 밧틀야 갈자
아리랑 滿洲가 이땅이 라네.

豊穀祭 북소래 가을도 깁퍼
기러기 還故鄕 님消息 가네
얼럴럴 상사야 豐年이 로다
아리랑 滿洲가 이땅이 라네.

———————————

주: 1941년 1월 1일 ≪만선일보≫에 게재.

龍井의 노래

　편자의 말 : ≪룡정의 노래≫는 일제식민통치가 멸망에 직면하였던 1944년 초에 목단강지구 녕안에서 지어졌다. ≪룡정의 노래≫는 당시 작곡가 조두남에 의하여 작곡되여 녕안에서 시창회까지 하였으나 지금에 와서 그 가사를 찾을길이 없다.

　해방후 ≪룡정의 노래≫는 작곡가 조두남에 의하여 ≪선구자≫로 개제, 개작된 뒤 우리 겨레들속에서 널리 불리웠다. 아래에 ≪룡정의 노래≫를 ≪선구자≫로 개제, 개작한 경위를 작곡가 조두남의 회고담에서 본다.

　≪해방을 맞고 나서 나는 과거의 한이 담긴 <룡정의 노래>라는 제목대신에 윤해영처럼 높푸른 기상을 지닌 독립투사를 일컫는 <선구자>로 제목을 바꾸어 달았다. 또 류랑민의 서러운 심정이 뚝뚝 묻어나는 2절, 3절의 가사에서도 <눈물젖은 보따리>나 <흘러 흘러온 신세>같은 구절을 빼버리고 <활을 쏘던 선구자>, <조국을 찾겠노라 맹세하던 선구자>들을 넣고 <지금은 어느곳에 거친 꿈이 깊었나>는 1절의 것을 그대로 후렴으로 반복시켰다... ...≫

　이렇게 개작된 ≪선구자≫의 가사는 아래와 같다.

일송정 푸른 솔은 늙어늙어 갔어도
한줄기 해란강은 천 년 두고 흐른다
지난 날 강가에서 말 달리던 선구자
지금은 어느 곳에 거친 꿈이 깊었나

용드레 우물가에 밤새 소리 들릴 때
뜻깊은 용문교에 달빛 고이 비친다
이역하늘 바라보며 활을 쏘던 선구자
지금은 어느 곳에 거친 꿈이 깊었나

용주사 저녁종이 비암산에 울릴 때
사나이 굳은 마음 깊이 새겨두었네
조국을 찾겠노라 맹세하던 선구자
지금은 어느곳에 거친 꿈이 깊었나.

東北人民行進曲

東北의 새벽하늘 동이트는 대지에
새로운 歷史실고 鍾소래는 울린다
모혀라 東北人民 우리들의 일터로
希望이 아침이다 새旗발을 날리자

無道한 帝國主義 侵略者의 쇠사슬
人類의 적이란다 우리들의 원쑤다
피압박 弱少民族 自由解放 위하야
正義의 칼을 들고 너도나도 싸우자
先驅民 革命者의 원한서린 붉은피

저녁놀 地平線에 松花江은 붉었다
잊으랴 庚申討伐 九·一八의 血債를
報怨의 날이왔다 百年恨을 갚으리

興安嶺 부는바람 흐린안개 씻어서
黑龍江 힘찬줄기 나갈길이 보인다
새로운 민주주의 우리들의 路線에
발맞춰 建設하자 亞細亞의 平和를

주: 1945년 11월 11일 ≪人民新報≫에 게재.

年頭吟

感激의 밤이새니 希望의 아침이다
눈쌓인 이 땅우에 太陽이 고히 빛나
새해에 東北人民들 福을 빌어 웃나니

옷깃을 바로여며 屠蘇酒 받으올제
지난일 뉘우쳐서 슲은일 있을손가
차라리 새로운 經綸에 가슴 흐뭇하여라

우리의 긴歲月 이땅우에 흐르나니
낯서른 물결우에 너도나도 쪼각배라
뿔뿔이 저어가는길 그아니 위태런저

銅羅울리는 언덕 묻노니 沙工들아
五大洋 통하는길 航路를 찾었거든

弱한 힘 너요내요하야 서로 웃들말고서

돛다는 새아침에 손을 마조 잡고서
적은 배 쪼각배를 한데모아 큰배묶어
거치른 萬頃滄波를 저어간들 어떠리.

———————————

주: 1946년 1월 1일 ≪人民新報≫에 게재.

東北自治殉者의 英靈을追悼함(上)

  客年十二月 二十五日 新安鎭火龍溝에서 反動漢奸討伐중, 壯烈
한 戰死를 한 李鍾善, 許允喆, 鄭相鎬 外 中國人 두 勇士의 靈前
에 드림

解放 東北의 新建設
新民主主義理念에 불타는 그대들

이땅의 人民들
自由와 永遠한 幸福을 위하여
勇敢히 칼들고
싸우기를 맹세했거니!

犧牲은 벌써 入門前後의 覺悟、
生死는 이미 觀念을 超載했으리라。

그러기에 그대들은
죽는 자리에서 더욱 용감할수있었나니!

저므러가는 1945년 12월 25일
新安鎭남쪽하늘 火龍溝에는
이른아침 찬 공기를 뚫고、

不義의 反動輩 漢奸黨과
東北人民自治軍 용사들과의
世紀의 戰鬪는 버러졌던것이다。

正義를 기발로 삼고
새理念을 武器로한 그대들은、

독수리보다도 슬기로웠고
獅子보다도 獰猛스러웠나니!

交戰 다섯시간、
時勢를 모르고 덤비는 無智한 漢奸黨들은
마침내 擊破를 당하고 말것이다。

오－그러나
不義한놈이 發射한 눈먼 彈丸은
正義勇士의 가슴을 헤아릴줄 몰랐나니!

드디어 그대들의 붉은 피는
눈쌓인 大地를 물드렸고、

다섯勇士의 고귀한 生命은
東北의 하늘아래 東北의 曠野를 안고
人民戰線의 거룩한 殉死者가 된것이다。

———————————

주: 1946년 1월 12일 ≪人民新報≫에 게재.

東北自治殉者의 英靈을追悼함(下)

　　客年十二月 二十五日 新安鎭火龍溝에서 反動漢奸討伐중, 壯烈
한 戰死를 한 李鍾善, 許允喆, 鄭相鎬 外 中國人 두 勇士의 靈前
에 드림

이날밤 검은 하늘가의 무수한 별들도
억울하고 분함에 떨었을 것이오、
깊은 골짜기의 산짐승들도
그대들의 숭고한 피앞에
엄숙한 머리를 숙였을 것이다。

오-그러나
죽엄과 犧牲이
그대들의 아름다운 覺悟였다면
그대들의 꽃다운 죽엄 입시울엔
오히려 本分을 다한 微笑가 있으리니!
그대들은 누가 일커러 죽은거라하랴?

이제 그대들의 뒤를 따를
벌떼같은 同志들
復讐의 칼날을 갈고있나니!

그대들이 흘린 붉은 피는
三冬에도 얼지않는 힘찬 물줄기 되여
이땅의 한복판을 濤濤히 흐를것이요、

그 붉은 빛은
캄캄밤 높은 山봉우리에

烽火처럼 빛나서!
黎明의 東北하늘을 빛여줄것이며、

눈우에 뿌려진 붉은 꽃송이마다
眞理의 열매는 맺어질것이니!

이땅의 人民들、
그 물결에 배를 띄워
그 불빛으로 燈台를 삼을것이며
그 열매에 배불러 幸福할것이며、
오!
그대들 거룩한 이름은、
이 땅의 自由로운 하늘과
悠久한 山河와
新生의 社會와
永遠히 길이 있으리로다.

———————————

주: 1946년 1월 13일 ≪人民新報≫에 게재.

눈(雪)

옛 戀人이 훨훨날아 돌아오는것이요?
너울너울 춤을 추는 함박눈이
그대의 치마폭처럼 좁그럽소이다。

스치는 눈송이가 나의 빰에 차가와도
녹아 흐르는 눈물이

그대의 외로운 하소연이라면、

나는 한나절 뺨이 얼어도
하날을 우러러 눈을 맞으오리다。

나의 花園을 짓밟고간
그대의 발길은 무지개처럼 아름다웠사오니、

純白한 그대의 치마폭을 밟기에
나의 발길은 너무도 어지러운 것이오니、

나는 차라리 외로운 바위되여
서리서리 눈속에 묻히겠나이다.

주: 1946년 1월 14일 ≪人民新報≫에 게재.

東北人民自治軍頌歌
(조선인부대의 노래)

興安嶺 높이솟아 우리들의 새기상
松花江 힘찬줄기 우리들의 뜻일세
손잡고 너도나도 달려모인 동지들
맹세도 장하고나 東北人民自治軍。

빛나는 靑天白日 大地가득 붉은데
黃河水 南北하늘 路線理念 달으다
새로운 민주주의 自由平等 깃발에
이한몸 革命戰線 붉은피도 바치려。

東北은 우리의 터 우리들이 지키며
중국의 완전해방 조선독립 위하야
칼들고 싸워갈길 劍山刀樹 험해도
막을자 누구이냐 正義勇士 우리들.

새世紀 부는바람 五大洋은 끓는다
長城을 넘어넘어 豆滿江을 건너서
侵略者 內敵外寇 한칼로 다 베인후
아세아 하늘가에 平和鍾을 울리자.

———————————

주: 1946년 1월 16일 ≪人民新報≫에 게재.

카나리아

鳥籠속에 긴 歲月!
쬡性이 변하고
날개가 퇴화된
    카나리아는.

鳥籠이 부서진
    아침에도
날줄을 몰라서
    슬프고나.

때는 3월
    언덕은 푸르러
自由의世界

　　　창궁은 부르나니

오!
나의 카나리아야!
지혜의 눈동자
인식의 주동이로
退化된 쪽지의
　　　깃을 골라라

저먼 하늘 구름속에
잃어진 譜表

生命의 옛노래를
찾아서 불러야지

―――――――――

주: 1946년 2월 5일 ≪人民新報≫에 게재.

高脚舞(舊正風景)

량둘량둘 두량둘
光復中國 두량둘!

북소리와
날라리와
鉦琴소리와
한종일 들어도
千篇一律이었다.

높은 나무다리에
흥겨워 뒤뚱거리는,
아슬아슬한
律動과律動과律動과……
긴 세월 매키웠던
民俗의 血潮가

터놓은 봇물처럼
흐르는 곳에

이날이 저물도록
이밤이 지새도록

량둘량둘 두량둘
姑娘아씨 두량둘
량둘량둘 두량둘
어화 靑春 두량둘

량둘량둘 두량둘
自由천지 두량둘。

───────────

주: 1946년 2월 5일 ≪人民新報≫에 게재.

海林吟

이른봄 夕陽길에 海林을 찾어드니
人影이 드문드문 거리는 閑散헌데

우렁찬 時局포스타만이 나그네를 맞더라.

零退한 이거리에 旅舘도 하나없이
늦도록 헤매이다 찾어들은 下宿집
그래도 한간방아래층이 제법따뜻하여라.

해여진 삿자리에 木枕은 디굴디굴
고단한 나그네들 가로세로 코고는데
한밤중 외마디총소리 精神짜릿하여라.

戰亂후 이거리는 反動의 기세높아
同胞의 大部分이 退去의 길을밟고
몇나문 義로운同志들 이리를 지키드니.

지나간 二月一日 主力軍 入城하야
無道한 反動輩의 무장을 解除한후
비로소 다리를 펴고 단꿈을 일운다오.

 萬里 길이넘은 主力軍은 성스러워
알뜰히 살뜰히도 百姓들을 보호하니
感激의 이곳人民들 稱頌藉藉하더라

악몽에 사로잡혀 서름많든 海林同胞
어둔밤 지새여서 새아침은 오나니
희망의 太陽을안고 새노래를 부르소서.

2월 6일 於 海林

주: 발표지 미상

목단강 물결

목단강 백리언덕 봄이 오면은
영원히 변함없이 그 빛을 사랑하리
흘러간 그 옛날은 또다시 못오리라
그 빛을 사랑하자 영원히 변함없이

목단강 백리언덕 피어난 희망의꽃
영원히 변함없이 그빛을 지켜가리
쓸쓸한 이 앞동네 헐벗던 동무들아
그 빛을 지켜가자 영원히 변함없이.

주 : 발표지 미상. 창작년대는 1944년으로 추정됨.

서리온 아침

서리하얀 지붕에 빨간고추 널렸소
서리하얀 뜨락에 노란국화 피였소

서리하얀 동산에 단풍잎이 빨갛소
서리하얀 아침에 누나입술 파랬소

주 : 1946년.

해저문 마을

달라당 방울소리 들려옵니다
해저문 산길에서 들려옵니다
꼴베러간 오빠가 타고오시는
송아지 목에 달린 내방울이죠

울루루 피리소리 들려옵니다
해저문 장터에서 들려옵니다
물길러간 언니가 꺾어서 부는
샘터에 늘어진 버들피리죠

주 : 1946년.

김북원(金北原) ●

봄을 기다린다

바라다 보아야 끝없는地平이 끝없는 地平이
하이얀 눈속에 가로누어 봄을 기다린다.
도로기 쥐어매고 마음거든이 벌판에 서면
눈부신 索漠이 視野에 서린다.
호졸하니 마을의 面貌가
그러나 덤직한 이야기가
마을의 斑史가
한줄기 香煙속에 풀린다.

꼬지깨의 草原이
高粱의 平原이되고
高粱의 平原이
벼이삭의 바다가 되는동안
내사 수염과 靑春을 바꾸었고
안해는 새아이의 어머니가 되였다.

잔뼈가 굵어진 故鄕말이뇨
洛東江물을 에워 젖처럼 마시며
아매사 할배사 살엇드란들
그것이야 아스런 옛이약이지.

오붓이 點點한 우중충한 집웅이
五色旗 揭揚臺아레 마을이
봄을 기다린다.

주: ≪봄을 기다린다≫, ≪看護婦≫, ≪山≫, ≪旗≫, ≪그넓은들에≫ 5수는 ≪재
    만조선시인집≫에 수록되였다.

看護婦

그는 素服에 살빛까지 흰 그는
손과 손에로 날으는 하이얀 나븨.

나븨는 明朗한 써 비쓰 를 샘물처럼쏘드나
나븨는 속깊은 설음만 꿀처럼 마신다.

나의 가슴속엔 어두운 샘이 흐른다

어쩌면 光明의 앞날을 가저옴직한
어쩌면 그냥 차웁게만 홀을듯한샘이!

처음 나븨를 幸福케한겄은 사나이
다음 나븨를 건저줄겄도 사나인 사나이라고
그래도 사나이가 미뻐서 사나인나를 처다보는나븨.

나븨의編物. 나븨는 늘 서름을 엮는다.
나븨는 늘미뿜을 엮는다.
아아, 나븨는 언제 기쁨을엮나?

山

언제든 아람가득한 덕높은 어버이였다.
매마른 입술이 날리는 휘파람은 야위어도
장작불은 다정하였고 푸초맛은 變함이 없어
모두고 피우고 빨고피우기에 靑春이갔다.

푸른 수풀이 이야기로 무성하얐고 그윽하니
湖水와 꿈을 함께하는 머리우에 해와달이 속삭이였다.

旗

줄기 줄기 싱싱이도 드높은끝에

퍼얼럭이는

퍼얼럭이는

이아즘 나는 가슴속에 푸른다다를 지니었도다.
그 넓은 드을에

얼골이 그리운 얼골이라 웨아니반가웠으리
찬이보아 찬이보아 분명 안개라 이마 기우러진다.
감실 감실 골 기어넘듯 다붓이 서리인 그것이
어허 아침의 사나히야 그대 뒤쩸지고 섯느냐 웃으나 답지않다 답
지않어
바래는 바래가 답지않다
속이 풀리거든 왕왕 울거나 허트러지건 허허 웃거나
우리는 허리가는 청연이라 玉流처럼 티끌을몰라 숨결크고 넓어
沼澤을 머―ㄹ리 비둘기 날으는것을 하야 푸른모자에 푸른옷 넋
이조차
넋이조차 靑衣童子.
골에 날어 溪谷에 고개넘어 청하늘 휙―ㄹ훨 거 높은가지에 걸려
넓은드을에 리리크를 리리크를 불떤
오냐 로칼이 새로히 오냐 로칼이 새로워질것을.

胎動

標本室의 露臺에는 아츰으로 저녁으로춤이잇섯다.

리듬 大理石 大理石 리듬......으로 찬室內는 뷔－종을배앗는다.

大理石의生理로하야 不眠症 기픈 인듸안.

인듸안의 노래 인듸안의 노래는 距離를......

距離가 잇섯다.

距離가 업섯다.

距離가 잇섯다.

距離의 生理。

生理의 距離가 잇다!

博士는 그라스管을 視準點에 노앗다.

視準點에 아침이잇섯다.

視準點에 저녁이잇섯다.

博士는 睡眠을 演繹하야

午睡가。

第九심포니가。

포장처럼 미럿다.

眞空의 第三號室

瀑布가 잇섯다.

크레오파트라의 投身이잇섯다.

크레오파트라의 流身이잇섯다.

크레오파트라의 椿事가잇섯다.

李琇馨兄의 答詩

주 : 1940년 4월 16일 ≪만선일보≫에 게재.

椅子

하이얀 百合이라 일느자
나비처럼 날은다
안즈면 그대요 나인
굼실거리는 푸른 바다

메랑코리의 보쌈이는
火砲 처럼 날여라
摘發되는 포―즈
필님처럼 컷트된다

이날밤은 平和記念日 처럼
이날밤은 平和記念日 처럼
쏭그런 하늘이
親한 帽子처럼 머리우에 잇다.
放送되는 多角形音響은
牧歌처럼 로켈하다고
다리들은 쮜노느냐
가령 風有五常 風하야 마스트우에
머―ㄴ 出帆의 汽笛이울고
무도회의 포장도 조용이내리면
諸君은 구룸다리로 걸어
露臺로 나아가다.
거긔엔 활달한 空間이
거긔엔 가(邊)모를 帽子가
帽子 싯으로 푸른 眺望이
少女처럼 반겨 잇다.

───────────

주: 1940년 8월 24일 ≪만선일보≫에 게재.

비둘기처럼 날으다

山岳 山岳 山岳
여기는 바－바리즘의 一丁目
조이스會館 유리사즈쪼어를 녹크하는
S孃의 第一號室
구두가잇섯다
S孃의第二號室 上衣가잇섯다。
S孃의第三號室 回轉椅子가잇섯다。
S孃의第四號室 쌔드가잇섯다。
S孃의第五號室 體溫이잇섯다。
그는水仙花가 조앗다。
그는水仙花의 花瓣이 조앗다。
그는水仙花의 花粉이 조앗다。
그는水仙花를 발콩에 노앗다。
발콩에 푸른 眺朕이잇섯다。
발콩에 아츰이
발콩에 美少年이 잇섯다
S孃은 美少年이 조앗다
美少年은 S孃이실타
S孃은 美少年이 戀戀哀切타
美少年은 S孃의肉體가실타
美少年이 발콩에잇지 안엇다
美少年이 발콩을써나든날
S孃은 花粉을 거더찻다
水仙花의 形骸가 바수어젓다。
발구락이 紅海를 흘렷다
이윽고 S孃은 美少年을 歸納하다。

주: 1940년 8월 28일 ≪만선일보≫에 게재.

憐憫의書

팔랑개비야
팔랑개비야
너 바람마진 팔랑개비야
너 하늘하늘 創造의神아
너 正確한 매니페스트.
팔랑개비야
팔랑개비야
너 바람일흔 팔랑개비야
너 호졸이니 느러진 나래야
너 沒却된
傳說 과
正統 과
팔랑개비야
팔랑개비야
너 바람마진 팔랑개비야
하폄나는 時空의 억개위를
歸省列車처럼 달니라
팔랑개비야
팔랑개비야

(十一時後十三·十二 노랑집웅밋에서)

주: 1940년 12월 28일 ≪만선일보≫에 게재.

젊은開拓士여

머리우헤 하늘은 놉다
발알에 大陸이 듣든타
우리는 靑年이다

마음이 젊다
쯧이놉다
두팔을 펼치어 蒼穹을마시면
大氣가 한가닥 숨결속에 풀린다
팔그림자 가로노히는 地平線
地平線은 가도地平線이라
大陸은 우릴 부른다

오오―
大陸의理想이 竹筍처럼자란다
東亞의 오리지날이 쑤리는씨여든
薰風萬里 하늘이드노프면
우리는 歡喜의 이삭을거두리라

지낸날은 한바탕 어수선한 白日夢
새로운 傳統이쑤리내리는
오늘은 다못나아가는時間

그럿타
建設이다!
創造다!

오오― 젊은 開拓의士여!

우리의 머리우에 하늘은놉다
우리는 理念의 푸른 모잘썻다
우리의 발알에 大陸은넓어
우리의 에너르기 無限에로썻는다

주: 1942년 1월 20일 ≪만선일보≫에 게재.

함형수(咸亨洙) ◉

나의 神은

멀—니 暗黑속을 뚤코오는 히미하나마 확실한 光線과갓치
아모리 衰弱한 肉體의 아모리 敗北한精神에게도
쏘하나의 門을가르치는
나의神은 그런 慈悲의 神이리라

永遠使役에 쩌러진 捕虜囚와도 갓치
불타는 情熱과 굿세인意志와 良心과 熱誠과
最後의 犧牲 까지를 바처서 섬길지라도
오히려 우리를 疑心하고 채찍질하는
나의神은 그런 嚴格한 神이리라

地上에 사는 온갓것의 享樂과
地上에 사는 온갓것의 자랑과
地上에 사는 온갓것의 價値와
地上에 잇는 地上에 잇는 온갓 모 든것을 기지고도 비쑬수업는
나의神은 그런 高貴한 신이리라

해(日)와 달(月)과 별(星)과
動物의 系列과
植物의 種類와
人類의 歷史와 이모—든것을
單한번의 憤怒로써 재(灰)가 되게할수 잇는
나의 神은 그런 恐怖의 神이리라

주 : 1940년 9월 21일 ≪만선일보≫에 게재. 이 시와 ≪歸國≫, ≪나는 하나의손바
　　닥위에≫, ≪悲哀≫4수는 ≪만주시인집≫에 수록된것이다.

歸 國

그들은 뭇는다 내가 갓섯던곳을
무엇슬 하엿고 무엇을 어덧는가를
그러나 내무엇이라 대답할쏘
누가 알랴 여기 돌아온것은 한개 덧업는 그림자 쑌이니

먼 하늘 씃테서
총과 칼의 수풀을 헤염처
이손과 이다리로 모-든 무리를 뭇찔럿스나
그것은 참으로 쏘하나의 肉體엿도다
나는 거기서 새로운 言語를 배웟고 새로운 行動을 배웟고
새로운 나라(國)와 새로운 世界와 새로운 肉體와를 어덧나니
여기 도라온것은 實로 그의 그림자 쑌이로다

나는하나의손바닥우에

나는 하나의 피투성이된 손바닥밋테 숨은 天使를보앗다
時間의 魔術이여 物質이여 몬지 갓튼 感傷이여
天使가 깨여나면 쩟어진 空間을 내음새가 돈다

아름다운 皮膚의 湖水여 노래의 忘却者여 째라
眞理의 빗(光)치여 어두운 寢床이여 돌(石)이여 눈물이여
나는 하나의피투성이된 손바닥우에 異常스러운 天使를 보앗다.

悲哀

나는 이 괴로운 地上에서
살기만은 조곰도 希望치는 안는다
어쩌한 달가운 幸福과 快樂이
나를 부뜰고 노치안는다 해도

그러나 나는 저 아득한 한눌을 치어다 볼째
마음은 슬퍼지고 외로움으로 눈물이 작고 난다
저 나라에서도 나는 쏘 여기서처럼 이러케 孤獨할까바

家族

고기와 꽃과 보리이삭과 그의 여러가지 보배를
어머니는 깨여진머리에 이고 거러오셨다.
인제 어머니는 눈을 가슴속에다 박으셨다.
뉴물이 기쁨에서 오느눈물이 작고만 흐른다。
휘황한 電燈밑에서 누이는 밤마다
붉은알 푸른알 흰알 노―란알을 굴리느라고 눈길이 異常하여졌다
오늘 누이는 大理石 돌층계에서
競走練習을 한다
돌층게 밑에 떠러저있는
찢어진 찬송가와 때묻은 「항케치」
風車와 연과 팽이와 그리고 노래와 춤을
동생은 작고 만든다
동생의 사랑은 샤기―르와 그리고 나와
어머니와 누이와 이외에도 기수없다.

동생은 해를 처다보고
웃는다 웃는다.

───────────────

주: ≪家族≫, ≪化石의 고개≫, ≪개아미와 같이≫, ≪蝴蝶夢≫ 4수의 시는 ≪재
　　만조선인시집≫에 수록된것이다.

化石의 고개

이마에 손을 얹으면 풀은한울에도 나타나는 고개가 있는것이었
읍니다.
여윈 無名指를 들어 蒼白한 標石을 생각 합시다.
생각하여도 생각하여도 마음의 女子는 化石한지 오래였읍니다.

개아미와 같이

개아미들이 몬지길을 기어가는 것처럼
뜨거운 거리의 애스팔트우에 사람은 넘처났으나
白紙의 한울에 太陽은 한개의 붉은 쇳덩어리처럼 空然하다.
악착한 市場과
大學室의 試驗管에 어두운 밤은 찾어와
제各各의 內部에서 理論과 苦痛이 달렀다.
개꼬리와 쥐꼬리의 差異만치
一定한 法律과 一定한 流行은
一定한 生活에 象徵되고,
사람은 사람이오 憂鬱은 憂鬱에 不過한것이냐?

나무 풀은 쓸데없이 자라고,
시럽시 아이들은 울고,
女子는 帽子를 男子는 신짝을 찾고,
두터운 傳統의 眼鏡속으로 아버지는 조으럼오는
忠告를 느러놓을게다.

胡蝶夢

밤새도록 비에젖은 어두운空間이 있는것이었읍니다.
부지럽시 슯은밤은 얼마나 슯은밤이겠읍니가
조용히 눈을감으면 가슴속에선 피묻은 한마리의 胡蝶이 퍼덕이고
있는것이었읍니다.

正午의모-랄

모-랄은 웃는다 모-든 눈물뒤에서
모-랄은 운다 모-든 웃음뒤에서
모-랄은 怒한다 맷돌방아깐에서도
모-랄은 눕는다 曲馬團로-프에도

모-랄은 노래부르는 둑거비냐
모-랄은 노래하지안는 꾀꼬리냐

혹은

모-랄은 계란속의 都市計劃
-계란을 삼킨 D孃의 주둥아리

눈을쓰면 나의책상우
그라쓰컵속에서 시름꽃이 운다
그라쓰컵우에서 구름이 돈다

聖母마리아의 悲哀속에서도
센트헤레나의 鬱憤속에서도
갈리레오의 디구에서도
뉴-톤의 능금에서도
그리스도의 수염에서도
李太白의 風內가운데서도

쏘는
K博士의 곰팡이낀 노-트속에서도
아- 나의 째여진 머리속에서도
- 손톱눈에서도

찌그러진 나의아버지의 갓에서도
내음새나는 나의어머니의 고무신짝에서도
얼눅진 N孃의 한가치에서도

쏘는
바람에 날려간 D老人의帽子속에서도

눈을감으면
한업시 한업시 물러서는 焦點과
무한히 버러지는 視野와

수업시 수업시 交錯되는 애-테르와

오-어디에서도
무수히 무수히
지절거리고
不平하고
싸히고
밀려드는

모-랄모-랄.........

주: 1940년 6월 30일 ≪만선일보≫에 게재.

천청송(千靑松) ●

先驅民

1 移住民
다투어 뫼쑤리가 솟은뫼
힌구름은 둥둥 嶺을 넘다.

太古然한 숩헨
傳說이 측넝쿨처럼 얼키고

무지개 쌧친다는 샘엔
암노루가 물마시 단이엇단다.

나귀탄 族屬잇서
오랑캐嶺을 넘어오든날

아름드리 나무는 찍히고
키넘는 쑥밧텐 불길이 펄펄 놉하섯느니라.

2 酒幕
죄쯔만 오양이 달여
산모롱을 도는 酒幕은

南山이 三月에도
이마에 힌눈을 이고 사는곳

흘러오는 손들은

으레 주막을 이웃집 들느듯했고

三太星이 자리를 드틸제면
낫선쌍 첫꿈이 서글푸기에

닭이 홰를처도 날이새어도
흑탕갓치 취할 胡酒가 되게 그리윗겟다.

3 雪夜
저릅대 겨등은
옛말갓치 조으는데
한웃방 클아바이는
옥쉬 속갱이로 등을 글그시며
대통만 문턱에 터신다.

무섭디 무서운 범애기에
큰아매 무릅엔 장손인 취해 코골고

닭이 두홰를 첫건만
쌉짜리 지러간 아배는 안와
제미랑 곱새등 누님은 삼만 삼는다

작연에도 그럭게도 이런날밤
호우적이 마을에 들어 섯드라오.

4 江東
江東은 아라사
코큰 색씨가 춤잘춘다는곳

煙秋 놉흔 고개에는
천지꽃이 북디 북건만

七年이 다되어도
郎君님은 웨안오시나!

금음 밤이면
달이나 발거도 한결 나흐련만
그리는 맘
동녁 하늘 힌구름 타다.

5 墓地
靜穩의집
무덤은 너무나 寂廖하다

하도 故鄕을 그렷기
넉시나마 南쪽을 向해ㅅ도다

외로운 밤엔
별빗치 慰撫의 손을 나린다는데

墓標업는 무덤들이
옹기 옹기 정답게 둘너안젓구나!

눈보라 사나웁든
매듭만흔 歷史를 이얘기 하는거냐。

주 : ≪先驅民≫과 ≪古畵≫ 2수는 ≪만주시인집≫에 수록된것이다.

古 畫

由緖일흔古畫
네꿈이 정영 서글프냐.

차돌에 돗친
明朝의 民俗

人情은다를망정
풍기는 情緒 香氣롭다.

累巨萬年을가도
오히려 玲瓏한 色彩

내沈鬱한房은
옛風情을 지니기 可當찮아 슬플가.

드메

드메의 봄은 쩗다.

내살든 곳은
거울이 없어도 괜찮었다.

사슴 뿔솟는 샘엔
입뿐 색씨 얼골 돋고.

뒷고개는
양춘 삼월에도 흰눈을 이고 앉었겠기

내鄕愁도
차거운데

이런밤엔 으례 뻐꾸기가 울었다.

―――――――――

주: 《드메》, 《書堂》은 《재만조선인시집》에 수록된것이다.

書堂

도랑건너 글방은
낮이나 밤이나 글읽는소리.

돗보기쓴 훈장
접장나린 회초릴 들었건만

百戶長 망내 아들은
열두살이래도 생각만은 엉뚱해.

머리는 방아를 찌어도
눈ㅅ길만은 사이ㅅ문을 못떠난다.

이런날밤엔 으례 마을처녀들이
서당방 사잇문에 옥수수처럼 열린다.

꿈 아닌 꿈

고요한 밤
날러드는 시산한꿈길—
히—인 이손으로
흙무든 그손길을잡고
안놓기를 맹서하였드니만... ...
때아닌 모진 추위에
그손길을 놓시리라고야!
차라리 그손을 잡은채
이 손길이 얼었든들
불타는 이마음
풋연기는 피우지 않엇을것을—
차디찬 이손
그손찾어 헤매는 이손엔
빈허궁만이 만저질뿐... ...
덧없는 꿈아닌꿈
이같은꿈이 우리에게 그얼마나 많은가?

　　　　　一九三六. 二.

주: ≪북향≫3호에 수록.

失題

깃불때의 우슴—
슲을때의 우름—
이는 흔히 볼수잇는 으슴과우름

깃쩌도 못웃고 슲어도 못울때
울기에는 너무 처참해 웃게되는……
웃기에는 너무 깃거워 울게되는……

고민끝에 미치는 사나희우슴!
멀니 쩌나있는 아들의 돌아옴을
반기는 어머니의우름―
이우슴―우름이 슲을때의 우슴
깃블때의 우름이 아닐가?

울기에는 지나치는 비극
웃기에는 지나치는 히극
히극―비극 역시 주인공은 사람.

깃블때의―우슴 슲을때의우름
그우슴 그우름보담
비참할때의우슴―
이우슴이 우름다운 우슴이아닐가?
깃블때의 우름―
이우름이 우슴다운 우름이 아닐가?

우름속에 숨은 우슴
우슴속에 감춘우름
우슴―우름의 참뜻은 여기에서만……

깃거울때의 우슴 슲을때의우슴―
슲을때의우슴 깃블때의 우름―
사람은깃블때―슲을때
우러야하는가 우서야하는가?

깃블때의우슴 슲을때의울음만이
우슴—우름이 아니고
슲을때에도 우슴은있고
깃블때에도 우름은있어……

깃블때의우슴—슲을때의우슴
슲을때의우름—깃블때의우름
우슴—우슴 우름—우름
말은같으나 그—거리는 머—ㄹ고도 멀어

우서야할때웃고 우러야할때우는
그사람들은 오히려 행복일지도 몰나
웃지도 울지도 못하는그들 보담……

불행한 중에도 더불행한 사람들
우리는 웃지도 울지도 못하는
아니 우슴도 우름도 잃은사람들……

악착한 현실앞에 몸부림
키잃은 사공의눈길—
어둠속에 빛그리는 마음—
우리는 키잃은 사공 빛그리는 사람들……

웃기에는 너무나 깃브고
울기에는 너무나 슲은……
하도 깃브고 슲으면
웃지도 울지도 못하는것이다.

이밖에도 웃지도 울지도 못할일

깃브긴하나 슯으기도한때……
슯으긴하나 깃브기도한때……

깃블때의우슴 슯을때의우름－
슯을때의우슴 깃블때의우슴
－깃브나 슯으나 못웃고 못우는때
깃버도우숨 슯어도우슴－
슯어도우름 깃버도우름!
웃는사람과 우는사람이 밟어야할길…

깃버도 웃고 슯어도 웃는이
그들의삶은 한가지 괴도를 글느는수레

깃븜슯음을 우슴으로 나타냄과
깃븜슯음을 우름으로 나타내는
그삶과삶의 무게는 어느쪽이……

너무 깃버 울기보다
너무슯어 웃는 사실을 많이 가진우리
우리는 웃을수밖에없는 무리거든……
우슴우름을 달어보기전에－

슯으나 깃브나 우는것보다
깃브나 슯으나 웃는것이
삶을 바라사는 사람인가부냐?

우름으로 사러야한우리－
그렇다고 우리는 울어살어야하는가?
보다도 울데 울지않고 우슴이

그얼마나 무게있는 우슴이리요—

울지못해웃는 우리들의 우슴
그우슴속에 숨은 화살
원한에무리들 쏘아 떠러트릴……

한밤에 잠못자고 이러앉어
지나온일 들처보니
깃버도 슲어도 우서온나……
(다른이의눈에는 한낫밎인놈)

슲음의 고개도 못넘은나
아희면서도 아희를낳은 아희
나희는 어리나 마음은 늙은 나
재주없는일을 하려덤비는 나
울지못해 웃는 나의우슴

우슴—
깃버도 슲어도 우슴
(밎이광이의 우름이래도 좋다)
없어서는안될 우리의반려엿든가?
오! 인생의 우슴아!

一九三六四' 一五

주 : ≪북향≫4호에 수록. 원래 제목이 없었는데 이 제목 ≪失題≫는 편자가 달았다.

異域의 밤

고요한 밤이면
고즈넉히들이는 호궁소리 더욱에닯구나.

함박눈 퍼붓든 새벽역에 쩌나가신
사랑선비가 웬일인지 한업시 그립다.

답사리 욱어진 담밋헤서 숨박곡질하든 훗터진 동무들이 보고십
다.
눈보래 휘날여 문풍지쩔고
말달이는 방울소래 요란쿠나.

옛고장 물래방아간에서매져둔
기약을 여이고 시집간순이가 원망스럽다.
화로불가에 이마를 마주대고
할머니의 이약이를 귀담어듯든 시절이 부럽다.
먼동리 개짓는소리 은하고

시름업시 눈나리는 이역의밤은 서글푸구나.

주 : 1940년 4월 27일 ≪만선일보≫에 게재.

無心草

달빗을등지고안즌 검은산처럼
내맘은움지길줄모르는즘생갓습니다.

자정을넘어서든잠이
닭우름소리에 선잠이 깨여낫습니다.
지나온날을 도리켜보건대
너무나 허수하기 짝업습니다.

내가 미쁜벗이못되다보니
남인들 참된벗이되어줄이가 잇사오릿가.
버림받음이라고 이다지도 쓰리거든
버림받은 그여인의 가슴인들
오작이나 압허시랴.

진정한벗이업슴을탓하야
가슴은쥐여쓰든들
떠나간님을 기다린들무슨보람이잇사오릿가.
진실한 벗을 사괴고저
내가 남에게 참된벗이 되고도십지안소이다.

알뜰한 님의정성을 받을길도 업거니와
고히갑춘 정열을 이바지할곳도업나봅니다.
지나간날은 무지개처럼사라지고
내맘은 슬푸지도 즐겁지도안소이다.

그믐밤 하늘에 무심한 별빗츤
내마음전설을 속삭이는님의눈입니다.

－1940. 4. 12夜半

주 : 1940년 5월 1일 ≪만선일보≫에 게재.

偶感錄

1

배부른 豚公은 思索의銀翼돗친 人間의 幸福을享有할수업다.

2

참된 사랑이란 報酬를바라지안는 사랑이다.

3

喜悅의 술잔은 懊惱의深淵속에 秘藏되어잇다.

4

愚人들이 자최를 감추는날 宗敎는 破産할것이다.

5

人間에게 賦與된 幸福中에서 無價値한 幸福은自殺이다.

6

無에서의 創造는 有에無를 意味한다. 그러므로無에서의 創造는
不可能한것이다.

7

人間이란 꿈을 먹고사는 즘생이다.

8

無上命令의 法律을 직히지안는 百姓은 人間에탈을쓴 野獸다.

9

藝術家란 不幸을 幸福으로 역이는 愚人아닌 愚人이다.

10

醜가 업는곳에 美가잇스랴人間은 醜를내인神에게 感謝해야 할것
이 아닌가.

11

敎育의 聖林은 懺悔의 우름우는자에게만散策할特權을許與 한다.

12

痛哭할수잇는 悲嘆보담은 울수업는悲劇이 더悽慘하다.

13

眞正한 幸福의 무지개는 永遠히잡을수업는人生의宿題가 아닐가.
14
惡魔를사랑할수잇는 詩人의마음은 착하다.
15
哲人은 모름즉이 瞑想의 나래를접고 차라리산ㅅ골 農夫에게 哲
理를 부를지니라.

주: 1940년 5월 7일 ≪만선일보≫에 게재.

닭잡어먹든집

닭잡어먹든 옛일은
아릿다운 한폭의 그림이 되고말엇구나.
오랑캐영이 병풍처럼 둘러안고
멀리 아라사의 푸른하늘을바라다 볼수잇는곳이지역이 고향을일
혼사
람들의 보금자리엿다.
거츤 풀밧테 피는한송이 박꼿
토실토실 피어나든순이는
참으로 못잇게스리 에쩌것다.

항상 살림에 쪼들리는백성들이지만도
모래성싸튼 더벙머리쩍어린시절은
아름다운 추억으로 엉켜진 비단방석갓탓다.

오색무지개 번진다든 마을움물에 물이마르고 탐스럽게 부푸러가든
순이의 젓가슴이

쑹쑹보 맹가네집으로 가마타고 갈줄이야。

니빠진 호물짝 할멈말슴마다나
절문 사나희들이 모혀들든 순이네집은
우리들이 닭잡어먹은후기어코 집터가비엇다。

———————————

주 : 1940년 5월 15일 ≪만선일보≫에 게재.

無題

마음이
항상 공허에 무지즐째면

바다ㅅ가로
드려밀이는 파도가 보고십소이다

그믐밤 하늘을 우르러
별빗을 밤새워 차지건만

구름 널린 하늘에는
반디불 좃차 날지안터이다

소낙비 마즌 내가슴엔
정열의 불길마저 꺼젓는가 봄니다。

———————————

주 : 1940년 7월 21일 ≪만선일보≫에 게재.

傷痕

살여는 意慾은
내마음에 傷處를 남기엇소

死에 대한 恐怖마저 일흔오는
傷處엔 피고름만 담쑥 찻소구러

보람잇는 삶을 바라
피쌈을 흘여도 보앗건만

아름답든 무지개는 사러지고
悔恨의 눈물만이 흘러나리오

살여는 意慾은
내 마음에 傷處만 남기고 말엇소이다。

주: 1940년 7월 27일 ≪만선일보≫에 게재.

무지개벗친다는샘

살들한 傳說을 비저내는 움물
오색무지개 벗친다는샘－샘물은 정하다。
머리 감을러 나온 姑娘의 그모습은
華麗한 꿈을지닌 함박꼿처럼복성스럽구나。

능구렁이갓튼 「팡둥」이 노리던 고분이가

나귀탄 新郎 복돌이를 마저드리든 날도
마을 움물에는 향그러운 무지개가 서리어섯다.

故鄕을 일흔 流浪의族屬이 고히가꾼花壇이
하로밤 사나운 소낙비애 쓰러질줄이야.

박쥐나는 밤하늘에 깃을흔 갈가마귀쩨 째도드니
아닌밤중에 銃聲과함께 馬賊이 처들어오고
秋夕 名節을 압둔가을밤 洪水가 왼部落을 휩쓰러 가고말엇다.

보금자리를 일코 漂泊의 길을 써난무리
인제는 어데가서 아름드리 나무를 버히고
키넘는 쑥에 불을질을고
무지개 벗친다든 샘엔
오늘도 암노루가 물먹으로 왓스리라.

———————————

주: 1940년 8월 2일 《만선일보》에 게재.

短詩一束

해바라기와나팔꼿

키다리해바라기는
오늘도 나팔꼿보담 아츰인사가 느젓다

哲人

쓰러지는 草幕속에

호올로 쑤리안즌 哲人

生과死의 神秘로엉킨 思索의 거미줄을
야속히도 소낙비가 헐크러 버럿다

戀人
못보면 그립고
맛나면 얄밉건만

그는 언제나 내가슴에
오색 구름을 피어주는사람

─────────

주: 1940년 8월 15일 《만선일보》에 게재.

드메

대낫제노 독가비가 싸난닌나는숩
太陽을 잇흔지 오랜 森林엔
太古의 神話와 傳說이 머루줄처럼 얼키엇다

피에 굼주린 野獸의喊聲은
山岳의 血祭를 읍조리는구나

連峰萬里 저넘어 海峽의 澗溪를 그리는候鳥
네 서글푼 꿈자리가 恨되느냐

煙氣 오르는 숯굴
가마를 둘러안즌 山民의 神話는 좀그럽다.

山峽에 쓰러저가는 草幕은
사냥꾼의 보금 자리런고.

주: 1940년 12월 8일 ≪만선일보≫에 게재.

밤

싸락눈 사분사분…호젓한밤 겨등은 불쏭을 느린다.
빈방을 직히시는 하라바니 옥쉬 속갱이로 등을 글그
시며 아름드리 그림을 펴신다. 펴신단다
큰아매 무릅베고 베고 볼이미어지게 감자먹든 장손일
랑 호랑이 옛말에 취해잔다. 코를 곤다.
쩝짜리 지러가신 아배는 안돌아오고 닭이 두홰를 처
도 문풍지가 울어싸도 곱새등 누님과 제미는 바느질
로 날샌다.
작년에도 그럭쩨도 이런 이런날 호우적이 마을에 들
어섯다 새벽 이른새벽역에.

於吉林

주: 1941년 3월 1일 ≪만선일보≫에 게재.
    ≪만주시인집≫의 ≪선구민≫·3 ≪설야≫와 비슷하다.

先驅民

山은 山山 쏘山들은
묵重히 도러안젓고
森林에는 풀숩 욱어진들에는
들즘생의 아우성이 요란햇다
封禁된 지역 荒蕪地
密林이 언제 열릴법햇스랴만
나귀탄 族屬이 잇서
오랑케嶺을 넘어오든날
아름드리 나무는 찍히고
키넘는 쑥에는 불길이 노팟섯다.

___

주: 1942년 2월 26일 ≪만선일보≫에 게재.
　　≪만주시인집≫의 ≪선구민≫·1 ≪이주민≫과 비슷하다.

冬夜

겨등불은
문풍지와함께 썰고

웃고방 하라바니는
옥수숫갱이로 등을 글으
시며
대통을 문턱에다 터신다

큰아매 무릅베고
감자먹든 장손일랑

범이야기에 취해 코곤다

쌉자리 지러가신 아비는
안오고
달기두홰를치도
곱새등 누님과 제미는삼
삼기에 밤을샌다

작년에도 이런 이런겨울
밤
눈보래가 몹시 아주몹시
사나윗다。

ㅡ"밤"의 改作

주: 1942년 2월 23일 《만선일보》에 게재.
　　작자가 밝힌것처럼 《밤》의 개작. (1941년 3월 1일 《만선일보》). 운률이
　많이 달라졌다. 또 《만주시인집》의 《先驅民》·3 《雪夜》와 비슷하다.

상설

시집간 누님이 삼년만에
상설을 차려가지고오든날
죽은 제미 생각에
서러워 서름에겨워
아배는 술이취해 작고만 울엇섯다。

태석 과줄 찰떡등속

한술귀 가득싣고온 매부가 조왓다
남들은 늙것다 뒤말하지만도
부디바로 그날밤 호우적이 처들어왔지만
나는 감자굴에 들어가서도 태석을 노치안엇다.

주: 1942년 2월 23일 ≪만선일보≫에 게재.

불꽃

높고낮은 뫼일랑 넘고넘고 또넘어가서 게딱지인양 마을집들이
해바라기를닮어 앞쪽뫼기슭에 옹기종기 품었고

드메라도 싸움통에 놋쇠로 남은것은 숟가락하나 오직 하나요
안악네들이 흰주머니를 두르고 샘물질러 단였다고 말성이왁자자
하는집 되창으로는 부엉이 울음소리가 들리였다네

아름드리 소나무사이 오솔길을 돌고돌고 또돌아 다리부러져가는
오막사리를 찾어들랑이빈 숱강불가에 둘러앉은 젊은이들의 마음
은 불꽃같대요.

담배내가 자옥이서린 좁은방아나에 옛성을 도로찾은 흰옷입은
사나이들이 둘러앉었는데 최 이 박 김 뜻맞는벗 정다운벗들

실로 오래간만에 맛보는 막걸레 이마에 주름쌀은펴지고 이야기
열렬한 이야기의 실마리는 한없이 풀려가는데ー왜놈 농민 소작
료 들려오는 소리 드높은소리

뭇별이 자리를 드티어도 안악네는 밤을 새어가며 바누질하는데
─바지 저고리 치마 한 벌두벌 쌓여져가는 옷겨울옷들

바로 그이튿날아침 돌도들으면 외인다는 옛말마따나 여섯살난
어린일꾼 차돌이가 밥상을 주먹으로 내려다 치며 외치는말 「소작
료는 이팔제로 해야한다」

허무러진 옛성터에 펄펄 일어나는 횃불!
새로운 나라를 이룩하려는 불꽃
오!불꽃은 새로운 불꽃은 해빨처럼 빛나는구나。

─────────

주: 시집 《颱風》에 수록.

봄

봄이라도 올봄같이 기꺼운 봄이라곤 없었기에
마을 늙은이들은 양지쪽 돌각담서리에 앉어 매듭
많은 옛이야기를 되푸리하고

등굽은 버드나무밑 개천에는 냇물이 흘러나리는데
겨울내입은듯 때묻은옷들을 빨고있는 안악네
들의 방망이소리 「또닥 또닥 또다닥」

오랜 옛날로부터 밭가리 제촉을 하여왔다는 용
감스러운 뻑국이소리 「뻑국 뻑국 뻑뻑국」
얼마나 정다운 소리냐

고양이가 집웅에 오르나리게되면 아침온눈이 점
심무렵에 녹아버리고 집집에서는 보습날 세워야
하고 대뜨백(씨떠리) 그리고 씨앗너흔 망태의
믄지를 떠러버리어야하는 이른봄이란다.

살찐 둥글소 검은 암소를 몰고 아버지와 아
들이 안개낀 남쪽산기슭을 돌아간후 들려오는 소
리 「이라 이라……」 인젠 제법 범나비가 날라
들겠지

겨울내 길삼을 일삼던 마을시악씨들은 냉이달래
미나리등속 봄나물을 캐러 뒷산 앞들로 강남서
온 제비처럼 날려단이는데 바구닐끼고 초록치마
를 떨쳐입고

탐스럽게 냉이국을 끌여놓고 둘러앉을 아버지
어머니 아들딸... 네식구가 아담지게 차려놓은
오붓할 봄잔치는 실로아롱진 그림폭 병풍에 그
려도 좋을 그림폭이 아니랴

「쿵―쿵―」발방아 찟던늙은안악네가 집으로들
어갈 저녁때엔 씨갓도 심어노앗거니 의레히 비
가 솔솔 가랑비가 나려도 허물될것 없겠는데
금년따라 유난히도 구름 한점없는 봄하늘 달빛
어린 밤하늘을 보고 요란스럽게 짓는 강아지가
있어 강동갔다 돌아온 나그내는 한결더 옛봄을
그리워하겠구나.

주: 시집 ≪颱風≫에 수록.

自治軍歌

우리는 人民의軍隊 씩씩한 自治軍
正義의 총칼을 힘끝휘둘러
凶惡한 賊徒를랑 뭇찌르고서
平和의 새延邊을 建設하자

建設建設 새로운 延邊建設은
우리의使命 우리의使命

우리는 人民의兵丁 억세인自治軍
革命의 횃불을 축혀들고서
腐敗한 社會를랑 떨쳐버리고
自由의 새延邊을 建設하자

建設建設 새로운 延邊建設은
우리의使命 우리의使命

우리는 人民의子弟 굳세인 自治軍
中韓人 다함께 손을잡고서
새로운 民主를 擁護를하여
理想의 새延邊을 建設하자

建設建設 새로운 延邊建設은
우리의使命 우리의使命

주 : 발표지 미상.

농민의 노래

마반산 높은 봉에 아침해 솟고
뒤동산 깊은 숲에 뻐꾸기 운다
동무야 어서들 밭갈이 가세
에헤야 어서들 밭갈이 가세

해란강 깊은 물은 흘러넘치고
뜨거운 여름볕에 벼이삭 패네
동무야 삿갓 쓰고 김매러 가세
에헤야 다 함께 김매러 가세

기름진 연변벌에 곡식이 익어
보름달 쳐다보며 가을을 하네
동무야 낫을 들고 벼베러 가세
에헤야 모두들 벼베러 가세

주: 발표지 미상.

조학래(趙鶴來) ◉

驛

마즈막으로 갈라진다해서 손수건을 흔든다.
너무도 슬퍼서 눈물을 쥐어도짠다.
어찌하면 다시만날듯 십허서 울지안코 참기도 한다.

해당꼿치피는 나라로 간다해서 그게 당신들께는 좃소.
구진 눈송이 쏘다지는 나라로 간다해서 그게 자네들게는 실소.
그러나 차는 당나귀처럼 덜넝거리면서 만흔구비도 잣고가리다.

에미네를 어느육실할 여석으게 쌧기고서는
쑥져지고 너절한 봇짜리를 싸들고서 도망하듯이 쩌나간다.
능금접이나 사이고 토시짝으로 코ㅅ물을 시츠면서
이마을 안악 네들은 품파리를 쩌나간다.
서울가는 귀한 쌀자식이
나루ㅅ가로 팔여가는 색주가 영업자가 모두쩌나간다.
두셋오리 간장물에 쩌워노흔 그놈에 국수가 그럿케도 맛조앗소.
어느 도야지 살믄물에 풀어논 장국밥이 그다지도 구수햇소.
두루마기 깃에서 휘파람소리나게 거러도
아모래도 당신네들 입술에는 당초가루가 붓터습니다.

쩌나가는 고동이 운다.
도라오는 시그낼이 쩌러진다.

젓먹이를 쩌안은채 헛소문이 쩌들든
내고장을버리고 절믄아즈머니가 온다.

키-타를 쥐고 슬퍼서 울것처럼 상을찌프리고
어느 서글픈 촌풍각쟁이들이 온다.
어젯밤 링에서 어더마즌 쮄투쟁이들이 시퍼런뺨을 만지면서 도
라온다.
버리려든 슬픔은 차라리 우서버리 면서도 그래도 다시 도라가고
십허서
조마조마하게 모도들 차저온다.
아직도 갓쓴 상투쟁이 할아버지
어느 먼-드메에 시집갓든 둘째딸이 모-두 도라온다.

아싸보-, 역부, 일꾼, 바람, 눈
시그낼이 운다.
[잘가시오다]
[잘잇수더]
[안이 이재오네-]
[....]

八, 一二, 咸鏡線旅路에서

주: ≪驛≫, ≪心紋≫, ≪彷徨≫, ≪滿洲에서≫ 이 4수의 시는 ≪만주시인집≫에
　　수록되였다.

心紋

바람에 불니워서 바람에불니워서
아무런 나무가지에라도 안저보앗스면 좃켓다.
茶褐色나무 叉點에 안저서
비마즌 가마귀갓치 떨지라도

落葉만 지지말엇쓰면 좃켓다.
그러면나는 이季節으 勝利를 되는대로 宣傳하며
입이아프도록 휘파람이라도 불겟다
그러나 그째나는 勝利한 騎士으誇張한
心理가 아니여도좃타.
무지한 物體라도 조타.
光明이 멀어지면 그저 검은 存在요
光明이 밀녀들면 스산하게 을쓰녕한 動物이라도 무관하다.
나는 그것으로 滿足하리라
沈默하고 意識的으로 늙어온 靈의化身이기에
바람이 불면 불니워 갈것가튼 여윈四肢를 가젓지만
햇빗만 내려쏘이면 싹쏙으라들것가튼 얼굴에 주름쌀이지만
그러나 岩石갓튼 運命에 살어왓길내
오늘은 北西風이 불어서 눈보라처도
明日은 東南風이 불어서 花草가滿發한대도
나는 놀래지 안흐리라.
놀래지 안흐리라.

(典型詩集에서)

주 : 1940년 10월 29일 ≪만선일보≫에 게재.

彷徨

언제 부터 자랏느뇨.
그닐분하늘 그말근 바람에

가지와
시루에트.

맘대로 자라 맘대로 버더서
맘대로 열린

두셋 닙새가 종사릴 매달고
애달비 쩌는 가지에
안테나 라도 걸어다오.
아무나 말이라도 올려를 오게.

바람이 지내가면
한사코 울기만하는 가지사히로
새파一란 하늘이 쏘각쏘각 부서젓다.

八, 二, 長白에서

滿洲에서 (獻詩)

가슴은 샛발간 장미로 얼켜
닙히 질가 두려워 대견히도 간직합니다

언덕은 숨고
짜작나무 바람잔 벌판
쩌난대서 손수건 흔드는 당신들이어
고향도 집도 모두 버리엇습니다.

언제든지 고웁고 아름다운
장미꼿 송이를 안고
먼— 동산으로
시들지 안는 세월을 차저왓슴니다.

당신들이 항용 조와하고
그리워 하시는... ...

流域

그 옛날에는
수많은 호우적들이 몰려와서
불상한 백성들만 애꿎이 못살게 굴었다는 이야기가 남었다.
(마을에는 불을 질러놓고 糧食을 빼았어가고 妻子는 拉去하고 사나
히 大丈夫는 죽여버리고—)

地圖를 펼치면
白頭山이 보이는 모퉁이 長白山系의 東쪽邊地에
長白 藥水 半截溝 독골 빠두골 帽兒山—
谷間에 끼여서 일흠이 없고,
진대밭에 숨어서 일흠이 없는 邊地의 都邑.
甚히 고요한 流域이여—.

하늘을 찌를듯이 嶮한山들은
山을불러 높이높이 구름속에 마조앉어 언제나 神秘로운 對話가 끝
날줄 몰랐노라.

傳說과 詩와 風俗과 生活로 수놓고,
끊임없이 쉬임없이 指向없이 鴨綠江푸른물이 흘러서 흘렀노라.
햇님이 솟아 솟아 세월이 흘러흘러
天地물이 넘처넘처 鴨綠江이 흘러갈제
商船도 올으나리고 떼목내리고,
수많은 호우적의 그現實도 이야기로 變해서 流域은 豊年頌이－
豊年頌이 들려 지었다.

____

주: ≪流域≫, ≪거리로 가는 마음≫, ≪憧憬≫, ≪街燈≫, ≪春詞≫ 5수는 ≪재
   만조선시인집≫에 수록된것이다.

거리로 가는 마음

모가지에다 빩안 木메린스 旗ㅅ발을달고
季節마다 化粧하는 삘딩의 거리로 간다.

칼피스 香그런 呼吸속에
또하나 다른太陽이 떠오는 明朗한 明朗한거리

微風이 흔들거리는 街路樹……아까샤
슯으지 않은 그림자 밑으로
보얀 샘물 줄기를 찾어서
가다가 살다가 나는 金붕어가 되겟다.
나는 眞珠가 되겟다
나는 珊瑚가 되겟다.

마즈막엔 白鶴이되여서

쏘하나 다른 太陽의 明朗한 빗속으로 날개치면서 날러다니겠다.
날개치면서 오래오래 날러 다니겠다.

— 離鄕詩抄

주: 1941년 3월 17일 ≪만선일보≫에 게재.

憧憬

光明을 못보는 生命體의 실없는 푸념은 않이란다.
헐벗고 굶어서하는 싫은 소리는 더욱이않이란다.
하늘이 뭃어저도 닿지못할 물결속같은 빛없는곳—
꼬리를 치렁치렁 흔들거리면서
珊瑚林속을 헤치고 흘러가는 海藻같이 浪漫하고 싶다는 말이다.

港口는 너무도 距離가멀어서 지루하여도 좋다
空氣는 한참 隱花가루 흐터지는 꽃보라속에서
별이뜨고 달이흐르고—
물 개고리우는 이슬진 歷史의 밤
차거운 寢臺우에 맺는 옛꿈이 좋다.

언제든지 感覺은 날싸지 않어도 좋다.
반괴처럼 燐光이 서리지않어도
얘기많은 친구들아—
미상불 그대들은 어진動物일테니
蘭草피는 이故鄕에서 永遠히 어진動物이 되여도 좋다.

가을날 철늦인 코스모스 꽃송이는
薄命한 버얼—나븨를 그리웁게 불러드린다
그러나 그것은 어질고 眞實함이기에 좋다.
眞實을 말하는 凋落은 춤들이기에
춤의 共鳴이기에
나는 끝없이 憧憬하노라—.

街燈

밤만되면 열두층게 층게를 올러와서
턱을고이고 수없이 뿌려있는 거리의 불을 바라본다.

밤마다 붙들은 까놓은 병아리색기들처럼 조잘대였다.
조잘대는 불까에서는 빛빛이 달려가는 살림살이들이 시침을 뚝
따고
쉬여도갔다.
그런데 이야기같은 세상모—든 사연들은 흐디지는 셈인지 뭉여
드는
셈인지 알수없다.

골을들면 천번을봐도 만번을봐도 거저그런한울이 널려있을뿐 내려
다보면 검어침침한 빛뿐으로 벌판우에는 바람까지 잔모양인데
위선
무수한 불빛들을이요
그다음에는 사랑이요 춤이요 울음이요 싸흠질이요
하루사리와 모기떼와 빈대와 파리와 심지어 이슬먹음은 뚝거비
노

래까지
그모—든것들이 한시도 쉴새없이 들복는팜이다
—내하는데 네못하겟니 네가하는데 내못하겟니 하면서 들석들석
하는것처럼—.

달이 뜨는 밤이든지 달이없는 밤이든지 비 모지나 눈이 오거나
조금
도 상관할게없이병아리 같은 조잘대는 등불가에서 번잔을 피우
면서
언제까지든지 거저 그멋대로 요란스레 뒤범석 할것이 않인가—.
내가 잠을자다가도 이쪽저쪽 도라누어 보는것같은 그런 욕심과
또는 그러지않어서는 않될 본심으로—.

春詞

胡砂 훗날리는 千里平原
思春하는 都心!
葡萄빗 氣流여울에
南國의 情操가 "엑소틱"한 波紋을친다.
연두빗 베일을쓰고
毛織가튼 草原을 白日夢이 부두러웁다.
이봄—
天使의 湖心갓치 맑은마음씨는 白楊나무 가지마다 조으름깨다.
"코발토"빗 한울가에季節의 體溫이 波動치
향기론 呼吸이 微風에부서진다.
오—
이제는 후눅한 土香이湖水갓치 넘치고

넘치는湖水 후눅한土香속에
절문密語가 나븨처럼써돌려니
이봄—
퍼덕이는 脈搏이
池塘에핀 蓮숯닙물고 잉어처럼 쏘리친다.

　　　　三·二九 宋에게주는詩

괴로운 詩人의 書

石炭 냄새 窒息할까
두려운 "페찌까" 압
對象이 업는 이밤은
벙어리인양 말못하는 沈默의 時間이
쌀부면서도 空然한 過去를
불러세우련다.

사슬을 찾는이!
묵어운 마음은 志向도 업시
一萬가지 傷心을 둘추고 둘추고—
밤은 琉璃窓에 비치운 낫빗까지
蒼白하게 하는구나—

孤獨이 彈丸처럼 쏘아오는
겨울의 이밤
心琴을 울리는 明日의 生活이
넝쿨진 마음에 넝쿨지우나니

옛날은 그 무엇이 엿스며
이제 쏘 未來는 무엇이런가?

밤은 이제 子正을 넘어
쏘다시 새로운 "스테일"의
彫刻에 숨갓쑤거니
한토막 쌀분 睡眠도 그리운
墓穴가튼 이밤은!

머리맛 쏘각종히에
아~ 返逆이 만흔
歷事의 記錄이 비창하구나.

— 十一月 十二日 밤

주 : 1939년 12월 2일 ≪만선일보≫에 게재.

旅愁

내가슴 직음 心臟속
感覺의 港口에 드나드는 靑春의
배 배
人生의 航路 그다지도 밧분가?
불꺼진 信號燈!
燈心이 타고난 재가
가을바람에 홋날려
찟어진 窓구멍으로 새여가네

님자도 가오
나도 간다오
南北으로 흐려지는 運命과 運命을
되마침 업는
生活의 아우성속에
파무치울제
이제 쏘다시 故鄕인들
그려서 무엇하리.

　　　　　十月 十八日
____

주 : 1939년 12월 12일 ≪만선일보≫에 게재.

鄕愁

첫닭이 홰치고 우럿다.
뒷窓을 빗키고
―자레상을 드리념―
갈노존에 풍석을 펴시면서 굵은 한숨을
쉬시든 아버지의 말소리가 정영 들리는듯십다.

客窓은 流浪속에 묵근罪人을 쏘다시 묵거놋코
콧등까지 샛쌜갓케 慫怒해두
스물아홉時間 路程이 二十九年 가늘길가티멀어
故鄕은 항용 안개속에만 자저든다.
아득히 아득히―

오늘도째무든 鄕愁는 나의 化身이되여

故鄉山 洞口압 냇까를 헤매기도 하고
燈盞불밋헤 仙人가튼 아버지를 發見도 했다.

왓는야 갓는야―
말업는 어머니의 病床엔 藥탕만든 순행의 우름이
한목음 소릿치고 너머간다.

눈오는 밤 旱鬼가지나간 山과 쓰을―
狂人가티 움틀거리는 토백이들의 亂操여!
餘響은 葬送曲가티 써얼지만
이 哀願은 엇쩌케들어야 올흔야?
―열잇틀도 멀다는데 열두달도 안오고 잇섯냐―
冬天에 별빗가티 간장을 에우고 처량히 빗나는
아버지의 이슬진 눈자욱!
가을바람에 쩌는 갈째가티 바삭바삭하는 憐憫의 그소리!
―정영 그소리가 들리는 듯십다.

주: 1940년 2월 13일 ≪만선일보≫에 게재.

候鳥

바람이 분다
東, 西, 南, 北
새젊은純情의 선지피(血)
고읍게 그려보는 마음의 想思圖야
아―
歷史는 끚업시 長壽하다

중생은 모두短命하다
아직도 적은뿜
연-한 하눌빗
눈물만케 흐르는 季節의 새여-
입입피 피어나는 愁心 그 외로운 모습!
부출소리는 언전지 애끗는 悲鳴과갓다.

흐르는 풀닙사귀 닙사귀에
빗치는 빗일흔 北斗星의 밤生活!
朔北의 새벽은 처량케 울면서
기러기는간다.
江南이라 제비쩨들은 들려서 오는구나
峻한山봉오리를 넘고
風浪드센 海峽을 건너
오는것들
가는것들

아하- 꼭가치 날를듯 실어도
날수가 업는
자자리 애기가 송두리채 굴러단이는
廢墟 우슴꼿 날너서
흐터지는 平和의 내집터에
바람은 분다
東, 西, 南, 北-
오날도 來日도 또 明日도
그리고 世紀의 꿋까지도-

- (3月 九日)

주: 1940년 3월 27일 ≪만선일보≫에 게재.

園譜

새로운極光이 무지개처럼 버더난다
삶의 曲節은 田園에서 躍動한다.
白濁한 市井의 좀먹는 體臭를잇고
진실은 여기 蜃氣樓처럼피여나—
布穀새길—이 光明을물고 날리온다.
地軸을 파헤치고 무럭무럭 구수한흙香氣!
千里萬頃 구부러진 耕地!
…멀—리 海灘가튼 歡呼의 喊聲이 들리는구나.
薰風을 한아름마시고
이봄의 푸른물결우에
마즈막 "노스탈쟈"를 싯의라.
쏘하나 細胞는 봄언덕에 부푸러오른다.

大地의心臟속 우리의牧場에서安住하려니
오—
바람에 날려 바람에부서지는
旗빨을 보라
거기서…
太古는 土地를물고왓고
太古는 흙을쩌밀고갓다
壯한숨이 지나가고
살진沃土 토실토실느리지
寶庫는 안—윽히 展開될째
展望속엔 金빗太陽이
瀑布가티쏘다지나리니
情景은 너무나도탐스럽구나
慈愛스런 어머니의 젓줄가티
大河는 沃野에 한幅의 氣流인듯 흐르다.

이제 地圖의 한복판에 새氣焰 숫아
燦爛한 黃金물결에 너는 푹은히잠들리니
오너라 모−두
모−두 오너라
왼갓農樂이 새숨결에 빗처저
蒼空에쓴 솔개미날개처럼
○○ 훗터지는 이 짱에도...
이윽고 아름다운 天使는
우리를 마저
薔薇꼿닙파리가티 고운
曲譜를 펴칠것이다.

(四月一日)

주: 1940년 4월 27일 ≪만선일보≫에 게재.

憂愁

하나 불빗도 업다
遊引에 걸린 水銀柱가튼
恨噴눈물로 얽거
哀訴는 자지러지게 天涯에만 날리느뇨
울지도 못하고
웃지도 못하고
一破鏡의 射面만 밤낮
白痴만 나누나
입입피 不透明한 心魂
海藻가치얼크러저

三十燭光 어두운빛 沈鬱속에서 너는
純情입은 그여느 祖先들에
血痕을 呼吸함이뇨
째는이미 세월속에
쌜빠진 사슴이란다
아하—
거두어라 거두어라
어두운 내방 영창가에서식검언
帳幕을 거두어라.
終始 無關한 生活의 喪失
피—나래엔한줄月光도업다
悠久히 憂愁만 안개처럼서리노라.

주: 1940년 5월 4일 ≪만선일보≫에 게재.

봄산

지푸른 山언덕
호젓한 草屋
불이
호롱불이
밤내 쌈울 그리며
촉촉히
구비치노니
안개만 실실히 홀너서 새누나.
             — 於吉林三家子

주: 1940년 6월 1일 ≪만선일보≫에 게재.

風土記

내 무슨 神秘를 차즘이냐
山빨에 드러찬 싸리꼿도 달굽지 안타.

어듸 가슴을 헤치고 숨쉴 平原이 잇쓰냐
그럿타고
시원한 江물인들 흐르드냐
또 무슨 奮裝인들 이슬건고?

하야—
世月은 山에서 山으로 흘넛나니
또 山에서 山으로 흐르리라.

———————

주: 1940년 8월 16일 《만선일보》에 게재.

蒼原

쓰르람이 노래 흐터지는
하눌아래
구름나무 숨 우흐로

바람을 짜라도라가는 오란다 風車가보인다.

窓에 기대서면
발미테 느러저 繡紋이진 지평선
쓸菊花 훗날리는 길섭에

九月의 太陽이 아릿하다

하—모니까를 부러도 조흔걸
湖水처럼 물결치는 蒼原에는
鍵盤우헤쒸노는
어느 令孃의 쏘푸래노만 밀려든다.

———————————

주: 1940년 9월 18일 ≪만선일보≫에 게재.

가을의詩

薔薇가티 피여나는
구름도 가고
하늘이 놉다
맑—앗케—.
싸늘한 體溫이여—.
이슬이 찬 草原에
地殼을 해치노니
버레ㅅ 소리만 슮으다

———————————

주: 1940년 10월 2일 ≪만선일보≫에 게재.

現代 · 詩人

눈송이가 배꼿닙처럼 훗날린다.

地球—.
늙은이 배통갓치
起伏이 많은 線우에
샨데리야 갓튼 태양이
풋化粧한 城壁을 넘는다.

등심이 구든
슬음의 벌판.
傳說의 삿갓을쓴 진달내 꼿밧티
소낙비 오는 "푸로무나—드"가되는
現代 現代 現代 現代 現代

詩人아—.
너는全生涯를두고
버들밧 꾀꼬리처럼 울기만하고도
시집못간 女人이아니드냐?

詩人아—.
눈송이가 배꼿처럼 훗날리는
등심이구든 슬음의벌판으로
五圓짜리 후와이바— 추렁크를 들고
헤매면서 헤매면서
어제는 박장을치고 우서도 조타.
어제는 박장을치고 우서도 조타.

(十二月一日作)

주 : 1941년 1월 29일 ≪만선일보≫에 게재.

秋思詩

바다는 새파아라쿠 출렁대이구
港口는 흐리엿구
나룻배는 돗대를 안꼬 쓰리질드시
불상하게 억매여 잇는데
안개는 실솜인양 나래를 접어... ...

삿사치 헌크러진 구름짱
사실만흔 구녕이 뚤러진 하늘이다
그하늘 그구녕
아-그속에서 싸늘한 가을바람이
부러오는것이다

낡은 歷史 나만흔 흙덩이우에
대견튼 가람이 지는 가을바람이로다
들판에는 얼눅으로 채우고
바다에는 물결도 채울......

살자한들 살손가?
푸른것들 푸른것들
-불타는 짜리아여
-어여쁜 코스모스여

肺病쟁이 양지가튼 落葉은 바람에
채우고......
갈매기는 못쓸 종이쪽처럼 훨-훨
날리만 가도다.

(咸鏡線旅路에서)

주: 1941년 11월 10일 ≪만선일보≫에 게재.

春風第一章

意識이여 살어나오라
精神이여 軌道에서라
새歷史여 물결처오라

그 크나큰 이데— 이데—의
물결처럼

야자수 그늘에는 쌘죠소리가 이미업다
낫비치 검은 스리—니—들이 로지칼
한모임을 연다
그러나 그것은 역시 파라독스가 아닐수 없다

새로운 해는 거기에서 브리숏고
바다우에 섬우에
봄바람은 거기서부터 이는데
아— 나는 이봄에는 새소식 들으면
서 먼—동산으로 澎湃한 봄마지를
가야하겟다.

눈을감으면 그넓은 地圖우흐로
南行列車가 밋그러지고
隊伍가 지나가고
風物이 그림처럼 사라서
가고나면 간곳마다 사랑이진다
黑人들이여 너이들은 그대로 퍼저라
불상한 穢血의 스라—니—들이여
너이들은 밋밋한 종아리에다가 새 理

性을 세워야 하겠다
―그리고 곱게 곱게 짜르라

南쪽의 바다물결은 더푸르러지고
密林속에 더위는 차츰 더하리니
사람사람들이여 모두변해야만 하겠습
니다 CCR
勇士들을 위하여!
이나라를 위하여!

―――――――――――

주 : 1942년 3월 30일 ≪만선일보≫에 게재.

손소희(孫素熙) ●

밤 車

오고가는 그림자속에 히미한 輪廓이밤이여 움직이는 사람사람
물결속에
喜悲의 交響樂이 演奏된다.

나그네의 疲困한하품이 어렴풋이 꿈의 美酒를마실무렵
너는 외마디 高喊으로써 裁判長이 最後의言渡를나리듯
一切의 슬픔을뒤두고 밝은날의 役事를실고 달어나는 幻燈幻燈이
다.

來日다시오리라 期約한들 離別이란 못난슬픔처럼 박힌곳마다 아
픈 자욱을낸다.

풀은어둠의 魅力
붉은幻燈의 誘惑이여 나는어린동생의 눈물을보지않으리라.
가장眞實한 瞬間에지극히 적은虛僞일망정 鄕愁는感傷에 不外한
感情의 煽動者가아니냐?

지렁이같은 검은怪物이 사러진후
허전한마음 허전한불빛아래 蒼白한 女人의우슴마냥
視野에켜진 幻燈은 꺼진줄몰은다.
鄕愁의호젓한 그늘밑 외로운 나그내의 獨白과도같이― 。

주: 《밤車》, 《어둠속에서》, 《失題》 3수의 시는 《재만조선시인집》에 수록
되였다.

어둠 속에서

맥진한듯이 식컴언밤 석냥좀 주어라고 불숙내미는 손
그검은 얼골에 힌잇발이 河馬와갓고
우슴어린 흉측한눈쌀은 더업시 천하고 무서워
瞬間 千길이나되는 구렁에싸진듯한
깊은골에서 킥-킥하는 우슴소리와함께 잔잔한 音聲이 들엿읍니다
별하나 보이지안는 蒼空을 向해
별빛의 우름을 엿듯는 눈물의女人아
내가 怪物이면 너는 妖魔와갓다。
아닌밤 어둠속에서 네가찻는건 나가튼 무서운 現實일 테지!
내像이 무섭다구 넌 보기두前에 질겁을하나 想像의 度를 넘은 眞
實한 惡鬼일진대 幻滅이나마 消滅될테지!
虛無를 빙자하구 삶에敬虔을 일흔 너는 一切의 無視를 容納하는
道化役者와같고 時代의 步調에 勇敢치못한 네 卑怯性은 罪惡과
絶望과 눈물을파는 惡魔의 神이 天帝의 아페서 善을 讚美함보다
도 오히려 어색해

내가 惡으로 참되여보임은 내겐 내 眞實이 있음이구
나는 내世界에서 두활개를벗고 惡鬼의 殘忍한 우슴을 마음껏 웃
엇습니다。

저 洋洋한 大海에 難波船인양 自然에 運命의 全部를 맛겻다면
벌서 넌 한개의 木片이고 하나의 鐵板인데
지금 臨終을 求할것두 없어!

主여 이건 당신의 音聲임니가 그무서운 魔像의 嘲弄입니가?
아모튼 中毒이 너무 甚하외다。
노래를 이젓구 우슴을 일흔지 벌서 오랜데!

───────────

주: 1940년 10월 26일 ≪만선일보≫에도 게재.

失 題

季節을 앗기논 귀쓰람의 우름과도가치 나의 心琴을 뒤흔들어주는
그의 노크는 가벼워—

그는 潤있는 신을신엇스리라 香氣론말로 아름다운 紋의를 노으며
누구의 縮紗布를 짜는걸가?

하얀 유리컵에 감주가 줄줄줄 흘은다.
마시고 쏘 마시어 이 곳모를 밧줄을 낙글때지 취해 버릴가
눈감고 새인밤에 서리야 오거나 말거나—

한줄의 글에 수만은 눈물이 밴다 우슴이 어린다.
蒼白한 마음문에 붉은물을 디려보고 다시 먹무든 붓대로 죽죽 그
위를 검게 지워버린다.
주름업는 눈물 拍子업는 우슴 虛僞와 眞實이 同素體라면 나는
이矛盾을 펴보련마는

아— 눈부시게 繡노흔 방석이요—

劉備가 野心의 石橋우에서서 먼— 하늘에 浮雲을 잡엇다 펴는데
牧童은 悠悠히 소잔등에서 코노래부르며 바람과 우짖는다.

가벼운 노크소리 그는 神話를말하듯 透明한 抑揚에 彩色紋이를
놓으며 神秘를 짠다
少女의 꿈꾸는듯한 표정으로—

그러나 아무도 저 縮紗布를 쓸 新婦가 업스리니—
(그것은 修女의 미사기에)

주: 1940년 11월 28일 ≪만선일보≫에도 게재.

反面

     짜우에 하늘은놉고
     하늘아래 바다는깁네

     하늘에 별한개 쌈박일째
     짜아래 모래알이 반짝이누나

     교만한 우슴아래
     不敬의 하품이잇고

     殘忍한 劍舞아래
     피흘닌 復讐가잇다네

     蔑視의 찬서리아래
     革命의 白雪이덥이리니

     오늘 내검은 머리로
     당신의 白髮을 是非키어려워

                  — 舊稿에서

주 : 1940년 12월 13일 ≪만선일보≫에 게재.

祈願

     째여진 꿈의조각을
     하나하나 모아서
     새해의 神아페

祭物로 드리나이다
내게 曙光을 주시옵소서

涸渴을 모르는 눈물의샘을
밧줄을 나쑤어 푸어버리며
어둠에 쫏기여 거러온길을
뒤도라 안보리다
내게 光明을 주서서

이짜우에 삶의쑤리를 박엇슴이
당신과 나의 운명이온대
이흙의 냄새를
우리는 웨 사랑해서는 안되는가요

내게서 눈물을 거두지마소서
눈물에 아로삭인 슯흠을
마음의 課淵에 심으는
아픔을—아르십니까

여튼꿈 길을짜러
눈물의 彼岸을 건너
첫닭의 우름을 드럿나이다
새벽역 찬바람을 쏘이며
—저짱 과어바틀 매일 연장을들고
—그도 저도 다가튼 무쇠이오매
—버리고 취할것을 모르오니
—내게 선택의 자유를 맛기지마소서

주 : 1941년 1월 30일 ≪만선일보≫에 게재.

女人의 노래

감을감을 쩌도는 송이구름이
湖水가에깃드니는 첫여름의하로
당신은 실버들胡弓을뜯고
나는노래하는 가나리야
푸른잔디는 喜悅의 搖籃台
금잔디에서린 情을 버들입에고히 매저
億萬年 나린물에 배삼아씌여노코

당신은 王子요 나는公主
常綠樹 역거서 王冠인양 언저보고
금잔디푸른방석 王座삼아노피안저
우리는 젊엇거니
당신은 喜悅의 櫓를
나는幸福의 櫓를저엇습니다

해는저물고 나른 바쒸여서
오늘도 첫여름의 하로외다
異鄕에 닥그시는 學業의길에
成功의 깃발을 날여주소서

오늘—追憶의 물레를 돌리며
來日을 爲하는 懇切한祈願을
저— 쩌나는 구름우에 실리나이다.

———————

주: 1941년 2월 2일 ≪만선일보≫에 게재.

廢墟의 옛집

半開한 窓문턱에 江南의고혼아씨
님그린 小夜曲을 港口의 都心우에 던지든그밤

颱風에 밀린 潮流
平和의 五色燈을 삼키여
아씨의 고흔思念
黃金의 宮마저 허므럿구나

廢墟의 집웅우에
꼿나무는 노피솟아
이집에 드나들든 옛主人을 그리는듯

뜰아래 花壇우에
雜草함께 성기여
영화의 옛모습을 追憶하는 양

허무러진 人工아래
無窮한 自然만이
오면 갈줄모르누나.

───────────

주: 1941년 2월 5일 《만선일보》에 게재.

自然 · 老人 · 老馬

無邊曠野에서 蒼茫한 草原으로 당신은 그러케 自然을

주름잡어 몃千날을 걸으섯습니가
발자욱 하나에 悠久한 大陸의 情緖가 서리어낫섬으로
우리에겐 太古의할아버지를 對하는듯 限업시 먼옛날의
故鄕이 그리워집니다

말곱비에 얼킨것은 情만이 아닌것이 몃萬年함께걸은
勞苦의길동무 두귀를추겨들고 그도먼 懷古에잠겻습니다

그리하야 自然과 할아버지와말의 呼吸은 꼭 하나이되엿습니다
모─다가 깁흔 思考에잠긴채 천천히쏘천천히 해와가치 걸음을것
고잇습니다.
어대로 가시나잇가
무엇을 바라시나잇가
보이지안는 우름소리를 뒤두고 無常한 變遷의痕迹을 뒤지며 그
리고 쏘남기며
未知의 旅程을언제까지 걸으시렵니까
草原박게
어린 孫子의 우슴을차즈시며─부디편안한 걸음을 걸으소서.

───────────

주: 1941년 1월 14일 ≪만선일보≫에 게재.

墓標에 드리는 글

오늘=욱어진쏫나무숩아래 그대는 고요히잠자누나

어젯날=이슬기픈아츰 동역의 햇발을 거두려 발도듬을짓는곳
별총총한밤=銀河에매친 織女의서름을 속삭이든곳

두그림자를 나란이세여주는 달빗
발자욱녯을 아로삭여주든 힌눈

어젯날=地球의 綠衣를 다가치두르고
靑春의붉은잔에 사랑의술을가득히부어
오늘을 위한 축배를 들든곳

꼿입을짜서 幸福의設計를역그며
머리우에 지저귀는새들을 歌人인마양손벽치든
그대=고은 우슴이 물결처럼 펴지든곳

無常이란 잔에다 눈물의술을부어
그대 墓標에드리노니
生의 綠衣야 흙속에무첫거나
靈의 白衣나마 꿈에나 차저주오

오직 追憶만을안고 서름을뒤두고
나도 저 浮雲인양 꼿업시쩌가고십흐오
그대 편히쉬는곳
나도 편히 술곳으로—

———————————

주: 1941년 2월 16일 ≪만선일보≫에 게재.

앵무새의 편지

일은봄 눈부시는 햇발을 초롱안에서 맛는 말장수 앵무의 종잘대
는 소리를 아버지와 쌀은 귀기우려듯고 잇습니다

할아버지 아씨님 내털옷이푸른진주가치 빗나고 내목청이은방울
가치 말거젓스니
저-언 산애아지랑이 끼는 째인가보아요
이창살로 둘러싼 나의 궁전에 山海珍味를 갓다주시고 나를 매일
가치 귀여워해주시는 할아버지 아씨님 이궁전에 숨어드는바람이
香氣를 타고 올째나는 웨-저-푸른 하늘이 그리워질가요 그래
서 내두나래를 펴서 저 神秘속에 조으는 산기슭을 피곤에 지치도
록 날어보고 향기풍기는 깁숙한 나무숩에 잠들고시픈가요 해바
라기 꽂동산에서 남쪽의 하이얀 꿈을 쌔여코쓰모쓰 손짓하는 북
쪽하늘밋에 축축한아침이슬을 헤치며 초가집채양밋에 기대여선
동글납작한 아씨님도 맛나뵈구십습니다. 그쑨이겟습니가 나와가
치 말장수 동무도 맛나고십습니다.

주 : 1941년 3월 8일 ≪만선일보≫에 게재.

신상보(申尙寶) ◉

흑과갓치살갯소

언제나 즐거운 동무
언제나 情드난 동무
흘근 내쪄요
흘근 내살이요
흘근 내피요

내손에 못이박히고
내등이 다—달어도
내힘이 가는데 까지
흘근 나와갓치왓고
흘근 나와갓치살고
흘근 나와갓치죽고

내발에 미트리를 신고
내머리에 수건을 쓰고
한쪽박아지에 목숨만 가지고
흘글차저 여기왓소
흘글파러 여기왓소

언제나 쓰난 해와함께
일하기 즐거울쑌
쌍파기 즐거울쑌
千萬年이 흘너도 흘너도
흑과갓치 살갯소

흑과갓치 죽갯소

주 : 《흑과 갓치살갯소》, 《沙漠》, 《旅人宿》, 《乞人》 4수는 《만주시인집》에
　　수록되였다.

沙 漠

여기는 亞細亞의 꿈만흔나라
明日이 즐겁게 해쓰는나라다。

銀狐털속에 極樂보다 단꿈이잇고
乳房보다 보드라운 모래언덕넘어서
밤이면 별하나식 시집오는 沙漠이다

駱駝등에 生活을 실고
걸어서千年 안저서千年을 살어도
언제나 꿈속에 明日을보는 즐거움이잇다。

旅 人 宿

오늘해가 저물엇소
갈가마귀 지저귀고
저기가는 저손님 짐내리시고 쉬어가오

억개에 七十年이 못백히고

봇다리속에 한숨이 그득한듯
고랑처럼 패인주름살에 그쌈을식혀가오

차거웁기 어름갓튼 表情
고요하기 象牙갓튼 表情
무슨秘密이뇨 말업시 굿게담은입

어서짐을 내리시고 이밤을 쉬여가오
해지는 겨울밤이 무서웁게 차거웁소
가실곳이 어듸길내 밥으다만 하시나뇨

<가도가도 끗업길내 한업시 가고푸오>
한업는 길이길내 머ㅡㄹ니 가시는길이길내
어서 천천히 머물러 나름 나름 가시구려

乞 人

얼어터진 손목에 넉을걸고
찬바람 안어 하로가 슬픈생활
걸어서 걸어서 日輪처럼 돌기만하는 그대
뉘子孫이뇨 族譜가우는 그의世代는 정영서글프다

털帽子 등거리 썰어진 長靴
굽은등에 一生을 봇짜리에 의지하고
뉘門前이 고맙드뇨 뉘門前이 괄세만트뇨

밤잠이 차거운 꿈속에도

별갓치 아름거리는 追億마저 시드러
자리를 돌아눌쎄 마다 쓰-ㅇ소리
짱이 쩌지고 남음이여 무거운 한숨

쓰고지는해가 소용이업다
덥고차거움이 소용이업다
걸어서 一生을 四方이집이로다
쓰믄쓰믄 걸어도 쉬어본적업는 人生乞食

短詩三章

A. 過去

펄럭이는 가슴우에 손을 가만히대고
　지나간 꿈같은 닢에 追憶을 더듬어
　　너머도 더럽고
　　　미웠든 내잘못에
　　　　두주먹을 쥐고서 혼자울기만했오.

B. 現在

나는 나뿐인 「내」가 안임을 알았오
　지나간 잘못을 늬우첫슬때에

C. 未來

씨를 뿌리고 잘 각구면
　갑잇는 收穫이 잇다고 보겠지요.

___

주: 《북향》4호에 수록.

손(외1수)

후연이 밝아질듯
기달임이 컷기로
찬마음에 진서리 끼기로

마른닙술에 춤을축여
쓴담배한대 무심히 뿜는 내손등을본다.

달빗

발쓰테 고요히 채우난 달빗
그림자 쓸쓸히 어린가 외롭다
내 무슨마음이기에 달빗처럼 차거울고

주 : 1941년 12월 12일 ≪만선일보≫에 게재.

薰風千里

一. 바람

하날은 머-언 太古가 그립소
푸르러 변할줄모르는 節操가 장하오
여기 백운을모라 旅情이 새삼스럽게
호올로 호올로 千年夢이 시드른 百姓이요.

二. 帽子

항상 존중히 모시기로 머리보다 중하오
그러나 한번도 고집을 부릴줄모르는온순한태도요
언제나 나와가치것는 그도 쓸쓸한 異域의 손님이요
째로 壁에 걸린쓸쓸한모양 나도외로워지오

————————

주: 1942년 6월 15일 ≪만선일보≫에 게재.

土城을넘으며

꿈가티 지나간 머지안흔 過去
째여진기와한장에도 당신들 내음새가 풍기오
호미 광이 사금파리쏘가리 한쪽에도
어제ㅅ날 高麗城을 타고넘은 손님이요
눈먼망아지 썰매를 메고도는 한낫
키돌로 좁쌀치는 어머니도 잇소
여기손바닥만한湖水에 옛날이보이오
등잔미테 波文이약이가 지금도들리오
沃野千里 바라만봐도 배부르든 그째그랫소
짱파고일잘하기로는 이짱에第一이엇소
초저녁만되도 무시무시허든그째
안해 쌀름이 병아리처럼 썰어
지나간 呼吸이요 무시무시한이약이요
土城박鐘소리가 자즈러는몸살에
그래도 해쓰면 광이와호미가 미듭직하게
안해에게 點心밥을 부탁하고일터로만 갓소
오 그째 무섭든째도 살엇소

○○○ ○○○ 새날이 왓소
소가튼 그힘으로 마음껏 파고 힘껏 팟소
아들쌀놋코 복밧고 千萬年삽시다
그럿소
그럿소
地平線 넘어로 새날이 소리치고오는오늘이요.

(五. 二九 · 延吉)

———————————

주: 1942년 6월 8일 ≪만선일보≫에 게재.

장기선(張起善) ●

새날의 祈願

날샘 알외는 처마끝 새노래
地軸은 쏘한번 맴돌아
다른 삼 始作되다.

온갓 모를일 실고 오는生
어제날 더듬어 오날에
길은 뵈는듯 쏘 그대르 히미해.

바야흐로 막게 새는날
늘어가는 거리의 騷音
이날 이쌍의 覇王들도
苦痛은 덜고 깃쁨 더 하게하소서.

純潔한 目的 구든 발거름
마튼바 적은일 忠誠케 하소서
世上은 반다시 아름다워 지리다.

正義가 우슴웃고
自由가 나래펴는 새누리에
참된 平和 샘인양 솟으리라

漆夜에 불빗 思慕하듯
誠實하고 바른길 思慕케 하소서
깨끗한 空氣 呼吸하며

健全한 生의塔 싸케하소서。

주: 《새날의 祈願》, 《아츰》, 《구름》, 《꿈》 4수의 시는 《만주시인집》에
  수록되였다.

아 츰

지난밤 가진시름 잠으로서 막게하고
이아츰 비인가슴 대기흠뻑 마시오니
새힘이 다시숫는듯 살듯살듯 하여라。

실버들 하늘하늘 장미마저 담복폇네
하늘싯 찌를듯이 죽죽 뻣고 자란나무
맘깁히 내사랑함을 마달누가 잇스랴。

한창공 솟은해빗 이왼뉘를 고루비춰
오로지 한갈갓치 깃버서로 살란뜻을
다시금 생각하옵고 몸에겨워 합니다。

우울과 어두움이인간살믈 싸고묵되
말근날 발근해를 이마음에 안으올젠
굴인듯 아득턴길도 환이뵈어 집내다。

구 름

뫼인양 노피솟다 쏘갈인듯 홀러나려
한종일 하날가에 은즈믄즛 짓고허니
즛잇고 아니변함은 통업는가 하노라。

솜인듯 피어나서 이슬인양 스며드며
뵈는듯 안뵈는듯 홀러써서 쏘대어도
그울엔 경게업스니 막을아모 업노라。

칠―로 갑은구름 벽찬우름 아니우며
백합화 송이구름 말근우슴 말아닌가。
고요해 말안는다해 그넉업다 하리오。

주 : 1940년 9월 4일 《만선일보》에 게재.

숨

冥府에 가서서도 님은날 생각는듯
묵진 시름안고 외로히 눈감으니
아해야 내여기잇노라 어머님이 뵈시다。

고요히 들리신음성 예런듯 막사옵고
우슴씐그얼골 平和로히 빗나옴은
아마도 님의仁慈하신마음 한복지에 쉬옴이리

뵙고쏘 뵙고저어 뵈온째 그갓사옴

싸히고 싸힌말이 마음안예 맴돌면서
어머니 큰한노래쓴 님이벌서 안게서를

들리뭇 그음성 어느덧에 사라지고
뵐듯한 그모습 어이해 안뵈이요
야속타 꿈이야 짭다하것만 애답게도 짤브이

寸感 (三首)

1. 滿洲의 봄
新婦의 거름인양힘도드네
빗최이니 쏘약볏
들비레呼吸엇어
하늘도 얏하나요.

2. 矛盾
부처殺生 밀잇거늘
오날의 승려
戰爭을 聖戰이라오
산 遺骨
마음 밤인양 캄캄하오
        明日!하고 머리드니
가업시 푸른하늘

3. 生命
눌른 바위 무겁다 안고
한폭의 푸른풀

고즈낙이 머리드오

                    − 一九四年 四月 十二日 作

주: 1940년 4월 15일 《만선일보》에 게재.

창을열면

한것놉은하늘 쏘水晶갓은 呼吸
솜인양 구름 가벼웁고
명주인듯 바람 보드럽습니다.

비단결 맑은강 조용히 흘르고
고웁게 빗나는 해와달
반짝이는 별 사랑스럽습니다.

창을열면 조롱에든 나의想念도
놉게 날려도 보며
아츰 이슬인양 맑아도 봅니다.

창을열면
빗업는 苦悶 쏘 憂愁
모다 한낫 씨슬
마음하늘가 적은별로
반짝입니다.

                    1940년 5월 20일

주: 1940년 5월 27일 《만선일보》에 게재.

간벗을 생각하고

일만애 가진시름 말로못풀 心事이다
쏯가튼 스므한봄 깃사옴 업다드니
마침내 괴로움에지처 모진병저 누웁다.

세상이 차고쏘차 외로운맘 둘곳업다
한一갓 冥府길만 그리고쏘 그리드니
오날엔 한福祉잇서 그맘편히 쉬나뇨.

이누리 조용하니 별빗더욱 고읍도다
故人의넉시 저별나라 기쓰린다 드럿더니
이한밤 어느星座에 그대넉슬 뵈올까.

리별이 그리별이 서러웁다 아니우네
쏩만한 그대生에 만가지로 도친가시
그토록 쏩을길업섯슴 그를슮허 하노라.

1940년 12월 4일 밤

주 : 1940년 12월 10일 ≪만선일보≫에 게재.

리수형(李琇馨) ◉

人間 나르시스

지난날 어느 海商들의 飾窓에 피어난
일곱개의 記憶의 微笑에
일곱개의 붉은 손들이
허연 바퀴를 둘러짜고
노래와 춤과 술과 사랑으로
머ー∟ 가슴을 發動시켰으나
수없는 酸化鐵의 憂鬱과 沈默이
유리실에 엉클리어 가는 黃昏
홀러지는 그늘에 파묻히여 버리고
五月의 陳列窓은
슬픈 風俗들의 실크마스크 라오.

그 오랜 歷史의 마음을 排泄하는 鑛物들의 化粧에
새빨간 손벽을 내들고
빩아케
빩아케
불(火)사른
野花
소고기와 도야지고기와
들과함께
임금의 즐거우신 進宴
純白한 접시에 가로놓였오
임금의 花粧은
퍼구나 어굴할記憶의 엘범이라소.
머ー∟ 湖水

奈落의 개흙에 앙벌이인
少年의 肖像畵는
호을어미 그리워 울고 우는 당나귀哀歌와 數千年 數萬年 낡은
소리로 울고 우는 뻐꾸기 피어오르는 아—ㅇ 가슴을
여덟개의 찬란한 웃음으로 흔들었으나
누른 나래 퍼—런 나래 뿌—ㄹ 근 나래 검은 나래
허—연 나래

날 개

　　날 개

　　　　날 개

날러가고 날러온
水仙花의 손바닥은
두터운 大理石의 무지개를 거더안고
宿命한 風俗의 秘密을

　　　　　　　　行進하오

　　　　　進行하오

　　　進行하오

　　　　　안개의 風景을
　　　　안개 안개 안개 안개가 흘으고
흙빛을타고 七面鳥의 아침이흘으오
참말 날개돗인 마스크는 너무나 그리운 恐怖라오.

주: 《人間 나르시스》, 《娼婦의 命令的 海洋圖》, 《未明의 노래》는 《재만
　　조선시인집》에 수록된 것이다.

娼婦의 命令的 海洋圖

一萬系列의 齒科時代는 밤의 海洋에서 섬의 하ー모니카를 분다
一萬系列의 化粧術時代는 空港의 層階에서 샐근 추ー립푸 저녁
을 심포니한다. 記念日 記念日 추ー립푸는 送葬曲에핀紙花였다
明日의 손꾸락을 算術하는 추ー립푸는 머ーㄴ 푸디스코 압페쩌
오르는 쩌오르는비누방울의 夜會服 記念日記念日의 幸福을約束
한 肉體의女人이 雙頭의 假面을 장식하는 날 七色의 슈미ー즈가
孔雀의 미소를씌워나의 海洋의 蜃氣樓를짜러왓다.
記念日 記念日의 너의 장식에
너의그洋초와같은 蒼白한 얼골에너의 그바다와같은 神話를 들여
주는 눈동자에
나의 椅子는 溺流되엿다
나의 椅子는 溺流되엿다
그러나 娼婦는 울고만잇엇다
肉體의 女人은 장식의 歷史가슬펏다
假面의 女史는 살아잇는것이 슬펏다雙頭의 怪物은 왜 울엇을까?
明日을 쏘장식하여야 할 運命을
明日도 그다음날도 그다음날도 살아야할것을
女人아 假面아 深夜의 어린애야
現實에規約된 誠實보담도 阿片보담도술보담도맘의秘密보담도
이健康術을 사랑한다.

주: 이 시는 어떤 글들에서 ≪娼婦의 運命的 海洋圖≫로 되고있는데 ≪만선일
     보≫1940년 8월 27일에 처음 발표될 때에는 ≪娼婦의 命令的 海洋圖≫이다.

未明의 노래

오—
骸骨엔 사보뎅 뿔 근 꽃피여 나는밤
오—
墓穴엔 蛆蟲의 凱歌가 들리는밤
꽃피고 노래가들리고 꽃피고 노래가들리고
밤이가고 밤이오고
밤이가고 밤이오는 밤
오—
黑板엔 蒼白한 空間이 되여 날으고.

피여나는 空間엔 太陽처럼 親한 죄꼬만 죄꼬만 胡蝶의무리 무리
날으고.
거미줄같은 地上엔 太陽을 쪼이든 數많은 慾望과 暗擔한 愛慾이
아름다운 時間우으로 昆蟲처럼 사라지고
波紋처럼 사라지고.

亡靈이되고 亡靈이되고.
오—
骸骨엔 사보뎅 하이얀꽃 피여나는밤
꽃피고 노래가 들리고
꽃은 永遠을 꽃은 永遠을
凱歌는 忘却의 地圖에서 異邦女의 노래처럼 들리고.
오—
꽃은 骸骨에 피여가고 피여나리라.
忘却의 地圖에서 노래는들리라.

風景手術

닭소리에 宇宙가째라는새벽이면 히여가는 들창밋에 카레터-의 神話를 紀念하는戀文들은 회파람을 불드라.

흙빗을 어르만지면 파라핀이 그리워진다. 新作路가 海女처럼 발가벗고 웃는다. 飛行場에서 兒孩들이 말은풀 거두며 포장과가튼 喜悅을 湖水에 보낸다. 이것은 장임에게 무지개를 알리자는 意味엿다.

아라비아의地圖를가진 兒孩들이 軌道를橫斷한다. 배추속에 새벽노래가 아롱지면 물동이인少女의 그림자가 海邊의 젓봉오리를휘젓는다. 北窓을 여러제치고蒼空을홀으는 숫탄 손벽소리를헤치고 노래와가튼 彫像에 七面鳥한머리 딩글고잇다.

히-ㄴ壁압에서오렌지-의 太陽이누른頭髮을 쏘고잇다. 바사솔을 쓰고 나의感情이 戀人의손바닥에 音樂을들여주엇다. 戀人은 고무風船의微笑를하엿스나나는목아지업는思考를가젓다.

薔薇色秘密을가진 靑年들은 凋落이되면 모-도 外套를입드라. 청년들의 會話는『興亞』를 피우며 사보덴과가치 그속에서 肥滿하더라. 그들은 左右兩쪽 포켓트에 疲困한 손바닥을 찔르고 正午의 네거리를 서성거리다.

비로-드의 검은乳房을 어루만지면열개의 손쑤락이 낡은感情을 바란스하드라. 薔薇꼿입파리 쩌려진것을 슯어말것이다. 健康한 검푸른가시蒼空을휘젓는것을 노래할것이다. 太陽은 그러케아름다윗스나 印象派畵家들은 서른두개의 舞臺를쑤미고 그우에서 쏘쑤라노를불럿느니라. 이것은 한 개 귀여운 베일이엿다. 베일에 靑年畵家들의꾕거-가 湖水를 숨쉬드라. 이것은二十一世紀의 나이팅게-ㄹ을 할머니들쎄들이자는 行動이드라.

한개 원두와가튼 形態에서 무서운 體溫을 어더편으로 感情花하엿다는것은 比喩가아니엿다. 그것은 黃昏風景에 짓을줄려는 意味다.

쓸에서 해마다 鳳仙花는붉은 요기를 잇지안트니할머니는 힌등을
구부리고 少女의 손쑤락을 보기시작하드라. 어대간들 꽂이 피질
안켓니 어대간들 꽂이 쩌러지질 안켓지. 그러기에 兒孩들은 유리
쏘박과가튼 湖水에 얼골을비추워 보는方法을갓일것이다.
푸른森林을 사랑할수업는장님에게 美學으로 이야기 말것이다. 凋
落한 落葉이 아니라 樹液이속으로 흘으는 나무나무의 쑬거리를
검은손바닥으로 어르만지게할일이다. 樹液의合唱을 들을것이다.

一九四一. 一〇.

주: 1941년 12월 10일 ≪만선일보≫에 수록.

生活의 市街

밤의 피부 속에는 夜光蟲의 神話가 피어난다
밤의 피부속에서 銀河가 發狂한다
發狂하는 銀河엔 白裝甲의 아츰의 呼吸이 亂舞한다
時間업는 時計는 모─든 現象의 生殖術을 구경한다
그럼으로
白裝甲의 이마에는 毒나븨가 안자
永遠한 午前을 遊戲한다
遊戲의 遊戲는
花粉의 倫理도 아닌
白晝의 太陽도 아닌
시커먼 새하얀 그것도 아닌
眞空의 液體엿으나ᅣ 液體도 아니엿다
자─그러면 出發하자

許可된 現實의 眞空의 內臟에서
시커먼 그리고 새하얀 그것도아닌
聖母마리아의 微笑의 市場으로 가자
聖母마리아의 市場엔
白裝甲의 秩序가 市街에서 퍼덕일뿐이엿다.

於　圖們

주 : 1940년 8월 23일 ≪만선일보≫에 게재. ≪詩現實≫동인 申東哲과 합작.

北滿素描

바람은 바람을 안고 지랄을 치고
눈은 눈을 안고 몸부림 친다
한울과 땅이 分別없이 얼어붙은날
한떨기 芭蕉는 南國이 그리워 밤새운다。

零下 三十六度九分!
썰매의 방올소리 마저 바람에게 捕虜된날
페치카우에 놓인 둥그런 팡한개
누구배를 불려서 곳노래를 드르려는고。

懸悲러운 北國의 女神이시여
푸른한울과 맑은 大地를 내여노소서
醉하지안는 高粱酒 씨원치않은 스피어
차디찬 마음 마음속에는
언제나 봄이 옵니다。

주: ≪北滿素描≫, ≪井蛙≫, ≪奇童≫, ≪海賊≫4수는 모두 ≪재만조선시인집≫
　　에 수록되였다.

井 蛙

太古적 聖母를 등에업은 井蛙가
世紀의 天地를 품에 그러안고

設計없는 淸酒를 마시며 砂漠을 기여간다.

砂煙이는 어느地方 靑鞜派喪家앞에서
空腹을 참다못해 朝飯을 求乞하는
파리마냥 傳統잃은 우물개고리……

地平線에 뵈지않는 무딘 千里眼
깨여진 頭蓋骨 구부러진 脊椎
이제는 駱駝도 못타는 한낱 물버레.

그의情든 故鄕은 언제나 우물속
每日 구름뭉치를 하나둘 헤여보다가
水葬이 되고마는 우물개고리여.

(於東安省鷄西)

주 : 1941년 3월 9일.

奇 童

無數한 海人들이 街頭에서 海棠花를 머리에 꽂고 바다의古代風
을 說明한다.

大門을 박차고 뛰여나온 數많은 奇童들이 가슴에 金牌를 부처주
면서
「詭辯은 그만 두어라 吉辰에 寄港하면 바다의 現代風을 講義해
달라」

馬車타고 宮闕을 막나슨 王女가
이나라에 易學者가 몇사람이나 되느냐 奇童들을 불러세우고 무
르니
「沙漠으로 가서 캬라반의 寓話를 들으십시요」

胡桃를 까먹으면서
火山口로 올나가는 奇童 奇童들
草原에서 풀을뜻는 소를보고
「너도 차라리 麒麟이나 되렴으나 」

街頭市民들은 街頭市民들은
火山葬이된 奇童 奇童들을 發見하고
泰山같은 悲哀를 먹음고 火山口로 뛰여들어 갔습니다.

海 賊

甲板에서 들여오는
海賊의 세레나―드에 興겨워
船室에서 水夫들이 雅宴을 베푼다.

海賊들은
海峽에 날르는 怪鳥의 우름소리를 凝視하며
바다繪畵의 流動詩를 읽는다.

불상하신 水夫님들이여
合掌하고 한우님께 同情을 求해주는 海賊 海賊들.

船長은 希臘神話 放送을 듯고있다가
옛 悔恨에 醉하야 寢室에 가로누었다.

海賊들이
船長과 水夫들을 監禁하고 機關室을 占領했을때
褐色猾智를 먹음은 그들은
「暴風이인다 運轉을 操心하야 S·O·S 」
제各各 소리를 높이 快辯을 부르지젔다.

探鑛

探鑛이다
우리는 智慧러운 아—써스가 되여
대나제 호랑이 우는 山中으로 가자
케케묵은 간드레를 만지작거리지 말고
大陸에서 新輸入한 정망치를 류사크에 집어넛차
자 써나자
오날도
우리는 네가 갓고십흔 쥬웰을차저서 알프스로
올러간다
探鑛이다
우리는 날카러운 쥬피타—가 되어
새롭고 히맑은물이 출렁이는 머—ㄴ바다로 나가자
곰팽이 쓰른 短銃을 만지작거리지말고 말숙하고
쏠쏠한 機關銃을 火輪船에 실자
자 써나자
오날도

우리는 네가 보고십혼 파랑새잇는 無人島를차저서
太平洋으로 가난다
探酒다
샴페인을 마시고 지나간 行人을 爲하야
쎄노라프를 씨원히 세워두자
우리는 진절미나는 샴페인을 더 마실수는 업다
香그럽고 새로운 넥타ー는 어데잇는가
어서 차저서 마시고 십다.

(於元山)

주: 1940년 12월 17일 ≪만선일보≫에 게재.

三十路에서

三十路에서
素服을 두루고
太古의 生理를 講義하니
阿彌陀가 가라사대
異朝異說이라 도리질하고

三十路에서
五色酒를 드리키고
陰雨를 마즈며 電信柱를 그러안고우니
巷間 石佛이 가라사대
부디 그 惡性을 人間系譜에 남기지말라고

三十路에서는
亞寒帶高地에다 阿修羅王石碑를 세워야할른지
아니면 北緯百度에서 隕石을 주워야할른지
生佛의 遺業을 달큼히 마시어야 할른지·······

주: 1941년 2월 16일 ≪만선일보≫에 게재.

黎明譜

지금
싸리바재 둘러친
왁사리 맛걸리집 젊은니는
두고알른 心臟에 名藥을 먹고잇소
캄캄튼아피 보이며 숨이 확풀리오

눈물겨운悔恨에 저즌
지난날의 諸藥!
논밧과기와집도 업서젓소
썩엇든 心臟에 출렁이는
太平洋의 한줄기 물이보이오

쎠만남어 가벼윗든體重이
오날은 千斤이나 되는것갓소
안애를 불러 心臟이다나
엇다고 너털우슴을 치오

世紀의아침이 문을 두다리오

大東亞의 黎明譜가 우렁차오
어서 일터로 가야할 大東亞의黎明이요.

(於鷄寧)

주 : 1942년 2월 2일 ≪만선일보≫에 게재.

채정린(蔡禎麟) ◉

별

가마귀는 매양 뒷골을 쏫는다는 가시꼿밧튼
괴괴하야 전설은
내가슴의 열분문을 두달이고

갑쌘 호흡이다
별은 아무도업는 쑴이기에
나는 목화를 썩는 허어연 그림을 품다.

———————————

주: 《별》, 《북으로 간다》, 《밤》 3수는 모두 《만주시인집》에 수록되였다.

북으로간다

내눈알에 이야기돗아 탐나게 기리하고
허이연 나븨 멀리풀고 나려안즌 등불밋길로 북으로 간다.
버들꼿이 바람을부는 두메날에서

모오든것이 내 움직이는 모오든것이
바로 눈으로 한갓 돌아가든 여러것이
머리칼우에 펴진 하눌만을 미더 짜라간다.

고개 마루 넘어로는 강 두만강이 오라다
불근산에 얏튼한나절 피마른 열매를뭇고 북으로 간다.

뒤에는 다시펴볼 꿈한포기 업시차다。

몰너간 구름속
오즉 물러간 구름속은 문이업고
북으로 가슴압혜 불꽃이 핀다。

밤

나도 그림자도 말업는 돌인양 안저
긴긴밤 불근 입술을 버려 서로 쏫술을 짜르는밤

멀리 째아닌 쏨문이 열여
인제 괴이한 전설이 튀어날따름

호개는 널분벌에 오─랜밤을 울고

니도내기 쏫업시 낫선곳에
어디서 흉한 우슴이 히히 우슴인가。

작고만 마음은 플은 불을물고 흐르는 손바닥우에
허이연 이마는 별처럼 추웁다。

고개넘어새길

세월의 열손가락마다
구름하눌이 검게 살지는

망도를 버서제키고
새벽별 정성다한 이마에 바더
무엇을 대할지라도 휘휘날수잇는길
고개넘어 새길에 래일의 꼿씨알 뭇겟노라

천만리보면 꼿꼿 천만리빗갈황홀해
감격우에 묵은옷을 벗는나절이요.
내등을 물러간 운명의
손씀우에 기우린 낡은이야긴
이로서 씃나겟다
오오래 숫한 가시숩속을
갈라헤치며 짜라온쑴가튼
것이 들창에서 불러써나는날과날로
한층 거룩할것이여

이로벼슬가치 찬란한 습성을배워
한가 이길 고개넘어 새길에
숨쉴역사를 올리고 노래를밧치고
내내 음악가치 건강하리라

- 壬午四月

주: 1942년 6월 29일 《만선일보》에 게재.

리호남(李豪男) ◉

신장노

신장노는 발도듬 해
봐도 봐도 끝은 않뵈고

신장노는 전보줄이
작구작구 딸어만 갔네.

주: ≪신장노≫, ≪애기와 코스모스≫, ≪팽이와 팽이채≫, ≪촌정거장≫, ≪葡萄
넝쿨≫ 5수는 ≪재만조선시인집≫에 수록되였다.

애기와 코스모스

해 뜨는 아침이였읍니다
막 일어난 아기는 문턱에서 오줌을 쏴―하고 냅다 갈기노라니
담 밑에 코스모스가 아기를 불으겠지요
「아기야 ― 」
「으―ㅇ 코스모스냐 」
그제야 아기는 아빠 구두를 질질 끄을며 코스모스 곁으로 갔읍니다
「아기야 밤새 잘잣니?」
「그래 엄마품에 꼭 끼여 잘자고 말구! 」
「간밤 엇지나 추운지 한잠도 못 잣단다! 」
코스모스의 애처로운 목소리입니다
아기는 코스모스를 어무만저 보았읍니다
가엽게도 꽃송이에 찬 이슬이 방울방울 담겨 있겠지요

「오- 코스모스야 혼자 몹시 떨었겠구나!」하며 아기는 조심히
이슬을 털어 주었읍니다
「코스모스야 참 내가 잘못 하였구나응 」
「그래두 너를 내버려둔 내가 잘못이지-」
「아이 별소리 다한다 」
「네가 그러케 사랑해주니 혼자서 떨든 어제밤 일도 금시에 이저
진다」
「네맘씨는 솜 보다도 더 부드럽구나 」
「코스모스야 이제붙어는 나 하고 같이 살자 응 」
아기는 비둘기 눈알처럼 새빩안 두 손가락으로 조심히 코스모스를
꺾어가지고 집으로 타박타박 들어왔읍니다
그리하야 꽃병 왜가리 잔등에다 꽂아서 책상우에 아기 그림책과
같이 나란히 놓았읍니다

팽이와 팽이채

올에 일곱살 먹은
삼돌이는 요사이 감기가 들어
어머니곁에 누어 코-ㄹ 콜 알코있읍니다.

머리맡 궤짝우에 삼돌이 신든 꼬맹이운동화도
흙묻은채 가즈런히 언지어 잠을자고
벽에 걸린 수갑과 파랑모자도 몬지가끼고 있읍니다.

삼돌이가 앓고있는 가마목 약병곁에
삼돌이 가지고 놀든 팽이와 팽이채도 나란히 누어 있읍니다.

삼돌이 앞에 앉은 어머니도
궤짝우에 꼬맹이 운동화도
벽에 걸린 수갑과 파랑모자도
약병 곁에 팽이와 팽이채도
삼돌이 병이 빨리낫기를 기다리고 있읍니다.

촌정거장

산기슭 조고만 촌정거장은
수수밭 욱어진속 외딴 집인데
여름밤이 깊도록 기둘러 봐도
손님은 없고
개고리 자장가에 졸고있지요.

산기슭 조고만 촌정거장은
장명등이 겨—우 네개뿐
여름밤이 새도록 기둘려봐도
기차는 아니오고
밤버레 불너놓고 동무하지요.

葡萄넝쿨

꽃파는집 포도 넝쿨
담정을 넘어 한울을 넘어

시원한 풀은잎 너울너울
여름날 행길우에 향기로운 그림자,

손님 없는 洋車夫
담정 아래
풀은 葡萄의 꿈이 깊다.

마을의 風俗志

一. 박
아주둥근박이 남몰래
집웅에 기여올낫다
해볏 쪼이며
이볼저볼에 화장한다
수집어 입새에 낫가리고
가만가만 마을을 도적질
해본다
누집 누나 나 짜러오나하고

二. 옥수수
누른 알빽이 하-모니카는
바테 잇슬샌
바람이 항상 불어보고
간혹 잠자리가부러보더니만
마을에오니
이빠진 할머니 쌔노콘
어른도 아이도 모다 불줄아네

그러치만 보표(譜表)는업구
사악 사악 소리로―
마을은 모두 음악가야

三. 해바라기
누님얼굴가튼 해바라기는
김매는 아저씨들위해
기나긴 여름날
조을며 보아주든 마을시게
해바라기는 가을잡아 태엽이 다풀넛다
얼골 씸애지며 머리숙으린다
너무도 슬퍼서
눌은 시게 바눌을
하나 둘 쌍에 써러트리며―
해바라기가
마을해를 보아 안주니
가을날은 아주 짧다.

四. 삼(麻)
바지랑대에건 삼갈기 쌍에
닷고 남는다
옛말에
선녀의 머리카락 삼단갓탯다니
나도 선녀를 보앗다
마당에 세운 겨릅대기
쒯 쒯 쒸 말노름조코
등잡아 불켜고
무릅위 박아지에 싹싹삼삼는다
나는 어릴째가 생각난다.

배주의입고 자랑하다
자지가 비처 놀녀주든
그 동모가 그리웁다
그 고향이 보고십다

五. 정에
바보가튼 정에야
오라고 너펄 거리는거냐
가라고 너펄거리는 거냐
박쥐가튼 새들 여간해가지고
쏫는다드냐
지금 저긔서는 째먹고잇단다
말못하는 착한정에야
너는상급을밧고 쏫는건냐
만약 안준다면
곡식을 죄다 먹어 버려
라준다면 가치 쏫자
너는 너펄너펄 손질하고
나는 목청이 터지게 짜부리며

六. 고초
된장 먹고 냠 냠
고초 먹고 코―코
눈물이 나온다
진쌈이 나온다 코등에쌔지직
고초는 매와서 ○다
불근 고초가 기둥에열릿다
집웅을 싹 더펏다 ○지라케고초야!
기둥에서줍웅에서 어서나

려오렴 초가집이 문허질나
문허지면 겁나
내 얼골이 썸애질나-

- (九. 九. 二六)

주: 1942년 10월 11일 ≪만선일보≫에 게재.

리포영(李抱影) ◉

가신님

잡는손 쑤리치고 구지가신님이 오니
닭이 홰를 치고 운다해도 한번간
그님이야 다시올리 잇스리.

못오신 님이라면 생각지나 말아야지
올기약 업는님은 내무어라 생각는고
생각을 마자해도 마자하면 더새로워

간다는 님에심사 생각사록 몰을일이
갈나면 그냥가지 우슴모다 아서가며
어이해 눈물하나만 남겨두고 가느뇨.

가신길 못오시리 나는도이 되오시오
아모째 오시여도 그건한치 아니하고
죽기전 지고봉서 기다리며 자리다.

주: 1939년 12월 5일 ≪만선일보≫에 게재.

눈(雪)

배꼿이 히다한들 눈에게야 비길건가
이처럼 히고말쏘 깨끗함을 못보앗네

순결한 처녀의마음 그도이만 못하리.

히기만 하오리짜 고르기만 어써한고
瓦家라 茅屋이라 가르는길 잇사오리
다가치 싸히고덥혀 더들탐이 업더라.

고르고 히다못해 罪業짜지 알려주네
三更에 맛는눈은 聖訓인양 경건해라
날가치 죄만은몸은 눈도맛기 어려워.

— 於 돈화

주: 1939년 12월 15일 ≪만선일보≫에 게재.

送君於敦化站

그대여 잘가시오 부대평안 잘가시오
바람찬 돈화역에 울며당신 보내노라
기차도 뜻잇슴인지 슬푼고동 울리네

두리서 갓치온길 당신혼자 가시든가
이런줄 알엇드면 함께나마 오잔을걸
몰으고 왓든길이니 누룰원망 하리오

리별이 서운탄말 무슨말가 하엿드니
당신을 보내면서 이말쯧을 알엇노라
여긔가 만수라하매 더욱늣겨 짐니다.

그대써나실적 그말어이 못하엿노
가슴속 품은그말 내가어이 못하엿노
할려다 못한이마음 알어달라 합니다.

써나며 웃고가신 마즈막 그우슴이
지금도 눈감으면 두눈속에 보여지네
그우슴 늘보기위해 소경되려 합니다.

———————————

주 : 1939년 12월 23일 《만선일보》에 게재.

靑服의 處女

길가는 저아가씨 옷은 비록 푸르건만
그얼골 생김생김 거름것는 그맵시가
분명코 조선의아가씨 뉘아니랴 말하리.

뭇노니 저아가씨 다홍치마 다어쩌고
푸른빗 그런옷을 아니그래 입단말고
누라서 그런말 뭇소 만주쌍도 몰라보.

난정말 못보겟소 안타까서 난못바요
히맑은 당신마음 잘못될까 난못바요
옷이야비록 푸를망정 마음 마저 푸지르리.

— 於 敦化

———————————

주 : 1939년 12월 29일 《만선일보》에 게재.

片 想

그립다 말을할까 말못하니 더그리워
말한후 모른다면 아니함만 못하나니
도로히 말아니하고 두고그림 나으리

말안코 그리자니 타는가슴 재가되고
그러타 말하자니 그건더욱 못할것을
차라리 벙어리되여 말안을까 하노라

그립고 그리운정 하소할길 바이업고
그리워 운다기로 이맘어이 알아주리
한평생 몰라준대도 안그럴수 업노라

가슴속 그리운정 무엇으로 전해볼까
바람에 부치자니 허황해서 못미더를
생각다 못 익어서 한자두자 씁니다

쓰면은 무엇하오 보내지도 못할이글
못보낼 글인줄은 나도 번히 알건마는
알면서 쓰는이마음 낸들오죽 타리오

숨어서 사랑이란 이럿케도 괴론건가
괴로운 이사랑은 언제일매 매저보리
이생에 못맷는다면 저승가서 매즈리.

— 於 敦化

주: 1940 2월 3일 ≪만선일보≫에 게재.

分福

富貴功名을 실타할이 잇스련만
여태 그것이 마음대로 되는건가
淸貧도 分福인지 나는 그도 못누려.

富貴功名은 못누린다 서러하리
누리고 못누림이 모다 자긔 分福인걸
제分福 넘기지말고 살어가자 하노라.

幸福이 싸로잇나 제分福을 찾는게지
제分福 찾자하니 그게아니 힘이든가
찾다가 못찻는대도 나는차차 보리라.

— 二・九・病床에서

주 : 1940년 3월 6일 ≪만선일보≫에 게재.

淸 遊

綠陰도 조커니와 淸風아니 더좋은가
그우에 새소리는 仙樂인양 방불쿠나
遊客은 어디로가고 勝地업다 하는고

半空엔 白雲이요 大地가득 香氣롭다
自然과 노는이몸 이쏘아니 즐거운가
세파에 시달린혼이 온갓苦를 닛노라.

富貴와 功名이란 分福잇서 누린대도
오늘의 淸遊마는 八字업시 누린다네
紅燈에 노는벗이야 알라곤들 하리오.

世上事 꿈이외다 浮雲치 바려두고
한평생 알몸으로 自然속에 살짜보이
가슴속 一萬시름다 그러자고 하더라.

주: 1940년 5월 16일 ≪만선일보≫에 게재.

예서 기리사리다

떠나온 고향이니 생각한들 멋하리만
荒原에 달빗기고 胡弓소리 들릴때면
살구꽃 피는내고향 안그릴수 없노라

黃昏에 소를몰고 어슬어슬 돌아오면
휘파람 소리듯고 몰래반겨 주군하는
順伊는 어데갓슬꼬 생각아득 하여라

동생들 압세우고 동구박글 나설적에
삽살이 저도가자 그얼마나 지저댓소
지금은 뉘집애들과 함께몰려 단니니

그때일 생각하면 생각사록 그리우나
눈물로 떠난고향 다시가진 못할것을
情들면 고향안되리 가서무엇 하리오

滿洲라 널븐땅은 갈아내도 남는구료
밤이면 胡酒들고 아리랑에 홍도집소
나라도 五族協和니 예서기리 사리다.

― 於敦化

주: 1940년 2월 24일 ≪만선일보≫에 게재.

리달근(李達根) ●

垂楊

얼마나 자랏나 날마다 제발굽을 굽어보는 垂楊
너는 아직도 그일을 잇지안쿠잇구나.
乳白色 "쎈취"우의 지난 봄의 屈辱을!
嫩葉의季節마다 삼삼밟히는 情景을!
애숭이 풋情을 실실이 드리운 늙은 垂楊.
수집은 處女인양 고개를포옥 숙으리고
그봄의 屈辱을 입설로 자근자근 씹느뇨.

────────────

주: 1940년 4월 1일 ≪만선일보≫에 게재.

무덤

슬픔이 하도 연연해 바람은 네등을 어루만지고
가는 애달품이 넘처흘러 한줌 흙무덤이 되였나니

영원히 視野를 돌여라 긋업는樂園이 열리니라
─길은 오죽 平坦하고 집집마다 燈明달녀 잇슬─.

내 집보담 오이려 행복이 잇슬 네가삼속이
千載에 훗터질넉슬 고이고이 길너줄 搖籃이어니

내 지금 白日에 별을찻는 안타가운마음으로

네 가삼속에 담북이 되여있을 떨기떨기 꽂송이를 보노라

六月 ― 丹과 郁 에게

주: 1940년 7월 16일 ≪만선일보≫에 게재.

自畵像

膽汁보다도 쓴 現實을 삼켯기에
指向하는 발긋은 氷塊ㄴ양 차거웁다.

날이맛도록 孤獨을 세이기에
넉마저지처 濃霧마냥 쏘―얏코―

憂愁의구름짱을 헷치고 마음아!
南窓을열고 江南燕처럼 날아보렴.

憐憫한心情으로 卑屈한習性을 담으려는
心願의 香爐는 하이얀 재(灰)만 남고

이제 나는 自畵像을찌저버리고
暗闇에빗나는 쏘하나의太陽을 마저
地獄으로가는 비탈길로 나려슨다.

주: 1940년 7월 23일 ≪만선일보≫에 게재.

"都" "會" "風" "景"

世波에밀녀 都會地로온사람들은 먼저주머닐털어 금붕어의 눈을사다 심신은 내맛겨 이리의찍덱이와맛바꾸고 남은것은 妖術王의 五叉鉤를사다

병아리 홰에드나들듯 뒤쏙뒤쏙 層層臺를 오르나리는것이 한갓재롱이라면
"애레베터—"로 밋바닥까지 사르르미끄러짐은 무슨 숨박꼭질들이뇨

빨래하나 널어말린것업건만 千家萬戶집웅위 장때수염이 뻐친것은 무슨 새로운 廣戱를 提供할舞臺뇨 靑天은 비러 "텐트"를치고.

倫理와道德은 "아스팔트"우의 香樵皮를 밟아 미끄러젓고
오호—마음 마음 팔어먹은마음이여 永永化合은 업슬게냐

지친 넉들은 산산이 훗터저 가지각색의 "네온"이되엿고
골목 골목에선 嬌笑에 粉을발너 競買를 부른다

고추가티맵고 氷塊가티싸아늘한 音舞들은 뭇얼골 할고
속팔어 거틀사는 야른한心地는 用常芥子맛과 갓도다.

주: 1940년 8월 4일 ≪만선일보≫에 게재.

원숭이

南國椰子樹미티 하마 滑稽王 원숭이는

空中에달린 쇠사다릴 쒸여올럿다나렷다
오죽이나 疲困하나.

너를 실어보내는 그停車場 그뱃고동소리 그旗手
얼마나 원망하느냐 그 "아싸보"의 건방진 꼴들을—

默默히 쇠사슬에 목을 매여도 풀어도 보는
너를 사고팔고 하는니는 曲藝師의 원망스런 누초리여!

오다가다 너를 건드리며 우서대는 무리속에
네 그말못하고 쓸려오는 惜別의 情을 아는이 멧치뇨.

네 온갓재조 다부려도 외콩한알 던져주는이 업고
숨숨얽은 鐵網은 依然히 눈부르쓴채 沈默한다.

———————————

주: 1940년 8월 11일 ≪만선일보≫에 게재.

墓碑銘

목매처달리노니 腐卵갓흔 鳥心아
어찌타 애설피 그時節만 뇌까리느뇨
별빗흐르는 南方의한울밋도 에갓것만
芭蕉입과 白薔薇로역근 꼿다발은
深淵의무덤압헤서 이미 시드럿고
情에겨운 그이의戀歌도 흘러갓는데
오호 希望이여 너는—
내가슴에 褪色한墓碑를 박고갓나니……

이제나는 별과더부러 밤의秘密을캐고
東方의黎明을긔대려 眞理의太陽을섬기며
杜鵑우는밤을 홀로 직히이리라.
隱密히 墓碑銘을 쏘아색이면서……

주: 1940년 8월 30일 ≪만선일보≫에 게재.

欲去地域

벌집가티 소란코 쑤세미가티 엉클어진 鄕土를 떠나서
주머니엔 성냥한개피도 안너코 헐 헐 짐업시 가고십다

한망울속에 담배씨마냥 눈·코·입 비슷컨만
優는 어느거며 劣은무어뇨 네건 어쩐거며 내건쏘한 무에라뇨

수박넝쿨가티 쑤리에서부터 점점쎄더 나건만
맨씃헤열린놈이 저 먼저익으려는 심사를 나는 보노라

엉클어지고 달나붓고한 거미줄가튼 系綠을 박차고
幽閉된 湖水가티 제 울만돌면서도 우줄대는 慾界를써나서

北國雪原에 "쯔로이카" 타고 짐업시 짐업시 가고십다
"아라비아"沙漠에 샘을차저 어데고 어데고 가고십다

杜鵑이우는 山谷에 흐르는 샘물 두손움켜 목을 축이며
달랑한 나무째기 하나 끌고 짐업이 그냥 가고십다.

留雖한 내 心思 한숨지어 한울가에 휘파람 날니며
그어느 僻村에 幽宅을 찻어서라도 막가고십다.

———————————

주 : 1940년 8월 30일 ≪만선일보≫에 게재.

失魂의 노래

아가야 이한밤 내心淵에 배를 씌워라
無邊綠原엔 細雨가 실실이나리고
임은가고 이제 외로운녁시
心淵에싸저 마음의櫓나 저으리
露燈서리인 내心淵의 港路압엔

한幅의海圖도 저멀리 燈臺도업드란다
地獄가튼暗黑이 흘러내리는 船底에서
아가야 나는 너에게 밤의眞理를가르키며
썩어싸진良識을 魔醉시킬 毒酒를마신

가도가도 埠頭업는 이船路를
오직 하나쑨인燈臺를차저 흘러가는
太陽을일흔 "보해미안"―"노스탈챠"
나는 이밤의苦惱를 익이기위하야
"워드카―를 드리킨다 술을 싸러라.

(典型詩集에서)

———————————

주 : 1940년 10월 23일 ≪만선일보≫에 게재.

비나리는밤

追憶의실머리—ㄴ양 보슬비는
파랑버섯가튼 街路樹를 울리는데
수ㅅ한乘物다버리고 "포켓"의
白錢分만적이며
미친듯 十字路에서 서성이는그림자는

비마즈며 옷츨파는 異國의게집애야
내겐 永永필줄몰으는 花盆을하나다오

……부르려무나……
……나를 부르려무나……
그어느 喪主鬼神이라도
내 너를짜라 이밤이새도록 鋪道위를 헤매리니

오호 이도저도 다일흔지금 차라리
쌀기빗모자쓰고 停車場 드나들며
異國男女의 潮笑석긴 "아싸보—"소리라도 듯고십다.
追懷의실머리—ㄴ양 보슬비는
파랑버섯가튼 街路樹를 울니는데

(典型詩集에서)

주 : 1940년 11월 1일 ≪만선일보≫에 게재.

비개인 鋪道

街路樹가 半世紀나 젊어젓다고
보슬비가 소곤대고 지나간뒤

구름새로쏘다億兆 눈瞳子를홀기며
街角의『네온』은 파란 쌁안별을헤이고

"파라솔"두셋버섯마냥 솟아올을무렵
『쏘－키』車가 길을일허 오며 가며
이붓子息처럼 털털……커리다

물찬제비마냥 매쁜한 "택씨－"는
맛나선 말도업시 한눈만찡긋대고
雙頭馬車의말굽소리유난이치벅대다.

火車의 서글픈鄕愁 함함이배인
驛前廣場 으스름한 한모퉁이엔
지금 別離를쏫는 男女의구두꿎이
……南洋海圖를 그리는가 십흐다

(典型詩集에서)

———————————

주 : 1940년 11월 7일 ≪만선일보≫에 게재.

落水

어느님이 남기신 넉시고
말업시 이처럼 눈물만쥐여쌈은

蓋瓦 비눌마다 업드려쓸며
落水는 굴러굴러 첨하밋틀흘러나려

그양자 하두야 서글퍼서
마음은 소경처럼 허공을번득이고

어느貴童子 볼기짝 쑤드리는소린듯
찰싹 찰싹 차알싹 연겁퍼들리는데

찡그린面貌도 들먹이는 어깨의表情도다업시
뵈지도안는 그임의 서러운心思를—

오오흘러라 기리흘너라
내 여기머물러 化石이될째까지—

주: 1941년 2월 22일 ≪만선일보≫에 게재.

설령(雪嶺) ◉

酒幕

落葉松그늘진 달밤
눈보라는 일듯일듯
말방울소리 한결더-외로웁다.

酒幕은 멀고멀어
燈불마자 꺼질듯 조심스러운데
그누가 서글픈 휘파람을 휘날리며
눈쌀린 이밤길을 호올로 걸어가느뇨……
오……워드카(火酒)가 그립고 노래가 그리운밤
火덕을 달고
장작불은 이글거린다.
오…… 동무여…….
든잔이 철철넘치도록 부어라
오직 슬픔도 기쁨도
世代의 고달픈 나그네는
워드카로 이밤을 세우리라.

———————————

주 : 1939년 12월 19일 ≪만선일보≫에 게재.

大地

대양한아침햇발이
주줄이홀너넘쳐
잠깬大地우에 다사로웁다

모래둑아래바슬거리는
파르르 파르란풀싹씨들은
마치무슨노래라도울플듯
그입설에 아롱진움직임이나불거린다
가지(枝)마다푸른希望이
몽글몽글부푸러오르고
羊무리山峽에한거러운날
멧새쩨휠-휠-이는고나
저-누엿-한들길을거늬는거냐
陽光이노곳-이풀리는곳에
풀香氣제법香긋하다
내일즉히슬픈旗폭은접어이짱에뭇고
오래情든장막을써나는저물막
大地여......
너는내게푸른草原을주워
밤마다내슬픈魂을쉬게하엿다.
오! 大地여! 어머니여......
너는將次밝어오는날아침
푸른江물이구비처흐르는
저-가지茂盛한언덕우에서
내기쁜牧歌를너는들으리라.

山峽

저녁煙氣 솔-솔-
山峽에피여오르는저물막
아비는밀단을걸머지고
아이는소꼽비를이끌고

오손도손情다웁게
그늘진비탈길을걸어온다
감자캐는이고장女人들은
마치알탐하는 山비둘기처럼
각담아래그마음오붓하다.
샘물들은 도란도란
밤별을불르고
마을집등불은
차차하나둘더－늘어간다.

주 : 1940년 1월 4일 ≪만선일보≫에 게재.

旅路

밤마다 옷섭을 여미고
窓가에 다가안는心思
人生의 호젓한 旅路를 근심하는
그어느 女人의 슬픈마음이랄까?
落葉은 훗날고 금음달마자
기우러지는밤
그누구일까? 서글픈휘파람을 휘날리며
호올로 저먼－들길을 걸어가는이가?
오! 내젊은 時節의 노래와 정열도
너와함께 흘러흘러 밤마다 이러케
꿈마자 窓가에 흘러가구 마는구나.

一九三九. 十二月 三十一日.

주 : 1940년 1월 18일 ≪만선일보≫에 게재.

한죽송(韓竹松) ◉

別後頌

酒泉벌 十里길
점으도록 오르 나렷소
올 이도 업는길 기다려보는 마음
애 쓴킨 서름 날가도록 더할것을......

멋번 째문 입술이
슷슷내 소매 적시는구료
번연히 이럴줄 알면서
보낸 그맘이 원수 갓구려

蒼空에 깃을펴는 제비이 부럽다.
꿈가튼 追憶 자국만 애달퍼
벙어리 냉가슴 알틋
저린 窮想에 피매친 하소어이리

이 버릇 누가갈첫소?
濁酒에 흐느끼며 옛날을 읇는 짓을......

주 : 1939년 12월 22일 ≪만선일보≫에 게재.

病窓吟(遺稿)

白蛇의 눈물가티 機智에 지지
昏窓에 읍조리는 寂滅의 愁雨

渴慕에 시달리는 처녀의 심장인가?
붉게 타옵다 쓸어진 楓葉의 그림자여!
너는 雪風의 傳令使―
希望에 차서 兩邦보금자리를 그르노니
鄕愁의 깃을 폇서도 오히려 疲困함이 임시
넌즛이 세룩세룩 四韻을 외는구나
一百九十날 苦惱의 辛汁을 말엇서도
못이즘잇서 오늘도 病房의 구슬픈捕虜.

乙支文德은 아니라도 패기에 넘처섯고
那破崙의 野心보다 오죽 꿈은 컷건만
좀먹는 生命을잡고 눈에 쌍심지오른 오늘
病心에 서린 世紀末의 悲歌만 애처롭다.

주름잡히지안은 靑春도 아깝지 안소
名약을 비웃는 咀文도 아니요
≪내가 죽거든 이 病體를
醫學硏究所에 寄贈해 주시요.
살아서 恨일진대 차라리
人間名簿除籍에서
가장 有效한 祭物이 되고십구려≫

밤은 妖術師! 아가야 불을꺼라.
虛無와 煩影만 形體를 그리거니

이밤도 夢幻의 珊瑚林에서
追憶의 眞珠알을 따보려한다.

(乙卯十月於朱乙病所)

주: 1940년 1월 11일 《만선일보》에 게재.

윤군선(尹君善) ◉

光明의 窓

- 淑에게 보내는

淑과 나와
맑고 연한 하늘을 고히 넘어
異邦의거리에서 두마리의 水族館을 세웟다.

애솔바테 넘어지는 太陽의 손짓에
黃昏이 鄕愁를 무러오는무렵
먼-故國의 體溫이 숨보아주고

낫서른 대륙의 아들, 딸 되여
未來의 期待를 그려 꿈길에 千萬里
光明의 바다가 이 쌍이 아니러뇨.

淑과 나와
빗바람에 무더진 同胞의白骨우에
芳香이 그윽한 한송이 장미를 심그고
세번 손드러 悔恨의 눈물을 울린다.

구름우에 아드윽한 벌판
막다라 다흔 삶의 殿堂에
光明의 窓을 彫刻하는 날, 날, 날.
나는 그만 故鄕을 부르리라.

주 : 1940년 2월 1일 ≪만선일보≫에 게재.

茶房 "新宿"

茶房"新宿"은 나의 파ー토나ー다
내가 달니는날 나의 코ー취다.

흐르는 音樂이 銀구슬을 입고
팔벌린 南邦가시내 자락 자락에 반짝이면
내마음 香긋한 噴水에 젓는다

가시 도든 바람도 업다.
階級도 업다.
나의히ー트는 에덴의 樂園에서 安息하다

소파ー에 몸을파뭇고
날리는 煙氣속에 머언 녯날이 돈다.
茶ㅅ잔속엔 쩌나는 나의 얼굴이 잇다.

모두다ー 주름살을 편 얼골들
모두다ー 눈을감은 얼골들
모두다ー 인생을 밝히려는 얼골들

茶房 "新宿"은 나의 파ー토나ー다.
壁에 고흔風景을 심근 싸스한 搖籃이다.

1941년 1월 1일 於 咸興

주: 1941년 2월 8일 ≪만선일보≫에 게재.

고양이

天井의 把守兵
벌죽이 귀가 밝다.

두눈알엔 언제나
貪나는 마음에 불이 붓는다.

손톱은 捕獲網
싹아노흐면 멀쩍한 白痴

낫에는 오둑히 안자
오늘밤의 戰略圖를 그리고

先祖째부터 개와 마조서면
肝膽을 세우고 허리를 후린다.

살짝 쮜여넘어 재빠른 壯한데가 잇다.
잡으면 노리다가 죽여먹는 惡떻이 잇다.

―――――――

주: 1941년 2월 25일 ≪만선일보≫에 게재.

孤境

二月밤 음성이 고요히 풍기는데
나의 官能은 차가운 壁을 업는다.

히부여한 심지를 다시 돗구고
하얀 조히우에 색여지는 나의 地球.

나와 내가 다투면
그우에 새로운 내가 呼吸한다.
머리속엔 數만흔 얼골이 거러간다.

位置를 밧굴줄모르는 실루엘이 무서워
燈을 흔들엇드니
그속에 내가 醉하다.

十里박 車가, 가짜히 달니는 소리를
쏘츠려는 건넌마을 개짓는 소리.
말은 정녕 업고
귀를 파는 성냥개비 마자 던젓다.

이윽고─
낡은 書齋에는 글소리 끈허지고
쑈 곱쩌치기 老翁이 무아 드럿다.
분명 잠업는 밤을 새기 위하야.

이런 밤은 人生을 사양하고
길을 쩌나는것이 조흐리.
神韻의 길을─.

____

주: 1941년 3월 11일 ≪만선일보≫에 게재.

원두막

모단쑥 배쏭이 날기날기 싱하는 두던에오르면
널버진 마을의 俯瞰圖를 짜볼수잇고
구름이 거품을 짜며 재우에 둥둥갈줄을모르면
철난 가시내꿈처럼 실바람 솔솔 쌈을거덧소
간밤에 山神이 울드라는 하라버지이야기와
그저 외쑨이조하야 孫女댕기를 산다는 구리전과 은전소리와
쏘록쏘록 쌔무는 果肉맛도 얼사조치만
마음을 여러주는 후원한 風景부터조치요
歲月은 마음보다 한쏨이나 일르고
개아미 土城에서 자리를 툭툭 털면
여름내 한적한 원두막 四柱엔
냄비를 태우는 호래비살림의 八字가달렷지오.

주 : 1941년 11월 15일 ≪만선일보≫에 게재.

牧場의 午後

타다남은 구름한송이 언덕에걸리고
언덕은 물결치는 風景우에걸리고
한나절 牧場은 조으름속에드러누어
쓸쓸히羊쎄의 꿈결에고달프다
蓮華꼿 할미꼿 자리를쌋기에
언제나 羊族은 승강을몰랏기에
판자가 둘러간 白壁이기에 아름다웁고...
층층대 푸른바람에 펄럭이는 하얀旗ㅅ폭은

地平線에 풀을뜯는 羊의무리에 평상을보내는表示
黃昏이써러지면 잠구엇든門은열리고
도라오는 習性을 하나하나點檢치는 從僕마저
뉘도업는 한적한 午睡에노굿노굿 조은다

주: 1941년 11월 14일 ≪만선일보≫에 게재.

무아(無我) ◉

誘惑과 苦憫

눈만 감으면 오늘 아련한 그 모습
―이것은 나만이 볼수잇는 모습

여게 後期印象派의 風景畵가튼
그윽한 숩과 길
그리고 저쪽에
바다를 향한 적막한 庭園이 하나잇소.
그곳에는 참으로
익을대로 익은 魅力的인 불빗
林檎한알이 탐스러웟소.

"오늘은 期於코 이것을 짜리라"
어제도 오늘도 나는 그 庭園을 바라보며
간얄핀 숨소리를 죽여가며
팔을 부르것고 멧번이나 멧번이나 별려왓든고?

그러나 오늘도 나는 虛ㅅ되히
禁斷의 果實만 바라볼쑌―
애틋한 未練의꿈을얽는 庭園을 떠나
期約업는 마음의七百里를 쏘 별르느뇨?

아―철업시 야릇한 誘惑에 헤매이고
부질업시 苦憫에 우는 마음이여

주 : 1940년 1월 30일 ≪만선일보≫에 게재.

無題

보리밧 머리에수양버들
치마끈입에물고 눈을감흔
후메山물방싼에 사랑을두고
달래江여흘에서 옛날에우오
귓돌이우는八月 밤은 갏대도
님을그려 우는밤은 길기도하오
세월 네월 열두매듭 다풀리도록
울며보낸 그마음은 풀릴업네
초생달 갈밧쏙에 쩌러진 땡기
죽고사 저고리에 얼룩이도젓소
수집어 다못한말 죄라시나요
알고도 풀어못준 죄는더커요

주: 1940년 3월 28일 ≪만선일보≫에 게재.

마음

봄바람 無心하게 오가는 길에
연붉은 열아홉 쏫은것노라
그대맘 마음이라 미든그날을
지금은 구름이타 웃고맙니다.
이몸은 버들가지 그대는 바람
바람부는 봄마음은 변키쉬운마음
그대맘 마음이라 미든그날을
지금은 바람이라 웃고맙니다.

人心은 변키쉬운 물결이어니
물결가튼 그마음이 오랠것이랴.
그대맘 마음이라 미든그날을
지금은 연기가태 웃고맙니다.
흘러가는 물우에 써가는 꽂닙
웃지마소 꽂인들 눈물업스랴.
그대맘 마음이라 미든그날을
지금은 꿈결이라 웃고맙니다.
드날제 여흘가의 모래발자욱
지금은 눈물로서 다시보노라.
그대맘 마음이라 미든그날을
지금은 한숨이라 웃고맙니다.
살ㅅ트리 그리워서 못잇는情을
울어서 잇는다면 오작조흐랴
그대맘 마음이라 미든날을
못풀어 쌀은밤을 길게샘니다.

주 : 1940년 3월 3일 《만선일보》에 게재.

리인상(李仁尙) ◉

하나의 별

하나의 별은 가고야 말엇느냐
말고 흔들림업던 내湖水에
구겨진 그림자만 남겨노코
별은 하나의 별은 가고말엇느냐
오래인 날과 밤이 흘러가도록
티끌모아 어지러운 냇물가에
낡은 내의 그림자
그림자만 안고
속아온 세월이
꿈처럼 허무하다.

주: 1940년 2월 11일 ≪만선일보≫에 게재.

길

수집은 처녀의 머리털가치
파-란 잔디를 금굿고나간길
길넘어엔 무엇이 잇나.
비단옷 입은 옥뿐이도
이길을 넘엇네.
가는 사람은 슬픈길.
오는 사람은 기뿐길.

석쇠아범도 넘어가는길
주렁 주렁 쪽바가지 넘어가는길.
나도 이 길을 넘어왔다.
아버지잔등에 올라안저 넘어왔다.
동구박 어구엔 눈물도 말럿스니.
자동차박휘에 가슴도 구덧스리.

주: 1940년 3월 28일 《만선일보》에 게재.

... 달 ...

序曲 生命
달은 하늘에 걸릿슬지라도
비츤 마음속에 잇섯다.
마음속에 너그러운 빗!
나는 째째로 내마음속에서
달의 노래를 듯는다.

一. 懷古의 情
너는 記憶하느냐?
그리운 옛사람들의 얼골을
너는 보앗느냐?
숨사이 가지가지 神秘를.
말하라! 밤은 아직멀엇다.
그모든 그립고 다정한이야기를.

二. 旅路

달은 말업시간다...
億萬年 傳說을 지닌채.
달은 말업시 간다...
내가슴에 안기여.
오오 달은 말업시 가노나!
무수히 흐터진 子孫들을 거느리고
짐승들의 故鄉－아프리카의 密林으로
달은 말업시 가노나!
終曲 生命이 깃들이는곳
무딘 힘쑬로만 얼기설기한
다나의 土人들도
熱狂의 춤을 추엇거늘
深山幽谷 호랑이도
고함처 山을 울렷거늘.
萬物의 愛人－달을爲해
이밤에 모든것이 노래하리라.
모든것이 마음이 고히 씻기리라.

―――――――――――

주 : 1940년 4월 11일 ≪만선일보≫에 게재.

김동식(金銅植) ●

탄식

곰방대에 담은연기 한숨에 부서지고
오십평생 지나온일 연기인양 깜박거려
아득한 넷마음에 한숨만 타오르오

품파리 십여년을 집한채 작만하고
어미일은 어린것을 품안에 길르다가
하늘이 무심하여 집마저 물에가고
어미찻든 어린것은 눈물에 사라젓소

남국이 철리라니 고향도 철리리오
마누라 무더노코 어린것도 무더둔쌍
마도강 마도강에 나마저 무더주오.

주: 1940년 5월 2일 ≪만선일보≫에 게재.

冥想(外1首)

흐렷든 하늘이 단단해지오.
조용한 틈을타서 별들이 나서오.
저世上에서 파―란 世上에서
武裝업는 억만將卒이
平和의 光彩를 안고
無言의 凱旋을 하오.
변함없는 저 世上......

追想

눈섭달이 살며시 쩌잇는 밤
사쌀던 마음을 모아 보재기에 싸지고
저달을 짜러 한업시 가렵니다
보내고나면 눈물젓는 님도 잇으련만
마지하면 서러워 울님이 잇길래
뒤도라 안보며 고히고히 가렵니다.
세상이 괴로우면 님이 오서서
인생의 한번갈길 진작이나 버리지
무엇이 안타까워 주저하고 사리까

(間島富士○에서)

주: 1940년 3월 30일 ≪만선일보≫에 게재.

달밤

보름달이 히미하게 둥그럿다.
하이얀 구름이 유방인양 부풀엇다.
밝은달을보구픈 마음이 야무지게 맴돌아
씃내 이밤을 새이고야 말건가.
쪼기쪼기 거둬둔 마음이라
좀체 풀리마 십지안타도
열다섯살 커―단 계집애 몸셍이로
조심스레 술잔을부어들어
손님압페 도사리고 안젓든마음을
오호, 달아 아리채거덜랑

철리박 내고장에 계실
엄마 무덤에 네그 애쓴 빗을보내여
애달픈 내마음을 전하여다오.

　　　　　　　　－ (3월 15일 밤 11시)

주 : 1940년 4월 24일 ≪만선일보≫에 게재.

片想

뒤짐을 집고 뫼에 올라서
눈알을 궁글리니
저언덕밋 늙은 버드나무 그늘에
草屋이 한채 숨어잇다
반다시 저집엔 한떨기 할미꽃 피였으련만
내마음이 나븨못되여
다시 텅빈 하늘만 처다보노라
하늘은 놉다
텅빈하늘 수만흔별들은어대로 가슬가?
별업는 별나라에 호올로－
한폭의 구름만이 지향업시 쩌간다
내마음실고 지향업시 쩌나가노라

주 : 1940년 6월 13일 ≪만선일보≫에 게재.

리영산(李影山) ◉

湖心

山谷에 매친 푸른湖水하나
그는 나의 思念
한마리사슴 차저줄줄몰으는 湖面이여
수다스러이 구름쌜이 기여들고날고
靜寂이 함초롬피여 번거로운제
새한마리 한나절두고울다 嶺넘어갓다.

山谷에 매친 푸른湖水하나
그는 나의 思念
뫼쑥리 벅국이우름 울리어들면
한쎨기水仙花 피염즉도 하런만
오오 잇기 도다도다 幽閉된 가슴에
개고리 밤새워 울어내는
멍울진 湖心이여

― 木原에게 新京에서

주: 1940년 3월 15일 《만선일보》에 게재.

梧桐꽂

푸른 치마폭을 쓸고
季節이 내古園에 쉬는날

梧桐나무 한株
가지가지에

조롱조롱 紫빗 호롱불을켜다
내가슴에다
빈(空)것에다
한燈 두燈
追憶의 호롱불을 켜다.

———————————

주: 1940년 5월 18일 ≪만선일보≫에 게재.

曠野

푸른 하늘
쏘아나 푸른 들판이
꼬리 맛물고 탕터저
羊쩨인양 한가히 조각구름이 놉고

노다거리는 바람에 홍겨워
沃野千里에 긴 물결 이룰제
수수 줄기줄기 빗나는 太陽
오오 碧空을겨누어 生은 躍動하나니

내 只今 모든것 다 이즈리다

다만 흙냄새 배여오는 이랑에 누어
蒼空 太陽 바람의 風俗을 걸고

觸角을 地平線에 쏩아
이슬매친 靑葉을 조각하는
한 마리의 蟄虫이되여 너를 부르리라
오오 나의 어머니 大地여!

———————————

주: 1940년 7월 19일 ≪만선일보≫에 게재.

姑娘(외1수)

쿠-냥
너는 날근집웅우에핀 朴꼿
짓터가는 黃昏
조각달 아래
이슬을 밧고
도란 도란
傳說에 피다

無題

그늘진 마음 한구석에
못잇는 사랑의 터전이 잇서
밤마다 불써진 그草堂을 더터
내 조심성이 문을쑤달겨 보거니
가만가만이 소래죽여 불너보는 사람아

꿈마다 차저드는 그대노래
꿈마다 피여이는 그대모습
아아 永遠이가고 마런가
그대 베일속에 웃는밤
창넘어 流星하나 외로히 지다.

주 : 1940년 9월 5일 ≪만선일보≫에 게재.

박린형(朴麟炯) ◉

솔개

밤내 鐵網을 무러쓰러도
꿈을 하염업시 하늘에울고
네 넉슨 쌍에 구을다
지난날의 아름다운 꿈을 回想하여도
보담업는 눈물만이 새롭다
날과 날업 얽힌 意慾에는
샛발간 열매를 동그라니 매젓고
네 鄕愁어린 눈瞳子속에
쏘네 노리터 푸른 하늘을 보다

                    — 動物園에서 萬山君에게 —

주: 1940년 4월 3일 《만선일보》에 게재.

豆滿江

달에 잇쌀이잇서 네 프른가슴을무러쓰더 힌구름
이 너를 덥혀
神秘스런 傳統이 情緒의실마리 푸러주는
白日夢의 부드러운 毛○가튼 草原—
大地를 脈쳐 千年을하로마냥 푸른하늘을
가슴에 안어 아 이江은—
太古의 神秘를 간직하고

世代의거친觸手에 네넉은永劫에울다
肉體에 秘密의 門이잇서 그門이열려 第二次
聖徹의날개를펴―
處女는 파랑새 그리워서 葡萄빗想念 蜃氣樓
처럼피여오르고
過去를回想하든 암배암이 江心에逃亡치고
未來를 創造하려 大地의 心臟속에 安住하여
創造의 푸른寢室에바벨塔은 空間에 맴돌다.

주 : 1940년 5월 5일 ≪만선일보≫에 게재.

권녕화(權寧和) ◉

倦怠

대장깐에서 쒸여오는
쇠뭉치부디치는느린拍子
쎄걱쎄걱 거리를 굴느는구루마박귀굽소리
鈍重하고 錯雜한 人間들의 지저거림

이 모도가 멋千年을 經過한 傳說인양
내게는 아무 관계도 업는 하나의 別世界
방안에 홀노
압발을 비비는 한마리 파리에
無心한 생각을 보내며
까실까실한 코밋수염을 다듬는 午後
핏줄조차 疲勞한듯 느리게 꿈직이고
世紀의 暴風에 지친머리는
쑤벅쑤벅졸며 긴―하품을 한줄기쏨아내오
"汽笛"
鼓膜에 매여달린 길다란線에
가지가지 懷抱가 오롱조롱 매여달리다.

주: 1940년 4월 23일 ≪만선일보≫에 게재.

診察室風景

—蛟河××醫院에서

오죽 하나 醫師의 입만 처다보고
간신히 希望의 꼬리나마 만지볼야는
不安과 焦燥에 찌푸러진
오! 빗치는 저眼光!
科學의 바탕에서 짜낸
冷酷한 宣言에
고라가는 四肢를 쓸고
힘업시 문턱을넘는
그어떤 未練에 千斤인양무거운
느러진步調
...生...死
가느다란 사?注射 하나이
방안의 무거운 空氣를
모든 나는듯.
알콜에 몸을 잡채
沈默 하나.

———————————

주 : 1940년 5월 7일 ≪만선일보≫에 게재.

異國의 달

窓틈으로 새여넘는 異國의달은
故鄕의 消息실고 날차저왓나
나날이 식어가는 내가슴처럼

그모양 쌀쌀하며 차기도하다
도라갈 期約업는 나그네 몸은
부질업는 생각인줄 잘알면서도
故鄕의 지난날을 더듬으면서
외로히 달을보고 한숨지우오

十里가 百번모여 겨우千리ㄴ데
내故鄕 그어된가 半萬里저편
銀河水 맑은물에 나루ㅅ배씌워
그리운 내故鄕을 차저가볼가

蛟河에서 舊稿秒

주: 1940년 5월 15일 ≪만선일보≫에 게재.

홍영의(洪永義) ◉

逆旅
(異域에계신님에게)

비둘기 알품은 봄이라거니
共同墓地 잔듸밭에도
할미꽃고개를 숙이엇더라.
모래 들녁에 白骨이 둥글—째도
꽃가지를 흔드느 나그네되여!
개암이쎄 입을모아 흙을 날느는날
벅국이 울고간 솔나무 밋헤안저
가만히 이마에 손을언지다
江河 구비처 훌늘적에도
거스러 올으는 나그네되여!

———————————

주 : 1940년 4월 24일 ≪만선일보≫에 게재.

밤

밤은 가만히 큰숨을쉰다
모—든 生이 잠이들다
사랑이 잠간 멈춘순간만에……
독갑이들이 꽃수레를 굴리는
쌍은 妖術을 부린다고
별들만이 속삭일쎄—

버들가지에 걸린 쪼각달만은
빙그레 웃는다...
검은 思索을휘감은 안개가
손가락창에 설이설이
개고리 개굴개굴 呪文을 외우다.
모난돌을 밟는 고기쩨들이 꾜리를치는
남쪽海峽에는
달을안고 조으는 燈台가 하나
민물나간뒤에 海女의여윈모습!
통통한 乳房을 쓰다듬으려니...
밤은 쏘하나 생각에 잠기다.
鍍金한 眞理를 어루만지며...
밤은 生命의 主宰者이다
眞理와 藝術을 사랑하는
空想家이기도하다.

____

주: 1940년 5월 1일 ≪만선일보≫에 게재.

春夢

壁에그러잇는호랑이를타고
바다도 하날도 안인데―
구름도 바람도 안인데―
휘파람 불며불며
해도업고 달도업는나라
"왜? 인제오서요?
어서 빨리 오서요!

까맛케 기다렷서요!
두팔을 벌리고 힘씃안어주서요!"
쌤에 스칠째 입까지도 밧치럿드니
팔은 이불을 안은채 멀―니
닭소래 납니다.

　　　　=살구꼿피는 날아침에=

―――――――――――――

주 : 1940년 5월 6일 ≪만선일보≫에 게재.

生苦

안개속에 무지개서고
꽃이 별처럼 피어나는
天使도 우렷다는
그神話의 언덕을넘고보면
한푸염갓흔 삶을 박쥐나래처럼 퍼덕이며...
스물세해는 괴로움속에괴로움속에
외로운 洞窟을 헤매인다

四. 二 新京에서 北原兄께

주: 1940년 4월 30일 ≪만선일보≫에 게재.

大同公園

花台의 螢舞처럼
濃艶한愛態에거즛素裝한表情
洋髮처럼 어슬핀 버들꽃헤
防腐劑 냄새 體臭처럼 풍긴다.
混濁한湖面은 구름하날까지담기여
夕暮의 들窓처럼 어스름한데
썐―드 白色塗裝은
물오리처럼 아양을썬다.
草堂의 白樺기둥은 손째가 전설처럼 뭇고

古壁의 呪術가튼 老爺는
험상궂게 午睡가 느러진다
幸福의 化身처럼 美裝한 散策群은
貯藏庫 生魚처럼 파닥인다
都心의 强烈한 呼吸이 聽診機처럼 담겨오고
休日의 굴닌마음들이 어지러운 한나즌
나는 私生兒처럼 이 公園의 疏情에 돌리며
草原의 무릅을 만지다
孤塚처럼 업디여 春愁의 베일을 쓴다.

五. 一. 龍井弘中李에게

———————————

주: 1940년 5월 4일 《만선일보》에 게재.

한해룡(韓海龍) ◉

苦憫

가슴이 타다못해 쪼각나 금이낫소
한숨을 내쑴으면 불꽂이 뒤처나오
이불길 쓰랴고마신술 불길더욱 노피오

미치듯 허전하고 머리가 터지랴오
왼종일 거리우를 사다녀도 시언찬소
목노아 울어불러도 눈물조차 안나오

냇가의 풀을뜯어 물우에 팽개치고
이 아픔 실고가라 소리처 웨치오만
말업는 그풀만 혼자서 어청어청흐르오.

六. 六. 六 씀
이글을 H에게

주 : 1940년 5월 8일 ≪만선일보≫에 게재.

龍井行

1
고개길 四十여리 오르고 나리올제
　언덕밋올망졸망 초가집 다정쿠나
　　송아지 혼자노니네 내 고향이 그립다

2

帽兒山 노픈봉에 단풍이 지럿구나
　　누르고붉은양이 꼿인듯 어여쌔롤
　　　　그미를 지내는손이 넉업시 섯구나

3

두양주 오손 도손 벼베기 자미롭다
　　아이놈 채통든채 산자리 짜르노라
　　　　이아니 밋어울소냐 복되소라 비노라

4

드노픈 하늘미테 海蘭江 가로노여
　　꿈인듯옛을안고 소리업시 흐르난다
　　　　저갈이품고예는일 뉘라알길 잇스랴

5

龍井은 옛사람이 용드레라 불럿다데
　　이쌍에 우리겨레 얼마나 울엇든고
　　　　오늘엔 남기신자최 너무역역 하외라

　　　　　一〇. 六 龍井가든길에

─────────────

주 : 1941년 2월 14일 ≪만선일보≫에 게재.

안형준(安亨浚) ◉

氣象圖

聖書의 슬픈章句를 외여도보고
濁酒 희부연液汁에 목을 추거봐도
푸른琉璃인양 意論은 맑게타올라……
枯渴한氣體숲에서 넉슬안고 몸부림치다

四海 水平線맑게 안즈면
指向업는 目標들이
떴다 짜란짓다 노닐어……
내적은 木船은
救助船도업는 밤바다에 올라
거품을 쥐여뜻는 검푸른 波濤를 타고
오—어데로가려는 信號이냐!
周圍의哭聲을들으며 노피올으니 氣象燈이하나

信號旗幅이 나붓기기도 전
佛念 잔잔한音響이 지워지기도 전—
羅針盤 指針은
氣象燈을 달고 推移되다
굵은금 가는금의 航路를 그으며
바다위에 地圖를 짜리라.

紺籃色 고—흔 바다위
青色紙 푸른 地圖위
赤 黑 青 黃 白……

色彩線이 물들기 전
單調로운境界의 地圖를 그리자!
漂泊된넉슬 깃드리자!

———————

주: 1940년 1월 10일 ≪만선일보≫에 게재.

啼鳴呪詞

其一

입술을 깨물며 깨물 두터운沈默깨여져 매마른 가지끝마다 파—
란意
欲의 血花
피여나고……
喪鳥야!
울부짓는 悲鳴이 心臟을파먹어도
오— 火焰情熱 녹아넘는 도가니속엔 病든思念이 寄痾도 곱아
—날개돗처 血海위에 맴돌아
그리운 사람아!
呪詞……정녕 弔文晉經되여 귀ㅅ전도아퍼지면
아! 내일홈 송송 혓바늘을뚤으며蒼空을 날너날너
피에저린骨 粉魂靈을 업뿌리노라.

其二

火藥먹은듯 눈알이들아!
骨髓마디마디 불꽃다일아푼 痕迹이남어
香불 들고 祭壇압페나스면 呼吸 싸—늘한 氣流에 燭불도 꺼저마음
信號燈이오르나리고……

짜아만밤 白紙로고위양이눈이되다
고—흔 悲哀야?
毒酒混濁한 液汁에醉하야
感覺이 말너—
—죽엄은업다.
太陽이病들어 내일홈
冠쓰고 가슴속墓碑를 쏘자도
喪服가시네야!
푸른湖心 젓가슴에屍體가눈써
圓舞 狂舞血官을돌아
呼詞이업서도 죽엄은업서……
呪詞 내일홈아!
血袋쏙 피가말으면墓碑는 푸른꼿
花瓣마다 血流가샘솟아! 하늘을쏘아쏘아!

주: 1940년 9월 1일 ≪만선일보≫에 게재.

리정기(李正基) ◉

夕陽

온누리를 덥든 밝음의王
아프로의情熱이

오늘도 地平線 아득히 기우러지다
마즈막 告別과 뿌리는 血淚
萬物은 젓어젓어 붉어진다
머ㅡ르니 꼬리쓰는 여위고 기이ㅡㄴ 그림자
오오 空으로 나리쏘는
저기저 火光은
이짱에 쓰다남은
情熱의 火花인가
님짜라 흘러흘러 흐르는
한줄기물결
그리움에 지처지처 여인
싸늘한내마음
殘暮의 金光마저 붉게타든다.

해는 저서 地平線아득히 숨고
黃昏은 소리업시 스며싸히는데
아아 어데서우는가?
저ㅡ 개구리 소리
이마음 아프다
傳說의 部落 홀으는 江이여!
나홀로 슬프다 傳說을

이 江가에 서서……

- S에게 주는 詩 -

주: 1940년 5월 18일 ≪만선일보≫에 게재.

蓮花湖의 黃昏

밤이 을픗이 싸혀드는곳
어두운 누리에 黃昏이 물들다
蓮花湖 넓은노을아득한 水平線에
젊은 妖精의 哀怨이 흐르나니
北邊東北數千里故國에서 이저진곳
죽은듯이 寂寞한 蓮花湖의 黃昏

어린손 무거운 鄕愁를지고
마음 간얄피 湖邊에 獨步하오
暗然한 湖邊에 孤寂이 써도니
의로운 마음이 부르는 노스타르쟈
異域에 자라난 에도란제의가슴은
오늘도 풀길업는 안타까움이어

주: 1940년 6월 25일 ≪만선일보≫에 게재.

김추영(金秋瀅) ◉

不忘草

나는 봄아닌봄
孤寂한 心田속에서
어여쁜꽂을 보앗다.

꽂은 필여고도 질려고도
하지 않고 사랑의 膳物인양
새ㅅ밝안 입술에서微笑가 흐른다.
나는 나비되어 날아가꽂에 안젓스려니
꽂은 나를 부르듯!
微風에고개짓건만
그와나는 하늘과 구름과 바다처럼
줼듯하나 너무나 멀다
사랑스러운 꽂이라 내마음에 심으고저
가슴에 넘치는情 모조리주엇더니
밉살스런 바람결이 派守兵인듯
꽂에다 주는情 못보내게 하나니
이꽂도 설어워 구슬픈 눈물인양
이슬이한방울 굴넛습니다.
애당초 쎡지못한 꽂이엇다면
차라리이대로 이저야할밤이라면
우슴주는 그꽂에 맘이나두지말걸!
未練깁흔 꽂이여
하만은 膳物中에 무엇이 원수기로
못닛는 그마음을 내게다 주고가노.

아—無心히 지고마는 情업는꼿이여
서러워울고지는 봄일흔꼿이여.

주: 1940년 4월 24일 ≪만선일보≫에 게재.

내마음의늡

내마음의 늡은언제나 沈默을사랑합니다.
숩풀들이 고개숙인 달빗어린연못처럼

내마음의 늡에서
이쑤고 연붉은꼿치 송이송이 피여올흅니다.
해쓸무렵고개드는 단조로운 蓮꼿가티도

내마음의 늡우로
貴여운 새가 날어갑니다.
봄물타고 흘너가는 구름쟝가티도

내마음의늡에서
날어가는 새의그림자를 잡으려고
물고기가 불끈쏍니다.
구름을 잡으려는 개고리모양 처럼

내마음의 늡에서
女人의 그림자는 흘러간 추억을
이쓸고옵니다.
落照어린 개울물에 돗업시

홀너가는 조희 배가티도—

　　　　　李仁尙兄의 『나무의風俗』의答

주 : 1940년 8월 3일 ≪만선일보≫에 게재.

얄루갈千里길

國境도千里로다 戀情도千里
버들피는江변에는하소도千里
어리서리구름씬 내마음은
오늘도노저어 千里길가네

江물도 千里로다 넷고장千里
꿈길에아롱저즌 배길도 千里
꼿방울에 이슬지는 내마음은
울며가는기럭짜라 千里길에 시들엇네

追憶도千里로다 未練도千里
드눕흔하늘길엔 情恨도千里
넷임의그네줄에 傷한가슴은
路쑥길千里짜라 달을걸업네

주 : 1940년 10월 27일 ≪만선일보≫에 게재.

벽

촛불이 깜박이는밤
벽은 해묵은 歷史를 진이엿듯
한폭의 째무든 望畵와함께
오늘의 傳說도 그여코
외로움의 桎梏속에서
울고 잇섯다.

벽은 이房의 온갓 슬픔과
갓티 지냇다.
벽은 이房의 온갓 極秘密과
갓티 지냇다.
들窓 이울고 내 이불속이
차거 웁든날
벽은 나와함께 임의 구슬픈은
노래도 불너주엇다
벽은 나와함께
님의얼굴을 오래 오래
默想도하고 잇섯다.

十一月

주 : 1940년 11월 8일 ≪만선일보≫에 게재.

백향(伯鄕) ◉

버들의 鄕愁

짓처진수양버들 鄕愁어린닙새
비맛는 슬픔이잇고
째로 비맛는즐거움이잇다

바람이부러 썰리는마음
먼—故鄕우물까 그립고
퍼—런 논쑤던이 그립다

잼자리한마리 날러오지안는湖畔
돌팔매쑤려던저 追憶을째트리고
홋터지는 波紋을 보라

鄕愁에醉한 그림자가 부서저
黃昏은 찰삭찰삭
銀모래에 숨어드오.

— 七月 十六日 —

주: 1940년 5월 8일 《만선일보》에 게재.

失樂의 밤都市

電線柱에 부듸치는 바람의 嗚咽이슬픈밤이다
집일은 시골의 少女가 行길 모퉁이에서울고있다.
굶은승냥이가튼 馬夫들이
합숙한 少女의 뒤방문이를 썰어갓다
刹那가 흘러간다음!
自動車"햇토라잇"의 射光이 甚하다
少女를 찾는 어머니의 소리가
멀리서들리는듯싶다
活動寫眞館의 窓門이
모다 잠거버리고―
쎌딍이 窓과 窓의 불이
하낫 둘 쩌진다
暗黑이다
大都市의 生活도 인젠
죽어가고있다.

―――――――――――

주 : 1940년 5월 22일 ≪만선일보≫에 게재.

백삼(白森) ◉

피에로의 노래

願한배 엄슴에 더 스러웁단다.
고쌀에 패랭이 퉁소 새납
이런것만이 마음에 달가워
애썻노라. 냇가로 나가노라.

願한배 엄슴에 더 스러웁단다.
마음업슨 무리 쌈-하니 살아저가업서도
애달픈 노래는 쓴일줄 몰라
국권한 가슴은 문어저가노라.
팔다리 드노라 고개를 젓노라
보는이 하나 업시도 한밤이 새이도록
춤을 추노라 어두운 냇가로 나가노라
願한배 엄슴에 더 스러웁단다.

내가업는 날
잘못을랑 탓하지 말라.
자랑일사 더욱 말라.
願한배 엄슴에 더 스러웁단다.

(典型詩集에서)

주: 1940년 10월 22일 ≪만선일보≫에 게재.

첫饗宴

한철 범나비의히한스런 꿈이엿다
호올로 부풀어 幸福하엿다

손(客)들이돌아가 허정한 廊下엔
보이는 구석마다 정다운 음성
허수헌 마음은 밋업지 못해
다시와 살피는 엠푸티·호－ㄹ

그러틋 盛하렷든 보배리운 設計도
비인컵 흐터친 자리우에
째여진 거품처럼 흐터저 갓나니

애처런 期待의 幻影을 안고
파－ㄹ하니 찔린 瞳子
가슴만 더듬어 보다
記憶만 더듬어 보다

아아 여기에
七面鳥의 이야기는 燃燒되고
空虛한 洞窟의 모습은 도라와
구겨진 愛情의 긴 旅路우에
비인 컵 그림자는 넘어지다
비인 컵 그림자는 문어지다

(≪典型詩集≫에서)

주: 1940년 10월 25일 ≪만선일보≫에 게재.

리길생(李吉生) ●

꽃장사

亡하는것일수록
아름답다
이것은 浪漫主義만의 呪文은 아니리라
松花江 풀이고
小興安의白樺에
순이 도치면
外人部隊의 시랙이통
애토란제가
가루다로 來日의 方向을 定하려는
白露
感傷과 同意語가아닐가
제손으로 쓴을수업는
生命의쇠사슬은
襤褸한 옷
거리에서 거리에서 꽂다발을 매노라
승가리는 悠久히 흐른다
亡하는것이만이
가장 아름다울것인가
亦是感傷家란말이냐
窓턱압
哈爾濱의거리에는
歷史는 悲劇의創造者다
世紀의正統에서 敗退한
한民族은

埠頭에 밀인
조히수지와가치
음참한 비가 나린다.

———————

주: 1940년 6월 7일 ≪만선일보≫에 게재.

安奉線

斷層
더듬어 싹가시워서 쓰매를 만들고
쓰매를 시처 푸른물 감아흐르며
흰白沙場
길게
山골작 품속으로 파고든다

검푸른 산등
黑松이 욱어지고
시츤듯한 闊葉樹의새순
바위틈
擲觸의피
아라비아緋緞의斑點을찍고

살구나무꼿 한폭
배레-帽의羽毛와가치희다
토치카하나
花崗巖의 완강한 皮膚
銃眼이

四方을 睥脫한다

그러나 只今은休火山
저山꼴 욱어진숩에
匪賊의 抒情이 버러지고
이銃眼이
불을 吐한것도
安奉線旅客의 懷古의한買려니

農家는 푸른煙氣에 잠기고
藍빗 옷을 입은무리
광어자루집고
火車를 치어다보는 胎蕩한포—즈

염소의 腸子가 얼마나 쑤부렁그럿는지?
山비알로
잔등으로
溪流로
安奉線의 무소줄기도
제법 제법 쑤불거린다

奉天은 어느편인가

———————————

주 : 1940년 5월 11일 《만선일보》에 게재.

박상훈(朴相勳) ◉

離鄕

情드른 내고향을 써날손가 햇건만은
만나고 헤여지고 오고가고 죽고나고
그래야 사는인생 피할길이 업서리.

내다보니 압길엔 봄안개 안타갑고
도라보니 老母少妻 목메여우는구나
마음두고 몸만가니 이아니 서러운가

靑山아 잘잇거라 綠水너도 잘잇거라
품은뜻 구든맹서 이루는 그날이면
내氣象 내潔槪를 빗내볼까 하노라.

=庚辰새봄 元山을 써나면서=

주 : 1940년 5월 2일 ≪만선일보≫에 게재.

蒼空

푸른비 나린뒤
나는 호올로 개인 하늘을 처다보나니

水晶이 이슬되여 고인듯
靑玉이 샘되여 갑은듯.

깁고 맑은 그湖心속
내 마음의 잉어는 쏘리를 치오.

空想은 水仙인양 하늘거리고
虛榮은 浮萍처럼 써도오

憂盃도 鄕愁도
홀러간 구름!

내希望의 蓮꽃속엔
明朗의 花粉만 香그럽소

푸른비 드리운뒤
나는 호올로 개인 하늘을 처다보오.

— 5. 16 淸津에서

―――――――――

주: 1940년 6월 26일 ≪만선일보≫에 게재.

한얼生 ◉

孤獨

나는 孤獨과 나라니 걸어간다
회파람 호이 호이 불며
郊外로 풀밧길의 이슬을 친다

문득 넷일이 生覺키움은—
그 時節이 조앗섯슴이라
뒷산 솔밧속에 늙은 무덤하나
밤마다 우리를 맛어 주엇지안엇더냐!

그째 우리는 單 한번도
무덤속에 무엇이 무처는 가를 알라고 해본적도 늣겨 본적도 업섯다
썩갈나무 숩에서 부헝이가 울어도 겁나지 안엇다

그무렵 나는 人生의 第一課를 질겁고 幸福한 것으로 배윗섯다
나는 孤獨과 나라니 걸어간다
하늘 놉히 短杖 홰홰 내두르며
郊外 풀밧길의 이슬을 찬다

그 날밤
星座도 곱거니와 개고리소리 유난유난 하엿다
우리는 아모런 警戒도 必要업시 金모래 구르는 淸流水에 몸을 담
것다
별안간 雷聲霹靂이 울부짓고 번개불이 어둠을 채지햇다
다음 瞬間 나는 내가 몸에 피를 흘리며 發惡햇던것을 째달엇고

내 周圍에서모든것이서 쩌나려 갓슴을 알앗다

그쌔 나는 人生의 第二課를 슬픔과 孤寂과哀愁를 배웟나니
나는 孤獨과 나라니 걸어간다
旗ㅅ폭이냥 옷자락 펄펄 날리며
郊外 풀밧길의 이슬을 찬다

絡絲娘의 잣는 실 가늘게 가늘게 풀린다

무엇이 나를 寂寞의 바다 한가온대로 쩌박지른다
나는 속절업시 부서진 배(船)쪼각인가?

나는 대고 밀린다
寂寞의 바다 그쓰트로
나는 바다ㅅ가 沙場으로 밀여 밀여 나가는 조개 썹질인가?
오! 하늘가에 홀로 팔장씨고 우ー쑥선 저ー거므리는 그림자여......

___

주: 1940년 7월 14일 ≪만선일보≫에 게재.

雪衣

雪衣는
邪念업는 꽂입피런가?
오직 神仙이 사는 東方에서는 피고
그 젊은 女人은 달을 부쓰럴만큼 玲瓏한
眞珠알을 품은 이바다가 가장 애끼여마지안는 貝類로다
眞紅金? 발가득 펴 울장에 너는 한女人이 잇도다

그는 元來 우리와 種族이 다르냐?
그의 마음은 언제나 손에 든 비단빗처럼 활활 타며잇지만
그의 넉슨 놉지도 變치도 안는 雪色의 鑛物質이러라

짐짓 그의 등뒤에 심지를 불쓴 도두고
華美한 女心을 山넘으로 훔처보는 太陽의 戀情을 나는 同情해도 좃
타.

———————

주: 1940년 7월 24일 《만선일보》에 게재.

高麗墓子(쩌우리무-스)

옛님이 지나신 발자취 그 누가 알야 속비인 古木 너는아느냐
째째 너를 차저와
쉬여가고 울다가는 저-廓公이나 아는가?
(쩌우리무-스 쩌우리무-스 내이름만이남엇다)

비 바람 모질고
흘러간 歲月의 물결 거칠어윗슴을알네라
骨蜀骨婁들이 코 골든
씌집(墓)마저 살아젓스니
무엇이 이뒤의 빈터를 마트리?
(쩌우리무-스 쩌우리무-스 네 이름만이남엇다)

分明 님 이곳에서
저물도록 씨 너흐시다
그러다 이곳 변죽을 億萬年 두고 직히리

자랑스러운 歷史의 旗幟 쏩어두고
스스로 씌집속에 몸을 숨기신지 그몃해?
(쩌우리무-스 쩌우리무-스 네 이름만이남엇다)

____

주 : 1940년 8월 7일 ≪만선일보≫에 게재.

아까시야

서리에 傷해 떨어진 제 입사귀로 발치를 뭇
고 쉴새 업시 찬바람을 吐해내는 蒼空과마주
처 죽은듯이 우쑥 선 아까시야
아무런 假飾도 虛勢도 꾸미지안은 검은몸이로다
그러나 몸에굿거니 武裝하기를 게을리아니하고
가슴패기 노란 누룸치기 몃마리 날러와가지에
머므르고 少女갓흔 맵시로 哀憐한 목소리 내여
찍-찍- 울지만그는 오직 바위갓치 鈍感하다

旣往 萬年을 足히살어왔고
將次 億年을!
將次 億年을 더살리라는듯
둔덕위의 錚錚한 아까시야 한그루 時空을 해
집고 그한목관에서서 生과 歷史를오늘도 어제도諦念하다.

____

주 : 1940년 11월 21일 ≪만선일보≫에 게재.

김춘하(金春霞) ●

슬픈 그림

마음은 째안인 落葉이 문허저 시름찬 늡(池)가
병든달을 조심성나쑤는 슲흔그림이사는—

모를구름이 안인智性을배워 푸른時間을 할터갓고
아실아실 내(煙)가튼 노래는 하늘박그로 넘었노라

인제는 주지비든녁시 차거운 縮圖에살기 厭症이생겨
한오큼 마음은 끚업는 모래에 고이붓고 잇스리라

차라리 파—란 압새길을 총총히 밤새걸어간
걸어간 그어느날 박쏫가튼 초농불의 한마음을찾으리—

　　　　　　— 庚辰三月廿七日

주: 1940년 7월 26일 ≪민선일보≫에 게재.

뒷길로감이조타

차거이만왔고 차거이만 산다는 너는—
어느窒息이 곤히몰아내인 骸骨이드뇨

질팍이도 살은 慾望이 매양갈으첫다는 이나라 이거리도
독한 거짓을마인 시름시름이 머물거니—지거니

온길 임이 비린길에 선가실 그림자는 선가시
도 불으지마라
인제 무거운밤은 주린思念에 움힘임을 이즈리니

뒷길로감이조타 느진 거름만이 가만이 쉬임수잇는—
별하나 조용히 내림직한 뒤길로 감이조타

— 庚辰五月十六日

주: 1940년 7월 31일 ≪만선일보≫에 게재.

季節三題

遼東들 南北길을 千里萬里헤매고
한쪼각 門牌조차 남겨놋치못한채
白髮은 어델기자고 길만재촉하는고?

綠陰에 쌈드린것 어제런가햇더니
어느듯 落葉되어 人馬에게 밟히네
塵世도 저리할것을 다퉈무삼하리요

이저도 못잇는일 마신다고 이즈며
마시어 이런마음 안마시고어이하리
이제사 쓰나달거나 술과가치늙으리라

주: 1941년 11월 21일 ≪만선일보≫에 게재.

새하늘

함부로 날수업는
찬란한 하늘이기에
조와 쌀을 별을 마시고
오래 눈을 감은것이엇다

숫한 배암을 키윗다는
쌈안 숨통은
너무나 쌈안 이야기

붉은 손벽으로
뒤ㅅ길을 가리우는
슬푼꿈을 멀리하는것은
그것은 오히려 새로운것

돌포장을 거두고
겹겹돌포장을 거두고
아름다운 아츰과 입마추는것이......

새하늘에 날아 다시날아
고흔 무지개속에 무지개속에
오래 눈을 감는것이엇다

주: 1942년 4월 13일 ≪만선일보≫에 게재.

이야기

감이 검은피를
기우려마신이야기도밤이패서
별내음새 뒤서려
하이야케 얼어부튼 입설
불길한이야기 내내물어쓰더
찬란한 비반서길에
눈감은 하늘을 시괴엿다

영영 배고픈 호흡이
바람을 짜르는어름길이기에
우숨이 화려한 태양을물고
벌판에 딩군다 딩굴어......

검은이벼슬을 뱃장미테키워
이야기 쩌질 밤이라면

숫한 피를 모하
피리처럼 모하 웃으리

주: 1942년 4월 30일 ≪만선일보≫에 게재.

밤

푸른 물구비
푸른 물구비 먹이들이

숨통을 깨무는 새파란 고함소리

밤마다 검은 안개를 쓺는밤마다
한겁 검게만 물드는 나의하늘

손길을 저으면
손길에 무더오는 어두운
소리 소리

케케묵은 내음새
괴괴이 쩌도는 추접은 공간은
나의 적은 태양이
나와 더부러 살어지는곳

가끔 얼어부틀 골목길을
나와 등불은
나와 등불은
단하나 심장을 진이엿거니

그지 싱싱한 돌문이 내려질 밤이라면
나는 달을 삼킨채
말도 이즌채
이대로 미처서 히히웃어도 조흐리

주: 1942년 6월 1일 ≪만선일보≫에 게재.

김악(金嶽) ●

怒髮

멋개의 齒車가 휘돌째 마다
薔薇는 하찬을 光彩를 일엇다
갓가운 거리 거리로 붉은 建築은
憂鬱한채 空間으로 씰으고
戰場도 안인대 無數한방울이 焰裂한다
대낫이면 발자욱을 댈째 마다
鮮姸한 思惟가 무더올낫다
더먼大陸으로 가면 뎃드마스크의 거센
行列이 빗난다
傳統의 뒷 가슬엔
노－란 種族이 밤새도록 슬피 울엇다
間斷업시 안곽한 가슴속으로
火焰이 타 올은다
붉은 머리 카락
휘둘으며 휘둘으며 끗내 大陸을 가르킨다

————————————

주: 1940년 8월 31일 ≪만선일보≫에 게재.

青猫의 노래

褪色한 季節속에 내 몸은 빗난다
茂盛한 풀닙속으로 내 얼골은 사라진다

하나이 季節과 한닙의 풀닙속으로 조고만 童骸가 된다.

피여올으는 薔薇로하야 붉은 熱을 알른다

微風업는 대낮이면 검은 枯渴에운다

내 눈시울은 넓-다란 鄕愁의 바다
한방울의 눈물에도 어릴적 모습이 어ㄹㅜㄴ다.

色彩업는 原始林은 내 잔등에 물든다.

붉은 太陽은내 視野속으로
새 하야히 바래워간다

훗날리는 落葉 멀-이나는 달린다.

———————————

주: 1940년 9월 8일 ≪만선일보≫에 게재.

림백호(林白虎) ◉

氷河

마음은 차다─ㄴ스리얼어부틀氷河
그밋설레이는 深淵이 가로노혀
밤낫으로 아우성 가슴을 짜리다.
갈매기도 珊瑚도 조갑지도
하늘에 노니기전 窒息하다.
하얀한 太陽 아래
얼골은 준은 미이라
녹을줄몰으는 판장밋테서
나의배는 둥그런히 가라안는다.
왜 말도업시 흘러갓느냐
왜 말도업시 上陸햇느냐
한낫 燈臺도 업는距離에서가슴속
웅얼대는 밀물소리 드르며 살어가거니
지새면 蒼空만이 드노플世紀가노혀
써질줄 몰으는 年輪이백힌 나의 氷河여!

주: 1940년 12월 19일 ≪만선일보≫에 게재.

淑

직힘 구렁이가 짜바리를 튼다는 瓦家이
엇나이다

祖父는 虎皮 마고자
기ー∟ 설대장죽이 玉재터리를 두다리고…

女人의 우슴이 大廳을 넘으면 亡헌다기
언제나 죄고만 蓮堂이 宇宙이엿고
孔子는 嚴해 오라버니와도 마주안쓸 못해서…

倫理뒤에 붉은댕기 자라서 갸웃거려도
바늘이 纖手를 찔으면 숫菊이 우럿나이다

가금 각담위로 넘겨다보는 선비의 얼골은커서

가슴은 울렁거려도 입은 구지다든 벙어리ー

『상놈은 마대』라고
선비 쩌난 소문 귓결을 짜려도
다시한번 가을달을 삼키고 가슴이 메여젓거늘

시름만흔 염랑을 쌔매
孔子짜라 孔子짜라 시즙간 그후
사나운 傳說만이 욱어진 몽성한 日月은 가고

淑이 앳되게 예웨 죽어가는 어느밤
호롱ㅅ불에 씨르라미 흐느껴 울어
검은밤에 달겨든나는 상사구렁이
상사구렁이

———————————

주: 1941년 1월 10일 《만선일보》에 게재.

귀여운 꿈

새장에갓쳐 강영에 매달인
아름다운 종달새는
푸른 하날 바라보면
파란꿈을 꿈니다

엇저녁 잡아너흔
창포밧 씨르라미는
엄아한 벌레장에서
단이슬이 먹고파
하얀꿈을 꿈니다

들창에 기대여서
하날만 치여다 보며
중얼거리는 귀여운 동생은
온아츰 날리간 비행기보고
저도 비행사 되겟노라
빨간 꿈을 꿈니다

———————

주: 1941년 2월 14일 《만선일보》에 게재.

梟

나의 魂靈 서러운 梟야—
구슬픈 가을밤이면 가지안켓느냐.
실루—엔과 실루—엔을 밟으며

人蹟도 업는 갈부던으로 가지안켓느냐.

달밤 능화우에서 嗚咽하는 胡豪
썩입을 밟고우는 虛無로운 哀狐
먹을사록 배곱플 鄕愁를 마히며
오로지 점잔흔 梟 우리 가지안켓느냐.

나의 魂靈 외로운 梟야ー
네가 안타싸운 伴侶를 부르든 물리치든
久遠한 愛情의 飢餓에 허기짐을 나는안다.

呪咀롭도록은 發狂하는 心思를 나는 안다.
愛情이 親友를 嚴擊 하는날은
憎惡가 누쌀을 쌔여먹는 날은
얼마나 얼마나 슬픈 일이겟느냐.
얼마안되는 風景을 追憶을 다듬으며
우리는 우리의 파노라마를 달래이지안켓느냐.

우리는 우리를 派守히면서 실컨 울어보지안켓느냐.
부헝 부헝 참을수업는 不平을울어보지 안켓느냐.

주: 1941년 2월 15일 ≪만선일보≫에 게재.

鸚鵡

쏘잘거리는 버릇을 배운것은
確實이 아람찬 悲劇이엿다.

하로종일 지저귀고 나면
의레 일허지는 무엇이 잇서

만저보고 쏘집어 보와야
갓출건 다 갓추엇건만

나의 자랑하고 거느리는 知性이
몸에 테두리를 씨운것을 깨달은 저녁

지친 叡智가 앳되게 몸에 서려
넉두리하는 외로운 넉이 잇다.

항상 나를 써날줄 몰으는
내 가여운 그림자와 마주안저……

외로움이 肉重하게 앙겨드는데
한사코 가벼워만지는 體重이 설쑤나.

———————————

주 : 1941년 8월 27일 《만선일보》에 게재.

石佛

함추룩이 감증년
옛날을 쌉으시나

자—ㄹ 잘 잘
銀裝刀

샙파란 銀裝刀 쓰을며
花郎 오시는가부이
『그만 구지 다든
사립門을 여올세나!』

阿也 만우세야
오한이 솟는 劍舞에
붉은피 쏘루룩 吐血하며
고깔을 염여쓴 哀妓 氣絶하데

맑디맑은 胡蘆 부어
도─○ 동 聯珠詩
竹帛에 豪唱 하시려나

열한 피 복가올라
짜스한 體溫 아리잠직
아리숭 아리숭 魂靈이여!

슬픈 金冠이 이고십나
燦爛한 멘두 얼고십나

『이제그만 툭툭 터시고
錦衣還鄕 하시게나!』

주: 1941년 3월 8일 ≪만선일보≫에 게재.

각씨

풀각씨 머리빗겨 소꼽노리 하든채로
羅衫 족도리 金鳳釵 臙脂찍고 가마타고 왔고나

체-네란 아장스런 이름 버리고
새아기라 불리울게 부끄러워 부끄러워
숙어진 蛾眉

羅衫이 무겁다.
족도리가 무겁다.
金鳳釵가 무겁다.

기꺼워야할 가슴, 무엇에 복개누?
꼭감 대추 노와도 서럽다.
괴임썩 약과 나조반 노와도 서럽다.

삼을 삼고 질쑤 냉이고 씀새 염이고
시부모 시집사리 까다로운 예모 뵈이며 자랏다.

시어머니 극썽스러워시누이 극썽스러워
琴瑟이 갈린 祖母이며 예쁜이 어멈……
아당찰 新房과 보도못한 新郎무서워파-라케 질럿지

紅裳을 척여주며 위해줘두 타일러 주어두
씨워진 족도리마냥 서러워 서러워……
그머리 七寶五色이램두 가슴에 무서움이 안겨
웃도 못하는 이고장 나어린 각씨
羅衫이 運命처럼은 대견하니 무서워

屏風에 그린닭 하마 홰를칠날 잇슬때싸진 서럽지 서럽지.

———————

주: 1941년 3월 14일 ≪만선일보≫에 게재.

山울림

나의 詩는 孤獨한 山울림이다

巷間의 絕望이 뭉치여 쏘다노흔
서럽도록 가엽슨 山울림이다

외로울째 울쩡이 도들때 독수리처럼
정수리에 날러와 울부짓는 山울림이다

眼下에 티끌이 업다고 해도
올여다 보는 茫漠한 하늘아

부질업는 悔恨도 업슬듯 하다만은
줄곳 蒼空을 徘徊하는 서름을 아느냐?

달래는 자장가가 高孤해도
넘우나 淸澄한 어머니야!

『어디 두고보자』
『어디 두고보자!』
永遠한 白痴처럼 되곱는애달픈 품아!

이마음 그만은 안다고해도
그래서만 조흔것이랴?

이제그만 닷고도십흔 나의 山울림―

울어보아라!
우서보아라!

———————

주: 1941년 12월 4일 ≪만선일보≫에 게재.

木馬

다만 明澄을 바래는 거울의 鄕愁
티씁만한 汚點에두
마음이 달뜬다

어느 哲學에
나의 깃은 잇느냐?

太陽이 빗긴 世界에는
어나곳에나 黑點이 잇드라

廻轉木馬를 타고
敗北이 陳列된 거리를

아로삭인 推移와 風蝕을 보며
木馬는 노새처럼 울고간다

오—나의 울썽이돗는 쎈트해레나

주: 1941년 12월 5일 ≪만선일보≫에 게재.

啄木鳥

하늘을 보는일이 업다
啄木鳥는 몸이 고와두
마음을 쏫는다
슬픈 年輪만이 휘감긴 古木이
서정귀를 쏫는다

홑구멍에 肺菌처럼 욱실거리는
버러지 아픈 버러지……
쏙 쏙 쏘르륵 孤寂한 소리
가슴에 도라드는 소리
이날해도 헛되이 그므는도다

달래줄이 업느냐? 그리운손아
몸이 고와서 차라리 서러운지고

밤이 오면 푸두둥 날러가거라
運命가튼 애린 가슴을 두다리며……
주뎅이가 무데라 주뎅이가 무데라

啄木鳥는 도시
하늘을 보는일이 업다.

주: 1941년 12월 6일 ≪만선일보≫에 게재.

장응두(張應斗) ◉

피에로

몸은 辱된거리에서 陰雨를맛즈나
心理는 매양 물가치 조찰할랴는 意慾.

不義를 배아터 버리고 남음이 업스되
속속드리 쇠어만 가는 純情.
너와 너는—
그뉘는—
墳墓처럼 제제금 외로히도 살어가드니

거센 아라비아의 말굽으로
자근 자근 짓밟힌 花園인양.
푸른 하늘과 붉은 太陽을 쩌 바덧서도
외로히 슬프게만 살어가는
나는 『피에로』란다.
언제나 도라 오랴
오 언제나 도라오랴 나의 나달이여!
헛되인 쑴 永遠히 銀河에 깃드린 쑴이더뇨.

— 柳致環兄에게 —

주: 1940년 12월 25일 ≪만선일보≫에 게재.

苦情

壁 한겹 넘어로 푸른 하늘이 걸렷대서
내 무슨 기쁨이리오

흙으로 싸흔 마루길래
지지리 닷는 迫害에
嘆恨하는 눈물이리오

자리 허술하야
無顯한 덴둥이기에
이는 남몰래 자라는 다른 心性일리니

지난 슬기의 꿈이 榮華의 冷灰를 零零히 밟고섯다기로
내 속속은 이리도 서러우랴.
왼갓 재災이 나를 이쓸되 이는—
내 周謀의 處方을 이바지하는 於理이매
어찌 내 嚴然한 正色을 일흐리오.
왼갓 陰謀와 虛爲가 秋霜가치 서리어
내 身邊을 노리기로
나는 오로지 歲月이 가진 한토막 時間이리라.

— 柳致環兄에게 —

주: 1940년 12월 31일 ≪만선일보≫에 게재.

리향엽(李香葉) ●

멀구다래

奶道山 멀구다래 싸마케열면
이골작 숫처녀들 들떠만난다
산말낭 타기는 제조하타고
발길이 멀다고 핑계만한다

얼골이 쌈다고 험보랴든가
멀구를 싸먹고 썹어나젓지
열일곱 처녀라고 말조차업다
피리만 들려와도 가슴만쒸네

멀구는 奶道山 멀구를찾고
며누린 멀구장수 쌀을삼으요
맘조하 주는멀구 그저나먹고
연지분 얼레빗 날사다주오

주: 1941년 1월 11일 ≪만선일보≫에 게재.

豆滿江이 풀리면

三冬節 어러맥힌 豆滿江물은
東南風 비바람에 설설다녹고
수집은 이마을 處女의맘은

진달내 필째면 제먼저핀다.

역거서 달아맨 쩨목의줄은
바람만 부드처도 끈어지것만
연약한 處女가슴 매저둔정은
꿈인들 이즐소냐 끈여질소냐.

兩千里 구비구비 흘으는물은
내갈길 港口라서 실어만가도
단봇짐 쑤려들고 내다른處女
뉘볼랴 離別고개 넘어서가나.

———————————

주: 1941년 1월 18일 ≪만선일보≫에 게재.

江이얼기전에

구진비 쑤린날도 바람을바더
살네물 구비물에 쩨목을타고
새벽달 바라보며 노젓고가는
우리네 歲月이야 물에서半年

버들밧 숨속을 찌고흐르는
豆滿江 뱃사공은 간곳업건만
江언덕 옛집에는 물방아소리
쿵덕쿵 잘도난다 물결도운다

이江이 얼고보면 못가는筏夫

三冬을 어드메서 묵어날소냐
슬어온 落葉長松 쎄목을달고
가야할 물결은 兩千里라오.

주 : 1941년 11월 6일 ≪만선일보≫에 게재.

김성(金星) ◉

北風夜

曠漠한 地點으로 사나운 氣熖을 吐하는 北風!
異端者의 怪跡처럼 窓넘에 高喊 高喊 울
여오면 머언 記憶속에 차거로히 가라안즌 옛날이 그리워...
季節을 등진 生理속! 하나 두울 심어진 풀쑤리!
溫床속 파아란 싹슬 軍伐소리 울리며 가누나!

팔을 버려한아름 쌔근히 안아 보아도 안아보아도
손아귀 벌도록 한줌 움켜쥐엇다 홀여버린 모래알과 갓흔 꿈!
꿈! 꿈! 世月과 靑春이 한쩌번에 벌쩨갓치 울며갓다
아아 山岳을 우러러 바쓸만한 太陽 하나업서
도地脈을 훌는 零下 三十度의 北風夜는 마음날카로워......
저럿타시 山울림! 내소리가 還元 함일가?
이럿타시 溫床속! 내소리가 귀여움일가?
애야! 둥불일랑 가리고서 어서 귀여운 손님을마저 디리렴!
내사! 정말 내사! 後日에랑 섭다안코 꿈을
안어 庭園을 꾸미리라! 꿈을안어 庭園을 꾸미리라!

　　　　　　　　　— 庚辰十二月十日 於北螞塘

주: 1941년 1월 19일 ≪만선일보≫에 게재.

大地

北方 니―ㅇ닝바람은 歷史를 쓰고
歷史의 실개천 내물을 짤아
나는 오날도 오르락 나리락
江가에서 휘파람 불다

휘파람 멀미나는 고장에
내 사랑하는 族屬들은
오날도 돌 팔매질처서
필연코 일어나는 旋律을 보고말리라

旋律이 커지면 커질사록
旋律이 자지면 자질사록

北方 니―ㅇ 닝 바람은 歷史를쓰고
歷史를 쓰는곳 실개천 냇물도 커지리라
실개천 냇물이 커지여 合致되는 고장에
실개천 냇물을 짤아짤아 大海로 가듯―
정녕 사람들도 이러케 合致 되여저
功能이 提供한 北方 니―ㅇ 닝 大地의
歷史를 쓰리라

北方 니―ㅇ 닝 大地는 疲困할지몰은다
北方 니―ㅇ 닝 大地는 擴大鏡처럼 系圖가 잇다
北方 니―ㅇ 닝 大地는 永遠에서 永遠
으로 出發한다
北方 니―ㅇ 닝 大地는 綠色草原우!
旗幅이 남실거린다.

―――――――――

주: 1941년 11월 20일 ≪만선일보≫에 게재.

平原

풀은 草原길은 훗터지고
훗 날리는 바람! 바람!
바람은 "아웃사이"를 불으며
저-리 해오래비 잠을 깨우오

江물은 흘러흘러 몃億萬年
永劫의 歷史를 쓰며
쏴! 쏴! 물결소리!
저-리 흘러가고 흘러오고-

귀에도 瀝瀝이 들리노니 물결소리!
바람도 실어보내노니 가-느다란회파람소리!
丘陵우에 놉다라케 올라서서
四方을 바라노라면 끗업는 벌판에 傳說은
오락가락

주: 1941년 12월 9일 ≪만선일보≫에 게재.

별빗

絢爛한 추녀미테 꼿별이 수미여
꼿 바티냥 아는 北風은 닝닝
꿀벌(蜜蜂)처럼 왱왱거리는 저-소리 스러워-

意志가 바솨지도록 마음다저먹어

칼로 어이리까?
말로 어이리까?

點點이 情景저 흘르는 譜表—
기쁨은 수미여도 기쁨은 수미여도
슬픔은 나는 벌(蜂)!
絢爛이여 華麗여 憧憬이여
美여
醜惡한 말말이 妖邪스러워도
間間이 情景저 흘르는 별빗(星光)—

———————————

주: 1941년 12월 30일 《만선일보》에 게재.

채백홍(蔡白虹) ◉

북쪽

단장이 하도 겹겹히 문허진 구름이
밤내 얼어부튼 북쪽하늘

노래는 이저도 거름탈 고개만 잇서
해가고 캄캄히 눈감아 사라질 고개 여러고개

돌배나무 그늘이 무성한 두멧골
무덤바테 줄을친 외길은
혹게 송장을 노리는 북쪽길

북쪽은 북쪽은
북두성 그림자를 차거이 밟는마을
모래는 업서도 사막의길이 열린
푸른밤 별들이 못가에 흘러 발을뭇는 밤에도

칠성널이 만하 자랑인 토막에서 늙은 계집은
우물속 차돌가튼 얼골만 우섯다.

庚辰十一. 二一

주 : 1941년 2월 12일 ≪만선일보≫에 게재.

세살네살

곳도 곳닙이 업서도
곳숩에 입술을대어 쓸갓튼
세살 네살 지난 그림자
마음에 머리를 내미는 해다

쎼―쓰갓치빗친말
주름싸인 할아버지 화화롭은 기리한말에
밤마다 밤을 직혀 귀를 무든날은
피여난 노래를 곱게만 썩든 날이엿고

억지로 억지로
등잔불에 우슴을 태우는뭇밤
쑤리 쑤리에서 튀여나는
여러 날개를문 내마음은
화살갓치 여러 날개 그늘속에
눈감아 진다

二月二十七日

주: 1941년 3월 22일 《만선일보》에 게재.

리순보(李順輔) ◉

初雪

눈이 나린다
하나식 둘식—
거무수루한地球의마음을
소리도 업시 하야케 덥흐려한다.

이놈아!
妖艶의우슴이 그다지도 아름다우며
百萬長者의夏服이 그다지도 純潔트냐.

오—힌눈
싸이고또싸혀 數尺이나싸히면
나는 그속에헤치고들어가 활개를펴고누으리라
萬若
天使의힌옷을 찌저내려보내는것이라면 내마음
저—속의 오래묵은째와쌉이째끗이 시처질까하야……
지나간날의 헛되고 헛된생각이 고이고이 살아질까하야……
일은아침窓박게
펄 펄 눈은난다.
人家업는 曠野의 씃업는길을
졸아맨 보ㅅ짐에 나리는눈을털며털어
어린아이를 가운데세우고
발거름을 재촉하는 나그네도잇스리라.

— 一〇. 二四食前 —

주: 1940년 10월 30일 ≪만선일보≫에 게재.

섯달 금음밤

이밤이 새면 우리누이동생의 설이 다시옵니다
(北風을 기다리며 떨고잇는 서리마즌 枯木가튼 설이)

퉁! 탕! 탕! 탕! 쌜딩 쌜딩을 울리며 間斷업시터
지는 爆竹소리가 故鄕에서 온 내親舊를 놀내게합
니다 (아 ―ㅅ다 나는 匪賊이나 襲擊해 오는줄알엇
씌이라)

『福』『禧』라고쓴 밝안종이를 大門에다 조롱조롱부
친집 아가씨는 오늘밤 무슨꿈을 꾸는지요 (라ㅅ팔
을 불리우고 시집가는 꿈을꾸릿가)

오늘밤에 잠자면 눈섭이 센다고 속여주면 어머니
무릅에안저 자미업는 이얘기만하는 어른들의 입만
처다보다가는 그만 졸고말든 우리누이동생도 어느
듯 싀집갈째가 되엿습니다. (우리누이동생이 싀집을
가면 우리동생의 설도 누이짜라가야만 한답니다)

탕! 탕! 퉁! 탕! 오늘 섯달금은날밤은 깁허만가는
데 요란한 爆竹소리는 그치지 안습니다
아마 이맘째쯤 故鄕우리집 火爐에서는 툭 툭 짝탁
군밤이 튀기고 잇슬것이외다 (우리누이동생이
홀홀불며 썹지를 까노라고 한창이겟습니다)

주 : 1941년 2월 13일 ≪만선일보≫에 게재.

허리복(許利福) ◉

나의 국화

별이찌 수업시 날아드는 밤은
글방문 제치고 국화술 마인다
—너 족보 노파 거룩하뇨
—너 등이 매워 향기로우뇨—

싸락 싸락 첫눈이 내리시면
발벗고 한송이씩 쓰더 모힌다
—널 이름이 빗나 이싸르노
—널 절개 구더 국화라 부르노—

풍설 날리는 겨울 한밤은
국화솜 베개 노프게 베고
—그윽한 향기속에 길에 누어
—수천년 묵은 이야기 더듬는다

주: 1941년 11월 13일 《만선일보》에 게재.
　　제2행 《글방눈》은 《글방문》의 오식인것 같다.

나의 노래

새벽 먹은 나의 노래다
묘지 마다 양귀비꽃피워
불빛 원한 바래우고

여우 배암인 벌 세우자
양지로 양지로
노루 사슴 토끼 산양모하
어진 애기만 역그려다
측 넌추리 양 벗고
이쌀나문양 놉흐려다
슬프면 통곡도 하리라
묏도얏 이리 곰 호랑일랑 길러
날내고 사나울수록 엇다 잇다
항상 먼 조상과 더부러 더부러

나의 노래의 족보는
청기왓장에 그린 활촉
난 호적 버린 꾀꼬리가 실타

귀밀쩍 차리고 목기 쑤다려
지신제 축문을 전등이란다

나의 노래 날 짤어
비수 품어 미더운 아츰이다.

———————————

주 : 1942년 12월 15일 ≪만선일보≫에 게재.

리성홍(李聖洪) ◉

눈썰매

北風아 불지마라 해는점은데
놉흔山 얏튼고개 눈날리누나
썰매를 달고가는 나귀도추어
목매처 우는꼴이 애처로웁다.

오늘도 七十里 날이점은데
갈곳이 어데메냐 아득도하다
가도가도 끗업는 地平線넘어
나그내의 서러운 밤만깁구나

언하날 찬달을 혼자바라며
달리는 썰매방울 사라지고요
고개고개 넘어가는 나그내길은
외로운 등불만 바람에진다

　　　　　　　一二. 一八

주: 1941년 1월 16일 ≪만선일보≫에 게재.

봄이오면

奶道山 쏙댁이 눈다녹고
松花江 언덕에 새싹이트면

방아재 넘어가며 멀구싸먹든
任順이 차저 이사를와요

눈가린 노새는 연자망돌고
씨누도 올키도 가마니짜는
이마을 살림사리 정부치는데
千里가 멀다고 못올리잇소

간움에 갈아둔 기름진바테
감자를 심그든 木花도심소
開墾한 水田에 벼잘되면
올해가 가기전에 成禮하려오.

───────────────

주 : 1942년 3월 9일 ≪만선일보≫에 게재.

桃花흘을새

눈녹은 松花江에 물이불으면
지리한 三冬에 시드른筏夫도
白頭山 落落長松 쎗목을타고
江바람 등을지고 잘도달리네

작년에 새로온 江陵집술집
土城밋 실버들에 새싹이트고
이슬진 살구꼬치 활작피며는
밧갈든 내맘조차 왜이리타나

이봄이 가기전에 들일도만허
열두집 살림사리 밧만맬테냐
江가에 열흘가리 봄물을잡고
모판을 달울째도 이봄이란다.

주: 1942년 4월 20일 ≪만선일보≫에 게재.

이당(夷堂) ◉

눈

壽衣가 그리운 날
아츰 고요히
눈이 내리네

無數한 흰것이
千里 萬里 박긴양

아득한 展望이
맥힌듯이 씃업는
내 不安과도 갓다.

주 : 1942년 2월 5일 《만선일보》에 게재.

움

설레는마음을 가러안치려
일은아츰
窓門을 열엇소
봄
부드러운 空氣
푹은한 흙내가 잇소

宇宙는 고요한듯이음트고
空間은 움즈길듯이 멀어
나는
나좃차 이젓소
나를이즌 마음은
深山古刹인양
설레는것도 업소
괴로움도업소

나는 멀거니 時間을잇고
久遠속에 사러지오

주: 1942년 4월 6일 ≪만선일보≫에 게재.

김경락(金京洛) ◉

아침

누으런해
그에 금빗나래로
잠든마을 어두운두던
차거운강물을 죄–다빗칠째다
뒷창문이 열리고
힌수염난 할아버지 주름잡힌얼골이나오고
양은 댓통이 햇볏테번적거리는아침
부억문이열리고 어린밋며누리에
잠안샌 더벅머리얼골이나오고
사랑에서쎗군 젓쩨기시아즈비 울음소리와
시어머니에 유순한목소리가 새여나오는아침
이윽고 오양간에 더운김나는
콩을누어쓰린 여물함지가 나올째
아츰은 훨신밝앗슬째다

주 : 1941년 11월 12일 ≪만선일보≫에 게재.

모아둔 생각

양지쪽짜스한곳 눈녹듯
四年前봄날
算術問題와 口頭試驗 걱정

으로 꽉찬좁은가슴을안고
龍井으로오든째가 그리워
진다
한업시 그리워진다

나어린一學年生이 二學年이된다고
좁은궁둥이를쎗쑥대며 거
리로다니는것을보면 참아
이校庭을못써나겟다
一學年쩍이그리워서 지나
간날이그리워서

體操先生의 부릅쓴눈은
소름이끼치도록무서웟고
實習時間에 삽자루쥐기는
을시년스럽기도 하더니
代數時間에小說을보다 왼
쪽귓째기를 다섯손까락자
리가ㅣ게 어더마진것도안
탁까이 그리워진다 못견
디게그리워진다
時間마다 時間마다 先生
님의책망드른것이 타이르
든것이
째무든校服 쌈쌈이들여백
엿슬것이라
나는이귀여운制服을 버서
야되나 정령버서야되나

나의안젓던걸상은 뒷날
에 나의體溫을그리려할것
이지
나의손에쥐엿든 三德鍬는
明春에 어는밧고랑을매려노……
그째는 나의손째를 그리려하리라
나는어데서 너를그리려할지……

———————

주 : 1941년 12월 24일 ≪만선일보≫에 게재.

가을밤

오-ㄴ天地는 바다인냥고요히잠들고
별들은 게집애에눈동자가치 날카로이쌈빡인다

가을밤 귀쓰라미 방정맛게우는밤
귀염성잇는 언늠이달만이
싯업는 나그네길을게속한다

가여운달-오작추울랴구
幸福에달-오작 自由스러울랴구

나도달이엿드라면
달이나되엿드라면-

———————

주 : 1941년 12월 10일 ≪만선일보≫에 게재.

박천석(朴千石) ◉

해바라기

너는 浪漫을 꿈꾸는 한여름의 女人이엇다
蒼茫한 大空을 그리는 네 情熱은
淸楚한 치마자락과
노―라케 얽은 얼골에 넘치고 넘치다
蒼空千里길을
倦怠를털고 悲哀를 삭이며 오르나리는
그대 입김에 완전히 얼어부튼
해바라기
그대는 네 해맑은微笑에서
疲困한 鄕愁를차저
妖艶한 薰香우에 黃昏을 던지다
짝짜구리처럼 네가슴을 파고드는
悔恨! 悔恨!

주: 1941년 12월 3일 ≪만선일보≫에 게재.

눈나리는날

힌눈 聖林에 돌아 맴돌아
컴컴한 老松을 나려덥는다
차거이 호홉짓는 돌담에
새하얀 이끼

回想이 搖籃속에 기피잠자다
내마음가치 하이얀 벌판
오즉 追憶에 어두운 내가슴의窓을
한층더 透明케한다
접접이 눈싸인 외거풀벽을
힘업는쌀로
밀어 제처 보는날
눈은나려 나려싸이여
쏘다시 새로히나려 싸이여!

─────────────

주: 1941년 12월 17일 ≪만선일보≫에 게재.

조연현(趙演鉉) ◉

都會의 生理

거리를것는다 孤獨한나날
에배운나의習性이웨다 찌
저진구두! 찌저진옷 찌저
진마음! 나는이름도업는
詩人이웨다 그리고 거리
여! 너는언제나 "콩쿠리
드"처럼 차거웁다

魚族처럼헤염치는 女人들
은 新刊書와가튼愛情을가
지게도하나 凡庸한 내수
물둘의靑春이머리를들면記
憶은무서웁게꾸짓는다 아
푼마음!

追憶은 항시片紙처럼"포
스트"에 썬저버려도 筏箋
을달고 가슴속에 뒤도라
와잇서 나는그것이 잇처
지도록 일하고십다 農夫
처럼……

驛! 어느새 待合室의쪼각
진 "쩌스"에안자머ㅡㄴ

旅程의날을計算해본다 어
제도 오날도 이거리를逃
亡할陰謀를길여왓다만...롱
속에잽핀 앵무보다 더욱
슬푸게都會의生理속에 잽
펴잇는니여!

                    - 二六〇一. 十. 十六 -

───────────────

주: 1941년 11월 12일 ≪만선일보≫에 게재.

小夜譜

소리업시 쏘다지는 어둠처럼
소리업시 쏘다지는 웨로움이잇서도
나는 슬푸지 안흐련다

쏘ㅡㄱ쥐여보면
샘처럼솟는힘!
나는 해바라기처럼 安睹하며나를밋는다

문허진 『이니시알』의遺言을
地圖 쏘각인냥 주서 부치면
차저가는 나라의 죄고만羅針盤도되리
푸른銀河水의 『제스추어』가
現實의 무서운 陷井이래도
나는 基督처럼 怯내지안흐리라

다음날
가장 아름다운 靈魂의 誕生을위하야
어둠처럼쏘다지는웨로움에지지안흐리라

주: 1941년 12월 3일 ≪만선일보≫에 게재.

로월(蘆月) ◉

憂鬱의 밤

相思에 깁픈마음
罪라구 하오리까?
오리라 밋은마음
어리석다 하오리까?
사랑도 病이온지
잠못이뤄 지느뇨?

西窓에 달기우러
밤도임이 三更인대
구타여 不如歸는
목노아 슬피우러
千里박 님그린나를
더욱 울여주느니

눈감어 이즈려고
불쓰고 누으오니
누음도 罪오리까
갑갑症 더甚키로
불켜고 이러안저
님오실날 헤이오

五. 二밤. 못온단글을밧고 綠陰짓터
가는 南方에서 惠華에게!

주: 1940년 6월 4일 ≪만선일보≫에 게재.

밤엿장수

엿장수 엿장수 밤엿장수
쟁강쟁강 가위소리 내며
우리집 문아플 지내간다
고추양념에 밤엿사려 —
길게빼느리며 지내간다
가위소리만남기고 간다

엿장수 엿장수 밤엿장수
내가먹고픈 엿한궤지고
가위소리 쟁강그리면서
어둠컴컴한 골목길돌아
밤엿사려 — 소리남기고
지내간다 지내가버린다

엿장수 엿장수 밤엿장수
캄캄한 골목길 돌고돌아
우리집 아풀 쏘차저온다
쟁강쟁강 가위소리 내며
한가락 사주지도 안하는
우리집 아풀 쏘지내간다

주 : 1941년 2월 15일 《만선일보》에 게재.

장관규(張觀奎) ◉

마음

내마음
물우에쓴 달갓나
가는바람만 불어도
물결이 설레여이즐어지다
다시 고요히 둥글어지다

내마음
물우에쓴 달갓다
적은돌만 던저도
달그림자 산산히부서젓다
다시고요히 모여들다

내마음
永遠히 물우에써서
바람에 불리고
돌에 부서지다
平安한날업서라

(十一月二十七日夜)

주: 1941년 2월 19일 ≪만선일보≫에 게재.

安東舊市街

惡臭와騷音의 潮流미테
哀切한鄕愁가 숨어흘르고
灰色벽돌집어두운 房속엔
阿片의오래인 꿈이흐리다

요란한喇叭소리 鉦소리胡笛소리
色彩가구역나는 人形과造化
아이 아이 우시는인第멧號이신고
滿人의 葬列이紙錢을날리며지나간다

어느듯魔窟에는불이켜지고
故鄕을일어버린 박쑷들이
허-여케 허-여케 싀들어만가는데
疲勞한 박나비쎄 소리업시 날어든다

(一六. 一二. 三夜)

주: 1941년 3월 19일 ≪만선일보≫에 게재.

윤지현(尹知鉉) ◉

國境의 밤

사람자최 고요히잠든밤
國境의 마을 개짓는소리에
수비隊의 불만 깜박거리며
멀어진 마음마음을 추려 흔들린다.

國境의 방어의 눈속에
嚴密히 직히여지여
刺客의 밤길 넘을길업서
怨恨만 히여잡고
宵夜는 깁허간다

– 1월 4일밤 國境의 마을에서 –

주: 1940년 2월 6일 ≪만선일보≫에 게재.

憂愁

금음밤
湖心가치 無限히 캄캄하다
孤獨에 잠긴 永遠한 憂愁
定處업시 달리는 心事
窓紙에 스쳐지나는 우난 물새소리에

어린영!
허비고든 傷處의 苦惱를 忘却식히려고
옛날의 追憶의물결를겨듭여안고도는 悲哀의 詩人
쏘한 그대로 暗黑의바닥으로가랴.

———————

주 : 1940년 4월 16일 ≪만선일보≫에 게재.

장인석(張仁錫) ◉

北方의 詩

北風이 가슴을 콕콕 찌르는 밤
나의 旅情은 외롭게 北方을 찻어간다

그 故鄕 白樺林 숩속에서는
하로종일 가마귀가 서러웁게 울고
禮拜堂 보이는 夕暮의風景은
나의 浪漫性을 자라내엇다.

國境에서는 하로에 멋번씩인가
素朴한 傳說을실고 썰매가 往來한다.
少年인 나의 손고락을 입에물고
몰내 고개우에서 썰매와 離別한다.
그째에는 眞珠가튼눈물이 쌤을시처주엇다.

어미는 콧물을 훌적훌적 드러마시면서
조고만 溫突房에서 童話를 들려준다.
나는 어미물팍에 지태여
자장가 듯는것처럼 어느새엔가 잠이든다.

星座의色彩가 大理石처럼 선듯한 밤
나의 旅情은 오늘도 쏘 외롭게
追憶을 두고온 북방을 차저가누나.

주 : 1940년 1월 13일 ≪만선일보≫에 게재.

冬日

영창 저-便에는 오늘도 산을넘어
나를 자장가처럼 抱擁해준다.

展望에 疲困한 내눈瞳子에는
힌 山脈이 眞理가티 빗이이누나

黃昏이 숨박질 할째에는반드시
貨物車가 北方으로 逃亡을 간다.

그 北方서 차저온 葉書한장에는
高粱酒냄새가 콕콕 코를찔럿다.

나는 새파란 嬰兒처럼쏘
힌衣裳의 女人을 思慕하는가보다.

영창 저-便에서는 가마귀무리가
白樺林우에서 家庭會議를 열고잇다.

주 : 1940년 4월 15일 ≪만선일보≫에 게재.

홍순영(洪淳瑛) ◉

초불

옛날을 그려
초에 불꽃은 핀다.

그대는 弱한 삶에 줄을 잡고
슷모를 孤獨의 치마를것는
애처로운 마음.
쏘한 그러다 살어진 情熱을
맛길곳업서
心臟속에 숨기고
이밤에 슬퍼쩌는 寂寂한 모습.

그대는 이제
내마음 한가운데 차저온
不死鳥.

쏘한
나의 조그만 庭園에 新婦이니
어오 내사랑 초ㅅ불아
나도 그대와가치 이밤을 새리.

주: 1940년 8월 6일 ≪만선일보≫에 게재.

귀뚜라미

기나긴밤 숨어서우는귀쑤라미
별이 반짝이면 더기피기피
숨어 슬픈모양 안뵈 이려하나니

너는 어느 먼 傳統의 遺風이기에
가을나라에 籍을두엇스며
언제
곳향기피는 花園과
北斗星座의 燦爛함을 잇고사나

凋落의情緒에 슬픔이 깃든다느니
여윈 입술로 그時節이나 불러라

무지개가튼 情熱을 간직하엿스련만
언제나 언제나
꼭가튼 노래만 부르는귀쓰라미
고요한밤
홀로
외로이 슬푼 하로밤을쌀엇다.

————————————

주: 1941년 11월 9일 ≪만선일보≫에 게재.

코쓰모스

고흔 素服을입은 코쓰모스이는

시절이 남기고간 佳人이어니

해맑은 가을 하늘아래
맑은모습 유달리 아름다워라

오늘은 저 코쓰모스 더부러
아름다운 이야기 듯고시퍼라

코쓰모스는
맑은마음을 가젓나니...

주: 1941년 11월 19일 ≪만선일보≫에 게재.

박우천(朴宇天) ◉

理想

理想이여 그대는 내마음의 世界에
기피멀리숨어서 반짝이는 北極星
이마음의 뭇별이 生을 싸고돌째에
軸을박는 그곳도 오직 그대 北極星
理想이여 그대는 내마음의 王國에
빗과熱을 뿌리는 太陽과도 가트다
그대일래 이맘의 想覺만흔 동산에
모든 生命자라고 아름다운 꼿피다

그리치만 째로는 波濤치는 滄波에
羅針盤을 저바린 배가티도 꿎업시
물결치는 그대를 어둠속을 헤맨다.

내마음의 부서진 屍體들과 幽靈이
그러므로 그대는 내외로운 心靈이
찾고차저 깃드는 貴한 殿堂일리라.
理想이여 비노니 꿎날짜지 永遠히
어둠을 헤치고 나와함께 잇스라!

(十一月 十八日)

주: 1939년 12월 6일 ≪만선일보≫에 게재.

리고봉(李孤峰) ●

追憶

素朴한 노래를 田野에 자아낼
봄비오는 밤이건만 지나간날
소등에 안저서 호들기 마추면서
相思歌를 흥겨워 부르든
그대의 石榴를 쪼갠듯한 입술이
퍽도 그리워서 애달프게
가슴만 태우면서 딩구나이다.

부실부실 봄비가 하염업시 나리는 이밤에
花冠을 쓰고 어허야 권마심 실리워서
수양버들이 늘어진 꼿사이 샛길을
넘어간 그대는
젓꼭지를 물고 옴즈락거리는 간난아기를
쩌안고 法悅에 陶醉되여 잇스련만
징글징글한 大地우에 터벅터벅 헤매이는
나는 나그네길의 빈房에 속절업시 딩구나이다.

봄비마저 구슬픈 이밤에 하염업는 追憶의 情에
시달려서 턱을 고이고 안즌 손등에 썰치는
눈물방울에서 空虛을 凝視하는
그대의 눈을 發見하고 소스라처 놀랫나이다.

───────────

주: 1939년 12월 6일 《만선일보》에 게재.

리촌(李村) ◉

悲哀

蒼白한 마음이외다
形容할수업는 안타까움이외다
거칠대로 거칠은 靈魄이
世波에 시달리고 시달려
쌔만남엇습니다.
깃붐을 맛보지못한 덧업는삶은
希望을 불살른지도
벌—서 아득합니다

悲哀!
두눈에서 쩔어지는눈물이
볼을 적십니다.
찻지못할 그날인줄 번연히 알면서도
그리워 그리워 여위여 흐득입니다.

於吉林

주 : 1939년 12월 9일 ≪만선일보≫에 게재.

리규연(李奎燃) ◉

비젓는거리

가리다 가오리다 눈물의 이길
옛닐을 파뭇고저 흘러가리라
옛닐을 생각한들 가삼만타고
슷업는 눈물만이 흘르리오니

어제도 그적게도 눈물매친길
오날은 비젓는밤 거리에헤매
쩌나온 고향쑴에 더욱서러워
가로수 눈물먹고 밤새웁니다.

파무든 옛날쑴이 왜이리서러
빗소리 가만가만 가삼에째려
가삼에 고여고여 흐느끼나니
이역의 밤거리 더욱서글퍼라.

주: 1939년 12월 20일 《만선일보》에 게재.

리경희(李京禧) ◉

北極의 하소연

찬바람눈벌판에 하늘도흐려
오늘밤은 어느거리 어느마을서
완길이 멧千里ㅡㄴ고 갈길도머러
서럽다끗업는 放浪의길

夕陽도 저물어 노을마저지는데
멀리멀리 가마귀쎼 울며가면은
안타싸운 고향생각 달랠길업서
저하늘 바라보며 눈물집니다

쩌나올쌔 언약해둔 그쌔도홀러
울며울며헤매는 나그네신세
생각사록쓰라려 그새벽리별이
그대만 울엇나요? 나도 울엇소.

二月十九日 黑龍江畔에서

주: 1939년 12월 20일 ≪만선일보≫에 게재.

강택림(姜澤淋) ◉

밤이 기플 쌔

汽笛의 고함과 개짖는소리 音波에
실려서 鼓膜을두다릴째
孤寂과 煩惱만 心琴을찟는다

푸른바다우에 追憶의 물새
痛哭과 哄笑에
발바처 춤추면서 구름타고 바람에불려
限업시 날려간다

流星가튼서른네해의歷史虛僞로
裝飾한책장 넹길적마다
방울방울 눈물이글자우에 빗발친다
썩은 落葉과가티
부러진 過去
글거본들무슨所用이 잇스런만
이마에 씽글인주름살못내스레 하노라.

───────────

주: 1939년 12월 27일 ≪만선일보≫에 게재.

슬픈 構圖

잔기침에 지치어
어린 病人이 고달피 잠이들엇을무렵
病室은 깊은 海底인양 沈默에무겁고
어머니의 마음은 해파리보담도 더安穩할수업다

할머니가 금새 보고십고 故鄕이다시
그립다던 어린哀怨이 서리인 저파아란입술!
머리들고서
이윽고 바라본 아무것도 업는
유리창을내다봄이란어이 이터록 스러운 일이뇨.

저 밋바닥에 生活이잇고
生活속에내가잇거니—
압일을 생각함에 흐려지는 마음 마음
이루 헤아릴수업는 슬픔가운데
무슨 悲劇이라도 터지야할것인가를
오오이밤이여!

주 : 1939년 12월 28일 ≪만선일보≫에 게재.

박갑조(朴甲祚) ◉

凝視

무거운 沈默우에 고요히 흘러가는 凝視
뭇빗이 날쒸는 현실의 관역판을 쏠려지게 보는 凝視.
幻虛에 우줄거리는 봄의 멜로디—를 무질르는 凝視.

아! 새벽하날을 박차고 달려드는
젊은 이날의 凝視를………
五月의 勇躍을 안고
뭇 憤怒의 불길로
病든 「몸」의 自畵像을 불살러 버린
칼날가티 빗나는 이凝視를 보는가

極光이 유난히도 번쩍인다.
海岸을 달리는 波濤가 유난히도 소리치운다
大地를 덥허눌은 煙幕이 툭터저 간다.
오! 이凝視아페
人間이 멋 萬年동안을두고 비저낸 이크나큰
凝視아페
地震計의 指針은 驚異에 울고
쌔는 사나운 픔響을 더듬어가며
變節의 偉大한 告白을 슬어한다.

____

주: 1940년 1월 3일 ≪만선일보≫에 게재.

함박꼿

비렁 여페 두고
그늘에 핀 함박꼿 조와하든 그대
素服 단장이 눈에 새롭다

五月 한낫에 바람이 가져다주는
흰 함박꼿 내음새……

石油 한통 단번에 들이켠듯 가뿐 숨결이야
간이는 간이는 消息도 업고……
코스모스
어늬 먼—데 님을 기다려
담장 넘어 발도듬하고
섯다가 채 피지도 못해
시드는 꼿은 서러울게다

(조선 경남 陜川郡 海印寺)

주: 1940년 1월 5일 ≪만선일보≫에 게재.

최인욱(崔仁旭) ◉

山家에 쉬면서

달밝은 이한밤은 사슴이도 서른지고
눈속에 발을뭇고 밤을새워 우는고녀
客窓에 쓰러진몸이 잠못일워 하노라.

미투리 단보짐에 집난지 열두해라
이내 서름인들 오죽이나 하올건가
사슴이 목매인 우름에 둘데없는 이마음.

山家에 밤이 기퍼 잠들째도 되엿건만
그무삼 서름이기 그칠줄을 모르고서
기나긴 이한밤을 울어새려 하느니.

주 : 1940년 1월 11일 ≪만선일보≫에 게재.

최분옥(崔粉玉) ◉

大地의 母

업지요.
설음도 都會밤거리 가티

장식한 깃붐도……
그저
한가지 살려는 정열쑨—

원은해밧소.
요람에 누은 애기인양
보드랍은 生活을.
그러나 내요구는
연기가튼 虛無 임을 알엇소.

나는 벌서 짐승가티 입을 담엇소.
오늘도 애기는 연분홍 살구꼿
나무 그늘에 잠재우고
보리 바테 김을매오.
쩨로는 도야지쎄를 몰고 쓸로도나가오.

쓸 大地의 쓸이란 生의만족
록음이 끗업는 大地는 기름지오.
저기 누인애기, 쏘天下의 애기들의
락원을 이짜에 建設 함이
나의 唯一의 깃붐이요.

주: 1940년 1월 11일 《만선일보》에 게재.

최재철(崔在哲) ◉

雪夜日記

왼누리를 한결가치 히게하려고
함박눈이 소리업시 나리십니다.
이밤은 웨 이다지도 幸福되온지
窓가에 턱을 고이고 안저
'산타크로스'할아버지를 연상하외다.

눈나리는 窓가에 옛꿈이 깃드럿나이다.
힌장미 꼿짜발을 가슴에안쬬
그대가 차저오실듯 하온밤
永遠한 幸福이 이가슴에 잇사온데
이幸福을 난우시려 안오시려나이짜.

책상우에 흐터진 便錢紙우에
가느다란 鄕愁가 어리엇나니
서러운듯 하면서 幸福되온밤
孤寂을 固執하는 내마음뒤에선
그대의 香臭를 그리워 몸부림치나이다.

聖女의 힌나래안에 안기어
山谷의밤이 고히고히 깁허가온데
머리에 눈을이고 그대가 오실듯하야
窓문을 닷기가 안타가워서
문택에 이마를대고 한숨을 쉬나이다.

(이한篇의詩를滿洲曠野에서광이를잡겟다고約束하시든그대에게
드리나이다.)

주 : 1940년 1월 12일 ≪만선일보≫에 게재.

계수(桂樹) ◉

長明燈

三年만에 한번씩 同志의 무덤을차저
무덤우에 흙을고히펴고 풀을심고
봇다리에 책을펴놋코 香불을피다.

무덤직히는 孤獨한 碑石과같이
무거움을 당신의 미듬직한 마음이잇고
굿고沈默을직힘은 당신의信念인듯하다

萬里異域 서른쌍속이나마
千萬年을가도 당신의偉業遺訓은
어둔밤長明燈과도가티 빗나리니

黃骨이 榮光이라 다리를고히펴고
一生의 疲勞를 맑은샘물에 시처
大地의흐린물을 맑게하시라.

주: 1940년 1월 22일 ≪만선일보≫에 게재.

박정호(朴定鎬) ◉

두 마음

맘과 맘이 멀기 千萬里
千萬里 먼 길도가면 가련마는
얼만지 모를것은 맘과 맘 사이

이 생각 하면서 저 말을 하니
이 말을 듯고는 쏘 다른생각
말을 할수록 더욱 모르면서
마조 보기만하는 두마음이여―

사랑하는 두 맘이 정성스런 거즛말
어림과 해석으로 서로 짖는 암호를
아아 견디기 어려운 애탐이여―
째트리지 못할 사랑에의 저주여―

잇고시퍼라

≪나를 잇지말라
일각도 잇지말라≫
써나실째 임이 하신말씀.

어제보다 오늘이
날이갈수록 더한 그리움

견딜수업는 이 마음의 아픔
아아 잇고시퍼라.

주: 1940년 2월 7일 《만선일보》에 게재.

성기○(成耆○) ◉

海女

물속깁흔 藻草가 첫가슴을 할틀적마다
두고온 간난쟁이의 우름소리 가엽게 아득하구
琥珀빗 국직한 四肢엔
海潯에 잠들어 꿈속을 헤매이는
뭇魚族들의 亡骸와 소라껍질들의
냄새가 새롭더라

海女—
네 눈동자엔
水平線 아득한 火輪船의 映象이
고여잇든구나.

芭蕉

그는 언제나 閑寂을 사랑하는
버릇이잇고
諦念의 哀調에 찬(充)
葉脈을 더드머 흐르는
비 방울 하나
오오 인度의 슬픈 모습이여.

蓮

안개처럼 가랑비 자욱한 池塘
그蓮꽃과
그蓮입엔 釋迦體가 올맛더구나.

記憶

송사리 비린내나는 손가락에
문뜩 사러오르는 少年의 記憶
송사리
방게
새우
고동
쭈러진 엉뎅이구멍으로보이는
내고향 동구박 물방아간아.

주 : 1940년 2월 14일 ≪만선일보≫에 게재.

아버지世紀

只今으로부터 十年前
……그째……
아버지머리에는 상투가 잇섯다
『터럭을쌉으면 父母에게 辱이되는거야』
이것은 아버지의입버릇갓흔 소리엿다
그러나—
—그이듬해 녀름放學에
停車場에서본 그의머리우에는
"나쌰오리"가 언처잇섯다

논에는 갈(綠肥)을 꺽거노허야지
그쌋놈의 풀(堆肥)만가지고 엇드케 農事를짓수?
…… …… …… …… ……
…… ……   쏘 …… …… ……

그 그다음해에는
못자리에 콩째묵을 쑤리면서
아버지는 이러케중얼거렸다
"원 이게 풀닢사귀만이나 할수잇나?"

아버지世紀는 이러하였다

주: 1940년 3월 6일 ≪만선일보≫에 게재.

최종식(崔宗植) ◉

밤

압내
물소리
졸졸졸.

동내는
고요히
소리도 업다.

하늘에는
쪽배
말업시 흘러가고

별들을
씁박 씁박
조을고

밤은 고요히
마을엔
쏫이피네

주: 1940년 3월 10일 ≪만선일보≫에 게재.

初雨

첫비 오심다
무엇이 수집어서 밤을차저 오시는지
銀실로수노은 치마폭 여메잡고
꼿씨뿌린 마당우에
조심조심 오신다.
洞口박 언덕우에 개나리 필무렵
댕기만 풀고매며 울고써난 그대의
하이얀 손길가치 새밝안 댕기가치
사냥스레 애쑤지게 조심스레이
꼿씨뿌린 마당우에 첫비 오신다.
연지찍고 가마타고 써나 가신千里길에
勿忘草입이트고 不如歸우는밤
가신길이 千里면 오실길도 千里ㅅ길
가슴에 손을언고 그대幸福비는밤
꼿씨뿌린 마당우에 첫비 오신다.

주: 1940년 4월 9일 ≪만선일보≫에 게재.

旅窓黙吟二首

[1] 離別前夜

寂滅의날!
孤獨의밤!
冷氣슴이는 뷔인방에서
나는 짐을 꾸리다.
구거진 옷나부랭이한붓짐
몬지씨인 冊몃권.
이박겐 아무收拾도업섯다.
窮貧한살림
簡單한決算이다
무슨 傷處가건드리는듯
싸기를 쩌리든건
勇氣를내여 꾸리고보니
헛트럿든마음행결갓든한듯
허나 엄마의 품속을쩌나
팔녀가는 어린병아리처럼
애끗는 서름에가슴이질녀
불을 끈지 오래건만
잠을 못잔다!
잠을 못잔다!

時計소리 고요-히
열두시를 톱는데-.

[2] 杜鵑

간밤!
夜月은 三更인데
두견새 한마리
잠못자는 내窓前에
고요-히 속삭이고가다.
-그대 잠못자오-

두번째
그 두견새
몸부림치는 내 窓前에
은근히 속삭이고가다.
-그대도 몸부림치오-

세번째
例의 두견새
한숨짓는 내 窓前에
마지막 속삭임을 주고가다.
-아! 아! 그대는우오-

주: 1940년 4월 5일 ≪만선일보≫에 게재.

벗

벗아
칠연만이구나

뜻을 굽히어야 살세상인줄
낸들 어이 모르랴만……

빛나는 네눈동자에
검은 구름이 빗겨구나.

네 좃차 변햇다면
절조는 어데서 찾어보랴.

그눈에 서린 검은구름은
언제 바람을 맞나 흩어 지겠느냐

움푹패인 내눈시울은
다시금 뜨거워지는구나.

一九四〇. 廿日 舊稿에서

주 : 이 시는 8.15해방후 발표되였다.
　　작자의 신원과 발표지 미상.

S. S. Y ◉

氣焰

株式의利益配當을 꾀하는 쩌나리즘에 秋波를던지는賣春婦되느
니보다도
演壇主의營利의算盤에 曲藝師되느니보다도
쏘한 審査員의 獨斷아래 제가그린 自畵像압헤서 戰慄하느니보다도
이짱의 젊은詩人이여! 藝術家여! 우리들은 未練의 羈絆에서 하로
밧비 離脫하자
그리고 맨주먹발가숭이로 가슴에 情熱만을안고 勇敢히街頭로나와
活火山가튼氣焰을내뿜자!
우리에게는 오직 푸른한울建設의새짱 새거리가 오래전부터 기다
리고잇나니!
나오라! 街頭로, 吐하라!
氣焰을, 온詩人이여, 音樂家여, 美術家여!
街頭에는 이리쎄가든 射利輩와 一攫千金을 꿈꾸는 阿片장사만이
잇지안타고이전부터 數마는 群衆은 제각금 바른눈과 귀와 목청
을 가지고잇나니

그들의 옷섭을 적수어주며, 心琴을 울여주며 炯眼을 빗내여주면
黎明의曠野 建設의 이짱에는
한울 흔들만한 우뢰가튼 情熱과 沙漠의 熱風가튼氣焰이 쏘다저
傳感될터이니
詩人이여! 音樂家여! 美術家! 建設에불타는 瞳孔과 彭膜과 聲帶
와 그손을
完全히 群衆에게 바치라
독기멘 樵夫는 山으로

호무쥔 開拓民은 들노
網을든漁夫는 바다로가드시

詩人이여! 音樂家여! 美術家! 街頭로나가자 그리고 가장信念잇
는詩와 노래그림을 그리며 읇흐며 노래하라

만나는사람과 곳과 째를 헤아리지말고
그러면 그들이
우둔하다고 탄식하며 귀먹장이라고 낙망하며 소경이라고 저주할
것인가.
젊은 藝術家들이여!
建設을 위하여 名慾을超越하여마음것 읇흐라 노래부루라 쏘한붓
을 들리라
째와 곳과 사람을고르지말고
번개불가튼 情熱이한울을 째개고
우뢰가튼 氣焰이 地軸을 울일째까지

주 : 1940년 4월 19일 ≪만선일보≫에 게재.

송석영(宋石礫) ◉

詩人

너는 歷史가地圖에서 解脫을차즐째
痛哭을하는 習性을버려라

港口에
정어리 내음새가잇는것도아니다
나룻배가 고기배를찻느것도아니다
肖像畵는 勿論업다.
空氣가 얼어붓는날
哲學에 노오란 腦醬水는 짱에쏘다젓다
空氣가 얼어붓는날
哲學에 노오란 腦醬水는 짱에쏘젓다.

한 生命
한 憧憬
한 影像
未知數의 적으마한手段이다!
眞皮를벗고 어름에드러도조타
劇藥을 먹어도조타
다만 一九四〇年의 (EMETERY)는 願치도안는다.
너는世紀가 「典型」에서 現實을求할째
萎縮을하는恐怖心을 마음속에서 깁히던지라.

주: 1940년 4월 19일 ≪만선일보≫에 게재.

김수돈(金洙敦) ●

駱駝

달밝은 밤일수록
駱駝 잠자―코
걸어갓다.
어딘들
슬픔이 업스랴.
눈무든 울대에서
먹음이 도로삼키고
타박타박 모래를 밀며 길게
목을 들어
한숨쉬는것
駱駝는
오직 하나인 感傷을 가젓다.

―――――――――

주: 1940년 5월 7일 ≪만선일보≫에 게재.

리철준(李喆俊) ◉

戰慄의 밤

어머니!
어서 房門을 굿게 단속하세요
나는 지금 大門에 빗장을 지르고
벗틔고서잇습니다.
저-層階아래에서는
무수한 生靈들이 아우성을 치고
黃昏을 기다리는 妖精들은
자즈러진 우슴을 지으며
대골거리는 骸骨을 할트려고
차비합니다.

어머니!
조심스럽게 귀를 기우려보세요
별 하나 쌈박이지 안코
가랑닙하나 밧삭거리지 안는
沈寂한 이-밤에
充血된 들개(野犬)들에
울부짓는소리만
스름이 끼치고 풀집에 잠드럿든
버레들에 자지러진恐怖만이
波紋을 일웁니다.
戰慄!
恐怖!
時計는 째-ㅇ 째-ㅇ

두시를 첫습니다.-沈默
앗-지긋지긋한 悲鳴!
이리하야 宇宙는 벼란간
脈搏이停止된채로
싸늘한 屍體가 되엇습니다.
이리하야 歷史에 "노-트"는
한 "페이지"가 넘어가고
늙은 哲學者에 思索의 붓대는
氣絶이 된채녹이쓸코
世紀에 검은 帳幕을 펄럭입니다.

어머니!
방안에 촛불마저 끄십시오
첫닭이 울고
黎明에 동이틀때까지
房門에 監視를 게을이마십시오.
오-戰慄의 밤이외다.

- 一九三九. 七. 四

주: 1940년 5월 8일 ≪만선일보≫에 게재.

정야야(鄭野野) ◉

거리의 碑文

大理石 쎌딍에
神話가 油液처럼 흐르는밤.
女人은 二十世紀의 傳說을
聖母처럼 受精한다.
明體의 彈力의 풀니는花房
閱華의 燭臺압헤는
獨生子의 來世를 비는 一族의
白金義齒로 별을싸는 饗宴을연다.
秘閱의 메리코란드에
神樂의 振律하는 한나지면
獨生子는 呪文을 流行歌처럼 부른다.
交叉點에는 礫死의 事故가이섯다.
「靑進赤止」信號는 번가러든다.
昇天하는 獨生子는 二萬七千群이 氣流을 헤간다
花房이 女人은 傳說을쏘다시 受精한다.

주: 1940년 5월 14일 ≪만선일보≫에 게재.

송수천(宋秀天) ◉

너와 나

玉아!
너와나는 몹시 갓갑다
그러나 몹시멀다
봄!
연록색香宴은 아뢰는가버.
은방울소리 내귀에 간지로운
波紋을 그리는이무렵
네다사로운 觸手
내가슴에 다흘듯말듯
내마음의 鼓動소리
네귀에 들릴듯말듯

그때
너는 속삭이엿다
나는 갈매기
너는 바다
내 너를 愛撫하면
네 나를 안아주고
내 째로는 너를 쩌나
蒼空에 나래를 피고
곳네가 그리워 靑波에 내리고
네째로는 나를 멀리해도
곳나를 반기리라고
나는 말햇다.

-너는 비둘기
나는 살구나무
네 내가지에 푸른꿈을 내리
드리면 내꿈이 깨질가 조심하고
네 내꽂속에 붉은幸福을 노래하면
내 네幸福을 香氣로 풍겨주리...
그러나 그것은 짧은동안
내꽂을 일코 입(葉)을 일흔뒤
매서운바람이 나를울리면
너는 이대로 가고말거다
나는 오로지 너를 그리며
이듬해봄 너를 기대리지만
네 다시 제비처럼 옛자리를
오리라고 나는 못밋는다.
나는 못밋는다-고.
아무래도 조왓다
너도 벙어리
나도 벙어리
그러기도 햇다
玉아!
봄!
연록색향연을 아뢰는
가벼운 방울소리 내귀에
간지로운 波紋을 그리는 이무렵
네 다사로운觸手
내가슴에 다을듯말듯
내마음의 鼓動소리
내귀에 들릴듯말듯

너와나는 몹시 갓갑다
그러나 몹시멀다.

− B에게 −

주: 1940년 5월 21일 ≪만선일보≫에 게재.

로정원(盧靜園) ◉

初秋의 自然

(新京韓兄에게)

시원한 바람이 두팔을
버리고 춤추며거러온다 白楊나무욱어진 숨사이로− 맑은샘물이
손곱찔하고 우스며 흘러간다 險한돌틈 산기슬로−

白楊그늘은 은은히덥허잇고 맑은샘은 보드랍게속새기며 싸고도
는 이 폭신한 잔듸밧우에 나혼자 뒹굴며 놀고잇기가 아!벗이여!
너무나앗갑소이다

푸른빗흐르는 포푸라가지로새여나오는 매암의노래! 깃분듯이즐
거운듯이 달아래반작이는 풀밧우흐로 寂寞을위로하는 베쌍의울
음 슯흔듯이 애끗는듯이−

쓰거운낫이면 흘러나오고 고요한밤이면 써오르는 이妙한神秘의
멜로디를 나혼자 滋味롭게 듯고잇기가 아! 벗이여! 너모나앗갑소
이다

잔디로싸인 自然의 빗갈! 풀버레의애끗는 神秘의노래! 오! 그러
면벗이여! 이곳으로 오서. 낫이면해지도록 밤이면밤새도록 自然
의빗갈에 키쓰를주고 神秘의 노래에 춤추사이다.

　　　　　−東滿大肚川에서

─────────────
주 : 1940년 7월 27일 ≪만선일보≫에 게재.

강욱(姜旭) ◉

樂譜를 가젓다

코스모스 가치 神秘한 心臟이 燒盡한다
噴火된 峰과峰은
흘러간 山脈처럼 힌장미를 썻다
山脈을 짜라 氣流가 汎濫한다
피라밋트 가튼 少年의 沈澱된 머리가붉으다
나븨는 해바래기의 習性을 가젓다
어둠이 흐른다
帆船이 흐른다
飛沫 된 波濤속에
少年의택시시―트가 젓는다
오솔길이 茂盛한 丘陵우
渦卷되는 물결
기슬과기슬連結된 어느 鐵橋우
少年은 樂譜를 쥐고 잇다
포푸라 가지에 가벼웁게 바다가 넘친다
天井이문어지는 듯 宇宙가넘친다
머구리 처럼 무겁게 짜란는 體臭

1940년 7월 20일 슷

주: 1940년 8월 25일 ≪만선일보≫에 게재.

극언(克彦) ◉

돌

돌은 가슴속을 굴느며
쎽다퀼 썩고 빗엇다
아담스런 곳인양
너의 創造한다는 歡喜는
너의 등진 벽돌의 무게—
定礎잡을 어느쌍이 너에게 잇다고하야
거리에서 골목으로
골목에서 구렁으로
어는새발은 化石이되엿다드냐
너의 이마엔
紅脣의 印紙가 이미 부터선
너의 외박지는 구렁에는
물과 돌에 눌려 滅亡하는 門에는
곳들이 무어라 아종질배냐
너는 가슴을 치며 울더라만
조흔
돌에 녹는 초곳이엿다.

주 : 1940년 8월 18일 ≪만선일보≫에 게재.

신동철(申東哲) ◉

능금과 飛行機

1. 11시의 高級豫感들은 능금의文
明을위하야 오늘아침 비행장에서 重
大한禮式을擧行하다
2. 發散하는비행기 배행기의웃음
속에丁夫人은 리봉을심는다
3. 비행기의 優生學
4. 아카시아 욱어진蒼空으로 손수건처럼나붓기
는宇宙가온다
오리웅座의看板이바뀐다
펜키냄새나는藝術家들은 바람이는 軌度에서
두껍이처럼도망친다
5. 肉體우우로 달리는 템포에서 아담의原罪가
소－다水를 마시는순간
6. 추－립프의海峽에서 병든新聞들이 열심히도
젊어지려고한다
7. 줄다름치는食慾
썩구러지는空間
8. 푸른입김속에 여러아침들이몰려든다
푸른口腔속에 여러비행기들이 몰려든다
9. 다이나마이트製太陽은 文明의進化를위하야 爆發 폭발 폭발한다
10. 비행기의 에프롱에 피로한능금으로해서 거리의少女들은 輕快
하게미처난다
11. 證明－그것은 새로운 健康法이다
12. 證明－그것은 새로운 生殖法이다
13. 증명－그것은 새로운十字架다

주 : 1940년 3월 3일 ≪만선일보≫에 게재.

황민(黃民) ◉

禁域의 手帖 (上)

흙이 어두운 들창밋으로 물처럼 차거운 꽃향기는 좀처럼 날러가
지안는 푸른經洛 푸른經洛에 흔들리는 라말틔-누의 달밤이 오
면 머리가 몹시 식어저서 문참에 손을 대일수업는 訣別은 山 고
개를 宗敎的으로 넘어갓다는 한점 孤獨한 意識이엇다.

疲困한 솔닙이 누어잇는 살결이 희지못한 나의土壁 土壁이 밝어
오는것은 東印度의 바다물결이흔들리는 까닭이라는 體念은 結局
世界文學全集 나무 그림자에 가랑닙이 숨어버리는 짜스한햇살이
노오라케 등덜미를 쏘이는 十九世紀엿다.

나에게 海岸을 條約하는 섬을달라. 구을러가지안흔 돌을 엽헤두
고 한가지풀닙이 잇어

도조타. 풀닙은 바람이 불면 흔들리는情緖를 가저도조타. 亦是 太
陽을조곰 주는것이조타. 빗나는 噴水처럼 나의눈물은 얼마간 色
彩를 要求한다우름이 끗나면 걱구로서서 짱을向하야 빌터이다
내가 잇는 두발밋헤 어두운 建坪을 주게한 主여- 헛바닥처럼 쓸
고 다니는 나의 그늘이 主의피를 汲水한다는것은 얼마나 어두운
成長을 地圖한土耳其의 領土엿나이까 歷史는 쫩性의저즌 비눌이
걸리도록 겨드랑이가 간즈러운 날개 날개가간쥬러운 겨드랑이에
선선한 바람이 불지안토록 튼튼한 壁을 마련하여달라는 希望에
粘하는 나븨는

記憶의 有機를움직이여 華麗한 午後의 傾斜를 흐르는色彩이엇다.
무릇 敗北와 不幸은 아름다운 빗갈이엇다. 허리아래 굼주린 벗의
눈瞳子는 얼마나 아름다운 빗갈을 主知的으로 여윈살갈이드냐.
쌔하얏게 太陽을 吸收치안어 언제나 健康하지못하다는 멋그러운
診斷書의 차거운血脈을 사랑하는惡寒은 쌁안깃폭을 準備하지 안

을수업다 遮斷!遮斷!
세네곱 썩거지는 리듬이칼한 振動의 快味를맛보며 내려지는 깃
폭으로 얼골을 가리면 저저오는意識의 鮮明은 요란한 쇳소리를
皮下에 늣긴다.
나의벗의귀는 午前이엇다. 아득한 妙針의 方向을 나의 鐘소래는
도라오지
안는다. 나의 無名指에 太陽이 솟는다. 無數한 풀입이 쏩아지는
벗들은 亦是꿈에본 戀
人처럼 말이업섯다 나는 나의太陽에 머리칼을 쓸리우며간다.
純粹한 動態는 純粹한 靜態엿섯다는 로직크의平行線이 걸린다.
한개의帆船이걸린다. 帽子를 이저버린콜럼비스의 太陽

禁域의 手帖 (中)

무릅우에 노히는冊은 나븨의 體溫을 가젓다 一瞬의 그의바다를
알엇든것이다. 입싸귀 내음새는 물이되여가는 草原 草原極地를
옥약목처럼 쌔어지는나븨나븨나래가 안는 하늘 하늘을 짓밟고列
車가 羅列된다
旅程!
요란한 波濤소리에 지워지는 압길을 허치고 드러가보는 수업는
가랑닙! 바람이 불면 枯木처럼남어지는 팔다리엇다.
바람은 透明할수록 겨울은 그러케 널려잇지안헛다.
人生論처럼 드러눕고십게 매어달린 팔다리.
午前三時처럼 드리어잇는 팔다리.
皮膚ㅅ속에는 달이 켜저 잇엇다.
나는 스윗치를 눌러야 하느냐.

스윗치를 눌러야한다.

空氣가 지워진 캄캄한 어둠속에서 일어나는 살결아픈 갈채의甘
味를 確實히 자랑으로 滿足해야 할것이엇다.

滿足이란 얼마나 는적는적한 意識이냐.

그여코 나의日記는 內出血을...... 쌔하얀 戀人의얼골에 붉은피를
塗抹하는것은 선선한 罪惡이엇다.

그대의 흰손이 새벽처럼 건너오면 그러나 그대의 손을 힘잇이 잡
지못하는 그것은 말목을 쏘아오는 햇빗치 시쓰러운 까닭이엿다
는 窓아래 그늘아래꼿닙아래 한개 이슬에 비치인 眞理를 首肯하
는 얼골. 오래인 歷史의 머릿내음새를 이저버릴수업는그대의 森
林에나는 안겨잇을 것이엇다.

푸러저 올라가는 나무그늘은 한개 고은 꼿송이를 意慾하지 안허
도 조타

깁지못한 하늘은 안즐곳이 업서도 조타 나븨업는 太陽으로하야
구석구석이 발업는 어두움이 고히여 寂寂함이 버석어리는 下半
身은 소리업시 저저버리는것이 조타

無名指를 썩그면 華麗한 年輪은 도라가지 안엇다

서접은 出月이 머리카락처럼 자라는 그늘속에서세암은 마음쯧
衰弱하여섯슬것이다

무릇 健康과 勝利는 罪惡의 本願이엇다

나를 멀리한者 그대 그대의 손목을 비고 누우면 쌃은沙原은 하늘
을 吸收하엿다

腦髓에 푸른 鐵筆을 쏜즈면 나는 캄캄하게 써진다 帆船이 써진다
그대 손목이 건너간새벽이 써진다

香氣는 어두운곳에만 잇섯다

풀입히 돗지안는 腦髓는 집웅처럼 우울할수업섯다

몸에 차거운 쌔하얀 눈동자 눈동자 눈동자를 수접게 避하는 길바
닥은 나븨가튼 억개를선선하게 돌지 못한다

언제나 보는 山河는 나의 山河가 안이엇다는것을도모지 認證할
수업시 풀입을 다시 쥐여본다
풀입은 차거우면 차거울수록 물처럼 쏙쏙한 그대의 말소리를 들
을수잇섯다 나는 그러나 그러나나의 오즉 하나의 表情이 바람에
무더난다
무더나는 表情은 보지안엇다
소리안나는 平原에 요란하게 비치어지는 그림자는 요란하면 요
란할수록 明瞭하여지는 그림자는 日曜日처럼 즘定된다

禁域의 手帖 (下)

마조 엇서는 拒絶은 나비다 키가 크다
나는 히드러저 우스며 算術을 한다 씃업는 逃避를줄다름치는 차
거운 鐵路에轢殺하는 香氣로하여 머리도 압흐고 피도 마르고 純
粹한 우슴으로 疲勞한다는꿈은 나의 구녁이엇다
선선한 바람이 드러오는바다내음새를 사랑할수잇섯다 고기는 바
다의 表情으로 비눌은 一齊히 海岸으로몰린다
손바닥으로 바다를 두드리는 소리는 좀처럼 문허지지안는 섬이
엇다
꼿츨 썩거쥐는 感情을短刀처럼 갓는다는것은 조금아름다운 봄이
엇다.
그러나 未來는넓어오는어둠이엇다. 어둠을고기는비눌아래 척척
히 意識할수잇는 고기
말한마디못하는 엇쩔수업는 바다속에잇섯다.
고기는 햇빗이몹시 지워진孤島의 그늘아래 숨어 罪도안인 善도
안인말업시

억개를스치며 지나가고십다. 나에겐 그늘이업는體重을달라. 皮下
에가러안는 간즈러운體重으로하야 그대에게나는이럿케 실업는
微笑를더저혼들리는 물결이온다
하야 빗날은조갯껍질을따씃하게하는未練
사랑이란 偉大한罪惡이라는 물거품이터지는 午後의靜寂을 톨스
토이翁의수염은가을이 빗나는바이시클처럼 新鮮한銀鍾소리를거
러노흔 거울속으로罪안인善도안인발업시일어나는나의얼골을 째
어버린다

憎惡는 혓바닥으로사랑하는것이엇다 머릿카락요란하게 썩어지는
어두운밤은 먼距離를 갓는다는位置에서 혓바닥으로나를부른다
나에게 매어달린 生命의무게는 흔들면쩌러질것을微笑하며 四肢
를太陽처럼 벌려도 가슴은좀처럼소리가일어나지안는다
몹시 선선치못한落葉을思鄕하는것이엇다. 이저버렷든 길바닥을
吸收할수업는 木皮, 木皮는내말이들릴수업다 쑤겨진하늘이……廻
轉하는 平原에屹立한풀입 바람이 지나가도 올수업는풀입이엇다
橫笛을불면 수업시노픈달밤이지나가고 수업시만흔 기럭이우름
이 떨어지고하야平原의풀입새는 茂盛하엿다.
茂盛한 풀입은 서로 잡당기는平原이엇서도 나는 놉다랏게孤獨한
다리(脚)우에 잇서다.
그멋본 險惡한달밤이 물들은 나의 肉身을먹으면 아직도 익지안
흔과일 내음새를좀처럼 사랑할수업는 너무나 눈동자는 나를 알
리 업섯다.
나에게는 空氣가 모자라는것이 이럿케遺憾이다. 空氣가 稀薄할
수록 어두어지고 어두어질수록 혓바닥이 켜지면 소리업시 愁心
저잇는 나의文字는좀처럼 고개를 들지안코억개가 내려안즌 보두
물(水)업는 衣裳이엇다.
내가가면 꼿바튼 도라안는다. 힘업시 도라오면 健康한 문턱.
눈을감은 落花의 時節이엇다. 관목이 기다랏케 나를쩌나는 限업

시 끈허진 堤坊이엇다.

(筆者는 "詩現實"同人)
－ 一九四〇 於城津

주 : 1940년 9월 3일, 4일, 5일 ≪만선일보≫에 게재.

도라지꽃

神秘를감춘 바위가슴에
精誠을 神經깊히 삼키고
너는 心臟에 피여난
情熱깁흔 憧憬의꽃
地中의 藝術家이다

創造의 曠野를 밟고
微風에 나비와 벌을反芻하며
多角形 戀心을 거늘이는
너는—
오즉 湖水보담더 맑고깁흔 歷史를 품엇고
不死鳥魂갓치 푸르고 새로운
神話를 지니엇을 것이다
쑤리로 大地를힘것 안고
꽃과 枝葉으로
맑은 虛空에 芳香을 키쓰하나니
너에게는
苦悶과憂鬱은 업고
喜樂과 明朗쑌이 피여날것이다

天國과 極樂도 부럽지안은듯
沈默을 길게쓸며
自然詩를 그리는모양 부럽게 고웁다

도라지꽃
너의 情熱은 쓰겁고
너의 再生은 反射하고
너의 心路는 맑고
너의 存在는 人生의永遠한 붉은 憧憬이다.

───────────────

주 : 1941년 12월 3일 ≪만선일보≫에 게재.

김덕빈(金德彬) ◉

白雲에게

어느 漂浪女의 純情이뇨
푸른하늘에 鶴인양 날러가는白雲아
窓넘어……

읽은詩集마저 썰구고 化石가치안저
내 너를잡기위해 마음의 손길을 펴다
모든 시쓰러움은 허울마냥 버서버리고
새나라로 훨훨 나래치는 白雲의꿈이여

惡이 녹쓰른鄕土 더러운心臟을 써나서
白雲아 내 너짜라 어데고 가고시퍼

새나라로
새나라로
가비여이 나래치는 네등에업펴
航海圖를 펴들고끗업시 가고십다

(藝原同人에서)

주: 1941년 12월 8일 ≪만선일보≫에 게재.

허민(許民) ●

孤情

장마비 거듭한 어스름에
뷘 마루에 두무릅을 고우고 안자

가꾸지 아니한 뜰 鳳仙花는 이슬을 달고
안개 사이로 걸린 무지개와 더부러 幸福을 지녓건만

純하고 弱한 良心을 버리지 못한채
버레먹는 가슴을 어루만진지 벌서 멋해이르냐

山峽에 여름이 –지터도 늘 내맘은 음산하야
북새 이는 하늘을 날러갈 새에게 노래도 못傳햇노라

嶺위거나 산모퉁 길에 幸여 어느 消息을 그려
어머니가 차저주신 축축한 新聞을뒤적거리며

문득 限업시 울고 십기도 하고!
다시 썰 썰 썰웃고 십기도 하고...

주: 1941년 12월 17일 ≪만선일보≫에 게재.

리해관(李海寬) ◉

꿈

내 어린쩍에 꿈은 奇異한것이엇다
어느날밤 꿈속에 나는 千耶萬耶한 산봉오리우에
서잇는것이엇다 내 발미테까지 안개가 자욱한것이
엇다 어데서인가 보이지안는 谿澗에서 落水소리
들리여보고 無數한 꼿봉오리와갓치 차차 피여나는
美妙한 산얼골 이제 四方은 훤ㅡㄴ히 날이 밝어
오는것이엇다 아래를 내려다보니 우리집 압江물은
여전히 흘러가는지 나루배 한채 써잇는것이엇다.
江가에는 異常한 꼿나무 화안히 피여 맑은
새벽바람에 꼿香氣 훈훈히 풍기여 오는것이엇
다 아 나는그만 그노피에서 아슬아슬 쮜어 나리
는것이엇다 흡사 날으는거와가튼것이엇다 그러다가
나는 꿈을깨인것이엇다 눈을써 精神을차려보니 박
갓테는 밤새 눈이 나리어 하야케 싸혀 잇는것이엇다.

주: 1941년 12월 19일 ≪만선일보≫에 게재.

마명(馬鳴) ●

밤

밤 기입고
달 휘영청 밝다

이 한밤
옛마슬 그山속엔
아마 숫쪽새가 밤도와 청성맛게 울듯도하나

내 외롭게 고요히 머리숙이고
초라한 옛記憶만 한갓되어 反芻해보노니...

이윽고 저달이 山머리에 기우러
어둑 어둑 窓살에 그늘에지면

나는 그만
슬픈 귀쏘람이새끼처럼 이밤을 새우리로다

주 : 1940년 12월 15일 ≪만선일보≫에 게재.

장만영(張萬榮) ◉

離別

賣笑婦 쏘니야의 숨속에 困한 내가잇다 나의
가슴속에 離別의 서러움이잇다 서러움속에 쓰거운
눈물이잇다

비를 告하는 차디찬새벽 새벽꿈이 琉璃 窓에나
타날제 안타가운 마즈막테—제......쏘니아의 서늘한
검은 눈썹에 갑작이 방울방울맷는다

쏘니야! 너의愛情은 나의靑春에게 아름다운 花粉
을 裝飾하려하건만—오오 殘忍한 새벽은 멋번이나
우리에게 눈물을督促하엿쓰뇨?

흐득여 우는것은 窓박게 보슬비다 눈물을 흘리
는것은 귀여운 쏘니야다 灰色의 庭園을 휩쓰는것
은 追憶의 바람이다

사모왈이 쓸코잇는 寢室 나는거기두고온 쏘니야
를 생각하며 어두운 충충게를 나려간다 충충게를
나려가며 오랜歲月의 寂寞을計算한다.

주: 1940년 12월 22일 ≪만선일보≫에 게재.

렴홍운(廉鴻運) ●

驛名板

네 表情은
언제나 슬프다

오날도 섯고 來日도 서잇거라
黃昏의 無蓋車에 내 運命을 실노니
남어지 푸념은 後日 다시만나하자

車票만 손에들면
어덴들 가리라만
傳送人 하나업시 어쩌케 가라느뇨

사랑도 두고
원수도 두고
알몸둥이엔 무거운 嗚咽을안고

구름이 일고 날세가 嶮하련다
離別이 嘆息하는날
期約을 盟誓하는날

歲月도 가는구나
모도다 가는구나
너만 홀로남어 風霜구지 살겟구나

주: 1940년 12월 25일 ≪만선일보≫에 게재.

문원흡(文元洽) ◉

孤獨頌

밤이면 샘물 나오는 소리를 듯는다
사나온머리털 한오래기씩 만저보다

기차의 머-언 汽笛을 잠고래처럼 들어본다
쏘그리고 전등불을 빤히 처다본다

거울압페 焦燥해진 눈瞳子
이제 悲哀랄듯한 그림이 비웃는다

밤의妖精이 親切이 차저온댓자
들러줄 노래도 업다
보여줄 춤도업다

海峽에 모래알이 종알거리듯
허물업는 古譚이라도 속은거럿으면

주: 1941년 2월 1일 ≪만선일보≫에 게재.

윤재도(尹載道) ●

水仙花

어여쁜 단장을 모—다 이저버리고
水仙花는—

그윽한 달빗츨 피하여
외로운 修女처럼 자라거늘

神 의 조그만 作亂은
永遠히 色彩업는 運命을 지녓고나

눈물서린 네가슴을 알어보는까닭에
이밤엔 조와 愁心에 잠기리니

水仙花야—
나는 몰래 그늘에다 키우리라

———————

주 : 1941년 2월 20일 ≪만선일보≫에 게재.

리응진(李應辰) ◉

楓嶽行

旅裝을 풀고 樓上에 定坐하니
峰頭에 구름일고 階下에 綠水로다
松林間 부는바람 世波일랑 傳치마라
雜念일까 하노라
集仙峰 압草堂에서

바위산 노픈峰을 골골히 차저드니
푸른솔 붉은丹楓 곱게역거 물들엇네
이中에 안즌몸 돌아갈念업는가하노라
新萬物相 天仙臺에서

創出芙蓉 이라한들 이럿르시 奇異하
여 玉流洞天 이라한들 저럿트이 맑
단말가 이江山 버리고 내참아 어이가리
玉流洞에서

毘盧峰 올라서니 千里가 咫尺일세
山下에 구름일고 眼前이 碧海로다
胸中에 서린懷抱 九天에쏘다볼까하노라
毘盧峰에서

千餘年 긴歷史를 너혼자 버칠논가
새일이 바쑤거니 지낸일 뭇지마소
가다가 괴롭고 무겁거든 나를생각하소서
普德窟 銅柱압페서

玉溪에 낙시너코 台우에 안젓스니
集仙峰 힌구름이 홋다뫼다 하노매라
紅塵아 일지마라 이興을째울까하노라
　　　　　　　釣台에서

———————————

주: 1941년 11월 8일 ≪만선일보≫에 게재.

심련수(沈連洙) ◉

大地의 봄

봄을 이즌듯하던 이쌍에도
蘇生의 봄이 차자오고
녹음을 버린듯이 얼엇던 江에도
얼음장 나리는 봄이왓대요
눈우에 마른풀 쯧던
불상한 羊의 무리
새풀 먹을 즐길날
멀지 안엇네
넓은 荒蕪地에단
蜃氣樓 宮을 짓고
새로오신 봄님마저
잔치노리 한다옵네
옛봄이 가신곳
내일 밧비 못봤길래
올해 오신 이봄님은
누구더러 보라 할고.

강덕 七 · 四 · 一, 龍井에서

주: 1940년 4월 16일 《만선일보》에 게재.

旅窓의 밤

길손이 잠 못이루는 이 한밤
胡窓에 희미한 등불
더욱이나 서글퍼요
갈자리 롬 눈에는
旅歷이 찔어잇소
칼자리 난 木枕에는
旅愁가 몇천번 베여젓댓나
지난 손 화김에
애꾸지 탄 담배꽁다리
구석에 타고 잇서
마음 더욱 설레운다
어두운 이밤길에 달리는 旅中
왈그덕 썰그덕
胡馬의 발굽과 무거운박휘
이내마음 밟고 굴러가누나.

강덕 七 · 四 · 二0, 龍井에

주: 1940년 4월 29일 ≪만선일보≫에 게재.

大地의 暮色

西天이 남긴 노을
어둠에 저서 울고
陰氣품은 저녁 바람
땀 배인 몸에 스며든다

저므려는 大地에
짙어가는 暮色이
어둠의 幕을 들어
東쪽 하늘 덮어 온다.

오! 大地여
거룩한 그대여
어둠 속에 숨으려는
크고 검은 그 얼골을……

강덕 7년 4월 5일

주: 1940년 5월 5일 ≪만선일보≫에 게재.

길

온길에 남긴자최
보이느냐 그녯날
낫선곳 오는동안
한사람도 못보앗네.

압길이 험한줄
먼저부터 알엇서도
지난길 그가틀줄은
처음에는 몰랏서라.

가더나 이길로
어쩐사람 멋이나

자최마저 히미하나
더알바 업더라.

온길은 멋천리며
갈길은 멋만리냐
가다가 다진해도
쉬여말진 안으리라.

———————————

주: 1941년 3월 3일 ≪만선일보≫에 게재.

人類의 노래

쉴새업시 밀려치는 사나운물결
陸地의 테가ㅅ을 깨물어뜻는
마즈막 發惡을 그대여보는가
北極의 氷原에서 白熊이 울고
極光이 輝煌하는 雪原에서
北으로北으로 避難가는 에쓰키모를
누구의 힘으로 挽留할소냐

얼부프는 地軸에서 용가름트는소리
地魂이 바질듯 震動하고
식어드는 兩極에서 찬바람이일어
微溫이 殘存을 삼기켜함을
그대여 참으로알고잇는가
그대여 最後의勝利가 勝利라면
勝利를 못가질것 그 무엇이냐

地熱이 식으면 달굴수잇고
地軸과軌道가 破盃되면 발굴수잇스리니
地球星이 宇宙間에 잇슬째까지는
우리의 心熱을 輸熱할수잇고
人類의 歷史를 살릴수잇슬게다.

주: 1941년 12월 3일 ≪만선일보≫에 게재. 이 시까지 포함한 5수가 ≪만선일보≫
   에 발표된것외에 아래의 시는 모두 심련수의 시창작노트의 육필원고에 근거
   하여 정리한것임. 아주 선명한 오식에 대하여 한두군데 손을 댄 외 모두 원고
   대로 옮겼다.

등불

尊嚴의 거룩한 등불이
문틈으로 새여 든
한줄기 暴風에 쌓여
꺼저 버렷습니다.
그 옛날 祖上께서
처음 켠 그 불이
그동안 한번도 꺼짐없이
이 안을 밝혀 왓댓습니다.
그들은 그 빛에
옛일을 보면서
하고 싶은 말을 하며
일을 하여 왔습니다.
그러나 지금도 어둠 속에서
숫불을 부는 이 있으니
또다시 밝어질 때가

멀지 않엇습니다.
그 등에는 기름도 많이 있고
심지도 퍽으나 기오니
다시 불만 켜진다면
이 집은 오래오래 밝어질 것입니다.

———————————

주: 1940년 2월 8일.

牧者

順한 무리 잇끄는
어진 그대여
맑은 물 연한 풀밭이
얼마나 반갑던가요.
多情한 저녁 볓에 그려진 무지개는
얼마나 그를 위로하던가.
칠줄 몰으는 그 손에 사랑의 채죽
怒를 잊은 그 마음에 慈愛의 情
不平없는 무리에 스승이외다.
노을에 물드린 저녁 길에
어린 羊을 안고 노는 늙은 牧者 얼골엔
平和의 微笑가 흐르더이다.

———————————

주: 1940년 2월 14일

北國의 봄마지

봄을 잊은 듯 하던 이 땅에도
蘇生의 봄이 차저 오고요
녹음을 버린 듯이 얼엇던 江에도
얼음장 나리는 봄이 왓대요
마른 풀 주어 먹든
불상한 羊의 무리
새 풀 먹을 즐건 날
멀지 않엇네
넓은 들 黃金새ㅅ판엔
蜃氣樓 宮을짖고
새로 오신 이 봄 마지
잔치노리 한다옵네
옛 봄이 가신 곧
내일 바뻐 못 봣 길래
올해 온 이 봄 님을랑
마지잔치 送別놀이 잊지 않고저.

주 : 1940년 4월 3일. 시 ≪대지의 봄≫의 초고인듯 하다.

어대로 갈가

東으로갈가
西으로갈가
南으로나北으로나
어느곧어드메가

갈곤이드냐
안개끼인周圍에는
울음소리않끄치고
길잃은젊은이의
아우성소리
끝칠새없쇠라
어느쪽한끝에
일터가있고
이내몸힘다하여할
일거리있난고
갈길이險한들躊躇할몸아니니
옳은길갈곤이면모든것내던지고
차저갈려함이오다.

주: 1940년 4월 3일

가난한 거리

내가 걷는 좁다란 골목
까아막케 끄실은 처마밑길
울 없는 몽둥집과 집마다
새까만 나무쪽 門牌가 초라하고
누덕빨래 걸린 밑엔
주럽에 쭈그럭 낯 얼른거리고
헐벗은 어린아이가
맨땅에 주저 앉어 발버둥친다.
가난한 거리

때ㅅ물에 함박 젖은 살림
번활ㄹ 자랑하는 뒷골목에는
말 못할 悲劇이 도리질하고
彈力 잃은 창백한 血管으론
죽은 피가 찔눅거리나니
그것은 일에 짖인 이 거리의 사내엿고
빛 잃은 좁은 거리는
造幣局 뒷 골목이엇다.

주 : 1940년 4월 24일

떠나는 길

海蘭아 간다 오마 半萬里 먼 길을
四年 間 먹은 情도 적다곤 못하겟다.
갈 길이 멀고머니 쉬여쉬여 가련다.

帽兒뫼 꼭대기에 푸른 빛 열벗으니
돌아올 그때에는 綠陰아 깊어저라
山과 물 다 구경하고 돌아와 비겨 볼깨.

주 : 1940년 5월 5일

松花江

松花江 흘러간다 오호쓰키 넓은바다
滿洲땅 곱게흘러 마음껏 가소서
하루빈 뱃사공얼골 잊지말고 흘으소서.

물결은 곱더이다 물빛도 마음에 들어
마음의 보재기에 그물을 저서다가
우리님 고흔얼골을 싲어나 주고싶다.

松花江 너아니 이땅의 생명수냐
물넘겨 벼를주고 고기길러 살려주니
이땅이 살지거라 기리기리 살지거라

松花江 물소리는 사랑의 속삭임요
님하고 배를띄워 흐름에 따라갈가
가다가 가시없는 잔디기슭에 대여주럼.

一九四〇. 五. 二〇.

주: 1940년 5월 20일

낯익은 품속의 사랑

馬鞍山 허리턱에 실바람 올려 분다
黑煙이 않 끼이는 龍井의 품속에는
平和의 내 殿堂이 있는 곧 우리의 터.

海蘭江 물 맑어서 봄 하늘 빛인 곧에
힌 구름 가고오니 그림인 듯 하여라.
旅窓에 지친 몸을랑 고히 받아 주소서.

주: 1940년 5월 22일.

룡정역두에서

크나큰 집도 보고 번화한 좋은 거리도
내게는 못할세라 맨땅인 龍井 거리
마음이 가는 곧은 낮익은 이 곧 뿐이다.

알들이 맞아주는 사람이 없어도
내 마음 시원해라 맞아준 이 곧 空氣
映畵館 속에 있다가 달 아래 나온 것 같더라.

주: 1940년 5월 22일.

새벽

未明의 曠野를 달리는 者 누구냐
동터 올 새벽을 기뻐 맞을 젊은이냐
짧어진 횃태에 콸콸 붙은 불
새ㅅ빨간 불길이 춤을 춘다
푹푹 욱으러든 자죽마단 땀이 고엿고

大氣를 몰일듯한 呼吸의 律動
地心을 놀랠만한 그 武步는
피 묻은 싸홈의 餘勢의 延長
暗黑을 익인 凱旋將兵아
캄캄한 어둠 속에 쓸어젓다
勝利者여 萬難을 克服한 鬪士여
오래지 않어 曙光이
그의 낯을 몸을 빛이리니.
속으로 웃어 마음에 기꺼하라
쥐여던 홰ㅅ태로
따라오는 힘의 무리의 갈 길을 그라처 주라
해 돗는 動쪽 하늘가 넓디넓은 그곧으로 그곧으로

주 : 1940년 5월

옛터를 지내면서

그리고 좋다던게 그닥지 않고나
할마니 자랑말도 옛날의 자랑이고
할아배 고생터전이 이제는다 없어젓노.

어릴적 놀던 시내 방축이 높어젓고
그 많던 물조차 인제는 말러짓으니
옛터에 남긴 기억이 더 히미 할새라.

주 : 1940년 8월 10일.

솔밭길을 걸으며

솔밭엔 길 없어도 걷기만 좋더라
묵어지 솔방울이 땅에 떨어 굴고 있네
골올은 골바람만이 이 곧을 또 지낸다.

새조차 안 우는 제 골바람 마저 벋어
몰을 곧 어드매서 바다소리 들려온다
望鄕에 쩔은 몸이니 가올줄 몰나라.

주 : 1940년 8월 11일,　甑峰에서

바다ㅅ에서

푸른 마닷물결 자지색 바다ㅅ빛
바다ㅅ가 힌 바위에 밧투 자란 다박솔
어느 것 한가지인들 맘 아니 들소냐.

물결이 허비는 듯 백사물 홄고 가고
난바다 설은 곧에 낮선 객 발자욱이
홄고 허비는 물결에 지윗다 없엇다 하네.

주 : 1940년 8월 14일, 東海岸에서

海邊一日

白波야 東海 바다 힌 물결치는 바다
성내인 그 모양이 늠실거려 지금까지
海風은 불어오나니 이 답답한 땅으로

힌 물결 부드치는 海邊의 巖石우에
일흠 몰을 水鳥가 처량히 우는 날
나는 힘찬 푸른 바다를 오래동안 보왓다.

———————

주: 1940년 8월

寢頌

짧은 安樂을
그리고 永遠한 安息을
나는 날마다
잠에서 얻노라
잠이 주는 甘酒에 醉하여
밤의 따뜻한 품에 안겨
하로낮 일에 축한 몸을
잊고서 쉬나니
나의 사랑의 보금자리
나의 위로의 歡樂處엿다.

———————

주: 1940년 9월 13일.

地平線

하늘 갓 地平線
아득한 저 쪽에
휘연이 밝으려는
大地의 黎明을
보라 그 빛에
들으라 그 마음으로
웨처라 힘찬 성대로
달려라 해가 뜰
地平線으로
막힐 것 없는 새벽의 大地에서
젊은이 노래를 높이 부르라.

주: 1940년. 일자 미상.

길

들길 걸어 진흙길
나쁘다 마소
궂은 길 걸음도
걸어야 알소이나
고개길 오르기
바쁘다 마소
오름도 내림도
같은가 하노라
배움의 길

마르다 마소
가물 끝에 나리는 비는
반갑기도 하더이라
渡世의 길
쓰리다 마소
쓰림 없이 얻은 成功
없다고 하더이나.

주 : 1940년, 일자미상. 1941년 3년 3일 ≪만선일보≫에 발표된 ≪길≫과 다른 작
품이다.

나그네

머언 追憶의 故鄕에 돌아온 외로운 나그네
잇기 낀 담 밑에서 서성이는 옛 임자
아득한 옛날에서 찾으려는 세간사리
그것은 벌서 남이 가진 터전이엿다.

떠돌든 맘이 되돌아오게 함도
한 낱이 서러운 故鄕의 愛着
지고 간 설음에 늙어온 半生이
찾으려든 터전도 낯 서러워라.

주 : 1941년 2월 26일

人生의沙漠

熱沙 막막한沙原에
駱駝잃고 헤매이는 불상한人生
네갈길이 險하고나, 아득하고나.

그늘없고 물없는 타박불에서
목말러 허덕이는 가엾은人生
네목숨이 애처럽고나 가련하고나.

길없고 자최없는 넓은沙漠에
갈발잃코 彷徨하는 初行人生아
네脈이 盡하겟고나, 짖이겟고나

뜻없는 人生의沙漠에
하염없는 苦生에 찡그린얼골
네얼골이 초라코나 보기싫고나

同行없는 沙漠의一生
淚腺말라 눈물못흘리는 빼빼마는人生아
네울미 슲으고나 寒心하고나.

三. 二五

주: 1941년 3월 25일

추억의 海蘭江

내 잊이못할 하나의흐름인 너

겆은땅 間島의품을 흐르는 生命水야
너는 永遠히 믿엄성있는 나의동무였다.
목말러 허덕이든 불상한 옛날
꾸여진背囊 헌옷만이 남엇을 때
힘차고 늠실늠실한 너를찾엇섯다
얼마나 반겼는지 너는 알리라
枯渴을 추기고 苦勞를싳은것도
이몸이 이만치된것도 누구의 힘인지알것이다
六年이란 그동안 잊이못할─生의한토막
바람세인 北쪽 하늘에 黃塵이날릴제
나는 눌러쓴고개를 숙여 龍門橋를건너다넛다
봄 여름 가을 겨울 흐린날 개인날
말없이 혼자서다니는때도
마음속에는 언제든지 네가 동무하여주엇섯다

三. 一七

주: 1941년 4월 5일

좁은門

닺인門을 다열어제치면넓을것이어니
한쪽門만을열어놓고 다니다니
웨 그문을다 못여는고 다못여는고
밀며─당기며하는꼴이그리보기좋은가
마음대로 뺏고다닐 活步를
왜 주리트리려는가
그門을열소이다 박차고래도

단거번에 나갈길을 열어제치고
새힘에 맛겨서 좁던門을 넓게나가보세

四. 五　旧橋에서

주: 1941년 4월 5일

沈默

淡灰色　沈默속에
化石같은　瞑想이
붓처처럼　聖스럽고
秩序없이　날뛰든　阿修羅는
疲勞에　취하여　넘어젓나니
雜音에　뒤숭숭하던　누리의　얼도
深海海底처럼　묵직하다
흩어진　騷音숲에
森嚴한　沈默
흘러간　거짓속에
믿음있는　沈默
아―나의祈願은　나의祈願은
無人之境같은　靜寂한　聖地로
沈默의　行軍을하나니
沈默의　行軍을　繼續하나니.

四. 二四

주: 1941년 4월 24일

死의 美

罪많은 生上길에
절눔바리된 人生은
무거운 짐에눌려
허덕이며 애쓰고
거품같은 虛慾에끌려
밉살궂은 醜態를 진넷고
고단한 生의품에안겨
헤우름치든 짧다란生涯를
깨끗이 벗어던진 死의美
시원하게 잊어버린 痛快의美
모든罪果를 벗엇나니
微塵만치도 남김없이 갚엇나니
미워하고 죽이려든 敵도
죽엇다면 옛잔은瞬間의心事
死로써 敵을征服하는아름다움이여
아끼지 않고 받으리라 나는언제든지

四. 二八

주 : 1941년 4월 28일

孤獨

二十의올음길 각바른峻嶺에
외로히 걸어온 한줄기발자욱
炎天의暴陽도사나운暴風도

구즌비나리는 陰散한날에도
고달픈登山을 쉬지않엇나니
이몸에넋이있을 그때까지는……
구태여 없는同行을
멈추어기다리지않으리니
이한몸을벗삼고 나갈몸이라
누가기다림을 않바래며
그누구딸아옴을 願치않노니
孤獨의등에진 륙색에다
思索을걸머지고
외로운登山을續行하며
하늘을찌를듯한이嶺꼭대기에다
이넋이자리를잡어놓고
마음껏높은소리질러보곤
내리막저쪽은 내리뛰리라
絶壁을深谷을 가리지말고
峻嶺넘은 기쁨을가슴에품고
孤獨의한평생을맞치려한다.

五. 七

주: 1941년 5월 7일

고향

나의 故鄕 앞 湖 내에
외쪽 널다리
혼자서 건너기는

너무 외로워
님하고 달밤이면
건너러 하오
나의 故鄕 뒷山에
묵은 솔밭 길
단 혼자서 올으기는
너무 힘들어
님 앞선 발자죽
딸어 예려오
나의 故鄕 가슴에
피는 꽃송이
쓸쓸히 선 것이
너무 설어워
님 하고 그 위로
자조 가려오.

주: 1941년 7월 30일

턴넬

길다란 턴넬
캄캄한 굴속
自然이 가진 神秘를
뚤러놓은 微弱한 힘
눈을 뜨고 찾어도
걸키우는 物件
밟이우는 송장

바닥 가득 늘어 잡버진 꼴
아! 빛이 없어 죽었나
빛이 싫어 죽엇나
그러나
또 無數한 生命이
네루를 베고 枕木에 누워
지내갈 박휘를 기다림을…
싸느란 송장의 입김에서
울부짓는 소리
위를 울어러도
아래를 굽어도
선해 보이는 그 캄캄한 굴 속

주: 1942년 1월 3일

星座

기우러진 하늘
빤작이는 별무리
北으로 틀려진 天河의 머리에
位置 잃은 별들
빛을 찾어 헤매는 天使의 옷고름에
싸락 별들이 반작이더라.

주: 1942년 1월 13일

숲속에 나는 음악소리

맑은하늘밑 욱은숲속에서
들려오는 싱싱한 소리
무장야 한쪽에서 울고있는 꾀꼬리떼
네울음은 울어도 웃는소리요
틀림없는 天使들이 부름같이
넋을찾어 헤매는 귀에 울려주더라

10. 15 江古田武藏野音樂學校앞에서

─────────────

주 : 1942년 1월 15일

明暗

누구를 찾어서
險한 길 헤맸던고
가시에 찢긴 살
오! 無慘한 靑春의 피!
아깝잖을 피라면
한 방울도 남김없이
흘려 버리련만은…

─────────────

주 : 1943년 2월 3일

電車

早稻田(와세다) 終點까지
지처 비틀거리는 낡은 車胴에는 많던
客이 끊어지고
運轉手와 車掌과 數名의 客만이
앉아 조을며 搖動에 딸아 흔들고 있다
고흔 몸 연한 손이 쥐여지던 줄가락지
쥘리 없는 외론 때 列을 맞어 흔들리고
걸어 붙인 포스타에 크다란 色字만이
視線에 지친 글을 쉬이고 있다.
밤! 열한 時!
와세다 終點車庫는
검고 큰 입을 따악 벌리고 있다
나리는 사람은 말없이
올으는 客은 하나도 없이
나머지 선 電車에는 運轉手와 車掌이 셋(三人)
아―사람도 박휘도 다 지첫을 것이다.

―――――――――

주: 1942년 3월 13일

맨발

假裝을 벗어던진 痛快感으로
끝없는 스텦프를 달리는 마음
내 소원이 참 우슴 치며
해 뜨는 東쪽 하늘가로 달리고 있다

어려서 갖어 보든 참을 찾고저
땀 뭇은 過去를 달게 받엇나니
꺼저분한 形式은 누가 만들며
억울하게 服從할者 그 누구드냐
覊絆을 끊어 던진 알몸둥이로
활개 치며 하늘아래 巨步를 하자
아낌없이 이 땅을 굴러보노라
銳利한 神經을 짚어보노니
地脈을 예보다 더 힘차게 뛰고 있더라.

주: 1942년 6월 1일

외로운 새

내 가슴에 깃드린 한 마리의 새
오늘도 일은 새벽 먼동이 틀제
어데론가 외로히 날러 갓기에
무엇인가 잃은 듯 섭섭하여라.

한 마리 적은 새 날르는 앞길
구름 깊어 지리한 자욱한 하늘
마음 죄여 못 놋는 안타가움에
너를 품을 가슴이 무한 뛰노라.

어둡는 저녁 바다 적은 섬에서
앉었다 쉬여오는 젖은 몸둥이
낯설은 해협의 비포에 배여

무거워 지친 모습 애처러워라.

———————————

주 : 1942년 7월 27일

放浪

나는 가련다 정처 없이도
이 발길 가는 곳 어데나
맞어줄 이 없는 낯선 땅
머믈 곳 정함없는 타향에서
호을로 헤매고저 또 떠나노라.

떠나는 느그네ㅅ길 서글퍼도
않갈 수 없는 방낭의 신세
어제 멈물든 오막사리엔
박꽃이 수없이 피였건만은
서리 전 굳은 열맨 몇 꼬치런고.

———————————

주 : 1942년 8월 14일.

孤獨

나를 직혀주는 하나의 벗
그는 언제나 잊지않고
내心靈 내周圍를 돌고있나니
煩惱에 휘감기면 풀어주고

憂鬱에 젖으면 말려 주엇고
焦燥에 말으면 추겨 주엇나니
내가 이 세상에 태여날 제
衛護의 神約을 맡은 그
人山人海를 헤매여도
언제나 외로운 나
다만 그 혼자 달으며 벗하노니
사랑도 사람도 다 싫어
그만 있으면 흐뭇하다.

———————

주: 1942년 9월 15일.

滿洲

잘 살려고 故鄕 떠나
못 사는게 他鄕 사리
간 곧마다 펴친 心荷
뜰 때마다 허실됏다

흐뭇할 품을 찾어
들 뜬 마음 잡으려고
두러서 東海를 漁船에 실려
대인 곧은 漠漠한 벌판이엿다.

싸늘한 北風마저 해넓은 곧
떼장막을 치고 누어
떠들든 몸 쉬이려든 心思

불상한 流浪民의 꿈이엿다

서글퍼 가엾든 부모형제
헐벗고 주림을 참든 일
지금도 뼈 앞은 눈물의 記錄
잊지 못할 拓史의 血痕이엿다.

———————————

주: 1942년 9월.

碧空

울어라 웃어라 네 마음 낵키는 그대로
어재의 흐림은 싲은 듯이 겆이이고
끝없는 九天이 푸르러 두터웁다

가거라 마음껏 뉘 아니 막으리니
流浪은 즐겁도다 拘束없이 좋을세라
四海의 그 우에는 가린 것이 없으리라.

날어라 뛰여라 가벼운 그 몸으로
흐림 없는 그 마음에 새 기쁨이 깃드리니
장하다 그의 生命 길이조이 누릴소니

불러라 노래하자 춤을 추며 축복하라
누리를 명낭케 할 그들의 일터에
상서로운 碧空에 凱歌를 울려 봄세.

———————————

주: 1942년 10월 8일

잊지못할 그눈

칼날칼날 샛파란칼날같은 北風아래
싸르륵 불어오는 눈보라치는날
中東線 어떤 조그마한 停車場에서
언발을 굴르며굴르며 찾은데가
몇집되는 그들의 추운집이였다
그러나 춥지않었다 그로因하야
말은없었다 그러나그말은 내마음의귀에
똑똑한 몇마디말을 전하여주엇다
그는 신비로운그눈으로 말하엿다
그러나 그자리는 오래지않엇다
나그네 정처없는 발길에
무엇이 있을수있으랴 그저잊지못할
그 熱情품은 눈으로
뚜러지게 보던 그少女는
벌서뉘어머니가 되엿을지도몰은다
만일 그가이글을 본대도
그때보던 그사람이 쓴것조차 몰을게다

十月九日

주 : 1942년 10월 9일

幸福

不幸을 幸福으로아는 幸福은
참다운 나의 幸福

不遇人生이나마 힘차게 살려는 慾望
무엇보다 크고도 즐거운 삶
하나에서 백까지 있는게 없어도
不平을 품기싫은 天痴같은 幸福感을
온 天下사람이여 가지고싶거든
오라—그리고 믿으라 네마음을
가질것없고 줄것없는 그것부터
오로지 한없는 幸福의 씨
苦를樂으로아는 미련하고 鈍感한그로써
알수있는 哲學의哲學을찾어내라
眞理에서 眞理를 얻으려는 努力을
미련하다 웃지말라
미련하다 웃는것이 무엇보다 미련해
世上은 모든것이 幸福뿐인것
그 누구 不幸에서 눈물짇던고……

十月 九日

주: 1942년 10월 9일

거리에서

출렁거리는 人波에밀려
生의活劇인 幕을열고서
모다가 有名無名의 俳優가되여
스스로 즐기는 化粧을하였다
울때에웃고 웃을때에우는
劇가운데 劇을演出하고있다

누구나될수있는 俳優

누구나볼수있는 觀衆

모다가 分別없는 한곧에서

울고 웃고 먹고 자고 사랑하고하는

땀이최최한 그상판에서

무슨 크다란 表情이있을가

업쓸려 한바탕구으는것이

무슨 경황이 있을소냐?......

10. 10

주: 1942년 10월 10일

벽

부러진 막대

앞흔 다리를 절게 한다.

길은 멀다.

길은 험하다.

꽂인 채 박히운 무드럭 철필

벽에는 다만 한 쪼각의 그림

無慘을 비웃는 저주의 입

罪惡을 흘기는 義憤의 눈

살었다.

죽었다.

온 세상은 아모 것도 아니다

다만 한 쪽 벽을 향하야

팔짱 찐 사내가 말없이 섰을 뿐
心弦을 떠난 한대의 살촉이
벽의 血管에 박혀졌다.
피다! 선지피다!

주: 1943년 1월 18일

너는나와 같더라

오오! 사람은 무엇에속아사나
캄캄한밤은 샐때가있으려니
人生도 그같은새벽이나오던가
만일 없는줄안다면
어떻게하려나 사람아너는
永遠한밤이 繼續한다면
慘酷한現實이 사로잡으면
오오! 너는죽엄으로써
모든것을 淸算할만하느냐
곰팡내나는 어둠속에서
타다남은동강을 찾는대야
불씨는어데서얻는단말이냐
自轉은그대로自轉대로
육중한몸을굴릴것이다.

十八. 一. 三一

주: 1943년 1월 31일

슲은우슴

울어도설거던 웃기나 하지
몸부림칠줄 몰은대도
설음을슲어함은 같을게다
옳거던 끄덕여서알려주고
긇거던 저어서 깨처다구
참다운삶은 모름직이
쓰린가운데 있으리니
갈래많은길섶에서 망서리는
철못든외로운 길손하나
구태여가린들 무삼하리
온세상은 그다지도복잡하더냐
가거라 발가는곧으로
가면은 다같을지니
슲은울음을 삼키면서
설은웃음을 웃을줄알어라

十八. 二. 一

주 : 1943년 2월 1일

밤

밤은깊으려니
받은 상처마다
오뇌는 맺이거늘
낡은신오리는

맥없이끊어지더라
오리는오리오리
갈대는갈대마다
흩어져풀리더라
무거운밤
어두운밤
밤은한없이깊어만간다.

　　　　　　一八. 二. 二

주: 1943년 2월 2일

네가할일

바줄은 끊어졌다
지말은빨래는 몬지속에 떨어졌다
버쳇던장대도 맥없이 넘어졌다
이어야한다
빚이어야한다
싲어야한다
널어야한다
끊어진바줄!
작난군아해가 얄밉게 저즈룬 詛呪의惡劇!
이어야할 使命의줄
어느한쪽을 풀어야만
동강난두토막을 이을수있을게다
키못믿는 억센매듭을 어떻게풀리

이어서씨기의뎗어야하지
장대를벌이고 널어야하지
불상한孤兒의설음
꾸지람을 무서운일에짖어
애타는焦燥의 적은가슴을!
누구의힘으로
누구의손으로
누구의키로써
오! 너는불상한少女
잃토록짖인몸도 못쉬드냐

十八. 二. 八 밤

주: 1943년 2월 8일

少年아 봄은 오려니

봄은 가처웠다.
말렀던 풀에 새움이 돗으리니
너의 조상은 농부였다
너의 아버지도 農夫다
田地는 남의 것이 되였으나
씨앗은 너의 집에 있을게다
家山은 팔렸으나 나무는 그대로 자라더라
재 밑에 대장깐집 멀리 떠나갔지만
끌풍구는 그대로 놓였더구나
화덕에 숯 놓고 불씨 붗어

옛 소리를 다시 내여 봐라
너의 집이 가난해도 그만 불을 있을게니.
서투른 대장의 땀방울이
무딘 연장을 들게 한다더라
너는 農夫의 아들
대장의 아들은 아니래도…
겨울은 가고야 만다.
季節은 順次를 銘心한다
봄이 오면 해마다 生命의 歡喜가
生氣로운 神秘의 씨앗을 받더라.

———————————

주 : 1943년 2월 8일.

碑銘에찾는일흠

온終日 쉴새없이
헤매며 찾었노라
아모도 없는곧
碑石만 충충서있는共同墓地
異域의쓸쓸한 어느겨울날
하로해는 소리없이 저물더라
손바닥이 부르트도록
碑石을붓잡고돌었으나
한사람도記憶엔않남는碑銘
모도가낯설은 일흠이더라
끝내너도姓을일흠을……
追悼할벗이여!

咀呪할벗이여!
異國에외로히 뭇엇다기에찾엇노니
웨! 무덤조차 않뵈이는고
碑銘에變할 일흠의몸이면
죽기는 웨죽는단말이냐
世俗이그처럼 싫고밉더냐(차고맵더냐)
오! 불상한벗아!
아까운 젊은이여!
죽엄으로 모든것을淸算했느냐
이밤도 여기서 새마……
來日은또밝으려니
네가죽던 이땅에다
모진눈물이나 뿌리고저

　　　　　　一 八 二. 一七

주: 1943년 2월 17일

心星

오늘밤 밤중에
적은 별 하나
무엇보다 반가워
사랑보다 귀한별

외로운 曠野에서
눈물어린 눈으로
얻던별을 찾었노니

철없는 瞻星家

遠鏡없는 占星客
心眼으로 찾은 寶星
빛나는 愛의 光芒.
끝없는 靈의 歡喜로

數없이 깃드릴 밤마다
그쪽으로 돌리리니
오-너는 빛을 드리워
포근한 내 綱膜에 안겨야한다.

- 聖年을 보내면서 -

주: 1943년, 일자 미상.

固執

固執을 써라 끝까지
털끝만한 너그럼을 베푸지 말고
타고난 엇장을 굽히지 말라
벽을 문이라 미는 미련쟁이라

팥으로 메줄 쑨다고 우겨라
그 장으로 食性을 고쳐보게
소곰이 쉬여 곰파구 피고
사탕이 썩어서 냄새가 난다면

그건 고집 없는 탓이지
뼈치다 부러진건 痛快해도
늦기다 꺽긴 꼴은 싫도록 밉더라.

———————

주: 년도 미상, 1월 15일.

破影

깨여진 유리쪽
희미한 그림자
精氣없는 눈자위
일크러진 입귀
흐르는 건 춤
아! 미워라.
兩쪽 귀박휘는 짝짝
목에 지닌 시ㅅ퍼런 허물
險상스럽고 窮스러운 주름살
밎었다.
精神없이 밎었다.
白痴의 表情
自滅의 象徵
頭蓋骨은 아직…
골을 젓는다.
옳은지? 긇은지?
똑똑지 못한 判斷을
그래도 잊지는 않었다.
아니다, 아니다,

다른 것이 또 있어
꼭 있었다.
있어야한다.
그림자는 거짓이다.
거울의 탓!
마저 깨여 던짐이 옳은 게다.
오! 옛 얼골은 참으로 아름다웠나니.

———————————

주: 년도 미상, 2월 25일.

心紋

깁고 고요한 原始林 속
맑고 깨끗한 못가에
나는 나의 고독과 같이 섯나니
거륵한 聖林이 꺼구로 잠겨있고
허갭이같은 내 그림자만이 있다금 움직일뿐
開闢이 가진 沈默을 직히고 있다.
나는 지금까지 아끼고 아끼든 物件을
거울 알처럼 잔잔한 물 우에 던젓나니
그것은 人間이 第一 탐내는 黃金이엿다
그러나 이때까지의 妖艶한 그 빛은
여기 와서는 볼 수 없이
다만 내ㅅ가에 딩구는 허드래돌덩이엿다.
아!⋯끝내 貴重한 沈默을 깨트리고
아끼든 偉寶를 던지고 말엇으나 그러나
痛快한 마음은 가질 수 있엇으며

둥글게 둥글게 일어나는 波文이
기슭에 와 부드칠제
일홈 몰을 珍寶를 새로 얻은 것 같앳다.

―――――――

주 : 년도 미상, 4월 22일.

나그네

오! 너는 사람에서 逐放 당한 몸
맞어 줄 이 없고 찾을 이 없는 몸
오직이나 외로우랴
차디찬 길에서 한숨만 짖으며
定處없이 헤매는 그는
한낱의 떠도는 거품같고나

―――――――

주 : 년도 미상. 10월 8일.

房

언제나
해빛 한점 못 보는
캄캄한 굴방

되창 하나 못가진 주위
어둠에 반죽된 벽

한결같이 맥히운 방.

죄수처럼 가치워
조각같이 앉어 있는
변함없는 성자의 침방.

____

주: 년월일 미상.

候鳥

나는 날짐승 외로운 새
季節을 거스리는 候鳥래요
春南秋北 외론 넋을 품고
赤道넘어 椰子숲을 찾엇다가도
내 마음 가을 찾어 떠나는 신세
南에서 北으로 北에서 南으로…
極地의 氷穴에 둥이를 틀고
氷山雪原에 굶어 지내는
孤獨을 즐기는 不死鳥의 魂
봄이 오면 또 다시 날르고 날어
남쪽나라 常夏를 그리워 찾오.

____

주: 년월일 미상.

김례삼(金禮三) ◉

그와 나

초불은 방안에서 깜박이고
설레던 동무는 가지야 잠들었다
그 이마에 손 얹은채
고즈넉이 지난날로 달리는 내 사념!

객창에서 나도 병들어 눕기도 하였다
고달픈 병심 고향도 생각했다
사막같은 객지 고달픈 살림에
울며울며 동무도 찾았더라만…

손바닥에 느껴지는 그의 신열이여!
뼈 에이는 그의 신음소리여!
이다지도 아플소냐
그를 보는 내 마음
그와 나는 떠도는 사나이
고달픈 품팔이신세!

눈내리는 창밖에 바람은 잠들고
깜박이는 초불아래 그 눈굽에는
아직도 두줄기 눈물 마르지 않고…
아, 객지생활이란 쓰고도 써라!

1938년 12월

주: 김례삼시집 ≪인생의 고행길≫에 수록.

농추점경

오수의 흰꿈 랍같이 덮이고
옥수수 초리우에 붉은 잠자리
조용히 잠드는 농추의 한낮-

저 멀리 아득히
련산밑 지평선까지 뻗어져간 논밭
머리 숙인 벼이삭들 숙실을 꿈꾸는듯-

흰 연기 뿜으며 또-
산굽이 돌아가는 작다란 저 기차!
물 긷던 처녀 드레박 든채
바라보는 그 눈초리 수심겨워라

고추 따는 할머니 검붉은 허리틈에
숭굴한 해볕은 은근히 기여들고
고추 담긴 바구니속 새빨간 추색
철철 넘치는듯 그 빛갈 그윽해라

1938년 가을 홍원진에서

주: 김례삼시집 ≪인생의 고행길≫에 수록.

이역에 이지러지는 마음

한오리 저녁바람
들나무에 잠기운채 조용히 잠들고

저녁의 남은 연기
마술의 구름인양 나직이 떠오네

뎅그렁 뎅그렁!
나래펴고 밀려드는 은은한 종소리에
설레는 객지마음
서글픈듯 마글픈듯 공연히 애달파라

영창에 기대서서
오늘도 남천 고향하늘 바라보니
이역의 타는 마음
갈피없는 옛생각에 고향만 그리워라

호궁의 슬픈 소리
내 간장 에이는듯 듣기도 슬프더니
그 소린 어데 갔노
어둑한 서천에 장경성이 빛나네.

1940년 목단강에서

주: 김례삼시집 ≪인생의 고행길≫에 수록.

화전민

구름이 스쳐가는 마천의 봉만아래
산심은 유적히 골수바다 잠겼는데
벼랑진 비탈아래 한적한 계곡에는
흰 연기 자욱히 안개같이 서리였다

우람한 나무부리 괴석같이 널려있는
타다 남은 산버덩 이른봄 사양속에
산새의 꿈 깨우는 괭이소리 요란하다

불에 탄 나무뿌리 괭이끝에 뽑힌다
부딪치는 음향속에 석화도 있다
아련히 피여나는 엷은 연기사이로
아버지도 동생도 괭이질 바쁘다

송아지도 없는 보습도 없는
다만 괭이끝에 뚜져지는 생명의 흑토!
땀에 절은 우리의 거치른 호흡아래
재버덩은 다시금 흑토로 변해간다

생신한 흙내 비옥한 검은 흙!
힘차게 밟고 선 환희의 흑토우에
만열은 오관속을 달음질 친다

흙때문에 흙속에서 시달리는 우리들은
흙속에서 흙때문에 굶주려도 왔었거니

감시속에 화전을 뚜져야 하는
화전민의 설음을 깨물면서도
흑토에서 느끼는 환희와 함께
쾌자의 승리감에 새힘 다시 얻는다.

1940년 여름 목단강에서

―――――――――

주: 김례삼시집 ≪인생의 고행길≫에 수록.

이민렬차

진작 잊어야 할 환멸같은 기억이다
두고 떠난 미련도!
강을 넘던 애수도!

아득한 지평선 달리는 기차
백주의 괴물같이 헐떡거린다

한장 한장 넘겨지며
차창을 스치는 대지의 그림폭!
밀림이 물결치는 만학천봉도!
시야에 범람하는 끝없는 옥아도!
산기슭에 옹송그린 아늑한 마을도!
이어이어 넘어가는 련접한 수전도!

어느때나 그속에서
전선주와
전선주는
이어뛰기 선수들!
서글퍼하는 환송도 없는
반가와할 살뜰한 영접도 없는
우리들은 카나안 젊은 기사다
가슴마다 홰불은 불꽃 날린다

기차는 헐떡헐떡 달음질 치고
그속의 우리들은 나라 잃은 이민단!

※카나안: 성경중의 지명, 복지의 뜻.

1939년 목단강

주: 김례삼시집 ≪인생의 고행길≫에 수록.

쉬일참

들국화, 석죽화, 도라지꽃, 씀바귀꽃
한창 다투어 피는 물든 가을 풀밭에
낫 놓고 풍덩 앉아 담배 한대 말아문다

한모금 푹 삼켰다 뿜노라면
아지랑이마냥 피여오르는 대자연사이로
가을 맑은 하늘에 구름은 희다

살그락거리며 낫질하다 말고
한아름 조이단 누여놓은채
동생도 이제부터 쉬일참이다

어느 풀속에서 들리는걸가
한오리 청아한 풀벌레소리
산아래 개울물소리와 어울려진다

참새 지저귀는 밭두덩 허재비 모자우엔
잠든 잠자리 포근히 움직일줄 모른다

저어켠 수수밭 사이길을 잦은걸음으로
분이가 이고 오는 점심함지는
이때만 되면 끔직이 고대하는 즐거운 일과다

1940년 가을 목단강에서.

주: 김례삼시집 ≪인생의 고행길≫에 수록.

해방의 환호

  −목단강 고려인민군중대회에서

맑은 하늘 태양도 웃음을 짓고
환호속에 대지도 너울거린다

아! 저절로 터지는 환호소리에
흰옷의 격정들 환호 드높다

얼시구나 두둥실 춤이 솟는 이 모임
백의동포 수무족도 누가 빠질래

오늘은 해방된 고려인민 경축대회
우렁찬 홍군악대 성수 더 낸다

아, 벙어리 아닌 나 속말 해야지
나도 뛰쳐나와 웨쳐야 하지!

−36년 종살이한 왜놈의 세월
인제야 영영 끝장났으니

그렇다, 온 세계에 장엄히 웨치노니
그 누가 감히 또 우리더러 노예족이라 할테냐?

                1945년 9월

────────────

주: 김례삼시집 ≪인생의 고행길≫에 수록.

10월의 설음

　　−예과련 소년항공병으로 나간 동생을 기다리는 황예선동무
　　　에게 드리는 시

가는 비 내리는 단풍철도 가을날
비뿌리는 창너머 행길가로
행색이 초라한 일본포로병들은
떼를 지어 지나간다

어쩌면 저 행렬 볼 때마다 마음 설레여
쓰던 팬을 던진채 덧없는 생각에 사로잡힌다
언제나 살아서 오게 되려나!
이다지도 애타는 이 가슴속에
애처로운 망상의 모닥불 피워주며
아 아, 우근아
너 살았느냐, 죽었느냐?
꿈속에도 헐지 못해 벙어리같이
삼키는 누나의 이 슬픔을
아 아 누나의 이 슬픔을 너는 아느냐?

너는 늙은 부모 외아들로, 단 하나 동생 오빠로
남달리 총명하였기에
학교에선 선생님의 신망도 차지한 너였었지
생각하면 이것이 슬픔을 빚어낸 화근
≪가스미가우라≫(霞か浦) 하늘높이 은익을 번뜩이는
예과련 항공병의 어린 꿈도
오로지 너의 총명에다 뿌려놓은
왜놈들의 얄궂은 씨앗에서 움텄거니

다 익은 석류 같이 **빠개질듯** 치미는 뜻을 품고
촌 역두에서 떠나가던 그때는
가을도 단풍잎 흩어지는 10월이였다.

네가 품은 어린 꿈은 누구의 죄라 하랴!
너를 떠나보낸것은 누구의 죄라 하랴!
모든 설음을 단춤같이 삼키던 벙어리맘속
우리의 서러운 력사가 낳은
보다도 오히려
네 총명이 낳은 죄라 하랴
아 아, 너와 같은 역경속에 생사도 모를
소년들은 얼마나 되랴!
그들 배후에도 뭇줄기의 슬픔이 초연같이 솟으려니
우근아 진정코 너는, 진정코 네가 죽었다면
네 피는 동북의 혁명에서 물들인 피에 비해─
아하, 그렇다 물값도 못되는 물값도 못되는
값없는 피임을 몬내 나는 우노라

진정코 가을은 단풍을 안고 옛기억
쓰라린 이 가슴속에
끄지 못할 비애의 모닥불 피우나니…
아직도 가는 비는 흐득흐득 내리고
물든 가로수 한잎한잎 비에 젖어 떨어진다.

1946년 가을

─────────────

주: 김례삼시집 ≪인생의 고행길≫에 수록.

추음시첩(秋吟詩帖)

제철도 가기전 흰 기발 쳐들어 항복하는
새치꽃 핀 억덕우에
어느 철보다 지조를 빛내이는
가을들국화 한층 고상스럽다

목자의 채찍에 따라 흘러가는
토실토실한 양의 무리는 평화의 행진 같이
멀리 지평선 향해 보무당당히 걸어간다

엄숙한 묵상이 진행되는 그 순간같이
무겁게 머리숙인 조이삭 집체속에
독재자의 화신 같은 허재비 모자우엔
불경의 잠자리 조을고있다

해방된 약소민족의 군중대회 같이
웃음이 밝은 해바라기밭역
이삭의 무장해제에 대만 남은
옥수수밭은 꼴 사나운 패잔병이다

위대한 화가의 조색판 같이
채색 찬란한 가을들판은
계절의 정열이 잉태해 낳은
오묘한 결실의 호화판이다

영글은 논 곡식 황해를 이루어
무한한 환희 출렁이는데
돛배도 아닌 농부들 그림자 아물거려

바람결에 격양가 새힘 담겼다

누런 밭머리 잔잔한 낟알같이
점점이 보이는 밭이랑속에
미레의 화폭을 련상케 하는
이사굿는 아낙네들 그림자 정서롭다

숙실의 논바닥 황도진영에
어느때나 반동파인 야싸한 돌피는
농부가 가을하는 심판의 낫끝에
잘난체 쳐든 머리 잘려져간다

사양볕에 원두막이 할머니같이 웅크린
참외밭에는
농막을 거두는 로인의 이마
마치나 늙은 호박 같이 해볕에 빛난다

느티나무 늙은 그림자에 깔린 성황당 길옆
중국령감 졸고 앉은 로점대우엔
머루, 찔광이, 땅꽈리는 가을을 읊고있다

홍군이 입성할 때 우리들 가슴에
매여져 펄럭이던 새빨간 리봉 같이
가을을 맞이하는 오촌의 집집에는
익은 고추다랭이 진홍색이다

도야지 홍타령 귀찮은 을결에
적화운동 한창인 고추밭에는
붉은 고추만 따넣은 바구니옆

농가부녀 머리우엔 태양이 웃음친다

독점자본가의 배통 같이 볼꼴 사나운
별쪼이는 도야지의 안온한 꿈도
농사 잘된 이 가을 끔찍이도 고대하는
박첨지의 회감날엔 종언이란다

오곡으로 수놓은 가을풍경을
서정의 유리잔에 담북 퍼담아
상냥한 맥주 같이 단참에 꿀꺽
마시고싶은 오 오, 이 가을 촉감이여

1946년 가을 목단강에서

주: 김례삼시집 ≪인생의 고행길≫에 수록.

공작대가 오시더니

개털모자 눌러쓴 텁텁한 몸새
공작대가 마을에 들어왔지요
집집마다 찾아와 다정히 묻고
빈고농의 옛설음 알아주지요

지주, 부농 한쪽에 갈라놓으며
한힘 같이 빈고농 일떠나래요
원쑤들의 토지를 뺏아내라고
우리들의 새힘을 돋궈줬지요

밤에 밤을 이어온 고소대회는
빈고농의 앞길을 밝혀줬구요
우리 벗과 원쑤가 누구인가를
계급과의 투쟁에서 배워줬지요

뭉친 힘이 일떠나 폭풍 일구어
지주, 부농 그 서슬 꺾어왔지요
눌러 살던 빈고농 머리 쳐드니
우리들의 새 정권 일어섰지요

공산당이 보내준 공작대 오니
반가와라 우리도 해볕 보지요
빈고농이 허리 편 우리 세상은
공산당이 열어준 새 천지래요

1946년 12월 사도령자에서

주: 김례삼시집 《인생의 고행길》에 수록.

고농살이 리령감 춤췄다오

고농살이 리령감 춤췄다오
부처같이 말없던 고정한 령감
50평생 처음으로 춤췄다오

삼수 갑산 두메골도 막치기에서
화전민 그 설음 황소처럼 묵새기더니
삼림간수 올빼미눈 더는 피해 살수 없어

살길 찾아 만주땅에 찾아왔건만—

데릴사위 그 신세로 장가도 들어
홑옷바람 떠는 안해 손목 이끌고
쪽바가지 등짐으로 살길 찾아
두만강 건너선지 스물도 몇해만에—

제 나라 제 땅도 없는 그 신세
산도 설고 물도 설은 이국땅이라
강너머 고국하늘 바라다보며
남몰래 흘린 눈물 얼마였드뇨?

기박한 고농살이 딱한 신세라
천근같은 그 멍에에 눌려 살던 몸
지주놈 학대마저 기막혔는데

엎친에 또 덮친다고
농구렝이 왕가놈 그 건드림에
피해 돌며 애태우던 그 안해마저
원통해라 범이나 씹어갈놈의
만주사변 란시통에 잃은 뒤로는
불쌍한 안해도 제 신세도 기막혀
황소의 영각에도 눈물 짜던 그 세월—

일년 삼백 예순날 허리 펴볼 해가 없이
탁배기 한잔 술로 울화를 풀수 없던
기막힌 그 신세를 팔자탈로 알아오던

황소같은 고역살이 50평생에

옳바르신 토지개혁 향도로 하여
옥답이 차례진 꿈만 같은 새 세월—
빈고농도 의젓이 허리 펼 날 왔으니

얼씨구나 절씨구나 제 흥에 겨워
고농살이 리령감도 덩실덩실
50평생 처음으로 춤췄다오.

　　　　　　1947년 토개때 사도령촌에서

———————————

주: 김례삼시집 ≪인생의 고행길≫에 수록.

집일은걱정마우

나혼자선 정말루 못살것같애
끔직이두 그렇게 마음 보끼워
정녕 남몰래 몸부림두 쳤드니
진정 이제야
총데구 나가신 당신 그뜻이
치매띤 소박에두 알리우외다

온동내 모은
구락부 강당안이 기쁨에 들석 들끓던 그날밤
당신이 싸워얻은 공장(功狀) 타던 일

이반 지는
당신 안해된 크디큰 영광!

사모친 기쁨에 정성 다한 이글월은
멀리 당신을 못이저 잠안오는 밤에 마다
손바닥에 외로 써보던
야학에서 겨우 익힌 제글씨라우

한뉘 평생 치매띤안깐이란것
아이나 풍풍 나아 키우구
가매목 지킴이나 하는줄아라
매사는 스나들이 해줄줄알구
세상일아무것두 깡깜 부지구
해방덕에 우리꼴두 신세는 고첬대두
잔밥속에 농사시름 내한데만 떠메놓구
군대루 가신다는 당신 거름이
어찌두 내 혼자 안타깝든지
글세 아—덜 한데꺼정 건성질 부렸다우

하늘처럼 당신만 믿구살던 저
당신이 군대루 가신뒤로는
군속이란 제새루 말끔이 동내손만 처다보던저
이렁저렁 모임에서 보구 듣구 철들새월 나아두 먹는통에
이제는 내손으로 농사두 짓구
치매딘 제힘두 알구또믿게되구
먹물못든 소박에두 야학에서 배운덕에
둔 한 내 재간에두 평지꺼정 내손으로 쓰게됐으니
당신 나간 그동안 세상두 달라져
당신 속태와주던 꼬웅한 내소박두 구멍이럼다우

—여보! 집일은 걱정말구 힘내 더잘 싸우우다!

진정옳게
촘메구 나가신 당신뜻이 알리워져
당신안해된 영광두 기쁨두
학습으로 살구리다!
생산으로 살구리다!

1949년 7월 3일

주: 김례삼시집 ≪인생의 고행길≫에 수록.

墓地

사람이 뼈 뭇친곳을
墓地라하더이다.
사람의 運命을가르쳐
믈常이라하더이다

크구적은 이 무덤에
누운者 가슴을 긁어댔을게고
보내는이 안타까운 눈물을 뿌렸으리.

기뻐한이, 슲어한이
貴한이, 賤한이 할것이
모다 五尺地下를 잡었어라.

허어!
고요한 永遠한 잠이여
實로 무덤이란
고요하여라

蒼生아!
네가 모 나나 둥구나
이 엄숙한 題目 앞에서
이제로부터 앞날만을
빚어 볼지니리.

　　　　　1939년 5월 30일

주: 시 ≪墓地≫로부터 아래의 ≪횟 파람의 설음≫까지 모두 설인선생의 해방전
　　창작노트에서 선재했다. 설인은 필명, 본명은 李成徹.

하로 (一日)

오늘도 날은저물어
하로는 갔구나! 그 어디론지?
하로야 네간곳은어디냐
永遠히 사라진 너를
사람은 依然히 기다리는구나.

東天 해−님의 웃음을 보고
지나간 너의 웃음으로 아누나
그래서 西山에 햇님이 日落하여
大地엔 黃昏이 차저올때
너를 갔다 하누나
없어진 永遠한 「타임」이건만!

너를 送宴도 없이 보내는 사람은
누구나 아해가 젊은이되고 젊은이는
늙은이 되여 不可辟의哀惜한 죽음을 차저
한줌 흙이 되여 땅의 보탬이 되는도다

가는 타임을 내신 造化翁의 수수꺼끼더냐?

1940년 6월 2일

送舊迎新

送舊−迎新−送舊−迎新!
보고 듯기조차

視線을 잇글고 가슴이 벅차
두근거리는 送舊迎新!

시끄럽기 짝이없고
죽음과 쓰라림의 무근해는
人生의 壽命을 쫄여버리고 달아났다 어디론지?

그뒤를 있는것 새해!
오! 기쁘다 까닭없이.

이 새해는 즐거움의 해
되여지려나?

정월 초하로 해는 솟아오른다
거칠고 쓰라린 이 地平線
번쩍 이는 해—쌀 쓰고있다
나의 얼굴과 온몸에도
저런 집웅에도
아니 枯死한듯한 배나무에도
이제는 하늘과 땅우에의 萬物을
하나도 버림이없이 다 빛인다. 明朗한빛을!

萬物을 바라고 빙구씨웃는다.

오. 태양의 고르로운
활짝 핀 따스한 웃음.

오! 해—ㅅ님의 웃음을 보니
이땅에 이 새해에는 웃음이 차고

웃음의 時節이되여
쓰라림을 모를 自然이주는
安樂의 「푸레젠트」의 해다.

새해여! 幸福을주소서
기쁨을주시고 平和를주소서.

1940년

寒夜

굶주린 창자 헐벗은 알몸들
只今 이 寒夜의三更에
누구의집 모퉁에서 지낼가

없나?
누가 그들에게
따스한 물 한 목음
김나는 밥한수깔
그 들에게줄사람
없는가 없는가……

애써 버둥거리다 못해
서글품이─지는 죽엄을
기한에 지는 한맺힌 이슬
누구 주는가
누구 주는가

이 밤이 왜 이다지 찰고
이— 왜 이다지 찰고……

1940년

얼말럿소

파라 생생 하든
꽃나무 잎은 얼었습니다.

가얄피구 옭붉든
꽃다발은 시드다 이제는 말러

香과 美의 문우에는
검 푸르고 누르스레—한
옷의 惡魔가 나타 났습니다

凝視하매 설마하여두
만지면 부서지두룩
誤字를 쓰곤 붉어 햇쓱하여지든
수집아 慈悲의 그의 얼굴과 恰似하다.

머—ㄹ리서 鐵橋를달리는汽車소리 요란터니
驛으로向해 궁둥이춤을 추는怪物이 있었다.
서둘러 돌아서는 사람이여

외누깔電燈만이 기다릴 따스하즈못한 房으로

텅 비인 가슴에 손을언고 뚜벅뚜벅 것는밤이다.

1941년 4월 13일 夜

黃昏에서

찌저진 心臟을 만지며
자주 빛 黃昏을 餞別한다.

피흐르는 아픔을
하소할 곳 없어
蒼天을 우르러
슲은 노래 부른다.

감스레—한 瞳子
그것은 하늘의 寶石이다.
손이 닿지 못할
久遠의 星座다.
이제 나의 가슴속
빨간 하나의 心臟은
황혼속에 사라진 寶石을 만지다.
하염없는 거름으로
냇가로 나무새루 차저단인다.

1941년 6월 5일

悲唱의 一首

밤은 무덤속같이 고요하구
蒼天의 그 많은 星座들이
눈을 마조 대하구 조을며
사람들의 서걸픈 哀願聲 듣구선
凝視하기에 고달퍼 한다.

─둘곳 없는 마음을
푸르고 넓은 저기
하늘에 맡기자

天地의 主宰시여!
당신의 이 뼈에 맺어 있는
애 태움을 아시나이까
身魂을 찢는 괴로움을 물리쳐주사이다.

사랑에서 울었구
同胞의 서걸품 보았구
뷰락한 人生의 썩는것을 보구 생긴 이 아픔을……

1941년 6월 15일

별 (搖籃)

찢어진 心臟을 만지며
자주빛 黃昏과 손을 난누다.

피흐르는 아픔을 아뢸곳없어
蒼天을 우러러 슲은 노래 불은다.

감스레한 瞳子―하늘의별
휘후적거려두 애써두 발돋움 하여두
손이 닷지 않은 久遠의寶石이아니다

이제 나의心臟은
지체고 찌저져
얄궂은 搖籃에서
흐느적거리려만 할건가.

1941년 7월 於 延吉客窓서

호미를 들구

보시오
구리빛 鐵筋들이 싸와이긴
거친 땅의 雜草...敗殘兵의 殘骸를

七月 이 모닥불에 그으른
우리의 팔 다리
黑奴가 누구며
大地의 心臟을 뻗치구선
이 굳센 다리들
拓土의 아들만이 가지는
힘이요 자랑이리라

땀이 흐른다
꽃다운 (거룩한) 우리의
땀내가 노린내 나도다
코앞에 玲瓏한 香氣여!

어!
서늘한 바람이다
봐요 퍼-런 遙遠한 五穀의 바다
구부렸다 폈다
壯快 하죠
聖汗의 結晶이오
疲困의 慰撫 ○○요.

「에헤이 여!」
무엔가구요.
커다란 來日을 가진者의
希望峰에의
踊躍의 前奏頌이외다.

- 1941년 7월
於 吉林

祈願

主여!
내 이 땅 우에
있는 날까지
健全하여지게 하소서

내 마음이 몸에
있는 날 까지
올흔것
아름다운 것에서
머물르게 하소서

健全한 몸
당신이 주신 (眞善美의)
마음으로 사람에게 도움되는것과
당신이 기뻐할 일을
하여지게 하소서.

1941년 10월 17일
(天崗에서)

보내며

내 亦 보내야만 하나니
너는 간다
너는 정녕 가누나

<그이의 거친 나래로 해서
사랑 한다는
俗된 告白이나마 할수 없다>

숨김 없는 네 벗 사이에
드러 내놓은

벌거숭이의 마음

진작 네가 귀머거리거나
네가 벙어리였드란들
이렇듯 쓰리진 않으리

얄궂은 運命을 짓 씹으며
나는 고히
너의 오늘을 지니려니와

善아!
이 心臟에 그래진
네 모습
낯익은 姓名 三字의 자옥은
어이 하랴냐
어이 하랴냐

하나
오늘 네 떠나는 긴옆 멀리서
오아시스 찾었다는 네의 幸福을
비자, 가다듬은 마음이
믓수은 또 공연히
가슴설레고 아프다.

1941년 7월 15일

追憶: 내 가슴속 깊이 깃드리든 파랑새,
　　　먼 나라 本鄕을 찾어 간 서걸픈 저녁에.

銀실비

소 젖 빛 하늘서
銀실비 내리어
푸른 포플라잎에
아룽진 그림을 끈는다.

코스모스의 分紅色 꽃송에
날시-ㄴ히 감겨 들렸다간
댕그르 구을어 急轉落下로 떨어진다

고요히 흔들럭거리는
포플라 잎, 그리구 코쓰모스서
또 한방울의 은실비 떨어진다
銀실을 餞別한다.

1941년 8월 1일 於延吉
(8. 9. 15 滿投)

주: 1941년 9월 15일 ≪만선일보≫에 투고함이라는 뜻인것 같다.

愛의 死 (사랑의 주검)

똑딱
"누구 얘요"

저의 일음은 사랑이라 여쭈옵니다.

그러한 사랑을 안배 없소.

하오나 당신의 心臟만은 알것이옵니다.
날은 저물고 차거운 바람은 눈보라
날리옵고 遠近間에 人家란 죽혀 없사
오니 당신의 이집 처마 끝에서 나마
하로밤을 깃드리게 하소서.

아유 남 졸려 죽겟는데 아닌 밤中
에 왼 잔 사슬 그리 많나요
이리하여 난 잣 버렸다. 문을 쇠를
잠근채.

거친 뜰 멀리 地平線 저쪽서
반뜩이는 하나의 빛을 찾어왔던 사
랑은 이제 도라오지 못할 머나먼
나라로 떠나 가나이다.
당신은 三間斗屋일망정, 따스한 寢具
속에서 포근히 고히 잠드셔 계시오
나, 사랑은 가나이다.
乳白色 저의 살결은 검붉게 부풀었구
五臟마저 이젠 추위를 못이겨 골아
지옵나니, 心臟의 鼓動조차 힘이없
서 只今은 머리도 흐리어져 정영 가나 봅니다
그러나 당신이여 사랑은 님이 님이
였음을 잊으시 마소서.

꿈을 깨다
날은 밝었다.

일어나 窓門을 열어 제치다.
처마끝에 凍死한 사랑의 죽엄
너무나 역역히 나타 나섰다. 惡夢이다.

其後 나는 비로소 사랑을 알었다.
그러나 사랑할수있는 님은 없었다.
하여 언제나 그립구 그리울것은 사랑의 죽엄이다.

1942년 7월 27일
ㅡ(먼 날의 懷憶 속에서)

離愁

ㅡ (아버님께)

일 바쁜 가을날 아침
당신은 변변치 못한
이 아들의 떠나는짐을
十里 험 궂은 길로
牛車에 손소실어다주시다.

사람이 디끌른 驛室에서
초조한 模樣을 하고섯슴이
언잔음이 였던지
당신은 驛室밖에 서 계시다.

北向의 車 호ㅡ무를 달릴때
나는 告別의 머리를 고히 숙였구

당신은 亦是 銳角의고개 숙이시다.

汽笛과 아울러 몸은 北쪽으로 向하구
視線과 心情은 당신게시든
驛室밑 欄간으로 찾었으나
당신은 보이지 않했습니다.

푸른 勞動服에 草帽子의
당신의 외로히서게시든 姿態
只今눈앞에 어른거리고
하나 子息 보내는 그마음 더듬습니다.

셋 동생을 生離別하구
사랑하는 안해 저생길 떠나
쓰리구 아푼 그 가슴 어이랴만
당신은 언제나 끝까지
가난과 함끠 싸와이기다.

이 아들 人生船路 出帆합니다.
씩씩하구 힘있게 櫓를저어서
꿀과젖의 彼岸向해 건너갑니다.

당신이여 부디부디 平康하시라
그리구 오래오래 살어지이다.
이아들이 福地찾어 開拓한뒤에
카나안의 기나긴 기꺼운 福을
당신에게 고히묵어 바칠때까지.

1942년 9월 29일 朝陽川으로 떠나며

南國의 心鄕

언제나 부르게 합니다
봄안개 그속의 종달과도 같이
맑고 매끗한 끝간데없는 노래를.

언제나 그리웁습니다.
아―득한 옛날의 神話와도 같이
듣고는 볼길 없는 애끓음처럼

언제나 힘을 줍니다
祖國의 興敗를 걸머진 병사인양
값있는 삶의 날을 보내게 병사.

1942년 11월 21일

가고 오는 마음에

呼嗚! 三千里와 二千四百萬아
半萬年 네 그림자를 슬퍼하느냐
오호라, 너는 네 心臟의 破裂을 만지며
누리에 怨恨을 부르짓다, 하소하다.

때는 지각의 새벽이다
밤이 가고 낮이 오는......

呼嗚! 二千과 四百萬이여!

땅의 東方의 봄과 터오는 새벽에
붉은산과 흰옷을 사랑튼 뜨거움으로
저기 나가 맞이하자
밝아오는 새 아침......

1942년

───────────────

원주: 당국의 눈을 피해선가 떼여버렸음. 現行後補.
　주: 원고로부터 식별해보면 마지막 두줄은 정리시에 보충한것 같다.

너의 童子는

몹시
이 삶이 가슴 쓰릴제
나는 문득
寶玉을 보다

파―랗게 물든 大地에
비 온 뒤의 맘 같은
美와 香과 憧憬의
女人의 서느―ㄹ하구 맑은 눈―

마른 넋
하도 부풀어
바―르간 비행을 가벼히 하다

고요히
수집어린 平和의 瞳子

너는 언제나
나의 悲哀를 안어준다.

소리없이 들리는
그 많은 말들과 함끠...

(龍井에서)
1943년 4월 27일

五月頌

푸릅니다
언제나 힘과 꿈 이야길 많이 합니다

여기서
燦然한 設計圖를 안구
꿈 이야기와 힘소릴 들으며
櫓젓는 習性이 자랐답니다

노고지리 웁니다
하늘도 푸릅니다

땅, 그우의 온갖것이 모다 푸르며
나는 恒常 이날과 같이
파란 노랠 부릅니다.

1943년 5월 10일

할머니

할머니
팔에 왜 이다지 살결이 없소?
쪼륵쪼륵한 나무접지인양
그리고 또
얼마나 거츠오.

어린애 많이 길르누라
하두 시달린 까닭이란다
살결뿐이냐
마음도 이젠 주름 잡혀
늬들을 힘껏 안어줄
뜨거움이 식는다.

안애요
할머닌 정영 그 맛이
봄의 가슴처럼
언제든 폭은해요.
저희들이 맘놓고
점들며 뛰놀며 노래하기에
알맞는 곳은
할머니의 품속애요.
그 솜같은 맘씨애요.

英은 熹微한 燈불아래서
여윈 할머니의 손을 만지며
물끄러미 들여다본다.
콜콜 잠이 드는 고요로운 밤.

1943년 5월 10일

狂亂의 洪水를 보내며

여보시오.

對答이 없다. 하늘까지도 뭉어뜨릴듯 衝天의 氣勢로 江가 언덕을 물어뜯는 일다간 자빠지구 자빠지면 또 일구하며 막구을어 쏟아져 흘러가는 검스레한 黃土ㅅ물만바라보는 얼굴… 오, 그렇다. 그가 只수 선 자리는 봄과 여름에 그의 손에 의해 부축을 받구 그 땀을 거름삼어 벼와 콩과 조 들이 좋와하며 자라는 곳이다.

짜갈과 나무뿌리와 물에 젖은 강태흙밖에 없는 거친 뜰로 되여진 이젠 그대의 얼굴엔 怨恨과 絶望과 悲哀로 化粧하였음이 아닌가!

「神이여!」당신은 慈悲하셔야 할줄 압니다. 그런데 이 뼈에 사무치는 울부지심으로 당신은 어이하시렵니까?

울부짓듯 소래소래 질으며 狂亂하는 黃土ㅅ물 저건너 흰옷, 누런옷, 검은옷 입구 가고오고 달어단이며 손벽치는 무리의 凄慘을 엇찌 하시렵니까?

모다들 당신의 聖像에 저주의 祭壇을 쌓으려는 이때, 하늘은 파―랗게 맑았구 몹시 차거웠었나이다.

그때 「하느님」, 어디 가 계셨습니까?

1943년 8월 30일

눈보라 날릴 때

몹시 치우나이다
땅과 온 누리의 蒼生은
모두다 오도도 떠나이다.

모두다 꽁꽁 어나이다.

그래도 눈보라 날리옵니까
저 벌판을 걸어가는 조곰한 靈들의 피를

어린애와 같은 그들
안아주시질 못하나이까
차거운 눈보라 저렇듯 새빨간 뺨을
작고만 때리지 않읍니까.

神이여
바람을 불러 쉬이게 하여 주소서.
어린 靈들의 피를
안어주소서.

1943년 12월 8일

主를 자랑케 하소서

神이여
저의 맘에 居하여
당신의 慈悲와 금언과 경륜으로
사람에게 마다
보일수 있는 삶을 허락 하소서
당신의 마음을 지니게 하여 주시옵고
이 삶의 보람이
우흐로 하느님의 寶座에 있게 하소서.

친척과 벗과 모―든 사람에게
당신을 힘닙어
끝없는 慈悲로
主를 자랑케 하소서.

　　　　　1944년 6월 12일

무제

主여!
岐路에선 일어진 羊
나아갈길 어디나이까?
보일듯 보이지 않고
잡힐듯 잡히지 않는
이 거름(步)의 目標
어디며 무엇이나이까?
처음 恩惠를 喪失한
輓歌의 悲哀도 못갈고
사랑을 보여야할 世俗의 生涯
灰色의 午睡만으로 보이는 오늘
神이여!
힘을 주소서.
길.
나아갈 길을 밝혀
맑게 가리쳐 주소서.

　　　　　1945년 1월 15일

횟 파람의 설음

나는 至極히 사랑하는 愛人도 없노라.
나는 몹시 아끼구 恭敬하는 尊親도 없노라.
나는 내 心臟과 鮮血을 담어 이바지할 事業도 갖지 못했노라.
나는 내 하나뿐인 健康을 喪失하였노라.
나는 나의 파라니움돋는
黎明의 凍傷을 보았노라
나는 나의 帆이 오늘과 가장 멀리 있는 조을리는 바다에 섰노라.
내 未知의 美夢을 실은
來日을 못 갖게 하구
내 享有할수 있는 아름다움과 기꺼움을 없이 한다면
나는 狂氣할수도 없이
窒息하리니

보람!
이 삶에서 보람아
너는
나의 久遠의 愛人이로다.

1945년 2월 7일

환호성

들린다 만세소리
터졌다 환호성이

일본천황이 떨리는 목소리로
두무릎 꿇었음을 선포하자
≪왜놈은 망하고
우리는 해방됐다!≫

얼싸안고 얼싸안고
갈린 목소리로 부르는 만세소리
얼마나 부르고싶었더냐, 바랐던것이냐
빼앗겼던 조국을 다시 찾은 이 만세소리가

항일투쟁때
세 아들을 왜놈에게 빼앗겼던 할아버지
채수염을 부르르 떠시며
≪일장기≫짓밟고 서서 부르는 만세소리

일밭에 나가셨던 아버지
정갈한 랭수에 조밥을 말아
무배추김장에 시장기를 더시더니
무릎을 탁 치시며 일어나 부르는 만세소리

억지로 쓰게 하던 뾰족모자 전투모
흐르는 강물에 와락 벗어던지며
부여안고 뚝뚝 뛰며 부르는
마을 젊은이들의 우렁찬 만세소리

만세소리 울펴퍼져 산울림 되고
환호성은 메아리로 하늘땅을 뒤흔들듯
실로 땅속에서 뜬눈으로 묻힌 순국의 렬사들도
이 시각 꿈틀 돌아누웠으리라!

아
아프고 쓰리던 한많던 매듭이
영영 풀리던 날
잊지 못할 너 8월 15일이여!

1945년 8월

주 : ≪설인시집≫에 수록.

진군

벗이여
그대 총을 메는구려
해방과 창건의 구도를 안고
그대 총을 메는구려!

여럿이 혈조 굽이치는 그대의 가슴에
빨간 한송이 꽃을 꽂고
건투를 기원하는 갈채를 돌릴 때,
그대는 가벼이 고개만 숙이고
아무 말도 없구

승리를 앞둔 송연이
자꾸만 그대에게 잔을 권할 때,
마실줄 모르는 그대는 웃기만 하구

우렁찬 환호소리
넘어질줄 모르는 투지 담은

그대의 가슴을 만질 때,
가벼우나 힘있게 남실거리는 그대의 팔다리
매끈한 률동, 담겨진 입술

결전의 노래에 맞추어
그대는 결연히 떠났나니

씩씩한 용사여!
굳게 잡은 손아귀여!

벗이여
그대 총을 메는구려,
해방과 창건의 구도를 안고
벗이여
그대 총을 메는구려!

1946년 7월

____

주: 시집 ≪봄은 어디에≫에 수록.

자욱

벗이여
얼마나 앞었을고
이 敵彈의 자욱
망실망실하니 굳지 아닌 자욱엔
아직 빨간 피가 아물거리는구려

이것도 아프기는 아프드라만
벗이여
나를
주먹과 알맹이 몸덩어리뿐인 나의겨레를
챗죽질해가며 부리려든 奸惡한무리
吸血鬼
저 强盜를 어찌 하려나

나는 또 가야겠노라.
나의 피와 땀을 빼앗으려는
우리를向해長劍을 휘두루며
벗이여
나는 또 가야겠노라

오오
벗이 瞳孔에
正義의 閃光이 뻗노라
벗의 心장에
끊는 피의 脈搏이 뛴다.

———————————

주: 1946년 11월 발표지 미상. ≪봄은 어디에≫에 수록.

前方에서 온 消息

아버님
三年만에 문안 올리는
아들의 마음

헤아릴줄 압니다.

제가 參軍할적
인자하시고
그러나 빛나는 눈으로
저를 보시며 주신말슴—

「오직 人民이 부르는 곳으로
새 創造를 위해
마지막 勝利를 가져 오라」

아버님
이 말슴이
굳은 이 約束이
제눈앞에 實現으로 만저지기기전
저는 기어코
無言으로밖에
제 억센 鬪爭을
알리지 않기로 했기 때문이였습니다.

大功!
軍에서 저에게 세워준 功勳
아버님과의 誓約이었고
인민앞에 고인
말없는 제 勝利에의 凱歌였습니다.

「오직 인민이 부르는 곳으로……」
三年前의 봄
갖스물난 저에게 주신

아버님의 이말슴은
제 마음과 行動 全體의
指南이 었습니다.

그러나
날이가고 달이가
제비날음하여
敵陣에 뛰어 들어
反動하는 무리
싸움에 마다
제앞에서 손을 들게 한것은
아버님의 말씀으로도려니와
인민 모도의 希望으로였습니다.

「오직 인민이 부르는 곳으로
새 創造를 위해
마지막 勝利를 가저 오라」

아버님
이것은 아버님의 말슴만이 아니라
四億萬의 號召였습니다.
우리의 領袖
偉大한 旗幟
毛主席의 前進 口令이었습니다.

東北
이따에서
百萬
그토록 많은

反動의 徒輩
깨끗이 물리친 이제
아버님
저는 또 가야겠습니다.

날창을 꿰여들고
萬里長城 넘어 넘어
黃河, 楊子를 건너 뛰어
저기
인민이 부르는 곳으로
領袖
毛主席의 나가라는 곳으로……

두려움 없이
아낌 없이
오직
앞으로
앞으로만 달려가리다.

(許에게 준다)

주: ≪연변문화≫1948년 창간호에 게재.

전방에서 온 소식 (2)

동무여!
나는 지금 도도히 흐르는

황하수 물결 줄기찬
화북의 땅에 와있구나!

우리 동북의 산야에
크고 빛나는 해방의 봄을 가져온 뒤
≪최후의 결전을 맞으러 가자...≫
우리가 이 노래를 부르며 만리장성을 넘었을 때

매맞고 짓밟히던 관내 남빛옷형제들
목이 터지도록 웨치는 환호성!
≪만세 만세≫로만
하늘땅을 뒤흔들겠지

백만의 용사 천진, 북경
이렇게 고스란히 찾아왔을 때
우리에겐 끊임없는 꽃다발들이
한아름 한아름씩 안겨졌었구나!

잠간 부무당당한 행군을 엽초와 바꿔
총신을 닦고 탄창을 재우며
썩어가는 원쑤들이 들썩거리는 적진
장강의 남녘하늘을 꿰뚫고 보나니

이제 전진구령과 함께
장검을 빼여든 우리 백만대군이 나가는 곳곳마다
무한삼진과 남경, 상해
전국이 촌토 남김없이 해방되리니

내 사랑하는 친구, 어깨겯고 싸우는 전우야

그러한 날이면, 아 그러한 날이면
지샐줄 모르던 괴로운 암흑만이
숨가쁘게 지지누르던 형제의 가슴에

우리 당의 광명을 안겨주련다
내가 받던 그 감격의 화환과 함께
수천년을 두고 손발을 얽어매던 쇠사슬
탁 끊어버리는 해방의 기쁨을...

1948년 3월

주: 시집 ≪봄은 어디에≫에 수록.

故鄕 벗에게 보내는 片紙 (一)

—母國의 創建앞에

벗!
너는 지금 秀麗江山 나의 故鄕 無窮花 爛漫한 아름다운 園床에
서 있다.
氾濫하는 感激의 물결속에서 얼마나할 幸福—創建과 鬪爭속에서
母國의 偉大한 새깃발을 向해 팔을걷고 있는가!

벗!
나는 무엇보다 맨먼저 受難의 記錄에서 輝煌한 再生의 光芒을 벅
차게 뿜고 서리빛 날샌 劍을 빼어든 朝鮮民主主義 人民共和國의
우렁찬 喊聲에 울렁대는 가슴을 어찌 할수 없다.

벗!
偉大한 싸움과 피와 犧牲의 結晶―朝鮮民主主義人民共和國의 出現
크고 아름다운 이 音響을 우리先進들은 얼마나 고이 간직 했던
고! 나타날 오늘의 모습을 위해 얼마나 싸웠던고! 죽었던고!

벗!
나는 오늘 故鄕의 하늘을 우러러 自由의 喊聲을 기리남긴 모―든
前衛에게와, 이날을 가져오기 위해 싸워온 모―든 우리 民族英雄
을 向해 敬虔한 中心으로 모자를 벗는다.

벗!
半世紀 가까이 그토록 커다란 星霜, 木乃伊로 숨맥힌 괴로움 속
에서 시달리던 우리, 막돋은 太陽을맞아 두팔 활짝펴 窒息하던
가슴을 헤쳐가며, 길―게 내여 뿜는 深呼吸이 어쩌면 그리도 痛
快하냐!

벗!
聰明한 너는 지금 이룩한 오늘이, 來日의 充全을 위한 첫 걸음임
을 잘 알줄 안다. 三八線이라는 우리 母國의 허리를 잘러논 모―
든 賣國奴와 米帝國主義者늘의 칼날을 向해, 탕크를 몰고 飛行機
를 타고 날창을 꿰여 들고 제비날음하여 傀儡의 巢窟을 깨끗이
물리칠, 너의 사내다운 씩씩한 모습이 눈앞에 력력 하다.

벗!
나는 北方 東北의 사나이, 너와 피를 같이한 朝鮮의 젊은이다.
이미건 同等한 標式을 向해 맡겨진 課業을 맛하야 하나니, 너는
白頭의 聖戰에서 비롯한 새로운 母國의 깃발을 漢拏의 上上峰에
까지 퍼덕일날을 반드시 가져올줄 믿는다.

벗!
나는 오늘 눈부신 앞날을 바라보며 맑게개인 샛파란 남녘 하늘을
우러러 빨간 하나의 별을 싸고돈 푸른氣流 세차게 뻗은 故鄕人民
의 깃쁨을 받으며, 기리 빛날 내 先祖의 나라, 朝鮮民主主義人民
共和國의 久遠한 生命을 비노라.

一九四八年 九月 (改稿)

주: ≪연변문화≫1948년 11월호에 게재.

故鄕 벗에게 보내는 片紙 (二)

-東北 完全 解放의 捷報에서

벗!
오늘은 내, 우리 東北의 기꺼운 消息을 알려주마. 라디오는 벌써
다우쳐 너와 말한지 오랐을줄 안다만, 錦州가 收復되자 長春과
瀋陽이, 아니 전 東北이 연달아 우리 人民解放軍의 손에 들어 왔
다. 히웃둥한 이 놀라운 快報에 들뜨기전 벗아 空前한 이 大捷을
가져온 모든 義勇한 前哨에게 먼저 옷깃을 바로 잡기를 잊지 말
자!

벗!
이땅 東北 곳곳에서 튀어나던 革命의 불꽃—숫구치는 횃불을 들
고 오직 주먹만으로 싸우던 우리들의 前衛 이고장 산과 들에서
얼마나 죽었더냐!
벗아 돌보지 마자던 지난날의 歷史가 공연히 또 가슴 쓰리고 아
프다.

벗!

波瀾많던 이江山의 朝光! 벗아 이를 東北解放萬歲라야 좋으냐?
人民解放萬歲라야 좋으냐? 옳바른길 하나의 별을 向해 起義한
解放軍, 그들의 치어든 두손을 정답게 쥐여준 우리軍隊, 가진 輕
蔑은 勿論 나무 껍질로 살다가 굶어죽다남은 쇠사슬 벗은 人民,
어버이 잃은 孤兒들, 그들에게 우리軍隊 고달픈 팔다리도 쉬이지
않고 따끈한 국에 밥 나누어 주길 잊지않았나니, 이어찌 이름해
人民解放이라 하잖을수 있으랴!「만세만세 人民解放만세」벗아
두고두고 네거리를 뛰여 다니며 어린애처럼 이렇게 부르고 싶
은가슴이구나!

벗!

三年前의 봄, 反動의 發惡이 瀋陽을 거쳐 四平 長春 吉林에까지
미쳤을때, 鵬程 二萬五千里를 멀다않고 나온人民의 子弟兵, 불타
는 鬪志를 안고 일어난 이고장 東北의 젊은이, 뭉치고 힘을 합해
붉은軍隊 남겨준 遺産－瀋陽 四平 長春 吉林을 지키다 말고, 오
직 앞날의 勝利를 約束코 입술 깨물며 물러섰더니, 아아, 오늘 끝
내 싸워온 보람있어, 그에빼앗겼던 地域을 찾고 아팠던 人民의
가슴우에, 어머니 손길이양 따스로운 解放의 깃발을주었구나! 벗
아 第二의 滿洲를 꿈꾸던 米帝의 野望－얼마나 그들의 가슴을 뜨
거이 찌른 快快한 화살이냐!

벗!

그러나 이는 절로 찾아온 貴여운 선물은 決코 아니였다. 數萬이
라는 우리兄弟, 人民解放의 大捷아래 피의 柱礎로 萬古에 드리울
몸과 마음의 열매로였나니, 벗아 우리를 다시다시 自己 한몸의
온갖것을, 人民解放의 祭典우에 고이 이바지한, 모든 英勇한 精
神앞에 가장큰 榮譽를 드리자.

벗!

魔窟, 反動의 暗黑과 죽엄의 바다에서 오직 하나뿐인 再生의 빛
을주고, 그들과 다시 손을 잡아 ○○○로운 歷史의 흐름우에 배
를달려, 怒濤를 박차 邁進하라 한다. 벗아 너와나 나어린날의 보
금자리 延吉에서 새날이 젊은이와 어린이, 노래를하고 춤을 추고
공을 차고 만세를 부르고 勝利의 捷報를 人民에게 보내는 慶事스
런 祝典을 베풀었나니 벗아 이는 반드시 이기려는 굳은 約束이였
노라. 南京에 처들어갈 우리들의 誓約이 었노라.

벗!

짙은 黃昏이 무겁게 드리운 거리를 向해, 民主旗幟를 높이 들고
凱旋의 노래 벅차게 부르며 潮水인양 흘러가며 만만세 한다. 벗
아 나는 革命의 完全한 승리를 거듭거듭 다져놓고「南京에 쳐들
어가 蔣介石을 사로 잡자!」를 주먹을 내저으며 연방 외치나니, 벗
아 네가 지금 외치고 있을 絶叫는「서울에 쳐들어가 李承晚을 사
로잡자!」이겠구나!

一九四八年 一一月 二 日

주: ≪연변문화≫1948년 11월호에 게재.

故鄕 벗에게 보내는 片紙 (三)

―十月革命紀念日에

벗!

十一月七日, 三十一年前의 오늘, 北國인민들이 피투성의 鬪爭과
解放과 創建의 깃발을 모스크바 上空 드높이 휘날리며 凱歌를 울

리던 偉大한 歷史의 날! 쯔아를 엎질르고 살만 피둥거리던, 선지
피 붉게 흐르는 統治階級의 앙가슴을 밟고 서서, 萬邦의 勤勞민
중을 向해 「우라우라」하고 주먹을 내어졌던 그들의 果敢한 모습
이 새롭다.

벗!
이날로 비롯한 새로운 빛은 오직 모스크바로 부터─十月의 創造
는 차운 凍原 가까이애서나, 壓迫과 搾取와 凌蔑과 監房우에 따스
한 希望의 新生의 빛을 주었나니, 벗아 北朝鮮 山野에까지 고루고
루 비치는 이 黎明의 曙光을 두팔을 활짝펴 맞이 않을자 누구였
으리! 더우기 盤石우에 닦아 세운 母國의 새 創建 보였음에라!

벗!
너와 나, 무거운 쇠사슬 속에서 철없는 생각에서다, 짓밟히는 글
과 말만이라도 自由의 나라를 가졌으면하고 가슴을 조리던어린
날의 搖籃 東北, 여기서 망치 낫 벗티고 北陸으로부터 일어나온
露國의 燦然한 빛을 뿌리면 이땅 東北의 民主建設에 이바지할 우
리겨레 延吉에서 哈爾濱에서 吉林에서 「만세만세」하고 敬賀의
祝典을 베풀기 잊지 않았나니, 벗아 이날 十月의 승리와 한가지
너의 어깨에 얹어진 우리들의 바람을 새롭게나마 記憶하라!

벗!
어떤이는 北方 正義로운 兵士 「우라 우라」하며 解放의 손을 젓던
八·一五의 感激다음, 두번째의 感激은 앞서 이룩한 우리 母國의
創建이라 하였다. 어느 七旬의 老人은 「내同志 내子女 내겨레를
잃었던 아픈 자욱이 가시지 않더니, 이날이 옴을 보고 죽을수 있
는 榮光을 가졌다」하며 歡喜만인 춤을 너울너울 추었나니, 벗아
이는 모다 母國앞에 고이는 우리들의 至誠이었노라

벗!

지금은 田園 지붕들에 얹어논 고추가 유달리 빨갛게 물든 十月,
北方 인민들이 碧空높이 치켜든 새 삶의 제도를 이룩한 느낌많은
十月! 전날 北國인민들은 자기네 끼리로되 다만 하나의 眞理―自
由와 平等을 같이하려는 解放의 戰取를 위해 모든것은 애오라지
마지막 승리에로만 뭉쳤나니, 벗아 우리도 南에서 北에서 , 險隘
한山, 사나운 물결을 박차 오직 앞으로 앞으로만 달려야 하겠구나!

벗!

온누리에 비칠 모든 새로운 閃光은 오직 모스크바로였음과 같이,
우리 母國 三千里 山과들을 비칠 억세인 烽火는, 統一의 凱歌는,
오직 平壤으로부터, 오오 親愛하는 벗 내 故鄕의 동무야 이것은
너와 같은 젊은이들만이 가져올수있는 큰악한 자랑이로구나!

벗!

나는 오늘 연달아 빗발처럼 날아드는 捷報―다시 세운 母國의 創
建, 全東北 완전해방의 大捷, 기리 빛날 十月의 創造에서, 가슴
속속들이 구비처 흐르는 無量한 感激을 엮어, 故鄕 하늘을 우러
러 매끈치못한 이丹心의 書簡을 날려 보내노라.

一九四八年 一一月

주 : ≪연변문화≫1948년 11월호에 게재.

너는 영웅이였구나

세상에 태여나
아직 어머니 가슴밖에 모를 때,

어버이 여읜 그대를
세상은 이름해 고아라 했더니라.

눈치밥과 발치에서 그래도 힘차게 자라
밭이 많던 지주놈의 집에서
갖은 일을 도맡아 할 때,
남들은 그대를 가리켜 머슴군이라 했더니라.

수수대에 기름칠하기 좋아하던
지난날의 모든 역다는 사람들은
일밖에 하지 않을수 없는 그대를
바보라고 손가락질했더니라.

≪8.15≫라는 커다란 해방과 함께
토호렬신 모든 낡은것이 송두리채
허리를 꺾고 넘어지게 하는 붉은 기발
그런 기발이 젊은이들을 향해 손을 저을 때
장알진 손에 근로용감한
머슴군이란 이름을 가졌던 그대
그 누구보다도 맨먼저
선뜻 전선에로 탄원해나섰더니라.

삼도만에서 춘양에서 묘령, 라자구에서
인민을 못살게 굴던 토비를 말끔히 소탕하고
그대 힘은 언제나 남음이 있어
소리없는 웃음을 던져주길 잊지 않았나니

사평의 교외 장비와의 싸움터에서
눈보라 뺨에 얼어붙는 겨울 어느날

하얀 눈 점점이 붉에 물들이며
동무의 손을 잡고 그대 길이 갔도다.

가슴을 찌르는 놀라운 이 소식에
그대 안해 그날 밤 까무러치기 세번,
그러나 결코 슬퍼만 하지 않고
차지한 땅과 굳게 싸워 거둔 열매 컸나니

이런 힘 뭉치고 합쳐
그예 동북 이 땅은 완전해방이 되고
사천만은 숙연히 머리 숙였구나, 모든 영웅들앞에
만세 만세로 천지를 진감케 하며...

≪머슴군≫그대 인민의 전사여!
빛나리라, 나라 위해 쌓아올린 업적
잊지 못하리라, 그대 비보에 접한 이웃집 아바이가
≪과연 영웅이군!≫코를 씽 풀고 눈을 닦던 모습이...

1943년 11월

주: 시집 ≪봄은 어디에≫에 수록.

보내는 마음

1
실아
늬가 오늘 평양 가누나
아버지의 유업을 이으려

가냘픈 두주먹 발끈 쥐고
동경의 도성 평양 유가족학원으로
너는 오늘 배움의 길을 떠나누나!

우리가 ≪8.15≫해방을 맞이했을 때
나와 너 그리고 온 가족들이
크나큰 기쁨속에서
원쑤 왜놈에게 희생된
너의 아버지를 생각하고
우리는 얼싸안으며
얼마나 애끓는 몸부림을 쳤던것이냐!

남들은 장쾌, 실로 장쾌하게
장백산하 원시의 밀림속에서
장성만리를 넘어 이역의 하늘아래서
개선가 드높게 조국을 받들고
정든 고향 사랑하는 집으로 돌아왔을 때

실아
행여 살아있지 않나 하고
한가지 희망을 가지던
너의 아버지만은
돌아올줄 몰랐구나!

2
이 땅 인민이 쌓아올린 새로운 민주 창업이
봄바람 가을비에 홀러홀러 세해
모든 선렬들의 피흘린 자욱우에
찬연한 새살림이 고이 빛나는데

실아
너는 부름을 입어
너의 아버지 전위의 혈육이라는
성스런 이름으로 부름을 입어
너는 다시 배움의 바다우에
크고 아름다운 대안을 향해
힘찬 앞날을 약속하고 출범하누나!

늬가 떠나는 아침 연길역 플래트홈에서
너는 너의 벗들과 참새인양 날뛰였고
이윽하여 차에 오른후 성의있는 악대들이
≪김일성장군의 노래≫로
너희들의 환송을 고일 때
기적 일성에 너는 미끄러지듯 떠났나니

너를 보내는 모든이들과 함께 나도
≪건강하라
아버지의 길을 굳게 밟으라≫하며
모자를 벗어들고 손을 젓는 마음이
실아, 너 다감한 소녀처럼
어쩌면 그다지도 아프고 설레느냐!

그러나 이는
떠나는 마음, 보내는 마음 모두가
쓸모 적은 서글픈 추억만에서 아니라
희망과 행복과 창건을 앞둔
너의 눈부신 앞날을 보는 기쁨에서였나니

실아

나는 오늘 너를 보내는
서성거리는 마음속에서
휘황찬란할 너의 앞날을
손꼽아 정녕 손꼽아 기다리련다!

1948년 6월

───────────────

주: ≪설인시선집≫에 수록.

楊子江가에 봄이 오면

겨울이 한창일때
凍土위에 朔風이 일어 불을때
다음 季節은 언제이고 봄이 도사리고 있었다.

玉冠을 쓰고 이나라 賣國에 忠誠한者
막기는 고사하고 侵略하는 손을 끌어들여
이땅을 고히고히 팔아주고
人民을 차고 찟고 심지어는 그들에게 주검까지 주더니

義의 불길 있어 고스란히 힘있게 자라
民族의 앞뒷 가슴에 나려지는 채쭉을
憤怒로만 아니라 이를 掃蕩하는 힘이
이나라 北方 陝西의 깊은 山谷에 있었다.

그옛날 淸日의 싸움에
汚辱, 오직 汚辱으로써 倭에게 허리굽혔을때

黃金을 둘없는 上典으로한 歐米 文明한 衛兵들은
이나라를 가리켜 이미 죽은 獅子라 이름했고
帝國과 天皇에 忠實하던 어느선비 倭는
不可能을 가리켜 이나라 中國人民의 讀書라구했다.

그러나 보라!
歷史의 휘구으는 바퀴를 따라
지난날의 文明을 코웃음으로써 前進하는 이나라 人民의 모
습.........

抗日의 鬪爭도 놈들과의 決戰도 勝利도
瞳孔파아란 어느 異國의 人民이 아니라
「共匪」의 別名을 갖고 이나라 山野에서 寒天과 싸워
「거밍쓰 창치디」를 연거프며
妻子와 同志, 그리고 그들의 希望인 人民의 주검 앞에서도
오직 다음날의 勝利를 바라고 웃음으로 싸워온
屈함없는 意志, 사랑된 高貴한 精神으로 싸워온
領袖 毛澤東을 우러러 받든
人民에 忠毅한 그들의 子弟兵, 順厚한 이나라 百姓이었다.

歷史를 거슬리는 어리석은 꿈을 世襲으로 물려받은者있어
八·一五와 한가지 倭, 원쑤 倭를 물리친뒤
그들은 또 搾取에 文明한 양코백이 金滿家를 끌어들여
이나라의 땅과 하늘과 바다까지도
두손에 받들어 드리기에 서슴치않는 凌辱을 가져왔고
그도 不足해 人民을 굶이고 때리고 짓밟고 죽이기까지에 이르렀
나니

이때 오직 하나의 求星, 五角별을 이마에 인

不義와 싸우는 義의勇士 일어나 구름처럼 일어나
逆賊 賣國의 종사리들이 팔아먹은
땅을 찾고 하늘과 바다를 찾고
도탄, 진정 다만 도탄에서 허우대는 人民에게 解放을주는
義로운 戰爭은 날마다 葉綠素처럼 뻗어가
解放圖는 끊임없이 늘어만가고 불어만가고
逆流하는 王座 허무러만지고 깨어만지고

이리하야
어제는 東北에서 오늘엔 華中, 來日은 華南에서
時代 細菌은 窒息되고 歡喜로운 새살림은 움터오나니
그때면 五千年 긴긴 어두움의 歷史도 기리 사라져
이나라 南北萬里 坊坊과 谷谷위에
새봄은 찾어오리 이땅 四億의 새봄은 진정 찾아어고야 말리

이나라에 봄이오면 꽃피는 봄이오면
楊子江ㅅ가에도 봄은 정녕 찾아 오리니
오래두고 우젖인 凍土는 和暢히 풀려 大海에 흐를것이고
궂었던 빗바람의 하늘도 맑게개여 휘영청한 낯색을 보이리라.

그러면 이나라
매맞어 억멍이졌던 人民의 등살이도 펴질것이고
주름 잡혔던 어머니의 양미간에도 웃음 오리니
凍結됐던 아가씨의 얼굴에도 웃음 오리니
종달새도 새 보금자리에 노래 다시 아름다우리라.

오오
저기 楊子으 江ㅅ가에 봄이 온다.
崑崙의 지붕에도 四億의 가슴 가슴에도

끝없는 來日과 握手하는
實로 크고 아름다운 우리들의 봄이
저기 꽃다발을 안고 사쁜이 걸어 온다.
(우리는 또 고이 가져와야 하거니......)

一九四九. 一. 七日

____

주 : 《연변문화》 1949년 1월초에 게재.

밭둔덕

새말간 6월의 하늘아래
벼와 조, 콩과 수수
파아란 잎새를 나풀거리며
땀을 씻어가는 하늬바람에
허리를 굽혔다 폈다
한창 자라나는 굴신운동이 야단이고

시내가와 멀리 가까이 보이는
마을 마을의 울타리마다에는
백양, 비슬나무, 능수버들에서도
짙은 초록빛 물감이
뚝뚝 흘러내릴듯
엽록소 쫙쫙 뻗어가는
6월의 대지는 젊기도 하이

살그랑 썩썩

매듭진 굵다란 손아귀에 호미 들어
쇠뜨기, 씀바귀, 능쟁이 할것 없이
세차게 가로세로 찍어넘기는 모습
더욱 미덥고 아름다와

벌써 다섯 여섯치나 되는 조밭
두벌김과 한번 후치질은 끝난지 오래고
오늘까지는 콩밭 애벌김도 끝마치여
래일은 저 허연 물결 찰랑거리는
논배미 한복판에 발을 잠그며

고이 자라난 머리채인양 미끈한
벼모 허리 묶어 부여쥐고
한바닥 두바닥씩
파랗게 물들여놓으리

줄잡아 매던 콩밭머리 쉬임에서
엽초 두두룩이 말아
한모금 빨아 후—심호흡하면
지쳤던 팔다리의 피곤도
방금 잊혀질듯 거뿐해

작년가을 심어놓은
애파 두어뿌리 뽑아 입에 넣으면
훌훌 미끄러져 넘어간 푸른 이파리
위주머니에서도 그냥 싱싱 자라날듯

엄마소 찾는
기름진 송아지 소리 음매—

석양노을과 더불어 한가히 들려오면
은혜로운 혜택에서 스쳐가는 생각

−지금은 우리 군대
　　어드메쯤에서 승리하는 소리
　　와와 웨치며 돌진하고있을가…

잠간의 쉬임에도 송구한듯
벌떡 일어나 다시 호미 잡으며
−여보게
　　오늘 해지기전 이 뙈기를 끝내야 하네

때를 놓칠세라 다짐하며
있는 풀 모조리 찍어넘기는
제초소조원의 가슴엔
한껏 뻗어 자라나는 록음
무성하는 6월의 대지처럼
푸르디푸른 샘물
줄줄 넘쳐흐르는 행복만으로 가득하다.

　　　　　　　　1949년 6월

―――――――――――

주: 《설인시선집》에 수록.

채택룡(蔡澤龍) ◉

革命의꽃

宇宙의進化와 過去의끝없는葛藤에 義憤의넋을 잇대이며
波瀾曲折많던 起伏의 人生航路를 더듬은지도 너무나오래였거니

太陽없는 昏迷의 거리에서
苦難의 가시덤불을 넘나들며
悽慘한 狀況을 계속한지도 이미 十四년
그러나 感情의화려하던 彼岸에
虛榮의 꿈을 깨트리고
世紀의 새벽종소리가 얼마나 귀를 울리였던가?
오늘 물결치는 現實의끝없는 바다를보라

아득한 지난날에
피비린내 나는 追憶의 맴돌아감이여
활활 타오르는 피끓는가슴을 움켜안고
놈들의 銃劍을 박차고 내딧던 그날
놈들은 개무리들은
왜놈의 등세를 하늘같이 믿고
民族과 同胞를 잊고 人類를 잊고
無數한 屠殺을 일삼았거니

沸騰하는 가마속에 삼기운동무
石磨에 갈리여 뼈가부셔져 죽은동무
두눈을 뽑히여 죽은동무
목에 칼을박어 피뽑힌동무
불속에서 몸부림쳐 타죽은동무

오! 놈들의 暴虐한殺害
그리고 羊같이 어질고 順하던
마을의 男女늙은이와 어린이들慘殺

그러나
眞理에 목마른 마을사람들은
躍動의血潮 오직 앞날을위해
悲창한 颱風속에
불붙는 導火線을 이룩했고
그래서 이마을 사람들은
피에젖은 記錄을 거듭쌓어왔거니

새世紀를 創造하는
새生命의 샘솟던날
빛나는 歷史의 軌道로 달리던날
열여덟의 吸血鬼머리우에는
殺人魔手 열여덟머리우에는
老百姓들 怨聲의매가 내리였나니

이리하여
원통 하늘에 暗雲은 흐터지고
奈落의 슬픈노래가
地球밖으로 逃亡하기 시작하고
海蘭江의 大血案을빚은
花蓮屯의 피속에 자란꽃은 연꽃은
大自然과가치
無窮無盡히 生氣있게 자라리라.

해란강혈안청산대회에서

———————

주: 1946년 10월 19일 ≪인민신보≫에 게재.
　시집 ≪颱風≫에도 수록.

革命行進曲

亞細亞 動쪽하늘 해는돋았다
피뛰는 同志들아 뛰여나오라
無窮한 和平地上 建設하려면
바른맘 굳은뜻에 무섬있으랴.

前進前進 나가세 革命同志야
기쁨의 새-날은 닥쳐왔구나

때돌아 우리들이 새날은왔다
씩씩한 同志들아 뛰어나오라
피흘린 先烈들의 뒤길을이어
革命의 깃발아래 함께뭉치어
勇敢히 무찌르자 총칼을 들고

前進 前進 나가세 革命同志야
기쁨의 새날은 닥쳐왔구나

黎明의 鍾소리는 들리여온다
꿋꿋한 同志들아 뛰여나오라
우렁찬 軍樂소리 발을맞추어
다같이 勇敢하게 뚫고나가자
勝利의 기발을 휘날리면서.

주: 시집 ≪颱風≫에 수록.

내땅에 내곡식

　　　－신세고친 ××의 하로

1
「갓마흔에 첫버선」이라더니
마흔하고도 세해만인
올해에야 생전 처음으로
내땅에 내곡식을 지었고나.

붉은 군대가 갖다준 해방도
공산당이 나눠준 땅과
가난뱅이에 안겨준 권세도
어리석게도 꿈으로만 여겼던 나.

밭이랑 곡식그루에 걸쳐앉아
곰방대 부시담배 두어목음삼켜
반나절 묶어쌓은 조 조백헤여
내살림 주먹구구하는 오늘의 나.

2
점심밥 이고오는 안해의 날랜걸음
고아로자라 시집이라 온날부터
고생사리 쌓고 거듭 쌓아오며
오늘이 있기를 참아 꿈도 못꾸었으리

「돌개짐승 먹어리 보고오느라니
점심이 보리저녁때나 되였수」
숫가락 꾹꾹눌러 밥뜨는 남편보고

눈웃음지며 조의만 날으는 안해

「그만둬두 내 점심 먹고설랑
그까짓것 단숨에 다될걸!」
고초장을 묻쳐먹는 무생추맛도
이날따라 별다른맛을 돋우어.

「날씨가 오늘밤에 정녕 얼굴듯하오
쉬이돌아가 호박이나 걷어드리오」
쫓듯 돌려보내는 안해에 당부하고
날래게 조를 묵거니 쌓거니.

쉬이 타곡하여 공량도 바쳐
안해는 무명잫기 나는 가마니 짱어
부업생산으로. 전선도 지원하려
다시금 힘주어 맺기틀어 묶고

어스름한 늦인저녁
내일의 군멸속 가을방조 연상쿄
꽁문이에찬 낫을 어르만지며
내 보금자리향해 돌아서는 나.

1948년 10월

주: ≪연변문화≫ 1948년 3월호에 게재..

아름다워라 내고향

「十年이면 江山도 변한다」 하더니
덜 굶고 덜 헐벗을가 하여
무거운 걸음옮겨 고향을 등지고
눈물뿌려 豆滿江을 건너온뒤
十數年만에야 찾어간
내고향은 참으로 변함도 많었다.

날이면 날마다
초상집갈이도 서걸펐고
廢墟의 옛터인양 殺風景이던
내고향 農家마다 기름ㅅ기 돌고
마을 한복판 人民會館 國旗揭揚台엔
조선인민공화국 국기가 나붓기었다.

뼈빠지게 고용살이 거듭해오던
九甫의 살림집 울타리 옆에는
살찐 누른암소 가로누었고
뜸직하게 무져놓은 堆肥場에는
돼지와 닭들이 먹어리 찾는지
분여받은 논밭은 말끔이 秋耕도다대

쌈쟁이 어깨동무 「혁」이는
따발총 굳게잡고 人民軍에 나갔고
골작골작 고물 홀리던 「순이」또한
방직공장에서 「모범녀직공」을 따냈거니
마을에서 불꽃갈이 튀어나오는
자라는 만주 조선의 새싹들이었다.

점잔은집 내노라…되고저하던
하라버지와 할머니
그리고 두엣모은데도 못나가보던
아즈마님네 아감댁님네들조차
활개치며 세포조직 회합으로
모두다 보람있는 이날의 자랑이여!

석유등불조차 뜻대로 못보던
집집에는 밤마다 전기불이 켜지고
방안에는 라디오소리 또한 명랑하고
人民會館에는
마을의 남녀로소 한결같이 몽여
가갸거겨 글읽는소리 들끓었다.

또—
저녁마다 구락부뜰에는
莊嚴한 愛國歌 소리와
피끓는 金日成將軍노래소리—
왼마을을 뒤집을듯 삼킬듯
만주조선의 氣勢는 성성하였다.

1949년 2월

주 : 《연변문화》1949년 2・3기 합간에 게재.

현남극(玄南極) ●

無窮花賦

피었네 피었다네
錦繡江山 三千里에
無窮花가 피었다네
여기에도 無窮花
저기에도 無窮花
어디에나 곱게핀無窮花

사나운 비바람에
오랫동안 시들었다
아즈랑이 봄을맞어
보람있게 뿌리신
先烈들의 피로써
인제다시 새로핀無窮花

그립던 나비떼도
조와라고 춤을추네
이른아침 피었다가
저녁때에 지어도
나날이 다시피니
永遠無窮 우리의無窮花

民族은 純粹하고
秀麗江山 無窮花꽃
모두다가 자랑일세

아래에도 無窮花
하늘에도 無窮花
어디에나 再生의無窮花

─────────────

주: 시집 ≪颱風≫에 수록.

二十四節氣歌

一年의계교가 봄에 있다고
立春맞아 온갖計劃세우자

雨水驚蟄에 갯물이풀리고
앞들뒷들에 언땅이녹는다

낮엔나무하고 밤엔새끼꽈
어서바삐 예영도예여두자

春分이라 종달새지저귀고
南山北山에 아지랑이낀다

동무야 하루속히거름내고
제물에맞춰 봄밭갈이하자

淸明에들어 보리갈이하고
穀雨부터는 조이를심그자

立夏엔 담배와감자심그고

小滿엔 벼 오이부치뿌리자

온갖播種芒種前에 끝내고
틈타서 호미등속수리하자

사이사이 나리는 보슬비에
온갖곡식 무럭무럭 자라고

알맞게 내리쪼이는太陽에
여기저기 綠陰이욱어진다

동무야 어서호미를메여라
夏至란다 첫벌기음을매자

小暑에들어 두버기음매고
大暑부터는 세벌기음매자

서늘한바람 일군의땀씻고
앞뒷밭 나날이누루러간다

동무야벌서 가을이왔구나
黃金의밭으로 「가을」을가자

立秋에 보리가을 시작하면
處暑부터는 낫놀사이없네

白露에 기장등속 가을하고
연이어 철나무들 하자쿠나

八月이다 秋分에는 조가을
벼가을도 이때가 한창일세

寒露霜降에 萬各谷打作코
立冬에남먼저 公糧바치자

小雪大雪에 온갖일정돈코
冬至부터는 副業生産하자

小寒이라 豆滿江얼어붙고
溫室壁에도 서리 내뿜는다

동무야 동삼준비 굳게하고
이제부터 冬學을 展開하자

大寒마저지나면 새해라네
떡치고 술비져 즐겁게맞자.

———————————

주: 발표시간, 게재잡지 미상

려희원(呂熙圓) ◉

흙

五月의 포근한 바람에
훈훈한 흙냄새 나부낀다
보습밑에서 갈라지는 축축한 흙
맨발에 부드러운 感觸이 새로왔다.

해마다 가는밭이언만
얽히인 因緣의줄에 낚기워
또다시 아지못하는 歡喜를느끼며
흙香氣 다시마시누나
오―이흙香氣
이속에는 우리祖上들의 땀내도 들어있으리니
오―이흙
이흙속에나는 우리祖上들의 우렁차게 달리였을 말발굽이
아직 남아있리니
그러길래 우리의因緣은 끝업다한다.

주림과 철벗은 우리속에서!
힘차게 벗어났다 일군들!
굴레벗은 말이어니
우리는벗어난 獅子이어니
草原으로 달리어라!
앞으로 뛰어가라!

일군들은 나섰다

새로운 眞理를探究하려
흙속에 숨은 祖上의땀내맡으려
흙의 洗禮를 받으려
광이를메고 흙을찾어간다
오! 生命의 慈山은 이렇게부른다.
「흙의 아들들아!
참다운香氣맡으러 나오라」

———————————

주: 시집 ≪颱風≫에 수록

박근식(朴根植) ◉

우리의 使命

長白山 높은峰을 둘러싸고서
넓다란 西北千里 뻐든산하를
革命의 총칼들고 넘나들면서
國民黨 賣國奴를 때려부시자

우리는 이江山의 젊은일군들
民族의 큰運命을 걸머지고서
松花江 깊은물을 뛰여넘으며
튼튼한 新東北을 建設해보자.

東北의 넓은들은 우리의일터
民族의 큰使命을 이룩하려고
桎梏을 벗어나세 矛盾깨치고
人民의 自由平和 爭取해보자.

주: 시집 ≪颱風≫에 수록.

박노을(朴老乙) ☻

할머니와엿고리

큰딸은 네살!
아들은 두살!
寡婦되던 할머니 靑春의 스물둘을 헬때

할아버지 남긴것은
倭들에게 꺽기운 화살의 비—ㄴ쌀시루—
그리고 祖國을向한 无言의 遺言이⋯⋯

어린것을 키우자
내가크면 어서커서⋯⋯이렇게 믿고믿어서
어린것은 끌고업고
엿고리는 이고
엿을사러 洞里를 돌아
딸도 자라고 아들도 키워
더럽던땅에 애써 朝鮮의피를 키웠나니
또한구비돌아 솟아나는 種子가 피를이었소.

할머니 내 어릴때
낚시대 꺽기우던 그때말씀을 못잊는다오.
사또 절사 삼봉령감들
높은亭子 술과 將棋로 해를보냈고
버드나무 그늘에 고기낚기를즐겨
화살에 녹이쓸고 江山이 스러졌거늘!

쪼들러가던 우리네 살림에
앞으로올 우리네살림이 내다뵈인듯이
심근 담배도 마음대로 못피운담
정녕 이러다가는 고초장도 專賣를 부치리라만
내아모리 불가사리라도 오는 앞날엔 이렇게 시뭉실로 시던 할머니.

할머니의 아들-貴여운 朝鮮의 아들이 半生을
鐵窓에 보내였고
할아버지 異國에 똘렸다오.
간난탓데 기침이 엉키고
終身의 로친네가 등에 멍이들어도
靑年들은 할마니의 말을믿어왔더니

할머니 정말 땅덩어리가 돌았소
할아버지의 怨恨이 풀어졌소
民族의 怨恨이 풀어졌소
호미와 낫을든 百姓들이 춤을추고있소
할머니의 엿가락을먹고 자라난 아들과 孫子-오늘의 청춘들이
뛰고있소.

———————————

주: 시집 ≪颱風≫에 수록.

박동병(朴東秉) ◉

勝利의 고개

하로종일 먹지못한 굶주림고개
아픈허리 부등키고 피빨리면서
사태긴 밭기음에 시달리더니
악독한 지주소멸 새봄이왔네.

이불없이 마대덥던 슬픔의고개
추운밤에 벌벌떨며 몽켜앉어서
이내신세 한탄하고 눈물짓더니
뼈저렸던 원한풀날 닥쳐왔다네

량식없이 누이바꾼 피눈물고개
울분의 이가슴을 두다려가며
새날이 오기만 기다렸더니
피눈물 갚을날이 돌아왔다네

원쑤의 사슬끊는 승리의고개
가지가지 압박착취 박차버리고
날창꽂고 총을닦어 원쑤쳐부숴
안락한 새세상을 건설하려네.

____

주: 1948년 ≪연변문화≫ 창간호에 게재..

박귀송(朴貴松) ◉

天使

진탕을 밟으며 중국사람들 틈에끼여
조그마한 기를흔들면서 달음박질하는 아이들.
산떠미같은 전차가 지나갈때마다
귀여운 두팔을 나풀거리며 만세 만세 한다.

세상에 태여나서 처음 쥐여보는 태극기
세상에 태여나서 처음 불러보는 만세.

끓어오르는 뜨거운 눈물속에서
나는 그네들맘의 깨끗함을 고마워한다.

———————————

주: 시집 ≪颱風≫에 수록.

무궁화여 아름답게피여라

어지러운 잠에 취하여
무궁화여 너의꿈은 너무길었다
얄궂은 나무 그림자에 사로잡혀서
너의 잎사귀는 그얼마나 시들었는가.

빗바람 사나운날
음침한 숲속을 쫓겨다니며

형제를잃고 부모를 여이고
몇밤을 너는 울며새였다.

회오리 바람에 몸을 바르르 떨며
밀려드는 서리에 숨죽였든 너
따거운 해볕이 목을 말릴때마다
너는 얼마나 샘물을 그려했는가

북극성이 하늘높이 빛나고
청청강수가 맑고맑게 흐르는곳
범나비 희롱하는 무르녹은 잔디밭―
무궁화여 금수강산은 다시 너에게 돌아왔도다.

반만년의 역사는 너의 행복
가없는 지평선은 너의 리상
오오 무궁화여
향그럽게 피여라―삼천리 고을마다!

주: 시집 《颱風》에 수록.

신활(申活) ◉

革命가의 안해

高粱밭지나 驛까지 二十里길
떠나는 男便을 보낸지도 그몇해
눈보라치는 細嶙河골에 겨울을 보낼때마다
어린아이를 앉고 눈물지우는 밤이면
消息이 그리워 잠을 못이루었소.

옥수죽 한그릇도 더웁게 앞에 놓으면
생각은 어느듯 먼 곳으로
지금쯤 어느 山峽에서 굶지나 않는지
목메인 생각에 가슴이 뭉클했소.

그러나 그는 革命家의 안해
늙은父母를 도와 일하기에 게으리지 않고
봄에 씨뿌리기와
여름에 김매기와
가을이면 걷어드릴줄을 싫어한적이 없소.

革命의 情熱을 앉고
발벗은 男便을 가시밭으로 내여쫓는
로시아의 그들만 못하지 않게
굳세게 튼튼한 안해였고.

앞산고개넘는 옆으로 가로놓인 오솔길에
사람의 그림자만 얼른거려도
울타리나 마당앞 白楊나무가지에 까치만울어도

그리쉽게 않돌아올줄 번연히 알면서도
마음은 남모르게 기다리셨소.

깊은밤 회오리바람이 윙윙 우는밤
건넌말 호개짓는 바람에 잠을깨면
또다시 놈들의 警察이 오는가하여
고스란히 한밤을 그냥새웠소.

애야 어서자라 그놈의 성질을 너는 모르느냐
이놈의 세상이 뒤집혀져야
그래야 내子息은 돌아오리라
니아버지 역시 담배대 두드리며
잠못이루고 계시나니
우는 아이를 안고 돌아누으며 쉬는 기ー∟한숨

언제나 그언제나 돌아오리라
새세상이 오는 그날 아침이면
내男便은 기오코 돌아오리라
아ー그러면
돌아오는 男便의얼골이 그얼골이……
이처럼 믿업고 믿어져
그러기에 튼튼한 마음 굳세게 믿어져
치마폭으로 그를 씽ー들고

눈물대신에 슬그머니 웃는
그는 革命家의 안해
남모르게 來日을 기다리는
그는 革命家의 안해였소.

———————————

주: 시집 ≪颱風≫에 수록.

호박

옥수수밭옆에 가로뻗은 호박넝쿨
놓오란꽃 벌이 날어와 꿀을 마신다.

행주치마에 손닦고 호박따는 아즈머니 "된장찌게엔
호박이 第一이애요"
아침 이마을에만있는 구수한 風景
조밥에 호박찌게
그리운 내追憶이 머리를 스친다
내山川에 어릴때 가지가지일들이……

그러나
그어머니 아버지는 가고없지않는가
오늘에 충실한 朝鮮의내가되기까지
오늘도 내일도 호박국에 조밥을 벗삼아 革命하
는 이情熱을 끊이지 않으리……

벼 마지숨차게 벋은
호박넝쿨의 씩씩한 氣勢처럼
나도 이호박처럼 넝쿨처럼 벋으리라.

주: 시집 ≪颱風≫에 수록.

김룡수(金龍洙) ◉

鐵馬

鐵馬는 달린다 南으로 北으로
숨찰줄 모르고 勇敢하게 달린다
늘어가는 解放區 어느軌道 빼지않고
鐵馬의 高戰소리 우리上天 代身하며
階級翻身 재촉하여 平和를 부른다

鐵馬는 억세다 무엇보다 억세다
軌道로 달는勇氣 어는누가 당할소냐
눈바람도 비바람도 가리지 않고
오늘도 來日도 힘찬소리 勇敢하게
前線支援 人民服務 打倒한다 원쑤美蔣

工人은 억세다 鐵馬를 創造한다
工人의 땀방울은 鐵馬創造의 原動力
힘찬소리 「에라엣차」 늘어가는 附屬品
끊임없는 工場안의 망치 소리에
鐵馬는 뿔어간다 解放區는 늘어간다.

주: 1948년 ≪연변문화≫ 창간호에 게재.

최순옥(崔順玉) ●

스승의 기쁨

왜놈은 이리인양
삼켰던 朝鮮과 東北을
배앝은 8·15도 옛 이야기

建設에 빛나는 東北벌판에
힘차게 높이든 굳세인 두팔
自由로운 새時代를 맞았다고
어여쁜 미소로 뛰노는 어린이는
새날의 일꾼이요 아름다운 꽃송이다.

거짓없는 天眞한 마음
복실하고 붉은 귀여운 두볼
배움의 熱情에 찬 오똑한 두 눈동자
그들의 씩씩한 모습을 볼때
스승은 언제나
그들이 아름답게 되라고 바랄뿐.

天地를 떨치는 暴風雨속에
우뚝 솟은 椰子樹같이
힘차게 자라는 朝鮮의 健兒여!

나는 언제나 그들을 보면
가슴이 울렁거려
낮못본 모든 烈士들이

나에게 말하듯 느껴지는 말은—

「스승은 훌륭한
새社會의 일꾼을
많이 기르라고 하는듯…」

새歷史를 빚어낸
白頭山 줄기 뻗은
피묻든 이땅에
고히 자라나는 朝鮮의 어린이
赤鋼色 팔뚝에
배움의 熱潮가 끓는다.

튼튼히 다져논 東北舞臺위
찬란한 새날의 民主의터전
時代의 스승은 여기서
革命의 꽃송인 어린이의 燈臺
가리치며 이끄는 사랑의 횃불이러니

아아, 사람된 幸福 여기에 있어
어찌 스승의 기쁨이 아닐소냐.

―――――――――――

주: 1948년 ≪연변문화≫ 창간호에 게재.

農村의 가을

밭은 밭마다 노—라니 아름답고

곡식은 고개숙여 좋아라
波濤치는 黃金물결 革命의 彈丸

이른아침 찬서리에
발을 잠그며
훤한 넓은 들을 힘차게 밟고
먼저들 公糧을 많이 내려고
서로서로 다투어
콧노래도 구성지게
낫들고 秋收가노니
오! 행복할손 解放區農民

찬바람 오고가는 높으도다 가을하늘
丹楓으로 물들인 아름다워라 그언덕
한단 두단 베어가는 발벗은 農夫

가을하늘 한복판에 해가 떳고나
일하던 손을 쉬여
점심 그릇 헤쳐놓고
열리누나 밭머리 小組會
-「내일은 어느 밭으로 갈가?」

저녁노을 간곳 어데냐
싸-늘한 가을 하늘
집에 가기 재촉것만
秋收하는 그들
돌아 갈줄 모르네

찬바람은 옷자락을 헤쳐

가슴에 숨어 드는데
멀-리 들려 오는
이삭줍는 아동단의
노랫소리 듣기 좋아라.

우리 아들 우리 딸 人民의 軍隊
나는 公糧으로 戰線支援
무엇인들 아까우랴

「순이네 다섯마대 금돌이네 일곱마대
우리도 남만 못지않게 있는힘 다해…」
家庭討論 우슴소리
農村의 情緖실은 가을의 노래
오! 平和스러운 우리네 살림

가을은 곡식이 무르익어 좋고
農村은 戰線支援 즐거워라.

———————————

주 : ≪연변문화≫1948년 11월호에 게재.

정명석(鄭明錫) ◉

내 너를 爲해 싸우리라

산듯한 아침
新鮮한 大氣를 뚫고
아침의 交響樂은
배움의 前奏曲은
오늘도 이마당에
힘차게 울린다

「내 교편
내 교과서
내 적은 분필통」
다 이리 오너라
내 사랑하는 어린이들이
오늘도 너와 나를
손꼽아 기다리지 않느냐!

나는 教室을 向해 걷는데
마음은 벌써
그네들과 속살거린다
다음 순간
웃으며 맞이할
그들의 얼굴들이
마치 映畵「필림」처럼
머릿속을 설레며 지나간다.

내가 구민 教室

東便 보얀 유리장으로
우유빛 아침 햇살이
비단을 느린듯이
敎室을 비치는데
목마른 송아지가
어미소 부르듯
마조치는 拍手 소리에
내 마음은 더욱 긴장해 지누나!

샛별같은 눈동자
샛빨간 입술
까맣고 맑은 눈과 눈엔
앞날의 커다란 일꾼이 숨어 있고
꼭 담은 입술엔
굳센 鬪志가 잠겨 있나니
너는
새 나라의 보배
새 時代의 主人

오! 움트는 새싹이여!
民主의 어린同務여!
내 네게 물주고
내 너를 북돋아
앞날의 이마당에
붉은 꽃을 피우리라
내 모—든것을 다바쳐
너를 위해 싸우리라.

―――――――――――――

주 : ≪연변문화≫1948년 11월호에 게재.

김인균(金仁均) ◉

除夜의鍾소래

새해 새해는 동터온다
殷殷히 들려오는 除夜의鍾소래
무근해는 永遠히가고새해는왔도다.

除夜의鍾은 그몇번이나 울었든고
아득한 옛날부터
해마당한번식우는저鍾소래
금년딸아 유난히도 우렁차고나

除夜의鍾소래
解放의鍾소래
鳥籠속에서自由를그리든종달새는
푸른하늘높이 훨훨날고
울안에서 平和를그리든 羊떼는
푸른들로 힘차게 뛰여가지않느냐.

오! 알렉산더大王의 霸業도
로마帝國의 野望도
歷史의 흘음속에서 적은波紋을 남기엿을뿐
오! 바다! 自由의바다!
永遠한 幸福이깃드린 새로운 歷史의 바다
우리들은 드디어 出帆의돗을달엇도다
저어라 씩씩하게 滄波를헤치면서나아가자.

自由의 鍾소래……
平和의 鍾소래……
沙漠에지친 駱駝는 오아시스를 찾았고
鐵窓에 가친駿馬는 굴레를버섯나니
우리들은 駱駝와도같이 춤추자
希望의 고개를向하여달려가자.

아! 除夜의 鍾소래의곱波!
無數한 同心圓을 자끄만 펴
永遠히 멀어져가는 1945年!

隱隱히 사라져가는 제야의鍾소래
오! 벌서 먼동이 터오는구나
새로운 봄은 오도다.

주: 발표시간, 게재잡지 미상.

海蘭江畔에서

떨어진 누더기에
가쁜 숨 몰아쉬는
땀으로 빚어놓은 五穀이었다만
찰거마리떼인양 빨아드는 놈들에게
빼앗기고 핥이우고 나면
빗 없는 빈방엔
늙은 부모얼굴 쳐다보는
한숨만으로 가뜩차였다.

잊어진 가난속에 쫓기우는
나라 잃은 백성들이
조이삭 수수깡들이 버석버석 자란다는

아득한 북간도……
풍만한 너의 품을
단하나의 살곳이라 찾아들때
너그러운 손길을 펴 반겨준 해란강반이여……

오─랜 옛날부터 땅에서 자랐기에
땅을 사랑할줄아는 땅의 아들들은
개척의 곡괭이 번쩍 들어
새삶의 기폭 울렸고
미래를 기다리는 부지런한 마음들은
논밭 풀기에 바빴다

하나
여기도 놈들의 착취는
밭가는 농민의 피땀을 앗아가는
기생충들의 매운손은
순직한 농민을 눈감겼나니

의로운 너의 마음은
헐벗고 굶주린 농민의 슬픔이 아팠고
말없는 너의 뜻은
시대의 암운(暗雲)을 노리고 있었거늘

드디어 오고야만
위대한 8·15 조국해방과 함께
어둡던 이나라 방방곡곡에도
인민해방군의
슬기로운 서광 비최인때
땅은 밭가는 농민에게로
진리의 외침 우렁차게 울렸고
기쁨에 부프는 너의 넓은 가슴은
승리의 개가 높이 불러주었더니라

하여
내땅을 내가 가는 벅차오르는 환희는
논밭 이랑 이랑마다 깃들고
보람진 추수를 약속하는
증산의욕은
전인민이 다 잘 살수있는
민주 새중국 전설에로 줄달음치나니

오…나의 정든 흐름이여
해랑간이여
너의 기름진 유방(乳房)은
이고장 농민의
거룩한 창조와 더부러
인민의 생활위에
새로운 희망 실어오리라.

1949년 8월 8일

주 : 1949년 ≪문화≫3호에 게재.

김서영(金曙影) ◉

새 世紀의 覇者여 -

새世紀의 覇者!
그대의 일흠은 靑年이로다
세차게 뻗은 검붉은 動脈이 날뛰고
莊嚴한 精氣가 펄떡이며 熱을 내뿜는
그무엇에는 꺽기지않은
不屈의 人間魂이 기뜨리었나니
성낸獅子와도같이 온갖녹쓰른것을 박차버리고
새社會建設에 先鋒이되여
이땅에 빛나는 歷史를 創造할
새時代의 偉大한 原動力이 되여야 하느니

새世紀의 覇者 !
그대의 일흠은 靑年이로다
生氣를 잃고 힘없는 生活과
불길이 사라진 冷灰같은 삶을떨쳐버리고

우렁찬 躍動의 血潮를 가슴에안고
眞理의 大路 歷史의 軌道로 뛰여나와
유久히 자라나가
새로운 世紀의 創造를 위하야
高尙한 氣질과 性格을 나타내여
새時代의 健實한 源泉이 되여야하노니

새世紀의 覇者!

그대의 일홈은 靑年이로다
大地에 뿌리박고 자라난
그대의 使命은 무엇이드뇨
오직 굳은 信念을 갖이고
偉大한 和平과 民主를 建設하여야 하리로다
熾烈하게 無數한 새싹이 움터나는
튼튼한意志 꾸준한 힘과 熱을 다하여
새世紀를 創造할 勇士 健兒가 되여야 하노니.

주: 발표시간, 게재 잡지 미상.

리창섭(李昌燮) ◉

希望에 찬 아침

아침! 希望에찬아침
동트는아침 눈보라치는 추운아침!
그러나
愛着心에찬나의宿所와寢臺! 지난밤도
迷夢속에 헤매이는 나의心臟에는
모락모락 새여드는밝은빛과함께 暗黑을깨뜨리고
울려오는
아침五時半鐘소리에 또다시뛰어노는
붉은피는 血管속에서 힘있게흐른다.

아침! 希望에찬아침!
이방저방에서 잠을깨치는 기지개소리와함께
추위를 무릅쓰고달려드는 中朝工作員全體의 그勇姿
그는世紀의부르짖음이요
光明한社會를建設하는 希望에찬朝起會의고함소리다

아침! 希望에찬아침
室內室外의靜莫을깨뜨리는 學習鍾소리와함께
여기저기 互相間 嚴格한批評과 冷靜한檢討는展開된다.
오!人民을爲하여服務할
새社會를建設할새人間을創造하는 거룩한搖籃이여!

아침! 希望에찬아침
새날의 새社會를지켜가는 人民들의새아침

놈들의欺瞞과强制의손에쥐여
怨恨의피눈물이 마를사이없이
쓰라리苦痛에가슴을끌어안고
强壓과搾取에 窒息하던!
오! 그때
다시는 그러한 억울한也上이 오지도못하게
鬪爭으로써 思慕친怨恨을풀고
鬪爭으로써 權利를찾고
鬪爭으로써 勝利를爭取하리라.
自由의 푸른氣流가
수겁 萬겁 圓光을그리는
希望에찬 아침이여

       1947년 12월 14일 아침.

주: 발표시간, 게재 잡지 미상.

리우석(李牛石) ◉

北天

(붉은군대에게 드리는 詩)

天暮속에서 머리를내밀고
北天을 바라보았소
자주빛 한울에는
夕陽을 弔喪하는 잠자리떼
隊列지어 巫女인양 춤추고
五千年 北天은
海苔인양 싱싱하야
잊으라든 鄕愁가 꼬리를물고이라서오.
오―愛人의뺨과 입술이 그리워졌소
그리고 子息의
눈동자가 보고십소
해는벌서 西天으로 살아졌는가
쌀쌀한바람이
○○을밧드는 콩넝쿨을
또 戲弄하오
바람은 天幕에 숨어들고
虛荒한내가슴에 이리와도같이파고드오
저―東南쪽한울밑에
갈곳없는 羊떼의
喊聲이 夕陽을밧들고 들려오오
牧夫의 피비비린내나는 채죽소리
어둠타고 들러오오

오-나는 찾엇든 아름다운
鄕愁를 잊으라오
닥아드는 女人의손 뿌리치듯이
그리고 愛人과子息도 잊어야하오.
나는 미친 獅子인양
天幕을 뛰여나왔소
그리고 正義의 銃가목을 틀어쥐였소.
義務와權利를 직히기위하야
牧夫의 뒤를 쫓으려오
뽀-야케 사라지는
내앞보라는 北天을 등에지고.

-1945. 9

주 : 발표시간, 게재 잡지 미상.

송청천(宋青天) ◉

새로운농민

무릎과 허리가 저리오만
달빛이 밝으니 좀더벼를비어야하오
눈뚝에올라서
고개숙인 벼이삭을 바라다보면
가즌괴로움도
씨즌듯이 모도다 사라지오
벼알마다 피땀이 서렷기
농민의 자랑은 더크고
지금은 예전과 달리
힘드려가꾼많큼우리몫이더많치않겠오.
순한양처럼
머리숙이고 살때가아니라
붉은기발을 높이들고
새로운 사회를 세워야하오.
푸른하늘 높이뜬 독수리인양
우리들도 자유를 노래하는 농민이라오.

1945년 10월 22일

주: 발표시간, 게재 잡지 미상.

광포생(廣浦生) ◉

春

[봄을 노래함]

절더러 봄을 노래하라구요?
글쎄 제가어떻게 봄을노래합니까?
울타리 밑에서 고양이 야옹ㅡ하는봄! 나물캐
려 가면서 아리랑타령을 들으는봄!
이렇게 날시ㅡㄴ하고도 폭으ㅡㄴ한봄은 벌서재가
슴에서 떠난지 오랬드랬어요.

몸은행복하고도 평화스럽다구요?
그런 아름다운 봄만은 아니였드람니다.
어름풀린 물 빨갛게 물드렸든봄! 진달래꽃 꽃밭
이 짓밟히든봄! 까막까치 음산하게 지저귀든봄!
굼주린 창자안고 정처없이 해메든봄!
이런과거를 가진 제가 어떻게 봄을 찬미합니까!

봄은새싹이 트는 때라지요?
말났든 고목이 잎이피고 강남갓든 기러기 제비
나러오고 공동묘지에 잎이피고 죽었든 버미레가 다
시살어나고
이렇게 빛나는 봄일까요?

아! 승리의 꽃다발을 가저오는봄!
처음으로 안겨보는 위대하고도 따뜻한품이라지요?

그렇다면야 노래하구 말구요 춤도추구말구요.
그럼 다─같이 불너볼까요? 즐겁게! 아름답게!
씩씩하게!

오너라 동무야……봄이라네
이강산 저벌판……우리마을
다같이 붉은꽃……피여나는
행복이 새봄은……찾어왔네
이렇게 불너보왔나이다.

———————————

주: 발표시간, 게재 잡지 미상.

림석주(林石舟) ◉

지경닺이 노래

자— 닺어라쿵쿵 지경이야—
帽兒山 마루에 실안개돌고
시화나 연풍에 대풍연드누나
이태전 닺어서 두옥을짖구
알뜰한 내살림 마련해보잔다
쿵쿵 닺어라 지경이야—

자— 닺어라쿵쿵 지경이야—
古木에 꽃피니 새봄이않이냐
기름진 이땅에 희망꽃피우세
이터전 닺어서 두옥을짖구
아들딸 키워서 새일꾼삼잔다
쿵쿵 닺어라 지경이야—

자— 닺어라쿵쿵 지경이야—
오리숲 느름에 부엉이우누나
이밤이 새기전 버번쩍들어라
이터전 닺어서 두옥을짖구
뜰동산 무궁화 향긔를돋우자
쿵쿵 닺어라 지경이야—

자— 닺어라쿵쿵 지경이야—
힘줄기 뭉아서 다같이들어라
새살림 새마을 이룩해보잔다

이터전 닦어서 두옥을짛구
새세상 노래할 잔치를베풀자
쿵쿵 닦어라 지경이야—

주: 발표시간, 게재 잡지 미상.

렴호렬(廉浩烈) ◉

礎石

山바위 밑에서 화성대를 가지고
數千名으로 된 왜놈들의 小隊를
全滅식힌 늙은 義兵…

피를물고있다가 審判長의 얼골에
「義憤에 끓는 내 血潮를보아라」
피뿌린 젊은 혁명同志!

왜놈들의 警官에 逮捕되여
萬歲불넛다고 訊向當할때
"새벽닭은 누가식혀서 우는가
나는부르고 싶어서 불넛다"
警官의 말문을 막는 어린少年!

그 호화스런 왜놈의집을
치마에다 돌을 싸가지고
때려부신 어린少女!

그는 愛國志士였다.
그는 젊은勇士였다.
그는 正義의 少年이였다
그는 義憤인 小女였다

힘도 빼아끼고 정신도 빼아끼고

집도 밭도 그리고故鄉도
다—빼아낀 채로
暗黑의 긴 歲月이
피와 눈물에 얽힌채로 지나갓다.

허무러진 집터를 다시세울때도왔다
독사와같은 침약자를 없엘때도왔다
義를爲해 싸울때도왔다
不平없고 幸福한 社會를만들때도왔다

자—無産大衆아 나서자
화성대를 쥔 늙은이도되여라
피뿌린 젊은이도 되여라
正義를보힌 少年도되여라
義憤을 참지못한小女도 되여라

이제 우리는
平和의나라 自由로운 웃음의社會
맹세한다 보이지않는 주추돌이되기를!
맹세한다 보이지않는 주초돌이되기를!

1946년 2월 2일

———————————

주: 발표시간, 게재 잡지 미상.

리록당(李綠堂) ◉

밧가리노래

(一)

薰薰한봄바람 불어오면은
陽地쪼ㄱ잔띠는 푸르러간다
三月은農家의 貴重한時節
괭이와보섭을 손질한다음
寸土도뺌없이 밭가리하새

(二)

물오른냇가에 수양버들은
제철이왔다고 나붓거린다
이마에흘으는 구슬땀방울
한고랑두고랑 美田化하네
뿌리지않은씨 어디서나리
여기에심으새 生命의糧食

(三)

제비는쌍쌍히 날어단이고
보리밭종달새 노래를하니
홍겨워어깨가 저절로들석
지친팔다리를 풀어주노나
그윽히풍기는 大地의香氣
올해는이江山 豊年이라네

1946년 4월 25일

주: 발표시간, 게재 잡지 미상.

임효원(任曉遠) ◉

번신한 철령하

철령하는 어제까지 암흑의 나라
오늘부턴 희망의 해가 솟는다.

부드러운 잠자리에 코골던놈들
지난날 그 죄악이 태산같고나
번신농군 발아래 허리굽히며
살려달라 애원소리 이제 드높다.

한이 많던 호미날에 미소 빛나고
서리꼈던 낫자루에 춤도 새롭다.

흩어졌던 우리 농군 힘을 뭉치여
피를 빨던 그놈들과 맞서싸우자,
찾은 과실 잊지 말고 틀어쥐고서
자유천지 우리 살림 닦아나가자.

1947년 1월, 철령하

주: 시집 ≪어머니 품이여≫에 수록.

편지

한평새 글 모르던

화전민 늙은이가,
이 밤 벼르고 별려서
싸움 나간 아들에게 편지 한장 쓰노라고

옆에 앉은 할머니
다듬이질 다 했어도
손바닥종이에 그리는지 쓰는지
죄없는 연필에 침만 바르겠지.

먼저 자리에 누운 할머니
등잔 근심인가 무어라고 잠꼬대를 하는데
늙은이는 등불에 종이 한장 비껴들고
떠듬떠듬 곡조 붙여 내리읊었다.

…마을의 덕분으로
집 밭에도 이삭은 탐실하니라
걱정 말고 잘 싸우거라,
올가을에는 너 어머니 옷감도
무던히 끊게 될거다.

그런데 애야 모를 일이다
칠순에 젊어지는 법도 있는지,
올여름 김매기에 선잡이라고
마을에선 내 가슴에 꽃을 달아주고
그 어른의 초상화와 호미 한자루를
우리 집으로 가져왔단다…

1948년 8월 할빈

주: 시집 ≪어머니 품이여≫에 수록.

마을의 도서실

서산에 해가 저물어
황지뜨기 소들이 들어온지 오래고,
마을의 토성굽엔
어둠이 두겹 세겹 에워싼다.

세수도 시원히 몸단장하고
사람들은 둘 셋 도서실로 모여오거니,
전등 밝은 도서실 정면에다는
인민수령의 초상을 높이 모셨다.

이 밤도 할아버지 며느리 뒤섞여앉아
한나절의 피곤을 어데다 잊은듯,
배우고 배워주며 군소리도 붙여가며
한자 두자 새 글자를 익혀나간다.

빼곡이 모여앉은 학생들속에는
합강성 ≪갑등로모≫ 류동무도 있거니,
철부지 외딸을 집에 재워놓고
따라올가 걱정되여 살그미 나섰다.

서른도 못 찬 나이 뜬소경이라
전선에 간 애인에게 면목없더니,
≪조직하자 조직하자 변공대를 조직하자≫
청산류수는 그를 두고 하는 말.

큰 글자 그림책은 어제저녁 다 읽고
잔 글자 책에서 레닌을 읽을부렵,

문소리 삐걱 통신원이 다달아
십리길 정거장에서 신문이 왔다.

선전원 녀성동무 재빠른 솜씨
몇사람에 한장씩 신문 돌린 뒤,
도서실주임의 목소리에 맞추어
사람들은 한곡조로 읽어나간다.

모주석과 리옥금이 악수했다기에
가슴가슴 기쁨이 넘쳐흘렀고
행복의 노래를 부를 때마다
모주석의 은정을 잊지 말자 다졌다.

새 중국을 건설하는 즐거운 날에
기어이 모주석을 뵈옵겠다는
변공조조장의 굳은 결심에
풍채좋은 할머니를 춤판을 벌렸다.

글 배우기도 좋지만 오락도 잘하는
전등불 밝고밝은 마을의 도서실,
웃음이 터지고 랭수도 청할적
열시 종소리 마을을 흔든다.

1949년 5월 흑룡강 계서

주: 시집 ≪어머니 품이여≫에 수록.